슬픔의 틈새

슬픔의 틈새

이금이 장편소설

사계절

차례

1부

- 9   세 개의 바다를 건너
  1943년
- 30   흰 밤, 검은 낮
  1943년
- 56   따뜻한 겨울
  1943년
- 67   서늘한 여름
  1944년
- 87   남겨진 사람들
  1944년
- 103   뜨거운 여름
  1945년
- 116   행렬
  1945년
- 134   우글레고르스크
  1946년

2부

- 145   귀환선
  1946~1949년
- 168   다시, 시작
  1949년
- 184   혼담
  1950년
- 209   결혼
  1951년
- 220   무국적자
  1957년

3부

- 241 선택
  1958년
- 258 갈림길 1
  1960년
- 271 갈림길 2
  1961년
- 278 얼어붙은 땅
  1963년
- 288 마지막 잔치
  1964년
- 305 슬픔의 틈새
  1966년

4부

- 317 단옥, 타마코, 올가
  1988년
- 344 무너지는 둑
  1992년
- 365 뿌리 1
  1995년
- 388 뿌리 2
  1996년
- 411 1945년 8월 15일
  1999년
- 424 심장의 반쪽
  2000년
- 431 유언
  2025년

- 441 **작가의 말**
- 446 **참고 자료**

1부

세 개의 바다를 건너

1943년

1

이제 바다 한 개만 더 건너면 화태였다. 왓카나이 항구에서는 화태로 가는 아침 배가 출항을 준비하고 있었다. 홋카이도 북쪽 끝의 왓카나이와 화태의 오도마리항을 오가는 연락선은 하루 서너 차례 운항했다. 조선 사람들이 주로 묵는 부둣가 여관은 외양부터 허름했다.

두 개의 바다를 건너서 이곳에 다다른 단옥네도 그 여관에서 하룻밤 묵었다. 여기까지 오는 동안 처음 타본 배와 기차에 네 식구는 돌아가며 멀미에 배탈을 앓았다. 단옥네는 누구랄 것 없이 죄다 서리 맞은 호박잎 꼴로 왓카나이에 도착했다. 여자들 방엔 단옥과 엄마 덕춘, 22개월 된 동생 영복 외에도 여섯 명이 더 잤다. 단옥네처럼 아버지나 남편, 아들을 찾아 화태로 가는 사람들이었다. 사람들로 꽉 찬 방은 돌아눕기도 어려울 정도로 비좁았지만 덕분에 춥지 않게 잘 수 있었다. 북쪽으로 올수록 계절이 거꾸로 가는 듯 점점 더 추워졌다.

단옥은 음식 냄새에 잠에서 깼다. 빈 뱃속이 요동을 쳤다. 코를 킁킁거리던 단옥은 벌떡 일어났다. 변소와 세면장 앞에서 줄 서느라 시간을 보내지 않으려면 남보다 빨리 움직여야 했다. 먼저 깨서 나간 사람들 덕분에 방이 조금 널널해졌다.

지난밤, 늦잠 자면 두고 갈 거라고 겁주던 엄마는 아직 자고 있었다. 잠결에 영복에게 젖을 물렸었는지 가슴이 드러난 채였다. 엄마와 누나 사이에 끼어서 갑갑해하던 영복도 네 활개를 펼친 채 곤히 잠들어 있었다. 단옥은 셋 중 가장 먼저 일어난 것에 만족감을 느끼며 엄마와 영복에게 이불을 덮어주었다.

방을 나서니 아래층 부엌에서 올라오는 우동 냄새에 침이 괬다. 단옥네는 집에서 가져온 미숫가루와 볶은 콩을 아껴가며 먹고 있었다. 그마저도 먹을 것은 바닥을 드러내고 있었다. 단옥은 우동 냄새라도 실컷 맡으려다 더 허기가 져 코를 움켜쥐었다. 일 층 남자들 방에서 잔 성복도 음식 냄새에 깼을 것 같았다. 오늘은 오빠한테 놀림받는 일 없게 해야지. 단옥은 어제 기차에서의 일이 아직도 약이 올랐다.

"오빠, 사람들이 뭘 모르겠다고 자꾸 와카라나이, 와카라나이 하는 겨?"

기차에서 내릴 준비를 하던 단옥은 궁금함을 참지 못하고 물었다. '와카라나이'는 모르겠다, 이해되지 않는다는 뜻의 일본말인데 사방에서 그 말이 들려왔기 때문이었다. 학교에서 많이 하던 말이라 더 궁금했다.

"일본말 안다고 그렇게 잘난 척하더니 그것도 몰러? 엄니, 얘 학교 헛다녔슈."

성복이 대답 대신 엄마에게 고자질하듯 말하자 단옥은 자존심이 상했다.

"내, 그럴 줄 알았어. 지지배가 입만 살아서는."

엄마까지 거들자 단옥은 분한 마음에 성복을 노려보았다. 단옥이 아니라 옆자리 일본 남자 눈치를 슬쩍 본 성복이 작은 소리로 대답했다.

"와카라나이가 아니라 왓카나이라고 하는 거잖어. 다음 역이 왓카나이라구."

일본 남자는 조선말로 말하는 단옥네 가족을 무시하는

눈길로 바라보았다.

무안했던 단옥은 이제 왓카나이는 평생 잊지 않을 것 같았다.

단옥은 변소에 가서 밤새 참았던 오줌을 시원하게 쏟아내고 세면장으로 갔다. 어젯밤 물수건으로나마 몸을 닦았기에 오늘은 세수만 하면 됐다. 단옥은 얼굴을 닦다 사람이 없는 틈을 타 수도꼭지에 입을 대고 물을 잔뜩 마셨다.

단옥이 방으로 돌아왔을 때 막 일어난 듯한 엄마는 황급히 머리를 매만지고 있었다. 방엔 엄마와 영복뿐이었다. 덕춘은 딸을 보자 변명하듯 중얼거렸다.

"영 잠이 안 와서 밤새 못 자다 깜빡 잠들었네."

천둥처럼 울리던 엄마의 코 고는 소리가 떠오른 단옥은 어이가 없었다. 입바른 소리가 목구멍까지 치밀었지만 겸연쩍어하는 엄마의 표정에 말을 바꿨다.

"지는 이제 옷 갈아입으믄 되쥬?"

덕춘이 씻으러 간 뒤 단옥은 발치 아래 두었던 보따리를 가져다 매듭을 끌렀다. 오늘을 위해 맨 아래에 모셔뒀던 저고리와 버선을 꺼냈다. 할머니가 새로 지어준 것들이었다. 속바지와 치마는 입고 있던 그대로였지만 저고리를 갈아입은 것만으로도 새사람이 된 느낌이었다. 단옥은 목깃이 까매진 낡은 저고리를 다시는 안 입을 것처럼 대충 접어 보따리 안에 넣었다.

덕춘이 영복을 씻기기 위해 물에 적신 수건을 가지고 돌아왔다. 단옥은 엄마가 새 저고리를 입은 자신에게 좋은 말 한마디쯤 해주길 바랐지만 덕춘은 성복을 궁금해했다.

"근디 니 오라비는 어째 기척이 없냐?"

단옥도 이상하던 차였다. 한편으로는 오빠가 늦잠 자서 허둥대는 꼴을 보고 싶었다.

지난 열흘 동안 성복은 늘 가장 먼저 움직이며 식구들을 인솔했다. 집에서와는 딴판인 모습에 오빠를 달리 봤었는데 어제 일로 점수를 까먹었다.

"지가 가볼게유."

발딱 일어난 단옥은 단발머리를 나풀거리며 계단을 뛰어 내려갔다. 허름한 행색을 한 일본 사람 두어 명이 부엌에서 아침을 먹고 있었다. 단옥은 자기도 모르게 자꾸 눈이 가는 걸 참으며 남자들 방문을 두드렸다. 오빠를 놀려줄 생각에 비시시 웃음이 나왔다. 문을 열고 나온 중년 남자가 "네가 주성복이 동생이냐?" 하고 물었다.

"야."

단옥의 대답에 남자는 주머니에서 접힌 종이쪽지를 꺼

내 건넸다. 성복이 맡기고 간 거라고 했다. 단옥은 어리둥절한 채 종이를 펼쳐보았다. 자신은 화태에 가지 않기로 했다며 일본 본토에서 돈을 벌어 효도하겠으니 불효자를 용서해달라는 내용이 적혀 있었다. 단옥이 멍하니 종이를 들여다보고 있자 남자가 물었다.

"일본 글을 모르는구나. 내가 읽어주랴?"

종업식을 2주 남기고 집을 떠났으니 단옥은 3학년을 마친 거나 다름없었다. 게다가 여자 부반장까지 했던 자신을 글자도 모르는 아이로 보다니. 단옥은 발끈해서 대꾸했다.

"지도 읽을 줄 아는구먼유."

단옥이 잠시 멍했던 건 오빠가 떠났다는 사실이 이해되지 않아서였다.

"도우시테모 와카라나이."

단옥은 "도무지 모르겠어" 하고 중얼거렸다.

2

성복은 2년 전, 소학교를 졸업하고 할아버지와 함께 농사를 지었다. 단옥은 오빠가 농사보다는 대처로 나가서 돈을 벌고 싶어 한다는 걸 알고 있었다. 하지만 주 노인은 아들이 화태로 끌려갔는데 맏손자까지 집을 떠나는 걸 허락하지 않았다.

단옥은 남들 이야기에 혹해서 일본에만 가면 떼돈을 버는 줄 아는 오빠가 철없어 보였다. 그런데도 할아버지, 할머니, 엄마까지 장손이라고 오빠만 위해 바쳤다. 학교만 해도 성복은 제 나이인 여덟 살에 입학했지만 단옥과 동생 영옥은 열 살이 돼서야 겨우 들어갔다. 아버지가 편지마다 신신당부한 덕이었다. 다른 어른들은 월사금이나 학용품에 돈이 들어갈 때마다 허튼 데 쓰는 것처럼 아까워했다.

부산에서 배를 타고 일본 땅에 도착한 뒤부터 단옥은 기차가 역에 설 때마다 오빠가 도망치지 않나 의심하며 지켜보곤 했다. 하지만 성복은 딴사람이 된 듯 힘든 내색 한 번 없이 가족을 돌보며 이끌었다. 단옥의 마음도 차차 바뀌어 오빠를 믿고 의지하기 시작했는데 화태를 코앞에 두고 기어이 사고를 쳤다.

곧 아버지를 만난다는 기쁨에 이렇게 재를 뿌리다니. 단옥은 걱정보다 배신감과 분노를 더 크게 느끼며 편지를 움켜쥐었다. 지난 열흘간의 기억이 머릿속을 훑고 지나갔다.

눈썹달이 하얗게 빛나던 3월 2일 새벽, 덕춘과 삼 남매는 공주 다래울 집을 나섰다. 면까지 짐도 실어다 줄 겸

배웅을 가는 주 노인과 함께였다. 주 노인 부부는 가을 추수를 마치고 알량한 살림살이나마 정리한 뒤 작은손녀 영옥과 함께 뒤따라갈 터였다. 딸 둘 중 단옥이 먼저 뽑힌 건 영복이든 보따리든 엄마와 짐을 나눠 질 수 있기 때문이었다.

저마다 내뿜는 하얀 입김이 짙푸른 대기 속으로 흩어졌다. 새벽 공기는 숭늉 그릇에 앉은 살얼음 조각처럼 차고 날카로웠다. 하지만 오래간만에 꽁보리밥이나마 양껏 먹은 단옥은 춥지 않았다. 솜버선과 새 고무신을 신은 발은 날개라도 단 듯 가뿟했다. 다래울을 뒤로하고 고개를 넘을 때 단옥은 소원 한 번 들어준 적 없던 서낭나무 돌무더기에 돌멩이를 힘껏 던졌다. 어둠 속에서 돌들이 무너져 내리는 소리를 들으니 속이 시원했다.

덕춘이 부정 타게 뭔 짓이냐며 등짝을 후려쳤다. 그 서슬에 머리에 이고 있던 보따리를 떨어트릴 뻔했던 단옥은 지지 않고 대꾸했다.

"우리 선생님이 이런 거 다 미신이라고 했슈."

아버지한테 갈 수 있는 건 서낭신 덕분이 아니라 아버지 회사에서 도항 증서를 보내줬기 때문이다. 아버지는 3년 전 화태로 돈을 벌러 떠났다. 성복이 어둠 속에서도 놀리는 표정이 보이는 듯한 목소리로 끼어들었다.

"그럼 너는 선생이 시키면 똥도 먹을 텨?"

단옥은 유치함을 비웃으며, 오빠와 말을 섞는 대신 화태를 떠올렸다.

학교 중앙 현관에는 일본이 점령한 나라들을 붉은색으로 표시해놓은 커다란 지도가 걸려 있었다. 단옥은 지도에서 종종 아버지가 계시는 화태를 찾아보곤 했다. 일본 북쪽 위에 곧추 서 있는 기다랗고 좁게 생긴 섬이었다. 단옥 눈에는 등지느러미와 꼬리지느러미가 달린 듯한 섬의 모양새가 더 먼 곳으로 헤엄치려는 물고기 같았다. 그 물고기 모양의 섬은 남북으로 나뉘어 남쪽에만 붉은색이 칠해져 있었다. 그곳이 화태였다. 화태는 아버지가 계신 곳, 밥 세끼를 다 먹을 수 있는 곳, 마음껏 학교를 다닐 수 있는 곳이었다. 그곳에 가면 그 커다랗고 신비한 물고기가 자신을 등에 태워 더 넓고 멋진 세상으로 데려다줄 것만 같았다.

3

만석은 자정부터 아침 8시까지 막장에서 탄을 캐고 숙소로 돌아왔다. 막장 앞 탕에서 몸을 씻고 왔지만 여러 명이 한번에 들어가는 터라 탄가루가 말끔히 닦이지는 않았다. 하지만 그나마라도 해서 사람 꼴을 갖출 수 있었다. 오십 명의 노무자가 함께 생활하는 합숙소 안에는 좁은 통로를 사이에 두고 긴 침상 두 개가 마주 놓여 있었다. 침상에는 다다미 스물다섯 장이 다닥다닥 붙어 깔려 있었다. 폭 90센티미터, 길이 180센티미터짜리 다다미 한 장이 노무자 한 사람의 자리였다.

나무판자로 허술하게 지어진 합숙소는 외풍이 심했다. 통로 가운데 놓인 난로만으로는 냉기를 쫓지 못해 겨울이면 담요 속에서도 손이 곱았다. 난로 연통 위로 첩첩이 걸린 젖은 양말과 옷가지 들에서 김과 함께 고린내가 풍겼다.

합숙소는 삼교대 시간에 따라 들고 나는 사람들로 밤이고 낮이고 어수선했다. 만석은 그 속에서 눈을 붙인 뒤 오후 4시부터 낮 방 조 일에 들어가야 했다. 여덟 시간씩 삼교대로 돌아가는 근무조에는 각각 갑, 을, 병 방이라는 이름이 붙어 있었지만 사람들은 아침 방, 낮 방, 밤 방이라고 불렀다. 기본 근무 시간인 여덟 시간보다 일을 덜하는 건 용납되지 않았으나 더하는 건 얼마든지 가능했다. 탄광에선 일만 하는 게 아니었다. 일 시작 전에 항상 정신교육이나 천황 우상화 같은 황국신민교육을 받아야 했다. 일주일에 세 번씩 군사 훈련도 받았다. 화태 북쪽인 사할린에는 소련군이 주둔하고 있었다.

만석은 아내와 자식들이 올 날이 다가오자 하루 열여섯 시간씩 일했다. 식구들이 오기 전에 돈을 더 벌자는 의미도 있지만 기다리는 시간이 너무 힘들어서이기도 했다. 막내인 영복은 태어나기 전에 떠나와 아직 얼굴도 보지 못한 터였다.

"형님, 그렇게 일하다가는 골병들어요. 오래간만에 만나는 형수님 안아줄 힘도 없으면 어쩔라고 그래요?"

그동안 고향에서 오는 편지를 읽어주고 답장도 써줬던 정만이 농을 섞어 말했다. 만석보다 두 살 적은 정만은 유성 출신이었다. 만리타향에서 만난 사람들에게 같은 충남에 있는 공주와 유성은 한동네나 다름없었다. 만석은 일본어를 잘하고 자신보다 세상 경험이 풍부한 정만과 형제처럼 의지하며 지냈다. 둘 다 이름에 '만' 자가 들어 있어 진짜 형제라도 된 것 같았다. 그래서 조선에 처와 딸이 있는 정만이 애 딸린 일본인 과부와 살림을 차린다고 했을 때 만석은 적극적으로 반대했다. 일본 여자가 조선 남자와 결혼하겠다는 것부터가 수상했다. 뭐가 아쉬워서 식민지 남자를…….

"그 사람, 나쁜 사람 아니에요. 형님, 나는 합숙소에서 더는 못 살겠어요. 하루를 살아도 사람 사는 것처럼 살고 싶어요. 나중에 벌받는 한이 있어도 여기서 나갈래요."

정만이 울화가 목구멍에 찬 목소리로 말했다.

"그럼 조선에 있는 식구를 초청하면 되잖어."

가족이 오면 합숙소를 나가 사택에서 살 수 있었다.

"했지요. 안 온다는데 어쩌겠어요."

만석은 정만이 아무래도 일본 여우한테 홀린 것만 같았다. 정만이 그 일본 여자한테 알량한 월급은 물론이고 간 쓸개까지 다 빼 먹힌 다음 버려질까 봐 너무 걱정됐다. 정만은 만석의 충고를 귀담아듣지 않았다. 만석은 정만이 못마땅해 한동안 말도 섞지 않았다. 하지만 정만을 내보낸 가슴 한구석이 못 견디게 허전했다.

4

사할린은 원래 러시아 땅이었다. 1905년 러시아와의 전쟁에서 이긴 일본은 사할린의 남쪽을 넘겨받아 통치하기 시작했다. 일본은 선주민인 아이누족이 부르던 이름에서 따와 남사할린을 가라후토라고 명명했고, 조선 사람들은 한자의 음대로 화태라고 불렀다. 자작나무가 많은 섬이라는 뜻이었다.

초기엔 어업에 치중했던 일본은 차차 풍부한 산림자원을 개발하기 시작했다. 탄광, 벌목장, 제지 공장 그리고 생산품을 운반할 도로나 비행장 건설 현장 등에 많은 일꾼이 필요했다. 일자리가 많은 만큼 처음엔 암울한 조선의 상황을 벗어나 어떻게든 먹고살기 위해 자발적으로 가는 조선 사람들도 있었다.

1937년부터 중국과 전쟁을 시작한 일본은 이듬해 '국가총동원법'을 제정해 조선에서도 시행했다. 전쟁을 치르는 데 필요하면 국가가 사람이든 물자든 마음대로 동원할 수 있다는 뜻이었다. 정부의 지원을 등에 업은 일본 회사들은 농촌을 돌아다니며 노동자들을 모집했다. 조선총독부가 지정한 지역은 정해진 인원만큼 모집에 응해야 했으니 강제나 다름없었다.

다래울에도 면서기를 대동한 일본 회사 담당자들이 노무자를 모집하러 왔다. 화태 탄광에서 나온 담당자는 자기네 회사에선 노무자들의 의식주를 해결해주고, 월급도 하루 8엔씩 쳐서 200엔을 준다고 했다. 계약 기간은 2년이었다. 탄광 일이 다치거나 죽는 사람도 많을 만큼 위험하고 고되다는 소문은 이미 자자했다. 그래도 쌀 아홉 가마값이 넘는 돈을 다달이 받다니. 남의 땅에 농사지어서는 평생 만져볼 수 없는 액수였다. 이왕 고생할 바에는 돈을 많이 주는 데로 가고 싶었던 만석은 화태의 탄광을 택했다. 다래울에서는 만석 혼자였다.

회사는 노무자들을 모집할 때 했던 말을 하나도 지키

지 않았다. 노무자 중에는 탄광인 줄 모르고 온 사람도 있었다. 회사는 화태로 올 때 들어간 비용을 모두 월급에서 제했다. 기차 삯과 배 삯은 물론 사전에 했던 신체검사 비용과 출발할 때부터 입었던 작업복, 여관비, 허술한 음식 등은 모두 빚이 됐다.

만석과 동료들은 이미 많은 빚을 진 상태로 화태에 도착했다. 일을 시작해서도 마찬가지였다. 일할 때 사용하는 장화인 지카타비, 안전모, 탄광용 전등인 칸델라, 곡괭이 같은 장비값을 다 월급에서 떼었다. 잠잘 때 깔고 자는 다다미조차 공짜가 아니었다. 그렇게 제하고 남은, 약속한 월급의 절반도 안 되는 돈마저 대부분은 강제로 저금해야 했다. 회사는 목돈을 만들어 퇴직할 때 준다면서 노무자들에게는 그야말로 푼돈만 지급했다.

만석은 동료들이 고단함과 외로움에 찾는 배급 술과 담배 그리고 노름판에도 한 번 기웃거리지 않고, 돈을 받는 대로 모두 고향에 보냈다. 그 덕분에 단옥과 영옥도 어렵게나마 학교에 다닐 수 있었다. 만석이 유일하게 부린 사치는 딱 한 번 시내 사진관에 가서 양복을 빌려 입고 독사진을 찍은 일이었다. 시내에 나가는 것도 쉽지는 않았다. 탄광 마을 입구에 초소가 있었고, 나가기 전에 사무소에 세세한 것을 보고해야 했다. 번거로운 과정이었지만 걱정하고 있을 가족에게 사진을 보내주고 싶었다. 만석은 어서 2년을 채우고 저금한 돈을 찾아 고향으로 돌아갈 날만을 기다렸다. 하지만 회사는 계약 기간을 강제로 연장했다.

정만이 집들이라면서 사택촌 집에 초대했을 때 만석은 못 이기는 척 받아들였다. 식량을 배급받아 사는 처지에 남을 초대하는 게 쉬운 일이 아니었다. 그만큼 정만이 만석을 각별하게 여긴다는 뜻이었다. 그 사실에 마음이 녹지기도 했고, 일본 여자가 어떤 사람인지 직접 확인하고 싶은 마음도 있었다.

정만의 집에 다녀온 날 밤, 만석은 잠을 이루지 못했다. 남의 가정일망정 포근하고 아늑한 공간에 있다 오니 가족이 더더욱 사무치게 그리웠다. 아내의 온기를 느끼며 잠들 수 있다면, 가족과 둘러앉아 밥을 먹을 수만 있다면……. 일본 여자가 사람이 아니라 여우라고 해도, 살림을 차린 정만을 이해할 수 있을 것 같았다. 그 밤, 만석은 집으로 보내줄 날을 기다리는 대신 가족을 초청하기로 결심했다. 편지와 서류가 오가느라 단옥네가 출발하기까지는 여러 달이 걸렸다.

5

왓카나이까지 오는 동안 단옥네는 조선에서 끌려온 노무

자 무리를 수도 없이 보았다. 기차역이나 부두 맨바닥에 줄지어 앉아 주먹밥을 먹고 있는 그들은 군인처럼 제복을 입고, 모자를 쓰고, 종아리에는 각반을 찬 모습이었다. 성복 또래에서부터 머리가 희끗희끗한 장년까지 연령이 다양한 노무자 무리는 총칼을 찬 일본인들의 감시를 받았다.

하지만 단옥은 노무자 무리보다 산처럼 솟은 건물과 거리를 달리는 자동차, 온갖 물건을 파는 가게들이 눈에 더 들어왔다. 특히 처음 보는 서양 사람들이 낯설고 무서우면서도 한편으로는 신기했다. 양복 입은 신사를 볼 때면 사진 속 아버지가 떠올랐다. 사실 단옥은 아버지와 별다른 추억이 없었다. 아버지한테서 다정한 말은커녕 손길이나 눈길조차 받아본 적이 없었다. 단옥이 기억하는 아버지는 무뚝뚝하고, 온종일 일만 하는 사람이었다.

단옥은 아버지가 떠난 뒤에야 학교를 다니게 해준 아버지를 좋아하고 그리워하기 시작했다. 두 살 아래인 영옥과 밤마다 속닥거리며 아버지 이야기를 하곤 했다. 안방에선 할아버지, 할머니와 성복이 잤고 단옥 자매는 엄마, 영복이랑 건넌방을 썼다. 시간이 지날수록 단옥과 영옥은 자신들이 만들어낸 상상 속 아버지를 진짜라고 믿게 됐다. 그 아버지는 다정하고, 친절하고, 잘생기고, 똑똑

하고, 돈도 잘 벌었다.

하루빨리 화태에 닿고 싶은 단옥의 마음과 달리 가는 길은 더디기만 했다. 기차나 배는 화물과 군인, 노무자 들을 우선으로 태웠기에 일반인들은 자리가 없으면 하루고 이틀이고 속절없이 기다려야 했다. 단옥네가 왓카나이까지 열흘이나 걸린 것도 그 때문이었다. 역과 항구 주위엔 기차나 배를 기다리는 사람들을 위한 여관과 식당이 즐비했지만, 단옥네는 아버지의 회사에서 지정한 숙소와 식당만을 이용할 수 있었다. 그마저도 어떻게 바뀔지 몰라 긴장을 늦출 수 없었다.

내일이나 화태행 배를 탈 수 있다는 말에 성복은 말없이 한숨을 쉬었다. 덕춘은 집에서보다 말수가 적어진 성복이 더없이 믿음직했다. 아직 어린아이로만 여겼는데 코밑에 수염이 가뭇한 게 어느새 사내가 다 돼 있었다. 뭔가를 생각하며 미간을 찌푸릴 때면 제 아버지 모습이 보였다. 출발하기 전날까지도 시부모 방에서 잤던 성복은 덕춘의 아들이기 이전에 집안의 장손이었다. 덕춘은 집을 떠난 뒤 비로소 아들을 되찾은 것 같았다.

성복은 화태에서 중학교에 들어갈 예정이었다. 아직 추위가 덜 풀린 날씨에 집을 떠난 것도 4월 초인 개학에 넉넉하게 맞추기 위해서였다. 장남이 소학교만 졸업하고 농사짓는 게 영 속상했던 덕춘은 중학교 교복을 입은 성복을 상상하는 것만으로도 설렜다. 그러면서도 정작 아들이 무슨 생각을 하고 있는지는 까맣게 몰랐다.

6

왓카나이에서 하룻밤 묵게 되자 덕춘은 오히려 다행이다 싶었다. 3년 만에 만나는 남편 앞에 재투성이 부뚜막을 훔친 행주 같은 몰골로 서고 싶지 않았다. 덕춘은 이곳까지 오는 고된 여정 속에서 오히려 그간 살기 급급해 잊고 지냈던 기억들을 되찾고 있었다.

남편은 덕춘의 첫사랑이었다. 만석은 덕춘네 옆집으로 시집온 큰누나 집에 가끔씩 놀러 왔다. 집성촌에서 살던 덕춘은 외지 남자인 만석을 보자마자 좋아했다. 만석이 오면 장독대에서 장을 뜨는 척하며 조카와 놀아주는 모습을 담 너머로 훔쳐보곤 했다.

덕춘은 열여덟 살 때 만석네 큰누나의 중매로 스물한 살인 만석과 결혼했다. 얼굴도 못 본 채 부모가 짝지어준 사람과 결혼하는 게 당연한 세상에 그런 행운이 없었다. 하지만 덕춘은 만석이 자신을 기억하지 못하자 자존심이 상해 좋아했었다는 걸 말하지 않았다. 그리고 시집살이 속에서 아이들을 낳아 기르고, 일에 치여 사느라 사랑 따윈 까마득히 잊었다. 만석과 떨어져 산 지난 3년 동안도 시부모 봉양에, 밭일하고, 베를 짜고, 집안일까지 하느라 남편을 그리워할 새도 없었다. 일과 시부모 그늘에서 벗어나 오로지 화태 가는 일만 생각하고 있으려니 남편을 향한 마음이 새봄 버들가지처럼 하늘거렸다. 덕춘은 그마저도 남부끄러워 모르는 척하려 애썼다.

성복은 하룻밤 묵어야 한다는 말에 오히려 얼굴이 핀 엄마 모습에 조바심이 났다. 부모의 뜻과 달리 성복은 학교를 더 다닐 마음이 없었다. 공부는 일본 말과 글을 쓸 줄 아는 것으로 충분했다. 책상머리가 아니라 세상과 직접 맞부딪쳐보기를 원했고, 하루빨리 돈을 벌고 싶었다. 성복은 그동안 아버지가 집에 보내오는 편지나 돈의 액수를 보고 화태는 자신이 원하는 삶을 줄 수 없음을 알아차렸다. 학교에 가지 않겠다고 하면 결국 아버지처럼 탄광에서 일하게 될 것이다.

성복은 땅속이 아니라 크고 멋진 건물과 자동차 들이 있는 땅 위에서 일하고 싶었다. 오사카나 도쿄 같은 도시가 그런 곳이었다. 일찍부터 집 떠나는 꿈을 꿨지만 도항증이 없으면 일본으로 가는 배를 탈 수 없었다.

일본은 자국은 내지, 식민지인 조선은 반도라고 부르며 하나의 국가임을 강조했다. 그러면서도 반도인이 자유롭게 내지를 오가는 건 용납하지 않았다. 조선인들은 분명한 사유가 있지 않으면 도항증을 받을 수 없었다. 그 때문에 일본에 가는 수단으로 노무자 모집에 응하는 사람들이 있을 정도였다. 일본인들이 총칼을 들고 노무자들을 감시하는 것도 그런 이유에서였다. 성복은 아버지 회사에서 보내준 도항 증서가 하늘이 내려준 기회 같았다.

마음을 들썩이게 하던 도시와 항구 들을 지나쳐 성복이 왓카나이까지 온 건 차마 엄마와 동생들만 두고 떠날 수 없어서였다. 엄마는 일본 말과 글을 아예 몰랐다. 다 아는 것처럼 잘난 척하는 단옥도 성복이 보기엔 아직 어린아이에 지나지 않았다. 성복은 기차나 배를 탈 때마다 엄마와 동생들을 맡길 만한 조선 사람을 구할 수 있을까 열심히 살폈지만, 적당한 사람을 찾지 못했다. 그리고 솔직히 가족을 떠날 용기도 나지 않았다. 성복은 이러다 화태행 배도 타고 말 것 같은 초조한 마음으로 왓카나이에 도착했다.

회사에서 지정해준 숙소는 지금까지 그랬던 것처럼 허름한 여관이었다. 공용 화장실과 세면장을 사용하고 남자 방, 여자 방이 나뉘어 있어서 생판 처음 보는 사람들과 함께 자야 했다. 어린 영복은 여자들 방에서 자도 됐지만 성복은 그럴 수 없었다. 성복은 밤에만이라도 식구들과 떨어져 있는 게 좋았다.

멀건 미숫가루를 나눠 먹고 식구들이 여자들 방에 든 뒤 성복은 정확한 배 시간을 알아본다는 핑계로 여관을 나왔다. 바다에서 불어오는 칼날 같은 바람에 성복은 몸을 잔뜩 웅크린 채 방파제 쪽으로 갔다. 방파제는 왓카나이 잔교 역으로도 쓰였다. 반구 형태 지붕을 수십 개의 기둥이 받치고 있는 구조물은 멀리서도 눈에 띄었다. 성복은 여관을 나오기 전에 사람들이 방파제에 대해 이야기하는 걸 들었다.

"전에도 방파제가 있었는데 풍랑이 워낙 세서 사람들이 많이 죽었거든. 그래서 다시 세운 거야."

"서른도 안 된 젊은 사람이 설계한 거라고 하대. 멀리서도 대단해 보이지만 가까이에 가서 보면 더 엄청나. 사람이 만든 게 맞나 싶다니까."

사람들 말대로였다. 방파제 기둥은 어른 세 사람이 팔을 벌려야 감싸안을 정도로 굵었다. 높이도 사람 키의 일고여덟 배는 되는 것 같았다. 그런 기둥이 수십 개나 줄지어 선 그 건축물은 자연과 맞서고자 인간이 만든 거였다. 저런 걸 만드는 사람도 있는데 어딜 가든 이 한 몸 건사하지 못할까. 구름 사이로 내리꽂힌 햇살이 꺼져가고 있던 성복의 용기에 불을 붙였다.

흰 밤, 검은 낮

1943년

1

단옥은 신발 조심하라는 엄마의 잔소리를 뒤로하고 집을 나섰다. 맑은 하늘에 해가 떠 있었지만 온기는 느껴지지 않았다. 아침 방 아저씨들은 벌써 출근했고, 밤 방 아저씨들은 아직 퇴근 전인 시간이었다. 골목엔 단옥처럼 학교 가는 아이들만 가끔 보였다.

골목길은 눈과 석탄가루가 섞여 시커멨다. 엄마가 신발을 조심하라고 한 것도 그 때문이었다. 아버지가 사 준 운동화는 단옥에게도 더없이 소중했다. 나중에 영옥에게 물려줄 수 있도록 깨끗하게 신고 싶었다.

단옥네는 아버지 회사에서 내준 사택에서 살았다. 나가야라고 부르는 연립주택이었다. '긴 집'이라는 뜻대로 나가야 한 동에 일고여덟 가구씩 살았다. 집 안에는 벽장 달린 방 두 개와 부엌을 겸하는 거실이 있고, 공동변소와 우물, 빨래터 등은 밖에 있었다. 좁고 긴 널빤지로 이어 붙인 나가야의 외관은 낡고 허술해 보였지만 집 안에 들어서면 난로 열기로 제법 훈훈했다. 저녁엔 탄광 발전소에서 보내주는 전력으로 두어 시간씩 전깃불도 들어왔다.

수십 동의 나가야로 이루어진 사택촌은 노무자들이 광업소까지 걸어서 출근할 수 있는 거리에 있었다. 식량을 비롯한 물품 배급소와 회관을 사이에 두고 조선인은 조선인끼리, 일본인은 일본인끼리 무리 지어 살았다. 일본인들이 사는 쪽엔 탄광 관리직을 위한 평수 넓은 사택도 있다고 했다.

"걔들 아버지나 나나 막장에서 탄 캐는 건 마찬가지여. 그러니께 학교 가서 일본 애들한테 기죽을 거 없어."

탄광 마을 국민학교 편입을 앞두고 긴장한 단옥에게 아버지가 해준 말이었다. 단옥도 일본 땅 남쪽에 있는 시모노세키에서부터 북쪽 끄트머리에 있는 왓카나이까지 오는 동안 일본 사람들이 사는 모습을 봤다. 일본인이라고 해서 다 잘살고, 많이 배우고, 지체 높은 건 아니었다.

그런데도 그들 앞에 서면 당연하다는 듯이 주눅이 들었다. 단옥이 기죽지 않을 수 있었던 건 아버지의 말 때문이 아니라 자신과 처지가 비슷한 일본 아이 유키에 덕분이었다.

유키에를 알기 전까지 단옥은 사택촌에 마음을 붙이지 못했다. 쌀이 반이나 되는 밥을 세끼 꼬박 먹고, 난로 위에 올려놓은 양동이에서 아무 때나 뜨거운 물을 쓸 수 있고, 하루 한두 시간이나마 눈이 부시게 환한 전깃불 아래에서 생활할 수 있는데도 그랬다. 영원히 따뜻해지지 않을 것 같은 날씨와 조선과는 딴판인 생활 방식이 영 적응하기 힘들었다.

집 안엔 구들장 대신 난로가 있어, 그 불로 취사와 난방을 했다. 석탄이 돌멩이보다 흔한 곳이라 땔감은 부족하지 않았지만 방바닥을 데울 수는 없었다. 난로의 뜨거운 열기도 발을 타고 올라오는 써늘한 냉기를 물리치지 못했다. 아직 안면도 트지 않은 사람들과 같이 사용하는 공동변소는 특히 고역이었다.

단옥은 공동변소를 사용하고 난로로 난방을 하는 사택이 집보다는 학교 같은 공공건물로 여겨졌다. 난생처음 자기 방이 생겼지만 혼자 자는 게 무서웠고, 바닥이 뜨끈한 방에서 식구들과 붙어 자던 다래울 집이 그리웠다. 영복이라도 데려다 자고 싶은데 그 애는 밤이 되면 더더욱 엄마와 떨어지지 않으려고 했다. 영복은 아버지를 느닷없이 나타나 엄마를 빼앗으려드는 나쁜 사람 취급했다.

단옥에게도 3년 만에 만난 아버지는 낯설고 어려운 존재였다. 그동안 자신이 만들어낸 아버지를 마음에 품고 있던 단옥은 상상과 다른 모습에 몹시 당황했다. 사진 속 양복 입은 신사는 간곳없고 오면서 본 맨바닥에 앉아 주먹밥을 먹던 노무자들과 다를 바 없는 모습이었다. 단옥은 실망과 서먹함에 선뜻 아버지에게 다가가지 못했다. 아버지 역시 부쩍 자라 나타난 딸이 어색한 듯했다.

오빠의 빈 자리에 갇힌 엄마는 대하기가 더 불편했다. 덕춘은 성복이 떠난 이유를 다른 사람에게서 찾고 싶어 했다. 집을 떠나오던 날 단옥이 서낭당 돌무더기를 무너뜨려서라거나. 1년 중 양기가 가장 센 단오에 태어난 단옥의 기에 눌려서라거나.

"엄니, 밤에 너무 추워서 잠이 잘 안 와유. 잘 때도 버선을 신어야겠어유."

단옥이 무심코 한 말에 덕춘은 거의 살기를 띤 눈초리로 노려보았다.

"오라비는 어디서 굶고 있을지도 모르는데 아주 호강에 겨웠구나."

그 말이 맞다는 생각에 단옥이 무안해하고 있는데 엄마가 혼잣말하듯 내뱉었다.

"내 언제고 지지배가 누구 하나 잡을 줄 알었어. 그 사주가 어디 가겄어?"

엄마 말에 단옥은 폭발했다. 할머니는 단옷날 태어난 단옥의 사주를 못마땅해했고, 심지어 집안에 우환이 생기면 그 탓을 하기도 했다. 단옥은 그럴 때마다 분하고 억울해 죽을 지경이면서도 할머니 심기를 건드리면 그 불똥이 엄마에게 떨어지기 때문에 꾹 참았다. 하지만 화태까지 와서 더구나 엄마한테 그런 소리를 듣는 건 참을 수 없었다.

"엄니가 단옷날 날 낳았잖아유! 그럼 엄니 탓이지 왜 내 탓이여? 엄니는 엄니 때문에 오빠가 도망갔다고 하면 좋겄슈? 말해봐유, 말해보라구유!"

발을 구르며 악쓰는 단옥의 눈에서 불꽃이 튀었다. 말귀를 알아들으면서부터 쌓였던 게 터져 나온 듯 단옥 스스로도 제어하기 힘들었다. 영복이 놀라 울면서 엄마 품으로 파고들었다.

덕춘 또한 당황한 표정으로 단옥을 바라보았다. 원래도 고분고분한 성미는 아니었지만 이렇게 악쓰며 대드는 건 처음이었다. 섣불리 누르려고 했다가는 더 발악을 할 것 같았다. 옆집에서 들을까 봐 걱정된 덕춘은 한발 물러섰다. 단옥은 엄마에게 기어코 사과를 받고서야 숨을 가라앉혔다. 그 뒤로 말조심을 하게 된 덕춘의 가슴속엔 딸에게 사과했다는 굴욕감이 앙금처럼 남았다. 단옥도 엄마에게 퍼부은 게 시원하면서도 한편으론 함부로 굴었다는 죄책감 때문에 엄마를 대하기가 겸연쩍었다.

단옥은 집에만 있는 게 갑갑해 죽을 지경이었다. 다래울 집에서는 마루로 나가거나 방문만 열어도 사방이 탁 트여 있었다. 사택에서도 아예 집 밖으로 나가면 바깥 풍경을 볼 수 있었지만 그래 봤자 달라지는 건 없었다. 추위 때문인지 집집마다 문들은 꽁꽁 닫혀 있고, 간혹 나와 노는 아이들도 단옥이 어울리기에는 어렸다. 시선을 돌리면 탄광의 기계들이 중턱까지 설치돼 있는 검은 산이 보였다. 밤에는 지붕이나 나뭇가지 위에서 하얗게 빛나던 눈도 낮에 보면 까만 석탄가루를 뒤집어쓰고 있었다. 영원히 봄이 오지 않을 것 같은 검은 풍경에 한없이 우울해졌다. 단옥은 유키에를 알기 전까지 밤마다 다래울을 그리워하며 울다가 잠들곤 했다.

2

집에서 나가야 다섯 동을 지나면 유키에네 집이었다. 유키에는 정만의 의붓딸이었다. '눈 설' 자가 들어간 이름처럼 얼굴이 하얗고 눈이 커다랬다.

정만이 개학을 앞두고 단옥네 가족을 초대했을 때였다. 단옥은 자기네 집과 같은 나가야라고는 믿을 수 없을 만큼 아기자기하게 꾸며진 집 안보다, 일본식으로 차린 저녁 밥상보다, 한 살 적은 유키에한테 더 관심이 갔다. 일본 사람이라면 으레 잘난 척할 거라고 생각했는데 유키에는 자기 엄마 치요를 닮아 조용하고 수줍음을 탔다. 그 모습에 단옥은 먼저 다가갈 용기가 났다. 게다가 유키에도 1년 늦게 입학해 단옥과 같은 학년이었다.

모든 게 아직 낯설기만 한 단옥은, 엄마가 조선 남자와 재혼해 사택촌에서도 학교에서도 외톨이였던 유키에와 대번에 친해졌다. 둘은 등하굣길과 학교에서 그림자처럼 붙어 다녔다. 단옥네 교실에는 치카파라는 아이누족 아이가 한 명 있었다. 아이누족은 러시아와 일본이 사할린을 차지하기 전부터 여기서 살아온 선주민이었다. 그런데도 치카파는 자기네 터전을 빼앗은 일본 애들에게 무시와 놀림을 당했다. 반에서 유일한 조선인이었던 단옥은 유키에가 없었으면, 자신도 치카파와 같은 처지가 됐을 거란 생각에 가슴을 쓸어내리곤 했다.

유키에는 예쁘다는 말을 종종 들었는데 그럴 때마다

단옥의 마음까지 우쭐해졌다. 유키에는 전학 첫날 처음 보는 아이들 앞에서 또랑또랑 황국신민서사를 외우던 단옥과 함께 다니는 게 든든했다.

유키에가 집에서 나오는 모습이 보였다. 두 달 뒤 출산 예정인 치요가 뒤따라 나왔다. 단옥은 치요 아주머니가 상냥한 목소리로 '유키짱' 하고 딸을 부르는 게 부럽다 못해 샘이 날 정도였다. 아주머니 같은 사람이 우리 엄마라면 얼마나 좋을까. 엄마도 날 그렇게 다정하게 불러준다면 정말 좋을 텐데. 단옥은 턱을 괸 채 그런 상상을 하다가, 턱 괴면 복 나간다고 엄마한테 등짝을 맞곤 했다.

치요는 딸에게 친구가 생기자 몹시 기뻐하며 도시락을 쌀 때마다 단옥을 위해 반찬 한두 점씩 더 넣었다. 단옥은 그중에서 생선구이가 가장 맛있었다. 산속 탄광 마을에서 생선이라니. 귀한 건 줄 알았는데 바닷가에 가면 파도에 밀려온 정어리가 얼마든지 있다고 했다. 단옥은 당장에라도 가서 한껏 주워오고 싶었지만 어른과 함께 가야 했다.

단옥과 유키에는 치요의 배웅을 받으며 학교로 향했다. 사택촌을 감싸고 흐르는 작은 내를 건너 학교까지 가는 데는 사오십 분이 걸렸다. 유키에와 수다를 떨며 완만한 비탈길을 내려가다 보면 금방이었다. 학교가 자리한 동네엔 국민학교 말고도 중학교, 병원, 소방서, 우편취급소, 파출소 같은 관공서들이 있었다. 또한 우동 가게를 비롯한 작은 식당들, 목욕탕, 이발소, 옷이나 신발 수선집, 고물상들이 있어 조선의 면 소재지와 비슷했다.

"유키에, 위문편지 썼어?"

단옥이 물었다. 전쟁터에서 적과 싸우고 있는 군인에게 편지를 쓰는 숙제였다.

"응, 타마짱은?"

단옥의 이름을 애칭으로 불러준 사람은 유키에가 처음이었다. 조선의 학교에서도 일본 이름을 사용했지만 아이들끼리 애칭으로 부르는 일은 없었다. 유키에는 단옥을 타마짱이라고 부르는데 단옥은 낯간지럽기도 하고 일본 사람들을 흉내 내는 것 같아 유키짱이란 말이 나오지 않았다. 아무튼 탄광 마을 학교에 다니기 시작하면서 단옥은 다시 일본 이름을 되찾았다.

타마코란 이름은 창씨개명 때 다래울 이장이 단옥의 '옥' 자를 따서 지어준 이름이었다. 단옥은 단옷날 태어나서 단옥으로 지었다는 조선 이름을 좋아하지 않았다. 털이 누레서 누렁이라 불리는 이웃집 개 이름과 무엇이 다를까 싶었다. 게다가 그 이름은 할머니와 엄마가 입버릇처럼 말하는 나쁜 사주를 연상하게 만들었다. 반면에 타마코는 가락지나 비녀를 만드는 귀한 보석을 뜻하는 이름이었다.

"혹시 안 써왔어?"

유키에가 걱정스러운 표정으로 물었다.

"썼지. 애인 있냐고, 애인 있으면 뭐라고 부르느냐, 사랑 고백은 했냐, 편지는 자주 주고받느냐, 그런 거만 잔뜩 물었는데 선생님한테 혼나면 어쩌지?"

성스러운 전쟁을 치르는 군인들에게 장난스러운 편지를 썼다고 야단맞을 것 같았다.

"알면서 왜 그렇게 썼어?"

유키에가 웃으며 되물었다.

"매를 벌려고 그런 거지, 뭐. 나라 지키느라고 고생 많다느니 하는 뻔한 말 쓰는 거 정말 따분했단 말야."

단옥이 한숨을 쉬었다. 단옥과 유키에는 학교 이야기를 하는 순간 각자의 나이를 뛰어넘어 여느 4학년이 되었다. 단옥은 유키에가 한 살 늦게 입학한 사연이 궁금했지만 캐묻지 않았다. 아버지와 엄마가 하는 이야기를 들어, 유키에의 친아버지가 탄광 사고로 사망했다는 것 정도는 알고 있었다.

단옥은 혈육의 빈 자리가 만들어놓은 심연 같은 게 유키에한테도 있을 거라고 짐작했다. 물론 오빠의 행방을 모르는 것과 아버지가 돌아가신 걸 같은 자리에 놓고 비교할 수는 없겠지만 말이다. 단옥은 그 심연에 잠겨본 사람은 어떤 식으로든 변한다고 믿었다.

"선생님이 뭐라고 하건 군인이라면 타마짱 편지를 좋아할 거야. 군인들도 성전이니, 애국이니 하는 뻔한 얘기보다 애인 얘기가 즐겁지 않겠어? 위문편지는 그래야지."

단옥은 때때로 자신보다 어른스러운 유키에의 심연이 자기 것보다 더 깊고 어두운 게 분명하다고 생각했다.

3

5월이 되자 한밤중에도 기온이 영하로 떨어지는 일은 없었다. 그런데 밥을 지을 때만 난로를 피우니 집 안은 오히려 더 추웠다. 밤이면 단옥은 함께 자기 시작한 영복을 꼭 끌어안고 한기를 달랬다. 영옥과 나물을 캘 때 등 위로 내려앉던 조선의 봄 볕살이 너무나 그리웠다.

만석이 휴무일로 날을 잡아 영복의 두 돌 잔치 겸 집들이를 하자고 했다. 뒤늦게 처음 본 아들에게 두 돌이라도 챙겨주고 싶어서였다.

"무슨 소식이라도 들은 다음에……."

덕춘은 아직 성복의 소식을 모르고, 다래울로 보낸 편지에 답장도 받지 못한 터라 잔치가 내키지 않았다. 왓카나이에서 사흘 동안 아들을 찾아 헤매던 덕춘이 화태행 배를 탄 건 여관에서 일하던 조선 사람의 말 때문이었다.

"며칠 객기 부리다 고생스러우면 결국 부모 찾아갈 거요. 그러니 여기서 지체하지 말고 화태 가서 기다리시우. 어쩌면 아들이 먼저 가 있을지도 몰라요."

하지만 성복은 화태에 오지 않았다. 만석이 무겁게 내쉰 한숨은 덕춘의 가슴에 고스란히 얹혔다. 성복이 다래울로 되돌아갔을지도 모른다는 만석의 추측에 덕춘은 마지막 희망을 걸었다. 그 무엇이든 붙잡지 않고서는 버틸 수 없었다.

다래울로 보내는 편지는 단옥이 썼다. 전에는 성복이 하던 일이었다. 입학해서 한 학년 배운 게 고작이고, 그마저도 기억이 가물가물한 단옥은 한글로 편지 쓸 실력이 되지 않았다. 할아버지, 할머니에게 단옥의 편지를 읽어 줄 영옥도 한글을 모르니 일본어로 써야 했다. 아버지와 엄마가 조선말로 하는 걸 일본 글자로 바꿔 쓰기란 쉬운 일이 아니었다. 아무튼 편지를 보낸 지 한 달 정도 됐으니 답장이 오려면 그만큼 더 기다려야 했다.

만석은 영복의 두 돌이 아니더라도 가족이 오면 집들이 잔치를 하겠다고 벌써부터 마음먹고 있었다.

"소식이 언제 올 줄 알고. 그동안 여기서 남들한테 얻어먹기만 했지, 뭘 한 번 내본 적이 없어. 식구들도 오고 했으니 겸사겸사 사람 노릇 좀 해보고 싶구만."

만석의 말에 덕춘은 더는 반대하지 못했다.

덕춘네가 처음 당도했던 밤, 만석은 식구들을 집에 데려다 놓고 난로를 피워준 뒤 밤 방 근무에 들어갔다. 가족이 언제 올지 몰라 며칠 전부터 낮 시간을 비워둔 채 야간 일을 하고 있었다. 성복이 오지 않았다는 말에 무너져 내린 덕춘은 만석이 깔아준 이부자리에 쓰러지듯 누웠다.

화태 오도마리항에 도착해서 회사의 인솔에 따라 에스토루 탄광 마을까지 오는 데도 이틀이 걸렸다. 기차와 광업소 트럭으로 에스토루 시내까지 온 뒤, 거기서부터 탄광 마을까지는 썰매 마차를 타고 들어왔다. 온종일 코가 떨어져나갈 듯한 추위와 덜커덩거리는 마차의 흔들림에 시달린 단옥과 영복은 눕자마자 곯아떨어졌다.

"나는 이제 일하러 가야 하니까 오늘은 아무 생각 말고 자. 낼 아침에 올 겨."

만석은 덕춘에게 뻗던 손을 서먹한 표정으로 거두곤 집을 나갔다. 덕춘은 탄광 일이 고된 줄은 알았지만 이 시간에도 일을 하는지 몰랐다. 장남을 데려오지 못한 게 더 미안해진 덕춘은 빨리 기운을 차려야 한다고 이를 악물었다.

다음 날 아침에 돌아온 만석은 숟가락도 들지 않은 채

덕춘이 차린 첫 밥상을 들여다보기만 했다. 손에 선 살림살이에 단옥과 궁리해가며 어렵게 차린 밥상이었다. 남편의 태도에 덕춘은 가슴이 덜컥 내려앉았다. 어젯밤 그냥 넘어갔던 성복의 일에 대해 무슨 말인가 하려는 게 분명했다. 단옥은 심상치 않은 분위기에 숨을 죽였고, 밥상만 보면 환장하는 영복도 덕춘의 무릎 위에 궁둥이를 깊이 들이밀었다. 덕춘이 떨리는 목소리로 물었다.

"뭐, 뭐가 잘못됐슈?"

그 소리에 만석은 정신이 든 듯 고개를 들어 가족을 둘러보았다.

"이런 밥상을 받아본 게 얼마 만인가 싶어서……. 상 차리느라고 고생했네. 어서 먹자."

독신자 합숙소 식당에선 콩깻묵 섞은 밥을 줬다. 콩에서 기름을 짜고 난 찌꺼기인 콩깻묵은 조선에서도 돼지 먹이나 논밭에 거름으로 쓰는 거였다. 반찬이라곤 멀건 일본 된장국과 단무지 두어 쪽이 다였다.

만석은 가족이 오니 제대로 된 밥상을 다 받는다고 덤덤한 소리로 말했다. 가슴이 먹먹해진 덕춘은 남편의 말이라면 죽는시늉이라도 하겠다고 마음먹었다.

4

 만석은 덕춘이 사택촌 부인네들과 친해져 하루빨리 이곳 생활에 적응하기를 바랐다. 그중에서도 특히 치요와 가깝게 지냈으면 했다.
 "제수씨도 조선 사람들 틈에서 외롭고, 당신도 여기가 낯설 테니 서로 의지하면서 지내면 좋잖어."
 "나는 일본말을 모르고, 그짝은 조선말을 모르는디 어떻게 말을 섞는대유."
 남편 말에 죽는시늉이라도 하겠다던 마음은 어디 가고 덕춘의 입에선 퉁명스러운 대꾸가 나갔다. 치요네는 정만이 일본어를 잘해 가족 간의 소통에 문제가 없었다.
 "그럼 제수씨하고 어울리면서 말도 배우고 하면 되겄네. 일본말 못하면 제 밥 찾아 먹기도 힘든 세상이여."
 만석은 어느 한쪽이 말을 배워야 한다면 조선 사람이 일본말을 배우는 게 더 맞다고 생각했다. 만석은 읽거나 쓰는 건 못해도 사람들과 소통하는 데는 문제가 없을 만큼 일본말을 했다. 말과 글을 아는 게 얼마나 큰 힘인 줄 잘 알기에 딸들도 학교에 보냈던 것이다. 이제는 아내도 일본 땅에 와서 살게 됐으니 말이라도 배우기를 원했다. 만석은 덕춘이 자극을 받도록 단옥과 일본어로 말하며 영복에게도 가르치곤 했다.

덕춘은 언어 핑계를 댔지만 그보다는 정만 부부가 마음에 들지 않아서였다. 조선에 처자식을 둔 채 새장가를 든 정만보다 치요가 더 못마땅했다. 겉으로는 상냥한 척 굴지만 속으로는 조선인이라고 자신들을 무시할 게 분명했다. 제집도 아닌 사택을 돈 들여 꾸며놓은 거며, 전쟁 중에 예쁜 그릇들로 밥상을 차린 것도 좋아 보이지 않았다. 조강지처가 아니라서 남편이 힘들게 번 돈을 헤프게 쓰는 것 같았다. 애까지 데리고 왔으면 더 절약할 일이지. 딸이 치요를 따르는 것도 꺼림칙했다. 단옥이 겉치레 꾸미는 거나 사치 떠는 걸 배울까 봐 걱정스러웠다.

덕춘은 사택촌 부인네들과는 바로 친해졌다. 특히 옆집 사는 동수 엄마와 가장 많이 어울렸다. 바로 옆집인 데다 삼 형제 중 막내인 동수랑 영복이 동갑이었다. 영복은 눈만 뜨면 동수에게 가자고 졸라댔다. 나이는 동수 엄마가 두어 살 어렸지만 화태살이는 선배였다.

조선 어디에서 왔든 여자들이 살아온 삶은 거의 비슷했다. 가난한 집에서 학교 문턱도 못 밟아보고 자라 부모가 맺어준 남자와 결혼했다. 하늘만 빼꼼히 보이는 동네에서 줄줄이 애 낳고 일만 하며 살았다. 그네들의 인생 중 가장 큰 경험은 조선을 떠나 화태까지 온 일이었다. 오면서 겪은 일만큼 대단한 화젯거리는 없어서 모이기만 하면 그 이야기를 하고 또 했다.

화태에 도착해서는 또다시 사택촌이 전부인 삶을 살았다. 고향과 다른 점이라면 여기서는 바깥일을 안 해도 된다는 거였다. 우선 부인네들이 일할 수 있는 자리가 흔치 않았고, 아내에게 일을 시키면 못난 사내라는 인식이 사택촌 남정네들 사이에 퍼져 있었다. 뼈가 빠지고 지문이 닳게 일하다 온 여자들에게 방 두 칸짜리 집안일은 소꿉장난 같았다.

노는 건 죄악이라는 생각이 골수에 박혀 있는 여자들은 여름이 오면 들로 산으로 나물을 뜯으러 다니고, 바닷가에 가선 해산물을 채취해 왔다. 어디든 기어코 땅을 일궈 감자 몇 알, 배추 몇 포기라도 심었다. 누군가 조선에서 가져온 배추씨로 배추를 키우고, 또 거기서 씨를 받아 키운 배추로 김장을 했다. 덕분에 화태 땅에서도 밥상엔 조선 음식이 올랐다.

어른 아이 할 것 없이 사람들이 모인 곳엔 질투, 오해, 갈등, 뒷소리, 틀어짐, 따돌림, 화해 들이 있었다. 덕춘은 관계에서 오는 감정의 부대낌 때문에 힘들어 하면서도 부인네들한테 가족과는 또 다른 유대감과 소속감을 느꼈다. 단옥이 낯선 학교에 가서 얼마나 긴장되고 힘들었을까 하는 마음이 뒤늦게 들었다. 유키에라면 죽고 못 사는 마음도 약간은 이해됐다. 그 역시 여기서 살아내기 위한 안간힘이라고 생각하면서도 입 밖으로 꺼내놓지는 않았다. 오냐오냐해주면 딸이 머리 꼭대기까지 기어오를까 봐 걱정돼서였다. 그렇게 세상 무서운 사람 없이 크다가는 나중에 데려가겠다는 남자가 없을지도 몰랐다.

5

만석이 잡아놓은 잔칫날이 다가오고 있었다. 늘 궁핍했던 조선에서는 이렇게 사람을 많이 부르는 잔치를 해본 적이 없었다. 덕춘은 준비를 제대로 못 해 남편 체면을 깎을까 봐 걱정이 태산 같았다. 다행히 동수 엄마가 적극적으로 나서서 도와주었다.

조선인 사택촌에는 공용으로 쓰는 화덕, 큰 솥과 상 들이 있었다. 부족한 그릇과 수저는 이웃에서 빌리기로 했다. 이 집 저 집에서 직접 채취한 미역과 말린 고사리, 머윗대, 젓갈, 말린 생선 들을 잔치에 미리 부조했다.

사택촌 부인네들은 만석이 정만과 친한 걸 알고는 그 집 이야기를 궁금해했다. 다들 골목에서 마주칠 때마다 상냥한 얼굴로 허리를 숙이는 일본 여자에게 호기심을 품고 있었지만 선뜻 다가가지는 않았다. 말이 안 통하는 게 우선이었고, 덕춘이 정만 부부를 못마땅해하는 것과 비슷한 반감을 갖고 있었기 때문이다.

조선 여자들에게 일자리를 준다고 꼬드겨 늙은 일본 남자에게 판다는 이야기는 들어봤어도, 젊은 일본 여자가 조선인 노동자와 결혼하는 일은 본 적이 없었다. 그들의 혼인에는 여러 풍문이 뒤따랐다. 치요 몸에 커다랗고 흉측한 흉터가 있다거나, 탄광 못지않은 막장 인생을 살던 술집 작부였는데 정만이 빚을 갚아주고 데려왔다거나, 데려온 아이의 아버지도 누군지 모르고, 뱃속의 아이도 정만의 아이가 아니라거나, 정만의 돈을 알겨다 병든 남편에게 보내준다든가, 혹은 사택촌에 사는 조선인들을 염탐해서 사무소에 고해바친다거나……. 실은 덕춘도 한 번씩은 의심해봤던 생각들이었다. 그래서 더 강하게 항변했다.

"아이고, 숭해라. 남 얘기라고 그렇게 함부로 말하면 안 되지. 치요 전남편도 탄광에서 일하던 사람인데 사고로 죽었댜. 과부가 돼서 시내 식당서 일하다가 정만이 삼촌을 알게 된 겨."

치요가 일했던 시내의 하야시 우동 가게는 조선인들이 드나드는 식당은 아니었다. 합숙소를 지긋지긋해했던 정만은 휴무 날이면 갖은 수를 써서 시내에 나갔다. 우동 가게 앞을 지나다니다 늘 혼자 놀고 있는 유키에를 본 정만은 고향에 있는 딸이 생각나 사탕이나 도미 빵을 사서 주곤 했다. 때로는 함께 놀아주기도 했다. 뒤늦게 그 사실을 안 치요가 고맙다며 정만을 식당에 들여 우동을 대접했다. 정만은 그때 치요를 처음 보았고, 둘의 인연이 시작됐다.

치요는 자신에게 추근대거나 유키에한테 함부로 하는 남자 손님들 때문에 마음의 상처가 컸다. 혼자 노는 어린아이에게 사심 없이 온정을 베푸는 조선 남자가 비록 반도인일지라도 그들보다 나은 사람 같았다. 둘은 차츰 서로를 아끼며 의지하게 됐지만 정만은 치요가 자신 때문에 멸시와 조롱을 당하는 게 너무 괴로웠다. 다시는 찾아가지 않겠다고 결심했을 때 치요가 함께 살자고 했다. 정만과 있을 때면 편안하고 밝아지는 유키에 모습이 결심을 도와줬다. 첫 남편과 결혼할 때보다 훨씬 더 큰 용기가 필요했다.

"뭐, 조강지처 두고 딴살림 차린 건 잘한 일이 아니지만 그렇다고 아주 나쁜 놈은 아녀. 애들 아버지가 그러는디, 부모 등쌀에 억지 장가든 다음 딸 하나 낳고 바로 집을 나와서 본마누라하고는 정도 없댜. 화태로 불렀는디도 안 온다고 한 걸 보면 그짝도 마찬가진개벼. 그래도 징용 오기 전에는 돈 벌어서 땅도 사 줬고, 시방도 월급 타면 집에 다만 얼마라도 송금부터 해준다더만."

만석에게 그 이야기를 들었을 때 덕춘은 땅 사 주고 돈만 보내주면 다냐고 비난했었다. 그런데 지금은 언제 그랬냐는 듯 정만 부부를 변호하느라 열을 올렸다.

"나도 첨에는 무슨 하자나 꿍꿍이속이 있으니께 일본 여자가 조선 남자랑 살지, 하고 의심했었는디 겪어보니께 아녀. 둘은 찐사랑이여."

덕춘의 말에 누군가 서방보다 돈이 낫다며 정만의 본마누라는 땡잡았다고 우스갯소리를 했다. 치요에 대한 부인네들의 감정은 한결 누그러졌지만 여전히 의심하고 못마땅해하는 사람도 있었다.

다음 날 덕춘이 영복과 점심을 먹으려고 상을 차리는데 누가 문을 두드렸다. 문을 여니 치요가 매실을 절여 만든 우메보시를 한 통 든 채 서 있었다. 잔치 때 쓰라고 가져온 듯했다. 정만네 집에 갔을 때 덕춘은 치요가 만든 우메보시를 맛나게 먹었다. 일본 음식이 죄다 밍밍했던 탓도 있었지만 그보다는 매실절임 자체가 맛있어서였다. 그동안 일본 사람들의 대표적인 밥반찬인 우메보시를 여러 번 맛보았는데 치요가 만든 게 그중 입에 맞았다. 잔치 때 내놓을 김치가 너무 적어 걱정하던 차에 반갑기 그지없었다.

"아이고, 이런 걸 뭐. 고마워유."

눈치껏 알아들은 치요가 활짝 웃으며 엄마 옆에서 고

개를 내민 영복의 머리를 쓰다듬었다. 푸석한 얼굴에 기미가 잔뜩 앉아 있었다. 치요가 허리 숙여 인사하곤 한 손으로 부른 배를 받친 채 돌아섰다. 덕춘은 그 뒷모습이 고단하고 외로워 보였다. 자신은 온 지 한 달도 안 돼 사택촌 사람들과 친해졌는데 치요는 1년이 넘게 외돌토리였다. 제아무리 일본 사람이라고 해도 조선인들 틈에서 사는 게 쌀밥 속의 뉘처럼 주눅 들겠지. 게다가 자신에게 험한 소문이 따라다닌다는 걸 알면 얼마나 속이 상할까.

덕춘은 치요네 집과 비교도 안 되게 초라한 밥상에 잠시 망설이다 에라, 하곤 치요를 불렀다.

"이봐유, 치요 제수."

치요가 돌아다보았다.

"점심 안 먹었으면 같이 먹어."

덕춘은 손짓으로 밥 먹는 시늉을 했다.

6

만석은 만석대로 잔치 준비를 했다. 탄광 노무자들에게는 출근하면 일정 개수의 담배와 한 잔짜리 술 배급표가 나왔다. 배급표를 가지고 우동집이나 식당에 가면 술과 바꿔 마실 수가 있었다. 만석은 술 배급표는 잘 모아두고, 담배로는 영복이 주전부리나 단옥이 학용품으로 바꿔다

주곤 했다.

만석은 술 배급표를 잔치에 쓸 병술로 바꾸고, 뒷거래로 족발도 사 왔다. 물자가 아무리 부족해도 돈이 있으면 어떻게든 구할 수 있었다. 화태는 그래도 물자가 넉넉한 편이지만 일본 본토에서는 어림없는 일이라고 했다. 사람들은 족발을 발족이라고 바꿔 불렀는데 족발이라는 발음이 일본 사람에 대한 멸칭과 비슷하게 들려서였다. 화태에 온 일본인들의 처지가 아무리 조선인들과 비슷하다고 해도 만만하게 대할 수 없는 건 마찬가지였다.

드디어 영복의 두 돌 생일과 집들이를 겸한 잔칫날이 됐다. 집 앞에 놓인 화덕에서 육개장이 한 솥 끓고 있는 가운데 잔치는 온종일 이어졌다. 덕춘은 영복을 위해 만든 수수팥떡을 손님들이 골고루 맛볼 수 있게 했다. 화태에 올 때 시어머니가 챙겨준 찰수수가루를 써서 만든 것이었다.

"영복이 두 돌 때 다른 건 못 해도 수수팥떡만큼은 꼭 해서 거기 사람들하고 나눠 먹어라."

시어머니가 이른 말이었다. 다래울에서도 아이들 백일이나 돌 때 아무리 형편이 어려워도 수수팥떡은 꼭 했다. 수수와 팥의 붉은색이 나쁜 기운을 물리쳐준다고 믿었기 때문이다. 화태에도 팥과 찹쌀은 있었지만 원하는 만큼

구하기는 쉽지 않았다. 날이 너무 추워 벼농사를 짓지 못했기에 쌀이나 찹쌀은 일본 본토에서 들여와야 했다. 그 탓에 조선의 농민들은 일본에 쌀을 대느라 굶어 죽을 판이었다.

잔치 전날 단옥은 유키에와 함께 엄마가 만들어준 익반죽 덩어리로 수수 경단을 빚었다. 영복이 돌 때는 영옥과 함께 만들었었다. 끓는 물에 삶은 경단을 팥고물에 궁굴려 묻히면 맛난 수수팥떡이 됐다. 유키에가 일본에서도 붉은색은 재앙을 막고 복을 부르는 색이라서 아기 돌 때 팥밥을 먹는다고 했다.

"내일 엄니랑 꼭 같이 와서 맛난 것도 먹고 사람들하고 어울리라고 햐."

단옥이 신이 나서 유키에한테 엄마의 말을 통역했다.

잔치는 종일 이어졌다. 만석과 함께 밤 방 일을 마친 사람들이 한차례 먹고 간 뒤 아침 방 일을 갔던 사람들이 몰려왔다. 단옥은 자신과 유키에가 만든 수수팥떡을 온 동네 사람들이 먹는 모습에 뿌듯했다. 사택촌 부인네들이 번차례로 드나들며 도와주었다. 설거지를 하던 치요에게 동수 엄마가 몸 무거운 사람은 남편 옆에 앉아서 쉬라고 밀어냈다. 그 모습에 입을 삐죽거리며 못마땅해하는 사람도 있었지만 치요는 조금씩 부인네들 틈에 섞여들기 시작했다.

이른 저녁을 먹는 낮 방 근무자들은 마음 놓고 술을 마시지 못하는 걸 아쉬워했다.

"내는 주 씨가 아예 술을 못 마시는 사람인 줄 알았다 아이가."

"지는 그동안 형님이 찔러도 피 한 방울 안 나오는 자린고비인 줄만 알았어라."

"노름판 한 번 안 끼는 거 보고 대단하다고 생각했어."

"잔치하느라 기둥뿌리 다 뽑히는 거 아녀?"

만석은 사람들이 건네는 술에 얼굴이 불콰했고, 정만은 자기 집 잔치인 양 손님들을 챙겼다.

"태술이, 여기 앉아. 형수님, 이 동생한테 국 한 그릇 주시오."

상에서 빈 그릇들을 거두던 단옥은 정만 옆에 앉는 아저씨를 보았다. 아버지가 새로 온 노무자 중에 충남 성환 사람이 있는데 엄마와 같은 임씨라고 했던 게 생각나서였다. 동향에 성까지 같다는 말에 엄마는 독신자 숙소에서 지내는 그 사람을 잔치 때 꼭 부르라고 했다.

"아이고, 이 양반이 그 양반인가 보네유."

덕춘이 반색하며 국을 가져다주었다. 태술과 본관까지 같다는 걸 안 덕춘은 친정 식구라도 만난 양 좋아했다. 엄마가 그러니까 단옥도 태술이 남달라 보였다.

 덕춘은 좋은 날이 되니 더욱더 커지는 장남 생각에 속으로 울며 잔치를 치렀다. 반면 단옥의 마음은 9시가 넘어도 지지 않는 해처럼 환했다. 태술이 단옥과 유키에한테 50센씩 줬기 때문이었다. 단옥은 그 돈으로 뭘 할지 궁리하느라 그날 밤 잠도 오지 않았다.

따뜻한 겨울

1943년

1

7월의 날씨는 이제야 겨우 조선의 늦봄 같아졌다. 화태는 8월에도 한낮에만 더울 뿐 아침저녁으론 초가을처럼 선선하고, 9월부터 추워져서 10월이면 눈이 온다고 했다. 추위 걱정 없이 활동할 수 있는 날들은 1년 중 고작 서너 달인 셈이었다.

단옥은 수업 시간에 화태는 위도가 높아 여름 동안 낮이 길다는 걸 배웠다. 그런데도 밤늦게까지 환한 이유가 꼭 짧은 여름을 보충하기 위해서인 것만 같았다. 어른들은 밤이 짧아 피곤하다고 불평했지만, 단옥은 늦은 밤까지 골목에서 사람들 떠드는 소리가 들려오는 게 좋았다.

단옥은 일요일 아침인데 학교 가는 날보다 더 일찍 눈이 떠졌다. 옆에서 영복의 숨소리가 새근새근 들려왔다. 단옥은 새삼 벅차오르는 기쁨에 영복을 끌어안았다. 드디어 에스토루 시내 구경을 가는 날이다. 어제까지 낮 방 일을 한 아버지는 오늘 휴무였다. 원래는 6월 휴무 때 시내에 가려고 했었는데 엄마의 입덧이 심해져 미룰 수밖에 없었다.

덕춘은 화태에 온 지 한 달 만에 임신을 했다. 오래간만에 아내를 만난 만석은 신혼 때의 혈기를 되찾은 듯 열정적이 됐다. 아들은 살았는지 죽었는지 소식도 모르는데……. 처음엔 죄책감이 느껴져 남편에게 맘껏 안기지 못했다. 하지만 시부모도 없고, 영복마저 단옥에게 보내고 나자 몸이 먼저 뜨거워지곤 했다. 그 사실이 부끄러워 덕춘은 입덧이 심해질 때까지 남편에게조차 임신을 밝히지 못했다. 음식 냄새만 맡으면 구역질이 나와 밥도 짓지 못하고, 먹지도 못하게 돼서야 겨우 털어놓았다.

덕춘의 건강에 이상이 생긴 줄 알고 걱정하던 만석은 어디선가 귀하디귀한 복숭아 통조림 두 개를 구해 왔다. 덕춘에게 통조림을 건네며 영복과 단옥한테 들으라는 듯이 말했다.

"이건 돈 주고도 구하기 어려운 거니께 애들 주지 말고 당신만 먹어. 얼른 기운 차리고 잘 먹어야 뱃속의 애도 건강하지."

단옥은 엄마가 준다고 해도 거절하고, 영복도 단속하라는 뜻임을 알아들었다.

덕춘은 혼자만 먹으려니 사흘 삶은 호박처럼 부드럽고 꿀처럼 달콤한 복숭아가 넘어가질 않았다. 만석이 없을 때 영복과 단옥에게 한 쪽씩을 맛보게 해줬다. 다른 하나는 덕춘이 한 쪽 먹고 찬장에 넣어둔 걸 영복이 어떻게 꺼냈는지 다 먹어치웠다. 온몸에 설탕물 범벅을 한 채 여전히 입맛을 다시고 있는 영복의 모습에 덕춘은 야단칠 기운도 없어 헛웃음만 지었다.

이 맛난 걸 맛도 못 보고. 밥은 굶지 않고 지내나. 습관처럼 성복을 생각하던 덕춘은 문득 영옥 생각이나 걱정은 거의 해본 적이 없음을 깨달았다. 영옥이는 할아버지, 할머니하고 집에 잘 있으니께. 덕춘은 스스로에게 변명을 했다.

단옥은 통조림을 엄마 혼자만 먹으라는 아버지가 서운하지 않았다. 엄마는 영복을 임신했을 때도 입덧이 심했다. 할머니는 밥 냄새 때문에 부엌 근처에도 가지 못하는 엄마를 두고 유난스럽다며 타박했다.

"할머니도 여자면서 왜 자꾸 엄니한테 뭐라고 하는규? 엄니가 일부러 그러는 것도 아니잖아유."

단옥은 그동안 쌓여 있던 서운함까지 더해 할머니에게 대들었다. 하지만 엄마는 고마워하기는커녕 계집애가 공연히 분란을 만든다고 오히려 단옥을 야단쳤다. 이불을 뒤집어쓰고 울며 다시는 엄마 편을 들지 않겠다고 맹세했던 게 기억났다.

단옥은 아버지가 엄마를 걱정하고 위해주는 게 좋았다. 아버지는 점점 상상 속 아버지와 닮아가고 있었다. 단옥은 영옥이 아버지를 만났을 때는 자신과 같은 실망이나 거리감을 느끼지 않기를 바랐다. 예전에 아버지가 무뚝뚝했던 건 어쩌면 부모 앞에서 아내나 자식들에게 애정 표현을 삼가는 조선의 관습 때문이었는지도 몰랐다. 만석은 영복을 놀린다는 핑계로 덕춘을 끌어안거나 입을 맞추곤 했다. 그러면 영복은 엄마 아버지 사이를 비집고 들어가 떼어내려 기를 썼다. 처음엔 얼굴이 새빨개져 민망해하던 덕춘도 남편의 장난에 차츰 익숙해졌다.

부모의 애정 표현을 눈앞에서 보는 게 엄마 못지않게 부끄럽던 단옥도 점점 적응했다. 적응하기만 한 게 아니라 자신도 나중에 결혼하면 엄마 아버지처럼 다정하고 행복하게 살겠다는 다짐까지 했다. 단옥은 그렇게 네 식구만의 생활에 익숙해져갔다.

주 노인은 성복이 돌아오거나 소식을 알 때까지 다래울을 떠나지 않겠다고 했다. 만석도 그게 좋겠다며 전보다 송금액을 늘렸다. 가족이 오면서 만석은 월급으로 정해진 150엔 가운데 70엔씩 받았다. 나머지 80엔에서 이것저것 공제하고 남은 돈은 저금한다고 했다. 나라에서 발행하는 채권을 강제로 사거나, 전쟁을 위한 헌금을 내야 하는 일이 많았다.

만석은 뿌듯한 얼굴로 나중에 조선으로 돌아갈 땐 목돈을 찾을 수 있을 거라고 했다. 단옥은 다래울 식구까지 온 가족이 기와집을 짓고 사는 모습을 상상하곤 했다. 어쨌거나 돈 쓰는 것에 익숙하지 않은 단옥 가족에게 70엔은 아주 큰돈이었다.

2

겨울이 오자 만석은 고물상에서 쓸 만한 스키를 사 와서 단옥에게 타는 법을 가르쳐주었다. 금방 배운 단옥은 유키에와 빨리 달리기 시합을 하곤 했다. 학교 가는 길은 완만하게 경사가 져 있어서 스키를 타고 달리는 맛이 났다. 물론 하굣길은 그만큼 고생스러웠지만 아침부터 미리 걱정할 필요는 없었다. 신나게 달려 난로를 피운 교실로 들어가면 바지에서 김이 설설 피어올랐다.

단옥은 학교가 재미있었다. 가끔 폭설 때문에 학교가 문을 닫는 적은 있어도 단옥이 빠진 적은 없었다. 조선 소학교에서는 산에 가서 땔감을 구하거나 송진을 채취하느라 수업을 안 하는 경우가 많았는데, 여기서는 군사 훈련 외에는 수업을 빼먹지 않았다. 승전을 비는 표어나 포스터를 그리는 미술 시간, 군가를 배우는 음악 시간도 다 즐거웠다. 나이 어린 일본 애들한테 지고 싶지 않은 욕심에 단옥은 더 열심히 했다.

12월 중순에 2학기 종업식을 한 단옥은 반에서 5등 한 통지표를 자랑스레 내놓았다. 아버지의 흐뭇한 미소가 단옥한테는 더할 나위 없이 큰 보상이었다. 단옥은 미처 깨닫지 못했지만 오빠 몫까지 해내야 한다는 생각이 온몸과 마음에 혈관 속의 피처럼 돌고 있었다.

덕춘은 단옥이 방학한 다음 날 딸을 낳았다. 사택촌에서 출산을 도맡아 봐주는 김천댁이 아이를 받았다. 태몽이나 입덧 모양새로 아들임을 확신하고 있던 덕춘은 몹시 실망했다. 덕춘은 여전히 딸은 시집가면 그만인 존재이며, 집안을 이어갈 자식은 아들이라고 생각했다. 만석이 외아들인 것을 늘 아쉬워하는 시부모는 며느리가 아들을 여럿 낳기를 바랐다.

덕춘은 이번에 아들을 낳아 시부모의 기대에 부응하고, 성복의 부재에 대한 아픔과 죄책감을 조금이나마 덜고 싶었다. 옆집 동수와 실랑이라도 붙으면 삼 형제가 함께 대드는 통에 기를 못 펴는 영복에게도 형제를 만들어주고 싶었다. 실망한 덕춘과 달리 만석은 그저 산모와 아기가 모두 무사한 것에 감사하고 기뻐했다. 그건 단옥도 마찬가지였다. 아이를 낳다 산모가 죽거나, 태어난 아이가 죽는 일이 드물지 않기 때문이었다.

만석이 아기 이름을 지을 때 단옥에게 의견을 물었다. 이런 중대한 일에 자신의 생각을 묻다니. 단옥은 스스로가 중요한 사람이 된 듯 가슴이 벅차올랐다. 동생에게는 자신과 달리 의미가 담긴 이름을 지어주고 싶어 머리를 싸매고 궁리했다. 단옥의 머릿속에 바다가 떠올랐다.

화태 오도마리항에서 탔던 기차는 오른쪽으로 바다를 끼고 달렸다. 단옥은 그때까지 바다를 세 개나 건넜지만 늘 선실에 갇혀 있다시피 해서 제대로 본 적이 없었다. 끝없이 펼쳐진 바다를 보자 사라진 오빠 때문에 복닥거리던 마음이 평온해졌다. 잔잔한 바다가 지금 하고 있는 걱정과 근심이 별것 아니며, 모든 게 잘될 거라고 말해주는 것 같았다. 거친 풍랑이 이는 광경을 보았다면 생각이 달라졌을까. 단옥이 그날 본 바다는 가늠할 수 없는 크기와 깊이를 지닌 채 평화로운 모습이었다.

"우미, 우미코 어때요?"

"우미? 바다 말여?"

"야, 바다는 엄청 깊고 또 엄청 넓잖아유. 지는 우리 애기가 바다 같은 사람이 됐으면 좋겠슈."

단옥은 잔뜩 상기된 얼굴로 말했다.

"조선 이름으로는 해자구먼."

만석이 흡족해했다. 지지배 이름에 바다라니. 덕춘은 단옥 못지않게 기가 센 이름 같아 마음에 들지 않았다.

"아버지, 집에서도 우미코라고 하면 어때유? 지는 처음에 학교 가서 내 이름을 부르는 데도 못 알아들었다니께유."

"그려. 사람이 지 이름도 모르면 안 되지."

만석이 찬성했지만 덕춘은 이번에도 단옥의 말이 마뜩잖았다.

"멀쩡한 조선 애를 왜 집에서까정……."

단옥은 일본 사람들이 그러는 것처럼 동생을 '우미짱' 하고 불렀다. 아기를 그렇게 부르는 건 덜 민망했다. 영복까지 혀 짧은 소리로 '우미, 우미' 했지만 덕춘은 꿋꿋이 해자라고 불렀다. 특별히 애국심이 있어서는 아니었다. 조선인의 일상 언어에 일본어가 섞여든 지는 이미 오래였다. 손톱깎이는 스메키리, 쟁반은 오봉, 양복바지는 쯔봉, 방석은 자부통……. 덕춘도 남들이 다 사용하는 일본어는 스스럼없이 했다. 하지만 자기 애를 집에서 일본 이름으로 부르는 건 너무 낯간지러웠다.

3

하루가 멀다 하고 눈이 내렸다. 계속 덧쌓인 눈이 처마까지 차 문을 열지 못하기도 했다. 집집마다 온 식구가 나와 자기 집 앞과 공동변소 쪽 눈을 퍼내 길을 뚫었다. 그러면 아이들이 뛰어놀던 골목은 사라지고, 한 사람이 간신히 지나다닐 만한 길과 눈으로 세운 담이 생겼다.

 눈 담이 생기자 바람이 덜 들어와 아늑한 느낌이 들었다. 석탄가루가 닿지 않은 곳의 눈을 퍼다 식수와 생활 수로 사용했다. 더러는 그런 길을 뚫고서라도 이웃집을 오가곤 했지만 단옥네 집엔 아무도 발걸음을 하지 않았다. 아기가 태어난 집에 대한 배려였다. 병원 가기도 힘든데 갓난쟁이가 아프기라도 하면 큰일이었다.

 겨울방학은 2주 남짓이었다. 학교는 1월 초순에 3학기를 시작해서 3월 하순에 종업식을 했다. 짧은 봄방학을 한 뒤 4월 초에 새 학년으로 올라갔다. 단옥은 방학 내내 엄마 산바라지는 물론 영복을 돌보고 살림까지 하느라 방학 숙제를 할 틈도 없었다. 밤이면 지쳐 곯아떨어지면서도 눈을 뜨자마자 할 일을 찾아서 했다. 그 또한 성복 몫까지 해야 한다는 무의식에서 비롯된 것이었다.

우미코가 태어난 며칠 뒤 만석은 정만이 전해줬다면서 치요의 선물을 가져왔다. 발목에 폭을 조절하는 끈이 달린 분홍색 아기 털양말이었다. 우미코의 출생을 축하하는 유키에 편지도 함께였다. 그 안엔 7월에 태어난 남동생 이사오의 아랫니가 쌀알처럼 돋아났다는 이야기, 방학 숙제 이야기, 얼른 개학해서 단옥을 만나고 싶다는 내용이 쓰여 있었다.

단옥은 답장을 써서 아버지에게 건넸다. 만석은 "엎어지면 코 닿을 거리에서, 허허" 하면서도 편지 심부름을 해주었다. 유키에의 편지를 읽고 답장을 쓰는 동안이나마 단옥은 맏이의 무게를 벗고 그 또래 아이로 돌아갔다.

새로운 생명이 찾아온 집 안은 밝고 따뜻한 기운으로 가득 찼다. 만석은 지금까지 다른 자식들에게 주지 못했던 사랑을 모두 모아 우미코에게 쏟았다. 자꾸 손 타면 버릇 나빠진다는 덕춘의 만류에도 아랑곳하지 않고 아기를 품에서 내려놓지 않았다. 갑자기 막내 자리를 빼앗긴 영복은 밤에 오줌을 싸고, 다시 기어다니고, 밥도 제 손으로 먹으려 들지 않았다. 단옥은 그 모습을 보고 영옥이 태어났을 때 자신은 어땠는지 물었지만 엄마, 아버지 모두 기억하지 못했다.

서늘한 여름

1944년

1

5학년부터 남녀 각 반으로 나뉘고 여자 반은 한 반뿐이라 단옥과 유키에는 걱정할 것 없이 다시 같은 반이 됐다. 짧은 봄을 지나 여름의 시작인 6월로 접어들었다. 우미코도 무탈하게 자라 6개월이 됐다. 만석이 저녁을 먹으며 말했다.

"이제 날도 풀리고 했으니 오래간만에 시내 구경 나가지. 휴무 날이 마침 일요일이잖아."

갑작스러운 말에 덕춘은 어리둥절한 표정으로 만석을 바라보았다. 단옥은 가슴이 두근거렸다. 아버지 휴무일은 단옷날, 단옥의 생일이었다. 단옥은 자신의 생일이 일요일 그리고 아버지의 휴무일과 겹친다는 걸 알았지만 아무 기대도 하지 않으려고 노력했다. 엄마가 기억하고 미역국이라도 끓여준다면 다행이지만 그것도 크게 바라지는 않았다. 우미코가 태어났을 때 한 달 가까이 미역국을 끓이고, 먹은 터라 잔뜩 물렸다. 그저 누군가 생일을 기억해주는 것만으로도 족할 것 같았다.

"갑자기 시내엔 왜유?"

덕춘이 영복에게 밥을 떠먹이며 물었다. 덕춘은 맏딸의 생일을 기억하지 못했다. 조선에서는 절기에 따라 농사를 짓느라 음력 날짜를 챙겼지만 여기서는 그 감각이 무뎌졌다.

"새 식구가 생겼으니 가족사진도 찍고……."

만석은 식구들이 오면 해마다 가족사진을 찍어 아이들이 크는 모습을 담아두겠다고 다짐했다. 지난해 시내에 갔을 때도 사진관에 가자고 했으나 덕춘은 가족이 전부 모였을 때 찍자며 완강하게 거부했다. 성복이 빠진 사진을 찍고 싶지 않았다.

만석은 고향의 부모님께 새 식구인 우미코를 보여주고 싶어 했다. 덕춘은 혹시 손자라면 모를까, 장손 소식도 모르는 마당에 시부모님이 손녀를 반가워할까 싶었다. 고생

해서 낳은 딸이 시부모에게는 환영받지 못하는 존재라는 생각에 속이 쓰렸다. 하지만 자신도 우미코가 딸임을 알고 실망했었다는 걸 떠올리고는 쓴웃음을 지었다.

"그래유, 사진 찍어줘유."

엄마가 선선히 대답하자 단옥은 자기 생일을 기억하는 사람은 없다는 생각에 갑자기 서러움이 밀려왔다. 단옥은 얼른 밥을 꾸역꾸역 퍼 넣었다.

"그리고 그날이 마침 단옥이 생일이잖어. 방학 때도 당신 산바라지에, 집안일하느라 고생했는데 시내 구경이라도 시켜줘야지."

만석이 웃으며 단옥을 보았다. 사레가 들려 기침하는 단옥의 눈에서 참았던 눈물이 찔끔 솟았.

만석은 그날 찍은 가족사진을 두 장 뽑아서 한 장은 다래울에 보내주고, 한 장은 액자에 넣어 거실에 걸어놓았다. 사진 한 장 걸었을 뿐인데 집이 훨씬 아늑해 보였다. 그 액자를 볼 때마다 단옥은 사진 찍던 날의 행복했던 시간을 떠올렸고, 덕춘은 사진에 없는 사람들을 생각했다.

2

여름방학 첫날, 단옥네 아침은 평소보다 늦었다. 방학이기도 하고 어제 자정까지 일하고 돌아온 만석이 좀 늦게 일어났기 때문이었다. 단옥은 엄마가 밥을 짓는 동안 동생들을 돌봤다. 기어다니고, 벽을 잡고 일어서기 시작한 우미코는 잠깐이라도 한눈을 팔면 그새 뭔가 주워 입에 넣거나 엉뚱한 데 가 있곤 했다.

만석이 세수를 하고 오자 덕춘은 거실에 밥상을 내려놓았다. 만석이 우미코를 안고 상 앞에 앉았다. 자기는 아기가 아니라고 주장하기 시작한 영복은 제법 의젓하게 자리를 지켰다. 갓 지은 밥엔 수수와 조가 많이 섞여 있었다. 배급쌀에 잡곡이 점점 많아졌지만 다행히 양이 줄지는 않았다.

덕춘은 처음 와서부터 밥을 지을 때마다 쌀을 한 줌씩 덜어 따로 보관했다. 묵은쌀이 되지 않도록 새 배급쌀과 바꿀 때도 모아놓았던 양을 정확하게 지켰다. 만석이 그만 모으라고 한 소리 했지만 듣지 않았다. 덕춘에겐 없는 식구들에 대한 마음을 표현할 길이 쌀을 모아두는 방법밖에 없었다.

생선찌개, 정어리구이, 햇고사리와 미나리무침, 머윗잎 쌈으로 밥상이 그득했다. 얼마 전 만석이 정어리를 한 부대 얻어 왔다. 바닷가에 가서 정어리를 많이 주워 온 동료가 나눠준 것이다. 덕춘은 당장 먹을 걸 남겨놓고 깨끗이 손질한 다음 소금을 켜켜이 뿌린 뒤 항아리에 눌러 담았다. 엄마를 도왔던 단옥은 언제 그 생선을 먹나 기다려왔다. 덕춘은 크기가 작은 생선으로는 찌개를 끓이고, 두 마리는 구워 상에 올렸다.

밥을 먹기 시작하자 우미코는 입맛을 다시며 아버지의 숟가락이 오르내리는 걸 올려다보았다. 가시를 발라낸 생선을 영복의 밥숟가락 위에 올려주던 덕춘이 힐끗 보고는 단옥의 밥 위에도 놓아주었다. 단옥은 가슴이 뻐근하도록 좋았다.

"엄니, 반찬이 다 맛나유. 생선도 맛있고, 고사리도 엄청 맛있어유."

단옥이 볼 가득 밥을 담은 채 말했다. 덕춘이 단옥에게 우미코와 영복을 맡기고, 사택촌 부인네들과 함께 산에 가서 채취해 온 것이었다. 다래울에서는 고사리를 뜯어와도 말렸다가 제사에 쓰느라 햇고사리는 맛도 보지 못했다. 우미코가 만석이 집어 올린 고사리 줄기를 잽싸게 낚아채 제 입으로 가져갔다.

"우미! 우미! 먹으면 안 돼!"

평소 단옥에게 무엇이 아기에게 위험한지 보고 배운 영복이 오빠 행세를 하듯 외쳤다. 그 소리에 놀란 우미코가 그만 고사리를 놓치며 울음을 터뜨렸다. 식구들은 웃음보가 터졌다. 덕춘이 웃음을 머금은 채 얼른 밥에서 쌀알만 골라 입에 넣어주었다. 울음을 뚝 그친 아기는 더 달라고 엉덩이를 들썩거렸다.

"단옥이는 오늘부터 방학이지?"

아버지의 물음에 단옥은 한껏 부푼 표정으로 고개를 끄덕였다. 눈에 갇힌 채 집안일로 바빴던 겨울방학과 달리 한 달 반이나 되는 여름방학엔 즐거운 일들이 기다리고 있었다. 월요일마다 학교에 가는 것도 좋았고, 동생을 돌본다는 핑계로 날마다 유키에와 만날 것도 신났다. 돌이 갓 지난 이사오와 7개월 된 우미코는 업고 다니기 딱 좋았다. 이제 누나보다 옆집 동수와 노는 걸 더 좋아하는 영복이 따라다니며 성가시게 굴 일도 없었다.

무엇보다 설레는 일은 8월 초에 가기로 한 바닷가 나들이였다. 태술도 같이 간다고 해서 더 신이 났다. 태술의 경성 이야기와 노다지를 찾아 조선 팔도를 돌아다닌 이야기는 아무리 들어도 질리지 않았다. 그중에서도 첫사랑 이야기가 가장 재미있었다. 태술은 자기 첫사랑이 단옥처럼 똘똘하고 야무진 사람이었다고 했다.

"그 동생 말은 허풍이 심해서 반은 접어 들어야 해."

아버지가 웃으며 말한 적이 있지만 단옥은 다른 건 몰라도 첫사랑 이야기만큼은 진실이라고 생각했다. 말하는 사람의 눈빛이나 표정을 보면 알 수 있었다.

이사오의 돌잔치 날 정만과 만석은 사택촌 사람들에게 태술까지 더해 셋이 의형제를 맺었음을 알렸다. 단옥은 빈 자리가 있는 가족뿐이던 화태에 일가가 생긴 듯 든든했다. 단옥은 정만과 태술을 '삼촌', 유키에는 만석과 태술을 '오지상'이라고 불렀다. 일본말로는 큰아버지, 작은아버지, 삼촌이 모두 똑같이 오지상이었다. 유키에와의 사이도 친구에 자매까지 더해지자 더 끈끈해진 느낌이 들었다. 유키에는 타마짱이나 조선말인 '언니'로 단옥을 불렀다.

바닷가 나들이는 만석, 정만, 태술이 의형제를 맺은 기념으로 가는 것이라 더 의미 있고 기대가 됐다.

3

밥을 다 먹어갈 무렵, 갑자기 밖이 소란스러워졌다. 모두 숟가락을 멈춘 채 귀를 세우는데 단옥네 집 문이 쾅쾅 울리며 외치는 소리가 들려왔다.

"탄광에 사고가 났어요! 갱이 무너졌대요!"

갱이 무너졌대요! 그 소리는 멀어지며 계속 이어졌다. 만석이 우미코를 내려놓으며 벌떡 일어섰다. 우미코는 어리둥절해서 두리번거렸고, 깜짝 놀란 덕춘 모녀는 불안한 표정으로 마주 보았다. 황급히 벽에 걸려 있던 겉옷을 입은 만석이 덕춘에게 말했다.

"애들 데리고 집에 있어."

만석은 잔뜩 굳은 얼굴로 뛰쳐나갔다.

잠시 뒤 단옥은 문을 빼꼼 열고 밖을 내다보았다. 아버지처럼 전날 낮 방 근무를 마치고 집에서 잔 아저씨들이 탄광 쪽으로 뛰어가고 있었다. 집집에서 나온 사람들로 사택촌 전체가 술렁거렸다. 사고가 난 곳이 밤새 일한 밤 방 현장인지, 아침에 일을 시작한 아침 방 현장인지 아직 몰랐다. 남편이 밤 방과 아침 방 근무인 부인네들이 광업소 쪽으로 몰려가고 있었다. 뒤따라가는 아이들 모습도 보였다.

아버지는 무사해서 다행이야, 안도하던 단옥은 가슴이 철렁 내려앉았다.

"엄니, 정만이 삼촌도 밤 방 근무여."

늘 붙어 다니는 유키에와 단옥은 아버지들의 근무 시간까지 서로 다 알았다.

"아이고, 이를 어쩨. 그래서 니 아버지 얼굴이 시커멓게 죽었구나. 무사해야 할 텐디 어쩌냐."

덕춘이 안절부절못했다.

"지가 가보고 올게유."

단옥은 엄마가 가본다며 애들을 보라고 할까 봐 얼른

말하곤 집을 뛰쳐나왔다. 유키에네 집에 닿기도 전에 유키에와 이사오를 업은 치요 숙모가 뛰어가는 게 보였다. 단옥은 사람들을 헤치고 달려가 유키에를 따라잡았다. 공포에 찬 유키에와 숙모의 표정을 보자 그들이 탄광 사고로 아버지와 남편을 잃은 적이 있다는 사실이 떠올랐다. 단옥은 말없이 유키에 손을 잡았다. 손바닥이 축축하게 젖어 있었다.

활짝 열려 있던 평소와 달리 한두 사람 드나들 정도로만 열린 광업소 문을 경비원 두 명이 지키고 있었다. 그 앞은 노무자와 가족들로 가득했는데 만석은 들어갔는지 보이지 않았다. 사람들 가장자리에 선 단옥네는 까치발을 하고는 앞쪽 상황을 알려고 애썼다.

경비원들은 퇴근하는 사람들에게만 길을 터주고 들어가려는 사람들에게는 총부리를 겨누며 막았다. 밤 방 근무를 마치고 나오는 노무자들도 사고 소식을 들은 듯 표정이 어두웠다. 사람들이 그들을 붙잡고 상황을 물었다.

"9번 갱이 무너졌다캅니더. 둘이 죽고, 하나가 마이 다쳤다카던데."

한 노무자의 말에 사람들이 웅성거렸다. 심한 부상자에 사망자가 둘이나 되는 큰 사고였다. 일을 마치고 나오는 노무자들은 누가 사고를 당했는지 정확하게 몰랐고, 몰려온 부인네들은 남편이 몇 번 갱에서 일하는지 몰랐다.

삼교대로 돌아가는 탄광 일은 갱마다 여러 명이 한 조가 돼 일을 했다. 석탄 캘 굴을 파는 사람, 그 굴이 무너지지 않게 천장을 받치는 기둥을 세우는 사람, 단단한 탄맥을 폭파하는 사람, 탄을 캐는 사람……. 조선 노무자, 일본 노무자가 함께 일하는데 조장은 대부분 일본 사람이었다. 가장 막다른 곳에서 탄을 캐는 사람들은 조선인인 경우가 많았고, 사고에도 가장 취약했다.

사람들 항의가 거세지자 서류철을 든 직원이 나와 사망자와 부상자 이름을 말해주었다. 정만의 일본 이름을 알고 있던 단옥은 헉하고 숨을 들이마셨다. 정만이 부상자였다. 단옥은 치요 숙모가 휘청하는 걸 느끼고는 얼른 팔을 부축했다. 반대쪽에 서 있는 유키에의 얼굴은 차마 보지 못했다. 아무것도 모르는 채 엄마 등에서 사람 구경에 바쁜 이사오 모습에 눈시울이 뜨거워졌다.

얼마 뒤 활짝 열린 문으로 트럭이 나왔다. 사람들이 우르르 갈라지며 길을 터주었다. 짐칸에 탄 아버지를 본 단옥은 눈이 휘둥그레졌다. 핏기가 모두 사라진 듯 허옇게 된 얼굴이 잔뜩 굳어 있었다. 사람들 말을 듣고 짐칸 바닥에 정만이 있음을 안 치요가 트럭으로 달려들었다. 유키에와 단옥도 함께 쫓아갔다.

"제수씨, 병원으로 와요!"

만석이 치요에게 쉰 목소리로 외쳤다.

4

사택촌 근처에 있는 광업소 소속 병원은 외과의사 한 명과 간호원 한 명이 온갖 과목을 다 취급했다. 사망자가 두 명이나 나온 사고가 아니었으면, 또 만석의 불같은 항의가 없었으면 정만은 병원에 쉽게 가지 못했을 것이다. 그동안 일만 하며 남의 일에 잘 끼어들지 않았던 만석은 의형제를 위해 온 힘을 다했다.

현장에서 혼절했다 깨어난 정만은 사망자들의 이름을 듣곤 고통에 찬 신음을 삼켰다. 그중 한 명은 태술이었다. 경성 귀족의 오른팔이었다거나, 금광을 찾아 조선 팔도를 누볐다거나, 가는 곳마다 여자가 있었다거나 하는 허풍을 치긴 했지만 서글서글하고 싹싹해 셋이 있으면 막내 노릇을 톡톡히 했다. 허풍마저도 만석과 정만이 살아온 세상과는 너무 다른 이야기라 광업소에서 간혹 보여주는 영화처럼 재미진 맛이 있었다. 특히 홋카이도 탄광에서 도망친 이야기는 들을 때마다 간이 움찔거렸고, 태술의 용기가 새삼 놀라웠다.

"결국 또 탄광으로 끌려왔지만 형님들을 만났으니 거

기서 도망치길 잘했어요."

목숨 걸고 이전 탄광에서 탈출했던 태술은 의형제를 맺은 지 얼마 안 돼 사고로 결국 세상을 떠났다. 다른 사망자 용순은 결혼하고 두 달도 안 돼 끌려온 스무 살짜리 새신랑이었다. 고향에 두고 온 새색시를 하루빨리 초청해 사택촌에서 사는 게 그의 꿈이었다.

치요는 이사오를 유키에한테 떼어놓고 병원으로 달려갔다. 단옥이 유키에와 함께 있어주었다. 검사 결과 정만은 돌덩이에 깔렸던 정강이뼈가 심하게 으스러진 상태였다. 의사는 뼈를 맞추는 수술을 한 뒤 석고붕대로 3개월 정도 고정하고 있어야 한다고 설명했다.

"수술받으면 걷는 데는 지장 없는 거요?"

만석이 물었다. 일본인 의사는 질문한 만석이 아니라 치요를 보며, 붕대를 풀기까지 관리를 잘해야 한다고 대답했다. 의사는 이렇게 젊고 고운 내지 여인이 조선인 노무자의 아내라는 게 좀 안됐다는 생각이 들었다. 그래서 친절하게 붕대를 하고 있는 기간에도 정기적으로 감염이나 염증이 있는지 진찰받아야 하고, 병원에서 가르쳐준 방법대로 꾸준히 재활 운동을 해야 한다고 설명했다. 그런데 조선인 남편에게 자신의 전부가 걸린 것처럼 구는 치요의 모습이 어쩐지 점점 못마땅해졌다. 의사는 서명을 위한 서류를 내밀며 말했다.

"병원에서 하라는 대로 다 하고, 운이 좋으면 정상으로 돌아갈 수 있소."

탄광 사고는 거센 후폭풍으로 이어졌다. 광업소는 태술과 용순의 가족이 여기 없다는 걸 이용해 장례식도 치르지 않고 시신을 소각장에서 태우려고 했다. 그뿐만 아니라 사고를 노무자들의 부주의로 돌리며 정만의 병원 치료비 지급도 거부했다. 그동안 많은 걸 참아왔던 노무자들의 분노가 폭발했다.

노무자들은 책임자 처벌과 제대로 된 장례식과 보상, 노무자의 안전을 요구하며 파업을 벌이다 경찰에게 잡혀갔다. 의형제 중 한 명은 죽고 한 명은 부상당한 만석은 주동자로 그중에 있었다. 경찰은 조사한다는 핑계로 노무자들을 두들겨 패고는 광업소 쪽에 원만한 해결을 권하며 풀어줬다.

광업소에서는 사망자들의 장례식을 치러주고 고향으로 그동안의 저축과 사망 보상금을 보내주겠다고 했다. 노무자들은 부상자에게도 치료비 지급과 동일한 식량 배급, 일을 하지 못하는 동안의 임금 지불을 요구했다. 식량 배급만 받아들인 광업소는 이후로 더 문제를 일으키면 불이익을 줄 거라고 협박했다. 정만은 결국 치료비를 한

푼도 받지 못했지만 노무자들은 그쯤에서 물러나는 수밖에 없었다. 그런데도 광업소는 본보기 삼아 주동자 다섯 명을 타코베야에 열흘 동안 가뒀다.

타코베야는 '문어방'이라는 뜻으로 항아리에 갇힌 문어가 자기 다리를 뜯어 먹으며 서서히 죽어가는 것을 빗대 붙인 이름이었다. 광업소들은 도망치거나 반항하는 노무자들을 그곳에 가둬둔 채 일을 시켰다. 어떤 지역엔 타코베야가 일반 노무자들의 숙소인 탄광도 있었다. 창문도 없고, 고약한 냄새가 나는 낡은 담요에, 여기저기 가득한 쥐똥들, 구더기 끓는 변기가 칸막이조차 없이 놓인 타코베야는 사람이 지낼 수 있는 곳이 아니었다.

만석과 주동자들은 다시는 폭동을 일으키지 않겠다는 각서를 쓰고 한 달 감봉 조치를 받고서야 타코베야에서 풀려났다. 악취를 풍기며 집으로 온 만석은 얼굴이 알아보기 어려울 정도로 부어 있었고 온몸은 쥐벼룩에 물린 상처로 가득했다. 오래간만에 보는 아버지가 반가워서 달려들었던 영복은 코를 쥔 채 물러섰으며 우미코는 수염이 덥수룩하게 난 모습에 놀라 울음을 터뜨렸다. 덕춘과 단옥도 가장의 처참한 몰골에 눈물을 흘렸지만, 만석은 의형제들과 용순을 위해 한 자신의 행동에 자부심을 느꼈다.

5

엄청난 사고에 단옥과 유키에가 기대했던 바닷가 나들이는 물거품이 되고 말았다. 태술의 죽음과 정만의 부상, 그로 인해 만석이 겪은 일들로 양쪽 집 분위기는 막장 속처럼 컴컴했다. 이번 사고와 파업 사건의 직접적인 당사자가 아니더라도 누구나 겪을 수 있는 일이기에 사택촌 분위기 역시 뒤숭숭하고 침울했다.

단옥과 유키에는 들꽃을 꺾어다 산자락 공동묘지에 묻힌 태술의 무덤 앞에 놓아주었다. 일본인들은 사람이 죽으면 화장한 뒤 위패를 절에 모셨지만 조선인들은 매장을 선호했다. 공동묘지엔 조선인들이 주로 묻혔고, 탄광 사고로 시신을 온전히 수습하지 못하더라도 사람들은 묘를 만들고 돌멩이나 나무판으로 비를 세워 망자의 넋을 달랬다. 봉분도 없이 세워진 나무판 묘비엔 한글로 '충남 성환 임공태술지묘'라고 쓰여 있었다. 1915년에 태어났으니 결혼하고 자식도 두었을 나이인데 독신으로 세상을 떠났다.

단옥은 만석이 챙겨 온 태술의 짐에 들어 있던 편지가 생각났다. 그 전 탄광에서 일할 때 자기 어머니에게 쓴 것이었다. 단옥은 아버지와 엄마에게 일본어로 쓰인 내용을 읽어줬다. 다래울 집과 여러 차례 편지를 주고받아 이제

즉석에서 번역하는 것도 어렵지 않았다. 편지에서 태술은 주인이 자신에게 공금횡령 누명을 씌워 강제로 탄광에 보냈다고 했다. 그 나쁜 주인은 태술이 자랑처럼 말하던 경성 귀족을 말하는 것 같았다.

엄니, 이곳은 지옥이나 다름없어요. 왜놈들은 조선 사람들 목숨을 모기만치도 안 여겨요. 탄광 앞에 죽은 사람들 시, 시체가 거, 거름 더미처럼 쌓여 있어요. 단옥이 놀라 더듬거리자 만석은 어금니를 꽉 물었다. 전에 일했던 탄광이 지옥 같다고 했던 태술의 말이 그제야 이해됐다.

"여긴 형님들도 계시고, 일도 할 만해요. 부지런히 돈 벌어서 엄니한테 효도해야지요."

고된 일을 하면서도 너스레를 떨고, 목숨을 건 탈출 얘기까지도 싱글거리며 하던 동생이었다.

엄니, 보고 싶어요. 배가 고파요. 집에 가고 싶어요. 단옥이 그 대목을 읽었을 때 덕춘은 주먹으로 가슴을 탕탕 쳤다. 덕춘에게는 성복이 하는 말로 들렸다. 아들이 어디선가 그처럼 굶주리며 엄마를 그리워할 것만 같았다.

단옥은 늘 웃는 얼굴로 재미난 이야기를 들려주고 빈 주머니라도 털어 먹을 걸 사 주던 태술 삼촌에게 이런 아픔이 있었다는 게 놀랍고 슬펐다.

태술의 편지를 놓고 만석과 덕춘 사이에 의견이 엇갈

렸다.

"이 편지, 삼촌 엄니한티 보내줘야 하지 않아유?"

덕춘이 편지 봉투를 어루만지며 말했다.

"자식이 죽은 마당에 뭐 하러. 이런 편지 받아야 부모 가슴만 아프지. 그리고 본인이 안 보낸 데는 그럴 만한 이유가 있겠지."

만석은 반대했다.

"검열에 걸릴까 봐 못 보낸 거겠지유. 그래도 지금까지 가지고 있던 걸 보면 언젠가는 보내려던 거잖유. 나는 삼촌 엄니가 아들이 어떻게 끌려갔는지는 알아야 한다고 생각해유."

덕춘은 생각을 바꾸지 않았다. 단옥은 아버지 말이 맞는 것 같다가 엄마 말이 맞는 것 같다가, 마음이 오락가락했다.

"지금은 보내고 싶어도 주소를 모르잖어."

탄광 사고 후 주동자들은 계속해서 광업소의 감시를 받고 있었다. 그중에서도 요주의 인물인 만석에게 태술의 주소를 알려줄 리 없었다. 정만과 상의한 만석은 일단 태술의 편지를 잘 보관해두기로 했다.

"태술이 삼촌 보고 싶다."

단옥이 묘비를 보며 말했다. 유키에는 용순의 묘비 앞

에도 가만히 꽃을 놓았다.

어른들은 골목에 모이면 이게 다 나라가 없어 겪는 설움이라며 울분을 토했다. 하지만 일본에 나라를 뺏긴 지 30년이 훌쩍 넘었기에 나라가 있을 때 어땠는지 기억하는 사람은 거의 없었다. 사택촌의 몇 안 되는 노인들은 힘없고 가난한 사람들의 삶은 나라가 있으나 없으나 크게 다를 것 없다고 했다.

"이놈의 막장, 당장 때려치워야지."

다들 입버릇처럼 말했지만 진짜 그만두는 사람은 없었다. 계약 때문에 맘대로 그만둘 수 있는 게 아니기도 했지만 그나마 일본 본토보다 화태에서의 형편이 나은 것도 있었다. 조선에서는 같은 일을 해도 일본인이 100엔을 받으면 조선인은 그에 절반도 채 못 받았다. 화태에서의 임금 격차가 그보다는 적었다. 일본에서 조선인은 사람 취급 받기가 어려울 정도였고 화태에서도 광업소 간부나 관공서 관리자 등은 조선인을 무시했다. 하지만 일본인 노무자들 다수는 조선인 노무자들과 처지가 크게 다르지 않아서인지 그냥저냥 어울려 살았다. 그런 분위기 덕에 치요 모녀도 조선인들 사이에서 별 탈 없이 살아가고 있었다.

6

 탄광 사고가 난 지 얼마 되지 않아 사택촌이 다시 들썩거렸다. 탄광 노무자들에게 느닷없이 전환배치명령이란 게 내려졌다. 지금까지 일하던 탄광을 폐쇄하고 15세부터 50세까지의 남자들을 조선인, 일본인 할 것 없이 본토에 있는 탄광으로 보낸다고 했다. 일본인 노무자들이야 자기네 땅으로 가는 것이지만 사택촌 사람들에게는 이런 날벼락이 없었다. 가족이 모여 산 지 몇 년 안 되는 집들이 대부분이었고, 심지어 며칠밖에 안 된 집도 있었다. 통원 치료를 받으러 갈 때만 목발을 짚고 간신히 걸음을 떼는 정만은 배치 보류였다.

 광업소에선 전환배치라는 표현을 썼지만, 조선인들은 강제로 보내는 것이니 징용이라며 반발했다. 단옥네도 아버지와 함께 산 지 채 1년 반도 되지 않았다. 그런데 다시 떨어져 살아야 한다니. 태술이 지옥 같다고 한 탄광도 본토에 있는 터라 걱정이 더했다.

 어른들이 모인 자리에선 어김없이 징용이 화제였기에 아이들도 저절로 내막을 알게 됐다. 전환배치는 화태 탄광 전체가 아니라 에스토루 인근의 탄광 노무자만 해당됐다.

 "미군이 바다를 꽉 쥐고 있으니까네 여서는 석탄을 캐

도 소용없다카이."

"시방 부두에 석탄이 산처럼 쌓여 있다 안 허요."

화태에서 캐낸 석탄은 에스토루항에서 배에 실어 일본 본토로 가져갔다. 그런데 바다를 장악한 미군 때문에 석탄 수송이 어려워졌다. 광업소는 석탄을 본토로 보내야 정부로부터 보조금을 받는데 쌓아두기만 하고 있으니 손해가 컸다. 게다가 부두에 오랫동안 쌓아둔 석탄에서 자연적으로 불이 나는 경우가 간혹 생겼다.

일본 당국과 회사들은 에스토루 항구 지역의 탄광을 폐쇄하고 노무자들을 본토에 있는 같은 계열사 탄광으로 보내기로 결정했다. 만석이 일하는 탄광의 노무자들은 후쿠오카현에 있는 탄광으로 배정됐다. 화태에 올 때 첫발을 디뎠던 시모노세키보다 더 아래쪽에 있는 곳이었다. 화태로 오던 길을 떠올린 단옥은 그곳이 조선보다 멀게 느껴졌다.

남겨진 사람들

1944년

1

사택촌 어른들 말대로라면 일본의 전세는 아주 불리한 상황이었다. 단옥네 학교도 올해 들어서는 공부보다 군사 훈련과 공습 대피 훈련을 더 많이 했다. 방학에도 일주일에 한 번씩 학교에 나가 남학생들은 죽창을 들고 사람을 찌르는 연습을 하고, 여학생들은 간호 훈련을 했다. 적이 쳐들어오면 아이들도 나가 싸워야 하기 때문이다.

열네 살인 단옥의 눈에는 두 살 적은 반 아이들이 어리게만 보였다. 저런 아이들이 아무리 적이라고 해도 사람을 찌르고, 부상병을 치료할 수 있을까 싶었다. 유키에도 단옥의 생각에 동의했다.

"나는 치료는 둘째치고 피만 봐도 무서워서 도망갈 것 같아."

단옥도 그랬다.

학교 선생님들이 하는 이야기는 어른들 말과 많이 달랐다. 교장 선생님과 담임 선생님은 시간 날 때마다 핏대를 올리며 일본과 군대를 찬양했다. 대일본제국은 한 번도 전쟁에서 진 적이 없다. 이번 성전도 반드시 승리할 것이니 일본 신민은 왕에 충성하고 국가의 부름에 응해야 한다. 전환배치명령을 받은 탄광 노무자들도 마찬가지다. 성전에 참여하는 마음으로 명령을 받들어야 할 것이다……. 아이들은 집에 가서 그 이야기를 전해야 했다.

단옥은 어른들의 분노와 한탄 속에서 막연하게나마 일본에 대한 반감을 품고 자랐다. 하지만 학교에 다니고부터는 선생님들 이야기가 더 명확하고 견고하게 주입됐다. 지금도 단옥에게 더 크게 와닿는 것은 선생님의 말이었다. 일본이 전쟁에서 진다는 걸 상상조차 할 수 없었다.

재징용에 대한 노무자와 가족들의 반발과 동요가 심해졌다. 광업소에서는 분위기를 단속하고 무마하기 위해 사택촌 회관에 사람들을 모아놓고 설명회를 열었다. 직원은 화태에 남는 가족을 징용가족으로 제정해 계속 돌봐줄 것이니 걱정 말라고 했다. 가족과 떨어져 있는 동안 별거수당도 주고, 월급은 물론 남은 가족에게 식량과 석탄도 계속 배급해줄 것이며, 자녀들도 학교에 다니게 해준다고 했다. 그리고 1년 안에 노무자 가족을 일본으로 데려다주겠다고 약속했다. 이미 월급에서부터 속은 경험이 있는 노무자들은 그 말을 믿지 못했다. 직원은 전시 상황인 만큼 불응하면 처벌받을 것이라며 으름장도 놓았다. 노무자가 징용을 거부할 수 있는 길은 사실상 없었다. 강하게 저항하는 노무자도 있었지만 결국 그들의 명령을 따르는 수밖에 없었다. 자신들의 행동 때문에 혹여나 남은 가족이 불이익이나 해코지를 당할까 봐 두려웠기 때문이었다.

당장 출발할 것 같던 본토 이송은 몇 차례나 늦춰졌다. 그럴 때마다 계획이 바뀔지도 모른다는 기대와 실망이 교차하며 사택촌 분위기가 출렁였다. 덕춘은 성복이 집에 없는 걸 그나마 다행으로 여겼다. 여기 있었다면 부자가 함께 끌려갈 뻔했다. 불행 속에서 찾아낸 행운에 고양된 덕춘은 더 희망찬 기대를 드러냈다.

"회사에서 식구들도 나중에 본토로 데려다준다고 했잖어유. 우리가 거기 가서 살면 성복이도 오지 않을까유?"

"지 생각에도 오빠가 분명히 찾아올 거 같아유."

단옥도 말했다. 오빠는 가족이 싫어서가 아니라 본토에

서 살고 싶어 떠난 것이니 돌아오지 않을 이유가 없었다.

"그래. 성복이 귀에도 분명히 소식이 들어갈 겨."

만석이 한결 밝아진 표정으로 고개를 끄덕였다.

"당신이 가는 대로 아버님한테 편지 넣어서 우덜도 조만간 내지로 간다고 알려드려유."

덕춘은 당장이라도 아들이 돌아올 것처럼 들뜬 목소리로 말했다.

"본토에 가서 살면 다래울 식구들이 올 때도 한결 수월할 것 같아유."

단옥도 일본 본토에서 온 가족이 모여 사는 모습을 상상하자 걱정이 줄어들며 가슴이 뛰었다. 그때만큼은 유키에 생각도 잠깐 잊었다. 단옥은 아버지와의 이별이 그 벅찬 만남을 위해 거쳐야 하는 과정이라고 믿었다.

2

9월 중순 에스토루 지역 탄광 노무자들은 항구에서 배를 타야 했다. 단옥은 그렇게 기대했던 바닷가에 아버지를 배웅하며 처음 가게 됐다. 광업소에서 가족들을 위한 트럭을 따로 내줬다. 막상 아버지와 헤어지는 날이 되니 훗날에 대한 기대보다는 슬픔이 앞섰다.

단옥은 영복, 덕춘은 우미코를 안은 채 사람들로 빼곡

한 짐칸에 끼어 앉았다. 바로 옆자리에는 동수 엄마와 삼 형제가 있었다. 영복과 동수는 트럭이 덜컹거릴 때마다 숨이 넘어가게 웃으며 신나했다. 사람들은 그 모습에 서글픈 미소나마 지을 수 있었다. 단옥은 아버지 혼자만 가는 게 아니고, 또한 자기 가족만 남는 것도 아니라는 사실에 큰 위안을 느꼈다.

동수랑 같이 있어 더 들뜬 영복을 보자 단옥은 집에 있을 유키에가 생각났다. 정만이 부상당하지 않았다면 유키에도 지금 함께 아버지들을 배웅하러 가고 있을 터였다. 정만이 다치는 바람에 당장은 가족이 헤어지지 않게 된 유키에네를 보니 자신에게 벌어지는 일을 좋다, 나쁘다 쉽게 재단할 수는 없다는 생각이 들었다.

단옥네는 엊그제 유키에네 집에 가서 저녁을 먹었다. 정만이 떠나는 만석에게 밥 한 끼라도 대접하고 싶어 했기 때문이었다. 태술이 죽자 둘 사이는 더 소중하고 애틋해졌다. 만석은 태술의 편지를 가져가기로 했다. 혹시라도 동향 사람을 만나면 주소를 알아내 보내주기 위해서였다.

석고붕대로 고정한 다리를 쭉 편 채 벽에 기대앉은 정만은 얼굴이 하얗고 수척해졌다. 덕춘은 제대로 걷지도 못하는 정만을 보면서도 남편을 떠나보내지 않아도 되는 치요를 부러워했다.

"형님, 다리 때문에 징용 거부 운동할 때도 참여하지 못하고, 본토 탄광에도 같이 못 가서 미안하오. 다시 볼 때까지 다치지 말고 건강하게 지내야 합니다."

정만이 전보다 힘 빠진 듯한 목소리로 말했다.

"미안하긴. 동생이 이만큼이라도 나은 걸 보고 가서 다행이여. 그리고 동생이 여기 있어서, 식구 두고 떠나는 맘이 한결 편안하구만."

만석만 그런 게 아니었다. 덕춘과 단옥도 정만과 그 가족이 있어 큰 의지가 됐다. 영복과 이사오가 형제처럼 어울려 노는 모습에 모두 흐뭇해했다. 이사오는 자기도 아기면서 5개월 늦게 태어난 우미코를 아주 예뻐하며 소중하게 대했다.

"삼촌도 빨리 나아서 다 같이 본토에 가서 살았으면 좋겠다."

단옥의 말에 유키에가 고개를 끄덕였다. 두 가족이 함께라면 어디서든 즐겁게 살 수 있을 것 같았다.

항구에는 다른 탄광의 노무자와 가족들까지 와 있어 혼잡했다. 떠나는 사람들, 보내는 사람들 모두 시름에 잔뜩 잠겨 있었다. 그 사이사이로 쫙 깔린 경찰들이 날카로운 눈초리로 사방을 살폈다. 혹시라도 안 좋은 분위기를 선동하는 사람이 있을까 봐 감시하는 것 같았다. 그 와중에도 몇몇 노무자들이 이번 징용의 부당함과 억울함을 소리 높여 외쳤다. 경찰이 옆에 찬 총에 손을 댄 채 조용히 하라고 윽박질렀다. 그 모습에 사람들은 마음 놓고 울지도 못했다.

노무자들은 승선하라는 방송이 울려 퍼졌다. 만석은 그때까지 안고 있던 우미코 뺨에 볼을 한 번 비빈 뒤 덕춘에게 건넸다. 그런 다음 한 손으로는 영복을 안아 올리고, 다른 손으로는 단옥의 어깨를 끌어안았다. 단옥은 울컥하고 눈물이 솟구쳤다. 아버지와 이 바닷가에 와서 조개도 캐고, 정어리도 주우며 추억을 만들었더라면 얼마나 좋았을까. 만석이 단옥에게 말했다.

"아버지는 우리 단옥이만 믿는다. 다시 만날 때까지 엄마랑 동생들 잘 돌봐야 한다."

그 말은 단옥의 가슴속에 깊이 아로새겨졌다. 마지막으로 덕춘의 어깨를 잡았다 놓은 만석은 사람들 틈에 섞여 배에 올랐다.

배가 고동을 울리며 움직이자 그제야 부두에 있던 가족들이 울음을 터뜨렸다. 목 놓아 가장을 부르기도 하고, 곧 다시 만나자고 외치기도 했다. 울분을 참지 못하고 근처에 있던 석탄 더미를 걷어차는 아이도 보였다. 덕춘과 단옥이 꺼이꺼이 울자 영복과 우미코는 잔뜩 겁먹은 얼굴이 됐다. 멀리서 포성 소리가 들려왔다.

3

노무자들이 떠나고 탄광이 폐쇄되자 탄광 마을은 빠르게 활기를 잃어갔다. 개학을 했지만 학교 근처의 가게들이 하나둘씩 빠르게 문을 닫으면서 학생 수도 줄기 시작했다. 사택촌엔 정만처럼 건강상 이유로 징용에서 빠진 소수를 제외하곤 노인과 여자와 아이들만 남았다. 어른들은 물론 골목에 나와 노는 아이들도 침울해 보였다.

을씨년스러움이 안개처럼 감싼 가운데 탄광 소속 병원도 문을 닫았다. 그 전에 소식을 들은 치요는 정만을 채근해 병원에 갔다. 의사는 석고붕대를 완전히 풀 때까지는 한 달에 한 번이라도 시내 병원에 가서 진찰을 받으라고 했다.

"감염이나 염증으로 합병증이 올 수도 있으니까 명심하시오."

의사는 정만이 일본말을 할 줄 아는데도 치요를 보며 말했다. 병원을 나온 정만은 코웃음을 쳤다.

"뼈 붙으면 됐지, 병원은 무슨. 붕대는 까짓거 그냥 집에서 부숴버리면 돼."

정만과 달리 치요는 합병증이란 말에 겁을 잔뜩 먹었다. 전남편 히데오도 갱이 무너지는 사고로 갈비뼈가 부러졌다. 유키에가 네 살 때였다. 탄광 의무실 의사는 대수롭지 않아 하며 갈비뼈는 자연적으로 치유되니 집에서 쉬면 된다고 했다. 주위 사람들도 히데오가 아직 젊으니 바로 나을 거라고 했다. 치요가 다른 병원에 가보자고 했지만 남편은 필요 없다고 고집을 피웠다. 히데오는 폐 손상이 온 걸 모른 채 고통을 견디다 끝내 목숨을 잃었다. 남편을 떠나보낸 뒤 치요는 강제로라도 병원에 데려가지 않았던 자신을 오랫동안 용서하지 못했다.

정만을 억지로 이끌고 시내 병원에 갔던 날, 치요는 전에 일했던 하야시 우동 가게를 찾아가 일자리를 부탁했다. 히데오가 죽었을 때 치요는 탄광 선탄장에서 일하다 병을 얻고서야 시내로 나갔다. 가진 돈을 병 치료로 다 쓴 치요는 하야시 부부가 운영하는 우동 가게에서 설거지와 허드렛일을 했다. 우동 종류가 많고, 주인의 인심이 후해서 손님이 아주 많은 가게였다. 부부는 오갈 데 없는 치요 모녀를 가게 뒤편 골방에서 지내게 해주었다.

치요는 정만과 재혼한 뒤에도 시내에 나갈 일이 있으면 꼭 하야시 우동 가게에 들르곤 했다. 친정과 소식이 끊긴 치요에게는 그들이 친정 부모나 마찬가지였다. 노부부는 20년 넘게 한자리를 지키며 가게를 해서 발이 넓었다. 혹시 아는 일자리가 있는지 부탁한 거였는데, 하야시 부인이 우동 가게 주방을 맡아달라고 했다.

"작년 겨울에 넘어진 뒤로는 몸이 영 예전 같지 않네. 모르는 사람 들이는 것도 이젠 번거로워서 가게를 줄일까 생각하던 중이었어. 치요가 와주면 고마울 것 같아."

짐을 치우면 골방도 당장 이용할 수 있었다. 집을 구해 나갈 때까지 유키에는 하야시 부부 집에서 지내라고 했다. 당장은 그보다 더 좋은 조건이 없었다. 마음이 급해진 치요는 정만에게 처음으로 강하게 자기주장을 했다.

"더 추워지기 전에 이사해요. 겨울에 다리에 문제라도 생기면 대책이 없잖아."

치요 말이 맞았다. 탄광이 운영 중일 때는 말이 끄는 썰매 마차가 다녔지만 이젠 교통도 끊길 것이다.

"본토 탄광으로 안 가게 된 거 차라리 다행이야. 다리 나으면 다른 일을 찾아봐요. 그때까진 내가 어떻게든 살림을 꾸려볼 테니 우리 시내로 나가요, 응?"

치요가 애원하듯 말했다. 다리가 다 나으면 언제 본토 탄광으로 끌려갈지 알 수 없었다. 그렇지 않더라도 문 닫은 탄광 마을에선 할 일이 없었다. 치요의 성화에 정만은 마음이 움직였지만 단옥네가 걸렸다.

"광업소에서 가족을 일본으로 보내준다잖아. 만일 안 보내주면 나중에 우리가 도울 길을 찾아봐요. 그러자면 당신부터 빨리 완치해서 일을 해야 해."

구구절절이 맞는 말이었다. 새로운 일을 찾으려면 아무런 미래가 보이지 않는 탄광 마을부터 벗어나야 했다. 정만은 치요 뜻대로 하기로 결정했다.

유키에네가 떠나기로 했다는 걸 알았을 때 단옥은 아버지의 징용 때보다 더 충격을 받았다. 아무리 힘들어도 유키에가 있으면, 삼촌 가족이 있으면 견딜 수 있다고 생각했다. 단옥은 정만이 집을 찾아와 털어놓은 이사 이유가 변명 같기만 했다. 아버지는 삼촌들을 위해 나서다가 경찰서에 잡혀가고, 타코베야까지 갇혔었는데. 그날 집에 들어서던 아버지의 참혹한 모습이 지금도 생생했다.

"삼촌 정말 너무하지 않아유? 아버지 떠나자마자 어떻게 저럴 수가 있대? 이미 이사 가기로 해놓고선 시치미 뗐었나 벼."

정만이 다녀간 뒤 단옥은 배신감에 떨었다. 입을 꾹 다물고 있던 덕춘이 혼잣말처럼 중얼거렸다. 속이 어떤지는 보면 알겠지……. 단옥이 뭘 본다는 건지 물었지만 엄마는 대답하지 않았다.

떠나기 전날 유키에가 찾아왔을 때 단옥은 방문을 닫

아건 채 나가보지 않았다. 유키에가 결정한 것도 아닌데, 유키에한텐 아무런 힘이 없다는 걸 아는데도 얼굴을 보고 싶지 않았다. 유키에는 덕춘에게 이사 가서 꼭 편지하겠다는 말을 남기고 떠났다. 덕춘은 정만 가족에게 금싸라기 같은 쌀을 몇 됫박 담아 주었다.

4

유키에네가 떠난 뒤 단옥은 어쩌다 그 집 앞을 지날 일이 있어도 멀리 돌아서 갔다. 수업을 하다 말다 하던 학교는 문을 닫았다. 관공서들만 남기고 대부분의 가게들이 폐업한 동네는 스산하기 짝이 없었다.

사택촌은 전기가 끊기고 식량 배급도 양이 턱없이 줄었다. 사람들은 일본에서 편지가 오는 즉시 이웃과 내용을 공유했다. 대개는 불안한 소식들이었다. 본토 탄광으로 간 노무자들은 화태보다 훨씬 힘들고 위험한 환경에서 일했다. 검열 때문인지 자세히 적혀 있지 않았지만 부상자나 사망자도 훨씬 많은 듯했다. 만석에게선 그런 내용의 소식조차 오지 않았다. 단옥은 자꾸만 태술의 편지가 생각났다. 아버지가 그런 편지를 써서 부치지 못한 채 가지고 있을 것만 같았다.

징용 간 지 두 달 만에 옆집 동수 아버지의 사망 통지서가 날아왔다. 유족이 직접 가서 유골과 사망 보상금을 수령해 와야 했다. 동수 엄마가 연락을 받을 수 있었던 건 그나마 행운이었다. 보통은 유족에게 알리지도 않고 시신을 처리하기 일쑤인데 동료들이 힘을 합쳐 광업소에 항의해준 덕분이었다. 황망한 소식에 넋이 나갔던 동수 엄마는 간신히 정신을 차리고 장남인 여덟 살짜리 종수만 데리고 집을 나섰다. 그동안 동수는 단옥네 집에서, 둘째 명수는 또 다른 집에서 돌봐주기로 했다. 단옥은 바로 옆집에서 일어난 일이라 더 무서웠다.

모자가 열흘 만에 유골 단지를 안고 돌아오자 사택촌 사람들은 모두 모여 장례를 치렀다. 공동묘지의 땅이 얼어서 힘겹게 구덩이를 팠다. 태술과 용순의 무덤이 있는 곳이었다. 단옥은 아버지가 떠난 뒤 이곳에 한 번도 찾아온 적이 없었다. 너무 큰일들이 연달아 닥쳐 죽은 사람을 생각할 겨를이 없었다.

사택촌 부인네들이 묘지 빈터에 솥을 걸고 시래깃국을 끓여 사람들의 허기와 추위, 그보다 더 시린 마음을 달래주었다. 배가 든든해진 아이들은 지루한 사택촌을 벗어난 게 신나서 눈 쌓인 묘지 사이를 뛰어다녔다. 맏상제인 종수는 엄마를 따라 훌쩍거리다가도 뛰어노는 아이들을 부러운 듯 훔쳐보았다. 명수는 기회만 생기면 노는 아이들한테로 도망쳐서 붙잡아 와야 했다. 형들처럼 뛰어놀기에는 아직 어린 동수는 아버지 무덤 근처에서 영복과 놀았다. 동수는 갑자기 쏟아지는 어른들의 관심에 으쓱해져 있었다. 죽음이 뭔지 아직 모르는 아이들 모습이 어른들을 웃게도, 더 눈물짓게도 만들었다.

우미코를 업은 채 영복과 동수를 지키고 있던 단옥은 해쓱한 엄마가 자꾸 신경 쓰였다. 엄마도 나처럼 동수네 일이라 더 슬프고 무서운 거겠지. 엄마한테까지 무슨 일이 생길까 봐 겁난 단옥은 애써 좋게 생각하려 했다.

덕춘은 국 냄새에 치밀어 오르는 욕지기를 간신히 참다가 뒤늦게 입덧임을 깨닫고는 아득해졌다. 세 아이를 건사하기도 벅찬 형편에 입 하나를 더 보태다니. 아무리 큰 의지가 된다고 해도 단옥 역시 덕춘이 책임져야 하는 입 중 하나였다. 덕춘은 애가 잘 들어서는 자신의 몸이 원망스러웠고, 새로 찾아온 생명이 조금도 반갑지 않았다.

동수 아버지의 장례를 치르고 나자 사택촌엔 불안감이 더 짙어졌다. 편지 너머로 짐작만 해오던 일이 현실로 닥쳐오자 사람들은 떠난 가족의 상황을 피부로 실감하기 시작했다. 바다뿐 아니라 도쿄에 폭탄이 떨어졌다는 소식은 충격적이었다. 도쿄는 천황이라 일컫는 일왕이 사는 일본의 심장이었다. 단옥은 아버지가 일하는 탄광에도 폭탄이 떨어지는 악몽을 꾸다 깨어나곤 했다. 차라리 무소식이 희소식이었다.

일본인 노무자 가족들이 살던 사택촌이 비어가자 그들을 본토로 보내준다는 소문이 퍼졌다. 사택촌 부인네들은 직원 혼자 지키고 있는 광업소로 가서 따졌다. 직원은 외워둔 듯 참고 기다리면 일본에도 보내주고, 전쟁에서 승리한 뒤 큰 보상이 있을 거라고 했다. 몇 번을 물어도 똑같은 대답이 돌아왔다. 사람들은 발을 구르면서도 그저 직원의 말이 이뤄지길 바라는 수밖에 없었다.

하지만 사정은 계속 더 나빠지기만 했다. 어느 동네에선 배급 나온 쌀을 오히려 본토 탄광으로 보낸다는 말까지 들려왔다. 상황을 증명하듯 월급이 끊기고 배급쌀도 현저히 줄었다. 성인인 덕춘과 단옥을 포함한 아이들 셋의 식량으로 1인분이 나왔다. 겨울이 지나자 그마저도 완전히 끊겼다.

사택촌 사람들은 온 식구가 나서서 먹을 것을 찾아 헤맸다. 어디에선가는 아이들이 굶어 죽었다는 소문도 들려왔다. 단옥네는 엄마가 악착같이 모아뒀던 배급쌀이 있어 연명할 수 있었다. 덕춘은 말 그대로 목숨을 부지할 수 있을 만큼만 밥이든 죽이든 끓여 먹으며 쌀을 아꼈다. 그리고 집에 곡식이 있다는 게 알려질까 봐 두려워하며 영복과 단옥에게 입단속을 시켰다. 단옥은 영원히 끝나지 않을 것 같은 상황이 너무 무서웠다. 그 감정을 나눌 수 있는 유키에가 너무 그리웠고, 또 그만큼 미웠다.

뜨거운 여름

1945년

1

6월 초의 새벽은 아직 쌀쌀했다. 덕춘이 진통을 시작했다. 예측했던 시기보다 보름은 빨랐다. 단옥은 이 새벽에 누구를 불러와야 할지 막막했다. 산파 노릇을 하던 김천댁은 사택촌을 떠나고 없었다. 여러 번 출산했던 만큼 덕춘의 자궁문이 빠르게 열리고 있었다.

"누구 불러올 거 없다. 죽은 자식까지 치면 애를 일곱이나 낳았는데 혼자 못 낳겠냐. 바께스에 물부터 올려라."

덕춘은 진통이 멈춘 틈을 타 단옥에게 출산 준비를 시켰다.

단옥은 난로에 불을 지펴 물을 올리고 자는 동생들을 마루로 옮겨 뉘었다. 그러곤 벽장에 있던 보퉁이에서 우미코 때 썼던 배냇저고리며 포대기 등을 꺼냈다. 치요 숙모가 떠줬던 털양말을 보자 목구멍으로 뜨거운 것이 넘어왔다. 아버지가 함께했던 그때가 너무 그리웠다. 하지만 감상에 젖어 있을 때가 아니었다. 단옥은 눈물을 참으며 잠에서 깬 영복을 붙잡고 말했다.

"영복아, 이제 엄마가 애기를 낳을 겨. 누나는 엄마를 도와야 하니께 너는 마루에서 우미코가 깨나 지켜보고 있어. 애기가 일어나면 난로 근처에 못 가게 잘 봐야 햐. 영복이는 오빠니까 할 수 있지?"

심상치 않은 분위기와 오빠라는 말에 영복은 결의에 찬 표정으로 고개를 끄덕였다.

덕춘은 신음을 안으로 삼킨 채 진통을 견뎠다. 만석도 곁에 없는데 아이들을 무섭게 하고 싶지 않았다. 남편이 사무치게 그립다가 진통이 몰려오면 한없이 원망스러웠다. 덕춘은 딱 한 번, 창틀이 울릴 만큼 큰 비명을 지른 끝에 아이를 낳았다. 단옥은 미끄러지듯 바닥에 떨어진 아기를 잔뜩 얼어붙은 채 바라보기만 했다. 사내애였다. 덕춘이 숨을 헐떡이며 아기를 거꾸로 들고 엉덩이를 때리라고 했다. 단옥이 벌벌 떨기만 하자 힘겹게 몸을 일으킨 덕춘이 그렇게 했다. 아기가 그제야 으앙, 하고 울음을 토해냈다.

아기를 단옥에게 넘겨준 덕춘은 쓰러지듯 몸을 누였다. 첫울음을 토해낸 아기는 두 손을 꼭 움켜쥔 채 바동거리며 울어댔다. 이젠 탯줄을 잘라야 했다. 단옥은 펼쳐놓은 요 위에 아기를 눕히고선 엄마가 시키는 대로 탯줄을 실로 묶었다. 손이 떨려 간신히 했다. 끓는 물에 소독해두었던 가위를 들다 놓치자 엄마가 정신 차리라고 소리쳤다.

단옥은 자기 뺨을 사정없이 연거푸 때린 다음 울면서 탯줄을 잘랐다. 탯줄의 질깃한 느낌이 온몸에 전달돼 소름이 돋았다. 단옥은 아기의 몸을 따뜻한 물수건으로 닦은 뒤 포대기에 싸서 엄마 품에 안겨주었다. 애를 낳은 덕춘만큼이나 단옥의 몸도 흠뻑 젖어 있었다. 단옥과 덕춘은 갓 태어난 아기, 그리고 서로를 보며 웃으면서 울고, 울면서 웃었다.

단옥은 자신이 탯줄을 자른 아이가 동생이 아니라 자식 같았다. 아버지 대신 이름도 지었다. 동수 아버지의 장례를 치른 뒤 아버지에게서 편지가 왔었다. 남에게 편지를 부탁하기가 미안할 정도로 일이 많고 고되다고 했다. 단옥은 엄마의 임신 소식을 알리고 아기 이름을 무엇으로 지을지 물었지만 답장을 받지 못하고 동생이 태어났다.

단옥은 궁리해두었던 이름 중에서 마사루를 택했다. 승리라는 뜻이었다. 그 이름엔 하루빨리 일본이 전쟁에서 승리해 아버지가 돌아오길 바라는 마음이 담겨 있었다. 덕춘도 이번에는 순순히 아기를 마사루라고 불렀다.

2

마사루가 태어난 지 20일 만에 단옥네는 에스토루 시내로 이사를 했다. 덕춘이 출산 전부터 생각해둔 일이었다. 모아뒀던 쌀을 파먹으며 본토로 보내주기만을 기다리고 있을 수는 없었다. 남편에게 가는 날까지는 어떻게든 자신의 힘으로 살아내야 했다.

"단옥아, 유키에네 주소 알지? 삼촌한티 편지 좀 써라."

엄마가 말했을 때 단옥은 수신인이 유키에가 아니어서 다행이라는 생각부터 들었다. 이사 간 유키에는 약속대로 편지를 보내왔었다. 정만은 병원에 다니며 치료와 재활 훈련을 열심히 받고 있고, 치요는 우동 가게에서 밤늦게까지 일했다. 하야시 할머니 집에서 지내는 유키에는 학교가 끝나면 식당으로 가서 이사오를 돌보느라 바빴다.

단옥에겐 편지 내용이 유키에가 아버지와 함께 살며, 엄마는 돈을 벌고, 자신은 학교에 다닌다고 자랑하는 것 같았다. 자신과 처지가 달라진 유키에한테 심한 박탈감을 느꼈다. 마음이 한없이 좁아진 단옥은 답장을 하지 않았다. 그런데 엄마가 우리도 이사 가려고 하니 달셋방을 구해달라고 편지에 쓰라고 했다. 단옥은 너무 놀라 연필을 떨어트릴 뻔했다.

만석이 떠난 뒤 서로 의지하면서 모녀 관계는 전과 달라졌다. 물론 좋은 쪽으로 바뀌었지만 엄마가 옛날식 사고방식에 젖은 꽉 막힌 사람이라는 단옥의 생각에는 변함이 없었다. 일본말도 모르고, 세상 물정에도 어둡고, 속내를 잘 드러내지 않아 답답한 사람. 사택촌 사람들이 다 떠나가도 아버지의 편지를, 광업소에서 본토로 보내주길 기다리며 버틸 줄 알았던 엄마의 결단이 놀랍기만 했다.

정만에게 편지를 보낸 뒤 덕춘은 모아두었던 쌀을 한동안 먹을 것만 남기고 팔았다. 당장 돈이 필요해서이기도 했지만 앞으로는 스스로의 힘으로 살아내겠다는 각오의 표현이기도 했다. 굶주리는 이웃들에게 제값을 다 받을 수는 없어 시세의 반값만 받았다. 더러는 끝내 쌀값을 받지 못하기도 했지만 17엔을 손에 쥘 수 있었다. 그리고 덕춘에겐 쌀독에 숨겨두었던 15엔이 더 있었다. 언젠가 성복이 오면 주려고 생활비에서 1엔씩 떼내 모아둔 피 같은 돈이었다. 성복이, 네가 어미와 동생들을 살리는구나. 32엔을 손에 쥔 덕춘은 뜨거운 눈물을 삼켰다.

나중에 돈 주고도 쌀을 구하기 어렵게 됐을 때 싸게 판 걸 아까워하는 단옥에게 덕춘이 말했다.

"니 오라비 굶을 때도 누가 그렇게 도와주겠지."

이사하기로 한 날, 정만은 말이 끄는 수레를 타고 직접 단옥네를 데리러 왔다. 단옥은 몇 달 만에 만난 정만이 눈물 나게 반가웠고, 아버지가 온 것만큼이나 든든했다. 서운했던 마음도 다 사라졌다. 정만은 다리가 웬만큼 나았지만 제대로 된 일자리를 구하지 못해 닥치는 대로 날품팔이를 하며 지내고 있었다.

"일하면서 알게 된 사람인데 형님네 이삿짐이라니까 말여물값이나 달라네요."

수레 주인은 늙수그레한 일본인으로 아내가 조선 사람이라고 했다. 단옥네는 정만 덕분에 수레를 타고 이사할 수 있었다. 바퀴 달린 것이라면 뭐든지 좋아하는 영복은 짐 보따리 사이에 앉아 눈을 굴리며 이것저것 보기 바빴다. 우미코는 말이 히이힝 하고 내는 소리에 놀라 단옥에게 달라붙었다. 마사루를 안은 덕춘이 "아이구, 저, 집 안 호랭이" 하며 모처럼 웃었다. 우미코는 얼마 안 가 수레가 덜컹거릴 때마다 재밌어하며 까르륵거렸다.

사택촌이 멀어졌다. 덕춘과 단옥이 이삿짐을 쌀 때 각자 소중하게 챙긴 것은 가족사진과 다 마치지 못한 5학년 교과서였다. 덕춘은 뒤돌아보며 눈물지었지만 단옥은 환한 얼굴로 앞을 봤다. 시내에 가면 유키에처럼 학교를 다닐 수 있을지 모른다고 기대하면서.

3

정만이 구해놓은 집은 상점 거리 뒤편 주택가에 있었다. 나무로 지은 일본식 집들이 다닥다닥 붙어 있는 동네였다. 수레가 좁은 골목으로 들어섰을 때 정만이 단옥과 덕춘을 돌아다보며 말했다.

"단옥이는 얼른 유키에 보고 싶지? 이따 저녁때 식당에서 만날 테니 조금만 참아."

정만은 이사한 날부터 당장 밥해 먹기도 어려울 테고, 오래간만에 다 같이 얼굴도 볼 겸해서 치요가 일하는 식당에 자리를 잡아놨다고 했다. 삼촌이 자기 속내와는 전혀 다른 말을 하자 단옥은 얼굴이 붉어졌다. 단옥은 혹시라도 유키에가 이사할 집에 와 있을까 봐 걱정하던 중이었다.

덕춘은 마사루를 안고, 단옥은 우미코를 업은 채 마차에서 내렸다. 영복을 번쩍 들어 안은 정만이 먼저 집 안으로 들어갔다. 손바닥만 한 마당에 주인 할머니가 서 있었다. 입은 웃고 있었지만 눈매가 날카로웠다. 단옥네 방은 출입문이 따로 나 있었다.

주인 할머니는 단옥네가 짐을 옮기며 화초를 밟지는 않는지, 어디 부딪혀 흠집을 내지는 않는지 지켜보았다. 태어나서 처음으로 월세라는 걸 살아보는 덕춘과 단옥은 잔뜩 주눅 든 채 주인에게 인사했다. 할머니는 인사도 받는 둥 마는 둥 했다.

"손자 둘은 모두 군대 가고, 아들 며느리랑 세 식구가 산다네요. 아들 부부는 둘 다 관청에서 일한다고 하고요. 첨엔 애들이 많아서 안 된다는 걸 우동 가게 하야시 부인이 사정해서 간신히 얻었어요."

정만의 말에 단옥은 여기저기 돌아다니려는 영복의 뒷덜미를 움켜잡았다.

다다미 여섯 장이 깔린 방에는 난방 겸 음식을 해 먹을 수 있는 작은 화로와 간이 부엌이 있었다. 변소와 세면장은 밖에 있었다. 이삿짐을 들여놓은 방은 네 식구가 발 뻗고 자기도 어려워 보였다.

"맹맹이 콧구녕만 한 방이 달에 10엔씩이나 한다구유?"

덕춘은 마사루를 안고 선 채 자기도 모르게 말했다. 방 두 개에 부엌 겸 거실이 있던 사택촌 집에 어느덧 익숙해져 있던 단옥도 심란한 마음으로 방을 둘러보았다. 주인집 쪽으로 난 장지문은 밖에서 잠겨 있었지만 소리까지

막지는 못할 것이다. 단옥은 동생들이 시끄럽게 굴 일이 벌써 불안했다.

"탄광에서 내려온 집들이 많아져서 방세가 많이 올랐어요. 이 방도 12엔 달라는 걸 하야시 부인 덕에 간신히 깎은 겁니다."

정만이 죄지은 듯 머리를 긁적이자 덕춘은 아차 싶어, 서둘러 고마움을 표했다. 정만이 힘써주지 않았으면 이나마도 구하지 못했을 게 분명했다. 여기서 살려면 앞으로도 신세 질 일이 많을 터였다.

"우리도 겨우내 가게에 딸린 골방에서 살다 얼마 전 이사했어요. 형수님네도 우선은 여기 살면서 차차 넓혀가는 수밖에요. 참, 그나저나 애들 엄마가 알아봤는데 요새는 일본말을 모르면 취직하기가 쉽지 않다네요. 게다가 젖먹이까지 있으니……."

근심 가득한 정만의 말에 덕춘은 낙담한 표정을 감추지 못했다. 덕춘이 이사를 결심한 가장 큰 이유는 치요가 식당에서 일한다는 말 때문이었다. 허드렛일이라도 소개해주면 마사루 먹일 젖을 미리 짜놓고서라도 일할 각오였다. 그런데 탄광이 문을 닫자 시내로 몰려든 일본 부인네들이 몸값을 낮췄다. 그 탓에 일본말을 모르는 조선인들은 일자리를 얻기가 더 어려워졌다.

방을 보는 순간 단옥은 학교 다니기를 기대했던 게 얼마나 철없는 생각이었는지 깨달았다. 엄마에게 있는 돈은 가족이 먹고사는 데 쓸 돈이지 학교 다닐 돈이 아니었다. 그나마도 세 달 치 방세를 내면 끝이었다. 단옥은 마사루에게 하루 열 번도 넘게 젖을 먹여야 하는 엄마 대신 자신이 돈을 벌겠다고 결심했다. 솔직히 방에 갇혀 동생들을 보느니 나가서 일하는 게 나았다. 무슨 일이든 부딪쳐보자고 마음먹으니 용기가 생기고 운 좋게 길도 열렸다.

이번에도 하야시 부인이 마츠모토 도매 상회 주인집을 소개해줬다. 마츠모토 부인이 가게에 나가 있는 아침 9시부터 저녁 5시까지 세 살과 돌쟁이 남매를 봐주는 일이었다. 마츠모토 부인은 단옥이 조선인이지만 일본말을 잘하고, 동생들을 돌본 경험이 많은 걸 마음에 들어 했다.

월급은 점심 포함 월 20엔이었다. 월세를 내고도 10엔이 남았다. 그 돈으로 쌀과 숯을 살 수 있을 것이다. 시내로 나오니 모든 게 돈이었다. 아버지와 놀러 와서 청요리를 먹고, 사진을 찍었던 기억이 꿈속처럼 아득하게 느껴졌다. 다행히 치요 숙모 덕분에 화로를 피울 숯과 쌀, 식자재들도 도매가로 구할 수 있게 됐다.

단옥은 이사하자마자 취직한 게 너무 감격스러웠다. 엄마와 동생들을 지켜주라던 아버지의 당부를 반쯤은 지킨 것 같았다.

 단옥은 아침마다 엄마가 차려준 밥을 먹고 마츠모토 씨네 살림집으로 출근했다. 가는 길에 국민학교와 중학교가 있었다. 그 길에서 교복 입은 유키에를 처음 봤을 때 단옥은 못 본 척하고 지나쳤다. 유키에는 이제 졸업반이었다. 내년이면 중학교도 가겠지.

 이사 온 첫날 저녁, 식당에서 만났을 때 단옥과 유키에는 어색한 인사를 나눴을 뿐 대화를 이어가지 못했다. 단옥이 일하겠다고 하자 치요는 "타마코도 학교에 다녀야 하는데……" 하며 말을 잇지 못했다. 단옥은 얼른 쾌활한 목소리로 "다음에, 아버지랑 같이 살면 그때 다니면 되죠, 뭐" 하고 말했다. 치요는 안타까운 표정으로 단옥의 어깨를 토닥여주었다.

 '그때가 오기는 할까. 온다고 해도 지금보다 나이 차이가 더 날 아이들과 같은 교실에서 공부할 수 있을까.'

 단옥은 자신이 유키에한테 못나게 굴고 있다는 걸 알았다. 먼저 사과하고 다가가면 예전처럼 돌아갈 수 있을 것이다. 하지만 계속 서로를 비교하게 되리란 것도 알았다. 그리고 별것 아닌 일로 키득대던 때와 달리 별것 아닌 일로 상처받게 될 테지. 단옥은 그런 일로 감정을 소모할 처지가 아니었다. 집세를 내고 동생들을 굶기지 않는 게 그 무엇보다 중요했다.

"단옥아, 일본말 좀 가르쳐다우."

어느 날, 덕춘이 멋쩍음과 수줍음이 섞인 표정으로 말했다. 일본말을 몰라도 사는 데 아무런 지장이 없던 사택촌과 달리 시내에선 조선말이 통용되지 않았다. 주인들과 마주칠까 봐 변소 가는 것도 참던 덕춘은 여기서 살려면 일본말부터 배워야 한다는 걸 깨달았다.

단옥은 동생들이 잠든 밤마다 덕춘에게 일본말을 가르쳤다. 히라가나, 가타카나부터 시작했다. 엄마를 가르치는 것만으로도 다시 학교에 다니는 것처럼 좋았다. 마츠모토 씨네 아이들을 돌보면서도 밤이 기다려질 정도였다. 하지만 연필도 처음 잡아보는 어른을 가르치는 게 쉬운 일은 아니었다.

덕춘은 공책에 히라가나, 가타카나를 그리다 잠들곤 했고, 다음 날이면 어제 배운 걸 하나도 기억하지 못해 단옥을 속 터지게 했다. 그러다가 엄마가 글자 한 개라도 깨우치면 그렇게 뿌듯할 수가 없었다. 이래서 선생님을 하는 모양이었다. 단옥은 교사가 되고 싶다는 열망을 느끼면서 동시에 자신은 영원히 이룰 수 없는 꿈이라는 생각에 슬퍼졌다.

하루는 콧잔등에 땀이 송송 맺힌 채 연필에 침을 발라

가며 글자를 쓰던 덕춘이 단옥에게 물었다.

"넌 참말 공부가 재밌냐?"

단옥은 그 물음에 숨도 쉬지 않고 대답했다.

"재밌구말구유. 새로운 거 하나 배울 때마다 내가 막 특별하고 대단한 사람이 된 기분이 든다니께유."

덕춘의 눈에도 그런 딸이 달리 보였다. 환희에 차서 말하던 단옥은 자신의 처지를 깨닫곤 금세 시무룩해졌다. 덕춘은 처음으로 부모로서 미안함과 안타까움을 느꼈다.

행렬

1945년

1

단옥네의 삶이 그럭저럭 자리를 잡아가고 있던 8월 8일, 소련은 일본과의 전쟁을 선언했다. 그리고 얼마 지나지 않아 화태로 진격하기 시작했다. 시내 곳곳에 주민들의 항전 태세를 독려하는 표어들이 나붙었고 일본 군인들도 눈에 띄게 많아졌다. 다른 가게들처럼 마츠모토 상회도 문을 닫자 단옥은 할 일이 없어졌다.

뒤숭숭한 소문들로 어수선한 에스토루에 소련군보다 피난민이 먼저 몰려오기 시작했다. 조선인인지 일본인인지는 여자들이 짐 진 모습을 보면 구별할 수 있었다. 조선 여자들은 짐을 머리에 이었지만 일본 여자들은 남자처럼 등에 졌다. 짐을 머리에 인 사람들과 등에 진 사람들이 길 가득 섞여 있었다.

일본 당국은 일왕의 항복 선언 전인 8월 13일에 이미 화태에 있는 자국민에 대한 긴급 소개령을 내렸다. 그동안 일본과 조선은 하나라는 뜻인 내선일체란 말을 귀에 딱지가 앉게 들어온 조선인들도 피난길에 나섰다.

피난민 행렬을 처음 봤을 때 단옥은 이 사람 저 사람을 붙잡고, 어디로 어떻게 가는 건지 물었다. 동쪽 해안에 있는 나이로까지 걸어가서 기차를 타고 오도마리항에 가서 배를 탄다고 했다. 단옥네가 화태로 오던 길을 거꾸로 되짚어가는 거였다. 나이로에서 에스토루까지만 해도 광업소 트럭과 썰매 마차를 타고도 종일 걸렸던 길이었다. 지금은 교통마저 끊겨 이틀을 걸어야 하는 그 길은 죽음의 도로라고 불렸다. 피난민들은 소련군의 시도 때도 없는 비행기 공습이 무서워 주로 밤에만 움직이고 낮에는 눈에 띄지 않게 숨어야 했다.

겁에 질린 일본 사람들을 보자 단옥은 기분이 묘했다. 학교에서 조선인이라고 놀리던 아이들이 떠올라 고소하기도 하고, 노인이나 어린아이들을 보면 불쌍한 마음도 들었다.

단옥네를 비롯한 에스토루 주민들이 일본의 패전과 조선의 해방을 알게 된 건 일왕이 라디오에서 항복 선언을 한 지 이틀이나 지나서였다. 지난 며칠간 에스토루 전체의 전력이 끊겨 라디오를 들을 수 없었던 데다 일본군 사령부가 그 사실을 감췄기 때문이었다. 뒤늦게 소식을 접한 단옥은 에스토루를 점령한 소련군을 보면서도 일본이 지고, 조선이 해방됐다는 게 실감나지 않았다.

그 소식을 안 덕춘의 얼굴에도 기쁨보다는 의심과 걱정이 가득했다.

"아직 전쟁 중이랴. 쥐도 궁지에 몰리면 괭이를 무는 법이여. 일본 놈들이 무슨 짓을 할지 모르니께 조심햐."

덕춘이 주인들은 조선말을 모르는데도 한껏 소리 죽여 말했다.

"시방 우덜이 괭이고 일본이 쥐라는 말유? 나는 그렇게 크고 힘센 쥐는 본 적이 없네."

단옥이 어이없어하자 덕춘도 "말하자면 그렇다는 거지" 하며 억지웃음을 지었다.

덕춘처럼 화태에 사는 조선인들은 일본이 8월 25일 화태의 행정권을 완전히 포기하기 전까지는 마음껏 기쁨을 표출하지 못했다. 탄광이나 건설 현장, 공장 등에서 조선인 노무자들이 사무소로 몰려가 지금까지 저금한 돈을 내놓으라거나, 그동안 당했던 분풀이로 직원들을 두들겨 팼다는 소문이 들려오기는 했다. 하지만 대다수의 조선인들은 아직 마음을 놓지 못한 채 일본인을 경계하며 조심했다.

아니나 다를까, 우려했던 일들이 벌어지기 시작했다. 패전에 분노한 일본 군경과 자경단들이 카미시스카, 미즈호 등에서 소련 첩자 누명을 씌워 조선인들을 학살했다. 그들은 어린아이까지 있는 주민들을 한곳에 몰아놓고 죽창으로 잔혹하게 찔러 죽이거나 산 채로 불태워 죽였다. 그뿐 아니라 퇴각하면서 적들이 이용하지 못하도록 우물에 석유를 풀거나 마을에 불을 지르기도 했다.

화태에 상륙한 소련군 또한 약탈을 하고 여자들을 상대로 못된 짓을 저지른다는 이야기가 파다했다. 남의 땅에 있는 조선인들에게는 이렇듯 해방의 기쁨보다 공포와 불안이 더 가까이에 있었다. 덕춘은 달거리를 시작하고 가슴이 봉긋해지는 딸 때문에 걱정이 몇 배로 늘었다.

2

단옥과 덕춘은 주인들이 사라진 사실을 뒤늦게 알았다. 장지문은 밖에서 잠겨 있고, 현관문도 잠그고 가서 집 안을 들여다볼 수는 없었다. 단옥은 아이들이 떠들어도 괜찮은 것만으로도 숨통이 트였다. 그리고 일본 사람인 집주인들이 도망친 걸 알자 이제야 해방이 실감 났다.

"엄니, 해방됐으니 우리도 집으로 가야 하지 않아유?"

단옥이 들떠 말하자 덕춘은 대답 대신 심란한 얼굴로 고물고물한 아이들을 둘러보았다. 갓난쟁이 마사루, 천방지축 우미코, 그 애들보다 컸다고는 하지만 아직 어린 영복까지. 단옥 역시 그 아이들을 데리고 먼 길을 갈 엄두가 나지 않았다. 그러면서도 한편으론 한시바삐 다래울로 돌아가 어깨의 짐을 벗고 싶은 마음이 컸다. 마츠모토 가족도 떠났을 테니 이미 일자리를 잃었다는 생각이 진즉부터 가슴을 짓눌렀다.

마침맞게 정만이 왔다. 여느 때도 자주 들러 단옥네 집에 별일은 없는지, 만석에게서 답장이 왔는지 묻곤 했다. 시내로 이사하자마자 단옥은 아버지에게 그 사실을 알리는 편지부터 보내놓았다. 덕춘과 단옥은 그 어느 때보다 정만의 방문이 반가웠다. 덕춘은 주인집이 떠난 사실을 알렸다.

"손자 둘이 전쟁에 나가고, 아들 며느리가 다 일본 관청에서 일했으니 소련군한테 해코지당할까 봐 겁이 났겠지요. 광업소 소장도 도망갔더라고요."

정만은 탄광에 다녀온 이야기를 했다. 징용 갔던 사람

들 상황도 파악하고, 그동안 저금했던 돈은 어떻게 되는지 알아보기 위해서였다. 광업소장 사택은 비어 있었고, 사무소엔 겁에 질린 젊은 직원 하나뿐이었다. 직원은 저축에 대해서는 상부 지시가 없어서 모르겠다고 했다. 허탕만 치고 사택촌으로 간 정만에게 부인네들이 대신 받아두었던 편지 하나를 내놓았다. 탄광 사고 때 사망한 용순의 아내한테서 온 편지였다. 편지엔 용순의 무소식에 대한 걱정과 남편을 그리워하는 마음이 절절히 적혀 있었다.

"그 쳐 죽일 놈들이 글쎄 그때 보냈다고 하고는 사망 통지서를 안 보냈지 뭐예요."

정만의 말에 덕춘이 "시상에" 하며 주먹을 쥐었다.

불같은 분노가 솟구친 정만은 편지를 움켜쥔 채 광업소로 다시 쫓아갔다. 당장이라도 죽일 듯한 정만의 기세에 눌린 직원은 덜덜 떨며 용순과 태술의 사망 통지서를 작성했다.

"마침 우편배달부가 왔길래 보내는 것까지 내 눈으로 확인했어요."

정만이 말을 마쳤다.

"잘했네유. 해방됐으니 집에서 얼마나들 기다리겠슈. 속절없이 기다리는 것만치 못할 노릇도 없어유."

덕춘은 소식 없는 아들과 남편을 떠올리며 눈물을 훔쳤다. 엄마와 달리 단옥은 가족의 사망 소식은 차라리 모르는 게 낫다고 생각했다. 만일 오빠나 아버지가 죽었다면, 그리고 그 사실을 알게 된다면 한순간도 견디기 어려울 것 같았다.

덕춘은 사택촌 사람들의 안부를 물었다. 정만은 먹을 게 없어 사정이 참혹한 이야기는 뺀 채 다들 징용 갔던 가장을 기다리고 있다고만 전했다.

"우덜도 여기서 애들 아버지를 기다리는 게 낫겠쥬?"

덕춘이 물었다.

"예. 아무래도 형님이 오면 그때 같이 가는 게 좋겠지요. 애들 데리고 가는 것도 고생이지만 그보다 길이 엇갈리면 낭패니까요."

단옥은 정만의 말에 마음이 한결 편해졌다. 아버지가 와서 함께 간다면 아무리 고된 길도 견딜 수 있을 것 같았다.

"삼촌은 어쩔 생각이셔유?"

덕춘이 여러 의미를 담아 물었다.

"저도 여기 있으면서 형님 오는 것도 보고, 차차 상황 봐가면서 결정해야지요. 치요가 지금 홑몸도 아니고……."

정만은 깊은 한숨을 쉬었다.

3

9월 2일, 일본이 항복문서에 조인함으로써 전쟁이 끝났다. 소련군은 일본 땅이었던 남사할린, 가라후토를 완전히 점령했다. 그리고 일본인과 조선인의 출국을 금지하고 모두 예전의 직장으로 복귀하라는 명령을 내렸다. 조선인들은 소련 정부가 곧 일본에서 해방된 자신들을 고향으로 돌려보내 줄 거라고 믿었다. 사할린에 남은 조선인은 4만여 명, 일본인은 30만여 명이었다. 단옥도 징용 갔던 아버지가 곧 데리러 올 거라고 기대했다.

거리는 되돌아오는 피난민들로 다시 가득 찼다. 그들이 항구에서 겪은 이야기를 전했다. 조선인들은 자신들이 귀환선을 탈 수 없다는 걸 배가 와서야 알았다. 개중에는 운좋게 배에 탄 사람도 있었지만 조선인임이 밝혀져 결국 쫓겨났다. 배를 못 탄 사람들은 물에 뜰 수 있는 거라면 무엇이든지 바다에 내던진 다음 그 위로 몸을 던졌다. 그러다가 빠져 죽은 사람도 여럿이었다. 그날 항구의 광경은 전쟁터보다 더 비참하고 끔찍했다고 입을 모았다.

일본인들을 가득 태우고 떠난 두 척의 배는 다시 오지 않았다. 항구가 내려다보이는 언덕에서 배를 타지 못한 조선 사람과 일본 사람들은 귀환선이 또 오기를 무작정 기다렸다. 작은 어선을 빌려 밀항을 시도하는 사람도 있었다. 배를 빌릴 돈이 있고, 운도 좋은 사람들은 성공하기도 했는데 거의가 일본인이었다.

소련군은 항구에 모여 있는 사람들에게 살던 곳으로 돌아가라고 지시했다. 사람들은 거칠게 항의하다 잡혀가거나 총에 맞아 죽기도 했다. 일본 사람들은 명령대로 돌아갔지만 대다수 조선인들은 발길을 돌리지 못했다. 항구 근처에서 지내며 귀국선이 오기만을 기다리다 실성하거나 자살하는 사람도 생겼다.

4

거리에서 피난민들의 자취가 사라진 뒤에도 단옥네 집주인과 마츠모토 가족은 돌아오지 않았다. 일본으로 돌아간 게 확실해지자 대담해진 단옥은 장지문에 구멍을 뚫고 바깥에서 걸었던 빗장을 풀었다. 주인집으로 난 문이 활짝 열렸다. 복도에 조심스레 발을 내디뎠던 영복과 우미코는 곧 활기차게 집 안 탐험에 나섰다. 단옥과 덕춘도 이 방 저 방 다니며 구경했다.

주인집엔 방 두 개와 큰 화로가 있는 넓은 부엌, 나무 목욕통이 놓인 세면장과 변소가 있었다. 살림살이 대부분을 그대로 두고 간 듯했다. 부엌엔 쌀과 감자, 양배추, 간장, 매실절임 등이 남아 있었고 쌓여 있는 숯 묶음도 보였다. 단옥은 노다지를 발견한 듯 심장이 벌렁거렸다. 일자리를 잃어 막막했는데 이런 행운이 오다니. 하지만 엄마가 혹시 모르니 손대지 말라고 했다.

돌아온 피난민들이 빈집을 찾아 짐을 풀기 시작했다. 일본인들이 귀국하면서 생긴 주인 없는 집들은 먼저 들어가서 사는 사람이 임자가 됐다. 조선인들은 나라를 빼앗은 일본에 비하면 빈집 차지하는 것쯤은 죄도 아니라고 생각했다. 그로 인한 혼란이 심해지자 소련군에서 빈집 조사를 시작했고, 괜찮은 집들엔 장교들이 들어와 살았다.

"이러다 주인집에 코 큰 군인들이 들어와 살까 무섭다. 삼촌네한티 같이 살자고 하자."

단옥도 엄마 생각에 찬성이었다. 유키에와 한집에 사는 것보다 소련군과 같이 사는 게 훨씬 두려운 일이었다. 소련 군인들은 전봇대처럼 키가 크고, 얼굴이 허옇고, 코가 산처럼 솟은 모습이었다. 그전에 봤던 서양 사람들과 비슷한 생김새였지만 군복과 총 때문인지 훨씬 무서워 보였다. 그들은 거리의 사람들에게 검은 빵 덩어리를 던져 주기도 했다. 조선인들 중에는 일본군을 물리쳐준 소련군을 환영하는 사람도 있었다. 하지만 단옥은 일본군이든 소련군이든 보는 것만으로도 오금이 저렸다.

덕춘의 청에 정만은 흔쾌히 그러마고 했다. 여자와 아이들뿐인 단옥네가 늘 걱정됐던 데다 방세가 없는 집이니 서로에게 좋은 일이었다. 치요는 집주인에게 미안함을 느꼈다. 자기네가 아니더라도 누군가 들어와서 살게 될 테니 그들보다 집을 깨끗이 쓰겠다는 마음으로 위안을 삼았다.

치요는 주인집 살림살이를 벽장 하나에 모두 넣어둔 다음 자기네 짐을 풀었다. 그러곤 가장 큰 방을 덕춘네 방과 바꾸자고 했다. 단옥이 통역한 말에 깜짝 놀란 덕춘이 사양했지만 치요는 뜻을 거두지 않았다.

"형님은 아이들이 많잖아요. 그러니 넓은 방을 쓰셔야지요."

치요는 단옥에게도 말했다.

"타마코, 유키에하고 작은 방을 같이 쓰면 어때?"

단옥은 치요가 덕춘더러 큰방을 쓰라고 했을 때보다 더 놀랐다. 유키에를 슬쩍 훔쳐보니 배시시 웃고 있었다. 사택촌에 살 때 가끔 함께 잤던 추억이 떠올랐다. 엄마랑 동생들보다 유키에와 한방을 쓰는 게 훨씬 좋았다. 게다가 유키에는 학교가 문을 열지 않아 집에 있었다. 그간 유키에한테 갖고 있던 복잡한 생각들이 단숨에 사라졌다.

5

10월이 되자마자 첫눈이 내렸다. 기온도 뚝 떨어졌지만 두 가족이 함께 사는 집 아이들은 추위도 아랑곳하지 않았다. 영복과 우미코 사이에 이사오가 끼어들자 아이들은 훨씬 덜 싸우고 더 잘 놀았다. 또 훨씬 많이 먹었다.

덕춘과 단옥은 해방이 됐어도 아이들을 일본식 이름 그대로 불렀다. 단옥네뿐 아니라 사할린의 조선인들 대부분이 그랬다. 해방이 됐다고 하나 여전히 남의 땅인 데다, 구심점이 돼서 이끌어줄 정부나 사람이 없으니 그저 살던 대로 살며 돌아갈 날만 기다렸다.

두 집은 부엌살림도 합쳤다. 전에 방세로 들어가던 돈을 생활비로 내서 함께 밥을 지어 먹었다. 그게 각자 해먹는 것보다 돈이 덜 들었다. 덕춘은 식당에 나가는 치요보다 집안일을 훨씬 더했지만 조금도 서운하지 않았다. 대신 치요가 때때로 식당에서 팔고 남은 것들을 가져와 생활비를 줄일 수 있었다.

덕춘은 정만네가 함께 살자 비로소 마음 놓고 잘 수 있게 됐다. 그런데 생각지 못했던 일이 벌어졌다. 정만 가족과 살면서 집안의 공용어가 일본말로 바뀌어버렸다. 식구 중에서 일본말을 모르는 사람은 덕춘과 마사루뿐이었다. 단옥에게 일본어를 배우다 해방이 되자 더는 쓸 일이 없을 줄 알고 집어치운 덕춘은 그때 알았던 몇 마디조차 다 잊어버렸다.

사택촌에 살 때부터 아버지와 누나한테 일본말을 배우며 자란 영복은 이사오와 놀면서 하루가 다르게 말이 늘었다. 우미코조차 오빠들이 하는 말을 알아들었다.

"그러니께 계속 일본말 공부를 하라니께유."

단옥은 늘 중간에서 통역을 해야 하는 게 성가시고 때로는 짜증스럽기까지 했다.

"세상이 거꾸로 가도 유분수지. 해방도 됐는디 일본말을 왜 배워?"

덕춘이 퉁명스레 말했다. 맞는 말이지만 현실은 여전히 일본어에서 벗어날 수 없었다.

단옥과 유키에가 쓰는 방 벽장엔 주인집 아들들이 읽던 책이 잔뜩 들어 있었다. 책이라고는 교과서밖에 본 적 없는 단옥에겐 벽장이 보물 창고 같았다. 치요 숙모가 주인집 물건에 손대지 말라고 일렀지만 단옥은 참을 수가 없었다. 책을 꺼내 펼쳤으나 대학생들이 읽던 책은 너무 어려웠다. 단옥은 포기하지 않고 벽장을 뒤져 재밌어 보이는 책을 찾아냈다. 벽에 기대 앉아 책장을 넘기던 단옥은 깜짝 놀라 덮고는 주위를 둘러보았다. 유키에는 요새 배운 털실 뜨기에 푹 빠져 있었다. 치요가 심심해하는 단옥과 유키에를 위해 낡은 뜨개옷을 풀어 실뭉치를 만들어 줬지만 단옥은 흥미를 느끼지 못했다.

단옥의 머리는 책을 그만 봐야 한다고 했지만 눈이 말을 듣지 않았다. 책에는 감히 생각해서도 안 되고, 입 밖에 내서도 안 되는 내용들이 적나라하게 묘사돼 있었다. 얼굴이 뜨겁게 달아오르고 심장이 쿵쾅거렸다. 다 읽은 책을 유키에한테 건넨 단옥은 그와 비슷한 책을 찾아 벽장 안을 뒤졌다. 단옥과 유키에는 지금까지와는 또 다른 유대감과 결속력을 느끼며 밤마다 달뜬 채 책 내용을 이야기하곤 했다. 어른들은 틈만 나면 열심히 책을 읽는 딸들을 기특해했다.

6

정만이 길에서 우연히 만났다며 허 씨를 데리고 왔다. 덕춘은 만석과 함께 징용 갔던 허 씨를 보고는 놀라서 그릇을 떨어트렸다.

"형수님, 이 사람 많이 허기진 모양이니 저녁부터 먹이고 얘기 들읍시다."

정만이 덕춘을 진정시켰다. 덕춘은 만석도 이제 돌아오려나 보다, 벅찬 마음으로 허둥지둥 저녁상을 차려냈다. 집에서 가장 따뜻한 부엌 화롯가에서 상을 받은 허 씨는 석 달 굶은 사람처럼 밥을 입에 퍼 넣었다. 설거지가 필요 없을 만큼 깨끗이 비운 상을 물린 다음 그간의 일을 이야기하기 시작했다.

"만석이 형님하고는 후쿠오카까진 같이 갔지만 탄광은 서로 다른 데로 배정됐습니다. 탄광에 가니까 조선에서 직접 끌려온 사람들도 많더라고요."

일본이 항복 선언을 한 뒤 탄광에선 조선인들에게 고향으로 돌아가라고 했다. 교통편을 마련해주는 회사도 있었다. 화태에서 끌려온 노무자들이 두고 온 가족은 어떻게 되는 거냐고 물었다. 사무소 직원은 내지인도 화태에서 못 나오고 있으니, 그들과 같이 데려올 거라고 했다.

노무자들은 그동안 저금했던 돈을 달라고 요구했다. 회사에선 지금은 경황이 없으니 조선에 가 있으면 해결해주겠다며 저금통장을 나눠 주었다.

허 씨가 소중히 품고 온 통장을 꺼내 보여줬다. 정만은 건네받은 통장을 꼼꼼하게 살폈다. 단옥도 저금통장을 실물로 보는 건 처음이었다. 아버지도 받았겠지. 저금을 많이 했다고 했는데. 단옥은 문득 걱정이 돼 정만에게 물었다.

"삼촌은 통장을 어디서 받아유?"

"광업소에 다시 가봐야겠다. 거기서 주겠지."

일본에서 자유의 몸이 된 노무자들은 귀국선을 타기 위해 항구로 달려갔다. 항구마다 배를 타러 온 사람들로 바글거렸다. 그사이 부산행 귀국선 한 척이 폭발해 수천 명이 죽었다고 했다. 일본은 사고라고 했지만 사람들은 일본 짓이라고 여겼다. 그런데도 다른 방편이 없는 사람들은 일본 정부에서 내준 귀국선을 타려고 안간힘을 썼다. 배가 부족하면 빌려서라도 가고자 했지만 화태에 가족을 두고 온 사람들은 그럴 수가 없었다.

"그런데 다른 탄광 사람들을 만나니까 말이 서로 다르더란 말입니다. 우리 탄광에서는 가족이 화태에 있다고 했는데, 다른 데서는 화태 가족을 벌써 조선으로 데려다 줬다고 했답니다. 그뿐 아니라 화태에 폭격이 떨어져 모두 죽었다는 얘기도 있었고요. 그렇게 들은 사람들은 다들 조선으로 갔을 겁니다."

"우리 여기 이렇게 있는데유!"

단옥이 자기도 모르게 소리쳤다. 정확한 소식을 모르기는 일본 본토에 있던 사람들도 마찬가지였다.

"화태 오는 배도 끊어졌다는데 자네는 어떻게 왔어?"

정만이 물었다.

"나도 그놈들 말을 못 믿겠더란 말입니다. 그동안 거짓말한 게 어디 한두 가지라야 말이지요. 전쟁에서 진 마당에 조선 사람들 신경이나 써주겠습니까. 그래서 몇몇이서 일단 화태로 가보자, 하고 나섰지요. 내지는 지금 미군 폭격에 죽은 사람이 즐비하고, 도로고 뭐고 다 엉망이에요. 오면서 들으니까 화태에 폭격이 떨어진 게 사실이라고 해서 사택촌도 피해를 보지는 않았는지 걱정입니다."

허 씨가 한숨을 쉬었다. 일본이 미국의 폭격을 당했다면, 화태에서는 소련군이 폭격을 퍼부어 사람들이 다치고 죽었다.

"사택촌은 무사해."

정만의 대답에 허 씨가 안도했다.

"여기까지 오는 데 얼마나 걸렸슈?"

한마디라도 놓칠세라 귀담아듣던 덕춘이 물었다.

"한 달 반쯤 걸렸습니다. 나가사키서부터 꼬박 걸었어요. 육로는 교통편이 없어도 걸으면 되는데 아오모리하고 왓카나이에서는 배 아니면 못 오지요. 아오모리에서는 며칠 만에라도 탔는데 왓카나이에서는 배가 아예 끊겼더라고요. 다 와서 포기할 수는 없다 하고 고기잡이배한테 있는 돈 다 털어 줘버리고 간신히 온 겁니다. 배에서는 파도가 세서 죽을 뻔했고요. 화태 땅 들어서서는 소련군한테 잡혀가 며칠을 조사받았지요. 총 들이밀고 으르딱딱거리는데 말은 안 통하지, 다 와서 죽는 줄 알았습니다."

허 씨가 고개를 절레절레 저었다. 뼈만 남은 모습은 볼품없었지만 말하는 목소리엔 자긍심이 넘쳤다. 단옥에게도 가족을 위해 목숨 걸고 여기까지 온 아저씨가 대단해 보였다. 아버지도 이렇게 우리에게 오고 있을까?

"애들 아버지 소식은 못 들은 거쥬?"

덕춘이 이미 대답을 알고 있는 질문을 했다. 허 씨가 죄진 표정으로 고개를 저었다.

정만은 다음 날, 저금통장도 찾을 겸해서 허 씨와 함께 탄광 마을에 갔다. 문을 닫았던 탄광은 다시 돌아가고 있었다. 일본으로 끌려간 노무자의 가족들은 새로 온 노동자에게 사택을 비워 줘야 했다. 허 씨처럼 돌아온 사람은 몇 명 되지 않았으니 대부분 아무 대책 없이 쫓겨나는 꼴이었다.

광업소 직원은 정만에게도 복직을 하라고 했다. 정만이 다리가 다 낫지 않아 힘든 일을 할 수 없다고 둘러대자 저금통장을 내줬다. 저금은 조선으로 가야 찾을 수 있다고 했다. 광업소를 나온 정만은 탄광 쪽을 향해 침을 뱉고는 통장을 찢어버렸다.

우글레고르스크

1946년

1

만석의 소식을 모르는 채 일본과 사할린을 오가던 배가 완전히 끊겼다. 배가 끊기니 우편물도 오갈 수 없었다. 가라후토이자 화태였던 남사할린은 완전히 소련의 통치 아래 놓이게 됐다. 지명도 소련식으로 바뀌고 돈도 루블화로 바뀌었다. 단옥네가 살고 있는 에스토루도 우글레고르스크가 됐다. 가라후토청이 있던 도요하라는 유즈노사할린스크, 왓카나이에서 배를 타고 도착했던 오도마리는 코르사코프, 기차를 내렸던 나이로는 가스텔로……. 단옥은 유키에와 소련식 이름들을 발음해보다 그 이상한 소리에 킥킥 웃었다. 하지만 그래서 진짜로 땅의 주인이 바뀌었음이 확실하게 느껴졌다.

기관이나 산업 시설에서 일본인들이 쥐고 있던 권력은 전부 본토에서 온 소련인들에게로 넘어갔다. 사람들은 소련 본토를 대륙이라고 불렀다. 식당이나 여관, 잡화점 등을 운영하던 자영업자들은 가게 문을 닫아야 했다. 하야시 우동 가게도 문을 닫아 치요는 일자리를 잃었다. 하야시 부인은 폐업 전에 밀가루 한 자루를 몰래 빼돌려 치요에게 주었다. 치요를 진심으로 아끼고 걱정했기에 할 수 있던 행동이었다. 마츠모토 상회에 들어가 먹을 것을 훔친 한 조선인은 재판도 받지 않고 시베리아로 끌려갔다. 시베리아는 지옥보다 더 무서운 곳이라고들 했다.

모든 경제가 소련의 통제를 받자 정만은 날품팔이마저 구하기 어려워졌다. 탄광은 들어갈 수 있었지만 치요가 극구 반대했다. 요즘도 무너져 내리는 돌 더미에 깔린 꿈을 꾸곤 하는 정만도 가고 싶지 않았다. 게다가 날이 궂거나 추우면 다친 다리가 새삼스레 쑤시고 아팠다.

두 가족이 사는 집은 돈 버는 사람 하나 없이 조만간 입 하나가 더 늘 상황이었다. 덕춘과 치요는 부엌에 남은 양식거리를 점검했다. 산달이 한 달 남은 치요는 얼굴과 몸이 통통 부었다. 엄마들이 부엌에 있자 영복과 이사오, 우미코가 손가락을 빨며 주위를 얼찐거렸다. 함께 살자 먹성이 폭발한 아이들은 어른만큼 먹고도 돌아서면 배고프다고 찡찡거렸다.

영복과 우미코는 식구끼리만 살 때보다 말을 훨씬 안 들었다. 덕춘은 아이들에게 오냐오냐하는 치요의 훈육 방식이 마음에 들지 않았다. 하지만 치요를 잘 따르는 아이들에게 무섭게 하면 자신을 멀리할까 봐 야단도 치지 못하고 속으로 끙끙 앓았다.

사할린의 사정이 열악해질수록 조선 사람들은 조국으로 돌아갈 날을 더 손꼽아 기다렸다. 패전한 일본과 땅을 되찾은 소련과 승리한 연합군과 해방된 조국이 자신들을 고향으로 보내기 위해 논의 중일 거라고 믿었다. 주민들에게 거주 등록을 하라는 지시가 떨어졌을 때도 고향으로 가기 위한 절차라고 생각해서 앞다퉈 등록했다. 신고서에 이름과 생년월일, 본적지, 민족 등을 적어 경찰서에 내야 했다. 신고를 하면 사진을 붙인 임시 거주증이 나오는데, 그게 있어야 취직도 하고 배급도 받을 수 있었다.

2

"아이구, 딱딱해라. 빵 먹다 이빨 부러지겠네."

덕춘은 정만이 간신히 구해 온 호밀빵을 씹으며 인상

을 찌푸렸다. 사할린의 식량 부족은 최악인 상황에 다다랐다. 사람들은 뻣뻣하고 질긴 호밀빵 한 덩이를 얻기 위해 새벽부터 줄을 서야 했다. 시내 곳곳의 식료품점들은 양식을 구하려는 사람들로 장사진을 쳤다.

단옥네도 정만이 동도 트기 전에 나가 겨우 빵 한 덩어리를 구해 왔다. 어른들은 딱딱하고 거칠고 신맛 나는 빵에 머리를 흔들었지만 아이들은 앞자락에 흘린 부스러기까지 알뜰하게 주워 먹었다.

"계속 씹으면 고소해, 그치?"

단옥과 유키에는 맛있다며 아껴 먹었다. 덕춘은 빵 덩어리에서 한 귀퉁이를 떼어내 숨겨놓았다. 그러곤 해산한 치요에게 줄 된장 미역죽을 끓일 때 조금씩 넣었다. 애들 말대로 밀가루만 푼 것보다 고소한 맛이 느껴졌다.

치요는 이번에도 아들을 낳았다. 모든 것이 부족한 때에 태어난 아기 이름은 무성하고 풍요롭다는 뜻을 지닌 시게루였다. 덕춘과 정만 부부는 끼니를 때우고 돌아서는 순간 다음 땟거리를 걱정해야 하는 상황에서도 자식들이 울고 웃고 떠드는 소리에 견딜 힘을 얻었다.

열여섯 살과 열다섯 살이 된 단옥과 유키에는 어른들의 엄명에 집 안에서만 지내야 했다. 뜨개질에 재미를 붙인 유키에는 어른들 말을 고분고분 따랐지만 단옥은 밖이 궁금해 죽을 지경이었다. 하지만 몰래 나갔다가 소련 군인이 휘파람을 불며 쫓아와 기겁한 뒤로는 엄두를 내지 못했다.

자신들에게 부과된 집안일을 하고 나면 단옥과 유키에한테 남는 건 시간이었다. 동생들은 셋이 노느라 누가 끼어드는 걸 오히려 싫어했고, 10개월이 돼가는 마사루는 순둥이였다. 유키에처럼 뜨개질 취미도 없는 단옥은 책 읽는 일밖에 할 게 없었다. 사전까지 찾아가며 열심히 읽은 덕분에 뒤늦게 일본어 실력이 쑥쑥 늘었다. 일본 책을 읽는데 이상하게 조선어 실력도 느는 것 같았다. 어느 책에선가 독서는 마음의 양식이라는 글귀를 읽었을 때 단옥은 고개를 끄덕였다. 책에 빠져 시간 가는 줄 모르게 읽고 나면 뭔지 모르게 충만한 느낌이 들었기 때문이다.

벽장 안엔 주인집 아들들의 취향대로 다양한 종류의 양식이 있었는데 단옥은 편식을 하는 편이었다. 처음엔 연애소설 같은 것만 찾다 차츰 세계문학 전집을 읽는 재미에 빠졌다. 그중에서도 사랑과 연애를 주제로 한 책들만 골라서 읽었다. 유키에도 마찬가지였지만 취향은 달랐다. 브론테 자매의 소설 중 단옥은 『제인 에어』를 좋아했고, 유키에는 『폭풍의 언덕』을 좋아했다.

단옥은 주인공 제인 에어의 당당함이 마음에 들었다.

제인이 비참한 환경에서도 열심히 공부해 교사가 됐을 때는 자기 일인 양 가슴이 뛰었다. 로체스터와의 사랑에서 결코 자신을 잃지 않는 모습 또한 너무 멋져 보였다.

'나는 새가 아니니 그물로 가둘 수 없어요. 나는 자유로운 인간이며, 독립적인 의지를 가지고 있어요.'

그 문장을 읽을 때 단옥은 심장이 펄떡거렸다. 그동안 언어를 찾지 못한 채 마음속에 숨겨져 있던 생각을 제인 에어가 대신 말해주는 것 같았다. 평범한 외모를 가졌다는 그녀와 자신을 동일시하며 책에 빠져들었던 단옥은 '독자여, 나는 그와 결혼했다'라는 문장에서 환호했다. 단옥은 제인 에어처럼 사랑도 운명도 스스로 이끌어가는 사람이 되고 싶었다.

단옥은 유키에가 좋아하는 『폭풍의 언덕』도 읽었다. 하지만 고아 집시 출신인 히스클리프를 사랑하면서도 결국은 상류층 남자와 결혼하는 캐서린과, 그녀에게 상처받고 떠났다가 성공한 뒤 돌아와서 복수하는 히스클리프의 사랑이 마음에 들지 않았다.

"서로를 망치고 파괴하는 게 무슨 사랑이야."

단옥의 말에 유키에가 고개를 저었다.

"사랑이 아닌 건 아니지. 캐서린이 '나는 히스클리프야'라고 하잖아. 사랑하는 사람을 자기 자신이라고 생각하는 것보다 운명적인 사랑이 어딨겠어?"

단옥은 유키에의 말이 잘 이해되지 않았다. 같은 책을 읽었는데 그렇게나 생각이 다를 수 있다는 게 신기했다. 그런 날이면 밤늦도록 대화가 이어졌다. 단옥과 유키에의 몸은 집에 갇혀 있었지만 영혼은 그 어느 때보다 맹렬하게 영토를 넓혀갔다.

3

출산한 치요의 몸이 회복되기도 전에 집을 비우라는 명령이 떨어졌다. 소련 정부는 대륙에서 남사할린으로 이주해온 사람들에게 시내의 집들을 배정했다. 쫓겨난 사람들에게는 시골에 있는 빈집에서 살 수 있게 해줬다. 집에 딸린 텃밭이나 주위의 빈 땅에서 경작한 농작물은 허가를 받아 팔 수도 있었다.

덕춘은 집도 주고 땅도 준다는 말에 길게 생각할 것도 없이 결정했다.

"나는 시내 살아봤자 할 일도 없으니께 시골로 가는 게 낫겠슈. 그나마 할 줄 아는 건 농사니께 텃밭에 감자고, 배추고 심어 먹으면 굶어 죽지는 않겠지요. 어떻게 해서든 목숨을 부지하고 있어야 고향으로 돌아가지유."

단옥은 유키에네가 시내에 남을 거라고 생각했다. 엄마

와 동생들하고만 낯선 곳으로 가서 살 생각을 하니 벌써부터 막막했다. 유키에 또한 자기네 식구끼리만 사는 삶은 생각만 해도 허전했다. 남동생이 하나 더 생긴 뒤로 유키에는 자신이 가족에게서 떨어져 나와 겉도는 듯한 느낌에 자주 휩싸였다. 단옥은 유키에가 느끼는 외로움과 허전함을 채워주고 두려움을 나눠 갖는 든든한 존재였다. 그런데 뜻밖에 정만 부부도 같은 결정을 내렸다.

"같이 갑시다. 살아도 같이 살고, 죽어도 같이 죽어야지요. 우리도 여기서 할 일이 없기는 마찬가지예요. 저나 치요는 농사를 잘 모르니까 형수님만 믿어요."

어려서부터 집 떠나 돈을 벌었던 정만은 농사를 지어본 경험이 없었다. 마음 졸이던 단옥과 유키에는 손을 맞잡고 좋아했다.

정만이 이리저리 뛰어다닌 끝에 동쪽 해안가에 있는 마카로프에 집을 구했다. 가까운 우글레고르스크 외곽이 이사 가기는 좋았지만 그곳은 교통이 너무 불편했다. 비록 마카로프까지 가는 길은 멀고 힘들어도 거기에는 코르사코프 항구로 이어지는 기차가 다녔다. 언제든 귀국선이 오면 바로 기차를 타고 항구로 갈 수 있었다.

"귀국선이 오면 삼촌네는 어쩔 셈이유?"

덕춘이 무거운 짐 싸는 걸 도와주던 정만에게 물었다.

조선말을 모르는 치요와 유키에는 하던 일을 계속했지만 단옥은 귀가 쫑긋 섰다.

"일단 여기서는 나가야지요. 형수님네가 조선 가는 배 타는 거 보고, 저는 식구들하고 일본에서 살 방도를 찾아보려구요."

"조선으로 안 간다구유?"

덕춘이 놀라 큰 소리를 내다 치요 쪽을 힐끔 보곤 목소리를 낮췄다. 정만의 표정에 짙은 그늘이 비쳤다.

"조선에서 누가 우리 식구를 반겨주겠어요. 치요나 애들이나 일본 사람이라고 손가락질당하면서 살 게 뻔하잖아요. 내가 일본에서 사는 게 그나마 낫겠지요."

귀국선이 오면 유키에와 헤어지겠구나, 안타까워하던 단옥의 머릿속에 처음으로 조선에 있다는 정만의 딸이 떠올랐다. 그 아이는 영원히 아버지 얼굴을 못 보겠구나. 평생 아버지를 그리워하며 살겠구나. 이름조차 모르는 그 아이 모습에 얼핏 자기 자신이 겹쳐 떠오른 단옥은 머리를 마구 흔들었다.

2부

귀환선

1946~1949년

1

이사 날 아침 일찍 마차가 왔다. 단옥네가 탄광 마을에서 이사 올 때 이용했던 그 마차였다. 마차 주인이 마카로프 인근에 사는 동생 가족을 볼 겸해서 적은 돈을 받고 이삿짐을 날라주기로 했다. 5월 말의 쌀쌀한 아침 날씨에 옷을 잔뜩 껴입힌 아이들은 말 구경에 빠져 조용했다.

단옥과 유키에는 어른들과 함께 이삿짐을 수레에 실었다. 짐엔 주인집의 이부자리와 부엌살림도 들어 있었다. 어른들은 언젠가 주인을 만나면 갚을 거라는 말로 남의 것에 손을 댄 부끄러움을 덜었다. 단옥과 유키에도 주인

집 아들들의 책을 몇 권씩 골라 보따리에 넣었다. 덕춘은 해방된 마당에 일본말로 된 책은 뭐 하러 가져가냐고 못마땅해했다. 단옥이 사정하자 마지못해 허락하면서 혼잣말로 중얼거렸다.

"그려. 종이니께 불쏘시개나 밑씻개라도 할 수 있겄지."

짐을 싣고 나니 앉을 자리가 넉넉하지 않았다. 어린아이들부터 짐 보따리 틈에 끼워 앉힌 다음, 몸이 아직 덜 회복된 치요가 시게루를 안고 탔다. 단옥과 유키에, 덕춘과 정만은 번갈아 타다 걷다 하면서 길을 갔다. 소련군이 들어왔을 때 피난을 떠났던 사람들이 죽음의 도로라고 불렀던 그 길이었다.

단옥네 일행은 하루는 산판의 함바집에서, 둘째 날 밤은 이제는 가스텔로로 바뀐 역 근처 여관에서 잤다. 가스텔로에서부터 마카로프까지는 바다를 따라 난 길로 갔다. 단옥네가 처음 사할린으로 올 때 기차에서 보았던 그 바다였다. 가스텔로에서 새벽에 출발했을 때 바다 위로 해가 떠오르기 시작했다. 붉은 햇살이 바다와 온 세상을, 그리고 모두의 가슴을 환하게 비췄다. 단옥은 앞으로의 삶도 태양처럼 눈부시게 빛날 것만 같았다.

"우미코, 언니가 저 바다 생각하고 니 이름을 지은 겨."

단옥이 동생을 안고 감격에 겨워했지만 우미코는 마침

지나가는 기차에 정신이 팔렸다.

"그럼 여기 온 것만큼 배 타러 가는 길도 줄어들겠네."

덕춘이 기차를 보며 말했다. 단옥도 고향으로 가는 길이 성큼 가까워진 기분이 됐다.

새벽에 출발한 마차는 오후에야 마카로프에 도착했다. 계속 바닷바람을 쐰 얼굴이 얼얼했다. 마을은 바다와 강이 만나는 하구에서부터 강을 따라 위쪽으로 넓게 펼쳐져 있었다. 강가에 무리 지어 서 있는 버드나무들, 낯익은 풀과 꽃들이 자라고 있는 들판, 그곳에서 풀을 뜯고 있는 염소들……. 일본식 집들만 아니라면 꼭 조선에 와 있는 것 같았다. 강 건너편으로는 도시 풍경과 공장 굴뚝에서 시커먼 연기가 피어오르는 게 보였다. 다 왔다고 생각하자 지쳐 있던 얼굴들에 생기가 돌기 시작했다.

집들 마당마다 텃밭이 있었고, 집이 없는 곳에도 개간한 밭들이 많았다.

"아이고, 벌써 죄다 파종을 했네. 저기는 보리 싹이 벌써 나잖유. 저건 밀 싹이구유. 짐 정리고 뭐고 얼른 감자 씨부터 구해다 심어야겠네."

다른 사람들 눈에는 그게 그거 같은 밭을 보며 덕춘이 조바심을 냈다. 여름이 짧기에 파종 시기를 놓치면 큰 낭패였다. 텃밭이 있는 집에는 그 알량한 식량 배급도 없었다. 덕춘의 말에 정만과 치요는 신뢰하는 표정으로 고개를 끄덕였다.

이삿짐 마차가 마을로 들어서자 사람들이 일손을 멈추고 쳐다보거나 말을 걸었다. 단옥은 치마저고리를 입고 머리에 수건을 두른 아주머니들을 보자 다래울의 할머니가 생각났다. 고향하고 비슷한 풍경과 조선 사람들 모습에 안도감이 느껴졌다. 정만이 사람들에게 이사 허가서에 쓰인 주소를 보여주며 물어물어 집을 찾았다.

기대에 차서 집 앞에 당도한 단옥네 일행은 말을 잃었다. 곧 허물어질 것 같은 집은 넝쿨식물로 덮여 있었고, 가족의 생명줄이 될 밭 역시 잡초에 파묻혀 형태조차 없었다. 재깔거리던 아이들마저 여기가 어딘가 하는 표정으로 입을 다물었다. 먼저 기운 낸 사람은 역시 덕춘이었다.

"아이고, 뱀 나오게 생겼다! 어서 짐 내리고 풀부터 어떻게 해보자구유."

마차를 돌려보내려면 짐부터 내려야 했다. 단옥과 유키에는 맥 빠진 몸짓으로 이삿짐을 내렸다. 당장 넝쿨식물을 걷어낼 낫 한 자루조차 없었다.

그때 마침 연장을 들고 나타난 마을 사람들이 단옥네에겐 구세주 같았다. 한인촌 자치회 회장인 송시갑과 마을 사람들이었다. 부인네들은 찐 감자와 주먹밥도 가져왔다. 이보다 큰 환대가 없었다.

"같은 조선 사람끼리 도와야지요."

단옥은 그 말을 유키에한테 통역하지 않았다. 유키에가 일본인이라서가 아니라 어른들 틈에서 또래 남자애를 발견한 때문이었다. 그동안 단옥의 주위에는 늘 한참 어리거나, 훨씬 나이 많은 남자들만 있었다. 시갑의 아들인 진수를 본 순간 단옥은 설탕물을 마신 것처럼 달콤한 기운이 솟았다.

단옥보다 한 살 많은 진수는 어찌나 숫기가 없는지 단옥과 유키에 쪽은 쳐다보지도 못했다. 어쩌다 눈이 마주치면 순무처럼 얼굴이 빨개졌다. 유키에는 그런 진수가 소심해 보여서 싫다고 했지만 단옥에게는 오히려 귀여워 보였다.

진수는 그 뒤로 며칠 동안 손쟁기를 가지고 와서 단옥네 밭을 갈아주었다. 말수가 워낙 없어 어른들이 묻는 말에도 대답만 겨우 했다. 성복이 생각난 덕춘은 진수를 볼 때마다 애틋한 눈빛이 되곤 했다. 하지만 괜스레 진수 주위를 맴도는 단옥에겐 사나운 눈길을 보냈다. 마을에 추문이라도 났다간 혼삿길이 막힐 수도 있었다.

집 꼴이 살 만하게 바뀌는 동안 식구들도 새로운 생활에 익숙해져갔다. 영복과 이사오와 우미코는 우글레고르스크에서와 달리 자유롭게 밖에 나가 놀 수 있게 됐다. 집에서 좀 멀어져도 다래울에서처럼 누가 누구네 집 아이인지 다 알았고, 조선인들끼리 서로 챙겨주었다. 단옥과 유키에도 빨래와 땔감 구하기, 나물이나 조개 캐기 등을 핑계 삼아 강으로, 들판으로, 바다로 돌아다녔다. 진수가 종종 낚시하러 나온다는 걸 안 뒤로는 바다보다 강엘 더 자주 갔다.

집에서 가장 활기차고 의욕이 넘치는 사람은 단연 덕춘이었다. 우선 조선인들이 많아 말이 통하니 살 것 같았다. 게다가 산과 들은 물론 강이 있고, 바다도 가까워서 부지런히 움직이면 얼마든지 먹을 걸 구할 수 있었다. 그동안 바닥난 쌀독을 보며 한숨짓는 것 말고는 할 게 없었던 덕춘은 사방에 먹을거리가 보이자 잠자는 것도 아까울 지경이었다.

덕춘은 사택촌에서처럼 부인네들과 어울리며 정보를 얻었다. 그러곤 나물이며 집에서 만든 젓갈들을 시장에 내다 팔기 시작했다. 목 좋은 자리를 잡기 위해 새벽부터 집을 나서곤 했다. 그렇게 번 돈으로 양곡을 사다 식구들을 먹였다. 치요는 시게루를 키우며 집안일을 했고, 단옥과 유키에도 동생들을 돌보고 닥치는 대로 일하며 집을 도왔다. 정만은 바다에 가서 해산물을 채취해 왔고, 이것저것 힘써야 하는 일들을 하며 제지 공장에 일자리를 알아보고 있었다. 살림에는 안정적인 월급과 배급이 필요했다.

2

"9월에 조선학교가 문을 연다네유."

덕춘이 저녁을 먹다 시장에서 들었던 소식을 전했다.

조선 아이들은 해방된 지 1년이 됐는데도 여전히 일본 학교에서 일본어로 공부하고 있었다. 조선 글은 물론 말조차 모르는 아이들도 많았다. 심각성을 깨달은 조선인들이 학교를 세우려고 하자 소련 정부는 적극적으로 지원했다. 조선인들에게 깊이 박혀 있는 일본의 잔재를 몰아내고 하루빨리 자신들의 체제에 적응시키고자 함이었다. 곧 소련 정부의 주도 아래 사할린 도시 곳곳에 조선학교가 세워졌고, 마카로프에서도 문을 열었다.

정만과, 마사루에게 밥을 먹이던 단옥만이 덕춘의 말을 알아들었다. 마카로프로 이사 온 뒤 집안에서 일본어는 공용어의 위상을 잃었다. 덕춘이 남이 알아듣거나 말거나 조선말만 사용했기 때문이었다. 단옥이 아이들을 챙기느라 바쁜 치요 숙모와 유키에한테 엄마 말을 전했다. 그제야 치요와 유키에가 덕춘을 보았다.

"삼촌, 나이 제한도 없고 학비도 공짜라는디 유키에하고 단옥이도 학교 보냅시다."

덕춘의 말에 단옥은 숟가락을 떨어트릴 만큼 놀랐다. 엄마가 나서서 학교에 보내자고 할 줄은 몰랐다. 그 말을 통역하면서도 단옥은 너무 들떠 유키에와 치요 숙모의 표정을 보지 못했다. 유키에와 저녁 설거지를 하는데 발이 공중에 둥둥 뜬 기분이었다.

"엄마, 나 진짜 학교 다녀도 되여?"

설거지를 마친 단옥이 덕춘에게 확인하듯 물었다. 정만이 강가 습지에서 뿌리째 베어 온 미나리를 다듬고 있던 덕춘이 언제나처럼 퉁명스러운 말투로 대답했다.

"공짜면 양잿물도 마신다는 게 조선 사람인디 공짜 학교를 안 다니면 어딜 다녀?"

말은 그렇게 했지만 덕춘은 공부가 재미있다는, 공부를 하면 자신이 대단하고 특별한 사람이 된 것 같다는 단옥의 말이 잊히지 않았다. 얼굴에 함박웃음이 번지는 단옥을 힐끔 본 덕춘이 말했다.

"니 아버지 있었으면 학교에 보내지 않았겠어? 그 생각하고 보내주는 거니께 학교 다녀도 집안일하던 거는 그대로 해야 혀."

"암만유. 그럴게유!"

단옥의 입에서 힘찬 대답이 튀어나왔다. 하지만 치요는 유키에를 일본학교에 보내고 싶어 했다. 한 학년만 다니면 졸업인 데다 조선학교에 갔다가 아이들에게 괴롭힘을 당할까 봐 걱정스러웠다. 일본한테 핍박받고 살아온 정만이나 덕춘에게 염치가 없어 괴롭힘 이야기는 하지 않았다. 정만은 정만대로 치요가 유키에는 당신 핏줄이 아니라고 선을 긋는 것 같아 서운했지만 내색하지 않았다.

"당장은 형편이 안 되니까 유키에는 내가 취직하면 그때 보내도록 하지. 그동안 집에서 당신도 좀 돕고."

정만의 말에 치요도 찬성했다. 아직 몸이 덜 회복된 치요는 덕춘이 바깥일만 하는 통에 많이 지쳐 있었다. 그리고 그때는 일본학교가 조만간 문을 닫게 될 걸 누구도 알지 못했다. 낯선 학교에 혼자 다니고 싶지 않았고 조선학교도 두려웠던 유키에는 부모 말을 따랐다.

단옥은 너무 아쉬웠지만 그 감정이 학교에 다닌다는 기쁨보다 크지는 않았다. 그리고 유키에 대신 진수와 함께 학교에 다니는 모습을 상상했다. 상상만으로도 얼굴이 달아오르고 웃음이 실실 나왔다.

3

학교는 초등 4년, 중등 3년 과정으로 7학년제였다. 봄에 개학하던 일본학교와 달리 소련의 교육 체계를 따라 9월 1일에 개학해서 다음 해 6월 초순에 끝났다. 나이가 들쭉날쭉한 학생들은 한 교실에 앉아 '가갸거겨'와 애국가를 배우며 진정한 해방을 체감했다.

사할린의 조선학교들은 절대적으로 교사가 부족했다. 자발적으로 왔거나 징용으로 끌려왔거나 사할린에 온 조선인들은 학교 교육을 받지 못한 사람들이 대부분이었다. 학교를 다녔다고 해도 아이들에게 한글을 가르칠 만한 실력이 되지 않았다. 일본어를 잘하는 정만만 해도 한글은 몰랐다.

강희성 교장은 조선에서 서당과 보통학교를 다녔다. 서른 초반인 홍장호 교사도 소학교와 통신중학교를 다니다 만 게 다였다. 교사만 부족한 게 아니라 교과서도 없었다. 학교들에서는 누군가 사할린 올 때 가져온 1학년 조선어 독본을 베껴다 교재로 삼았다.

단옥은 학교에서 조선말을 잘하는 축에 들었다. 일본말을 모르는 엄마에게 짜증을 내곤 했지만 그 덕분에 조선말을 잊지 않았다. 게다가 예전에 임원을 했던 경험이 있어 반장까지 됐다. 부반장은 해봤지만 반장은 처음이었다.(여자인 단옥이 반장이 되자 나이 많은 남학생 두어 명이 학교를 그만둬 버렸다.)

선생님과 학생들의 주목에 한껏 신난 단옥은 금세 한글도 다 익혔다. 적극적인 태도에 나댄다고 흉보는 소리도 들렸지만, 단옥은 학교를 다니는 하루하루가 너무 즐겁고 소중해서 가만있을 수가 없었다. 아쉬운 게 있다면 진수가 학교에 입학하지 않은 거였다. 조선말은 원래 할 줄 알았고 글까지 다 아는 모양이었다.

다행히 아침마다 진수를 볼 수 있었다. 학교에 가려면 진수네 집을 지나야 하기 때문이었다. 시내와 연결된 다리 가까이 제주도 동네라고 부르는 구역이 있었다. 그곳에 있는 진수네 집은 마을 전체에서 한 채뿐인 이층집이었다. 시갑은 일찍부터 일본에서 돈을 벌어 가족을 부양했다. 진수가 다섯 살 되던 해, 시갑 부부는 막내둥이 진수와 딸 둘을 데리고 사할린으로 이주했다. 고향에는 부모님과 시집보낸 두 딸, 학교 다니는 두 아들이 남아 있었다.

부부는 마카로프에 있는 벌목장 인근에 일꾼들을 위한 식당과 숙소를 겸한 함바집을 차렸다. 고생한 것만큼 돈도 벌어 고향으로도 보내고 밭 달린 집도 샀다. 그동안 세를 주다가 해방 후 내려와서 살기 시작했다. 제주 출신 사람들이 모여들어 마을 속 제주도 동네를 이루게 됐다. 어려서 한학을 공부한 시갑은 학식이 있고, 인품도 좋아 동향 사람뿐 아니라 한인촌 전체의 신임을 받았다. 아내 애월댁도 서글서글하니 품이 넓었다.

진수는 부모와 함께 날마다 밭에서 일을 했다. 단옥은 시갑 부부에게 참한 아이로 보이고 싶어 늘 공손하게 인사했다. 진수에게도 말을 걸고 싶었지만 진수 부모님이 계셔서 참았다.

"학교 가니? 잘 다녀오라."

애월댁은 언제나 살갑게 단옥의 인사를 받아주었다. 처음엔 영 낯설던 제주 사투리가 이제는 귀에 익을 정도였다. 애월댁은 가끔 학교 가서 먹으라며 찐 감자나 옥수수를 주곤 했다. 진수도 처음보다는 부끄러움을 덜 타서 단옥과 마주치면 빙긋 웃기도 했다. 그런 날이면 단옥은 학교에서도 온종일 발이 공중에 뜬 것 같았다.

4

그해 겨울부터 일본의 귀환 사업이 시작됐다. 코르사코프항과 홀름스크항에서 일본으로 가는 귀환선이 뜬다고 했다. 조선인들은 드디어 고향으로 돌아갈 수 있다는 생각에 기쁨을 주체하지 못했다. 단옥과 덕춘 또한 저장해둔 감자와 배추를 아까워하면서도 설은 조선에 가서 맞을 생각에 들떴다. 애들도 그새 좀 더 크고 코르사코프항까지 가는 기차가 있으니 걱정 없었다. 아버지와 오빠도 다래울에 돌아와 있겠지. 광업소에 저금했던 돈으로 기와집을 지어놓고 단옥네를 기다리고 있을지 모른다.

 단옥과 유키에는 조만간 헤어진다는 생각에 슬퍼하다 꼭 편지하자는 맹세로 마음을 달랬다. 그런데 곧 날벼락 같은 사실이 전해졌다. 일본인이나 일본 호적에 오른 사람만 배를 탈 수 있다는 것이었다. 그러니까 단옥과 유키에 가족 중 귀환선을 탈 수 있는 사람은 치요와 유키에뿐이라는 말이었다. 정만은 물론이고 자식인 이사오와 시게루도 해당이 안 됐다.

 "이게 시방 말이유, 방구유. 조선 사람도 같은 일본 사람이네 하면서 창씨개명도 시키고, 징용도 끌고 온 거 아녀유?"

 덕춘의 거센 분노는 선명했지만 정만의 마음은 매우 복잡했다. 한 가족 사이에 금이 그어져 배를 탈 수 있는 사람과 탈 수 없는 사람으로 나뉘었다. 그 금은 깊고 서늘하고 날카로웠다. 정만은 치요가 당장이라도 유키에만 데리고 귀환선을 타러 떠날 것만 같아 불안했다.

 치요는 이웃에 사는 일본인 가족인 사토네와 가깝게 지내고 있었다. 제지 공장에 다니는 사토에게 정만의 일자리도 부탁해놓았다. 정만은 치요가 그 집에 갔다 조금만 늦어도 신경이 날카로워져 유키에를 보냈다. 그때마다 꼭 이사오도 달려 보냈다.

덕춘도 속으로 치요를 의심했다. 귀환선이 자기들만 데려간다는 걸 치요는 미리 알고 있었는지 모른다. 그러니까 공짜라는데도 유키에를 조선학교에 보내지 않았던 게지. 정만 또한 그 일로 품고 있던 서운함이 불안과 의심을 키웠다. 치요가 입을 꾹 다물고 있어 더했다. 자신을 향한 의심에 상처받은 치요는 어떤 설명이나 해명도 하고 싶지 않았다.

단옥 역시 유키에한테 뾰족한 감정이 생겼다. 유키에는 그즈음 단옥에게 조선어를 배우고 있었다. 유키에가 공부하자고 했을 때 단옥은 자기도 모르게 "너는 이제 귀환선 탈 건데 조선어 할 필요 없잖아"라고 말했다. 유키에가 찔린 듯 아픈 얼굴을 했지만, 단옥은 귀환에서 제외된 조선인들보다 더 고통스럽지는 않을 거라고 생각했다. 우리가 누구 때문에 여기까지 와서 고생하고, 가족과 생이별을 했는데……. 단옥은 영복과 우미코가 이사오와 놀며 일본말을 하면 유키에 들으란 듯이 더 호되게 야단쳤다.

조선인을 제외한 귀환은 마을 분위기도 바꿔놓았다. 마을엔 조선인이 가장 많이 살았지만 일본인 가정도 있고, 정만네처럼 조선인과 일본인이 부부로 사는 경우도 더러 있었다. 그런 줄 몰랐다가 이번 귀환 사업으로 드러나기도 했다. 한 일본인 남자는 온 가족이 귀환선을 탈 수 있는데도 조선인 아내와 아이들을 버리고 혼자만 떠났다. 반대로 일본인 아내가 조선인 남편과 아이들을 두고 밤새 사라진 집도 있었다. 그런 일이 벌어질 때마다 정만 부부 사이에는 긴장감이 감돌았고, 덕춘과 단옥도 덩달아 신경이 곤두섰다. 조선인과 일본인이 어우러져 살아가던 마을은 순식간에 혼란스럽고 불안정한 분위기에 휩싸였다.

정만은 일본 사람들이 빠져나간 덕에 곧 제지 공장에 취직했다. 공장에 가서도 불안함을 떨칠 수 없었던 정만은 출근할 때마다 이사오에게 엄마를 꼭 따라다니라고 이르곤 했다.

5

사토 가족이 떠나는 날이 다가오자 치요가 비로소 입을 열었다.

"나는 우리 애들 두고 안 떠나. 그러니까 앞으로 이사오한테 나 감시하라고 하지 말아요. 하지만 유키에는 일본에 보냈으면 해. 친정으로 보내면 부모님이 거둬주실 거야. 사토 씨네가 유키에를 친정까지 데려다준다고 하니까 이번에 보내야 해."

정만은 치요가 귀환선을 타지 않는다는 말에 겨우 마

음을 놓으며 물었다.

"유키에가 간다고 했어?"

"아직 말하지 않았지만 유키에를 위해서 그게 나을 것 같아."

일본인이 다 떠난 사할린에서 계속 살다가는 결혼도 못 할지 몰랐다. 하지만 그 이야기를 들은 유키에는 고함까지 치며 거부했다.

"왜 엄마 맘대로 정해요? 난 안 가요. 만일 억지로 보내면 도망가고 말 거야!"

유키에는 두 주먹을 부르쥔 채 부들부들 떨었다. 가족에게서 자신만 떼어내 얼굴 한 번 본 적 없는 사람들한테 보내려는 엄마에게 분노했다. 그동안 나를 귀찮은 혹이라고 생각했던 거야. 그래서 이 기회에 떼어버리려는 거야.

온 식구가 처음 보는 유키에 모습에 놀랐다. 하고 싶은 말은 기어이 해야 하는 단옥과 달리 유키에는 모든 걸 안으로 삭이는 성격이었다. 그 때문에 어른들은 유키에를 다루기 편한 존재로 생각했다. 유키에 이름의 '유키'는 눈을, '에'는 강을 뜻했다. 단옥도 그동안 유키에가 강물에 내려앉는 눈처럼 부드럽고 잘 녹는 성품이라고 생각해왔다. 그런데 처음으로 자기감정을 쏟아놓는 유키에는 얼어붙은 강물처럼 단단해 보였다.

"미안해, 유키. 정말 미안해. 보내지 않을게."

치요가 울며 끌어안았지만 유키에는 입술을 앙다문 채 눈물 한 방울 흘리지 않았다. 단옥은 자신도 유키에의 가슴을 얼어붙게 만드는 데 한몫했다는 생각에 미안함을 지울 수가 없었다.

"아이고, 시방 이게 뭔 난리여. 사람들을 이렇게 갈라놓다니, 찢어 죽여도 시원찮을 놈들……."

덕춘이 땅바닥을 치며 울자 아이들까지 울음보가 터졌다. 단옥도 유키에의 한쪽 어깨를 잡고 눈물을 흘렸다. 정만은 눈시울을 붉히면서도 안도의 숨을 내쉬었다. 유키에가 일본으로 떠나면 치요의 마음 한쪽도 늘 그곳에 가 있을 테니.

귀환 문제가 매듭지어진 뒤 정만은 담당자에 줄을 대 사토네가 살던 집을 얻었다. 두 가족이 함께 지내면서 부부 사이가 소원해졌다는 생각이 뒤늦게 들었기 때문이다. 정만은 그동안 혼자인 덕춘이 신경 쓰여 아내에게 애정 표현도 삼갔다. 치요 역시 집을 자기 방식대로 가꾸는 일을 포기했을뿐더러 온종일 일하는 덕춘 때문에 쉬지도 못했다. 무엇보다 비밀 없이 모든 일이 공유되는 게 가장 힘들었다. 치요는 점점 남편에게 하지 않는 말들이 많아졌다.

정만은 함께 살기로 해놓고 이사 나간다는 게 미안해 미루고 미루다 겨우 입을 뗐다.

"따로 살아도 밭일이고, 다른 일이고 지금보다 더 신경 쓸 테니까 크게 달라지는 건 없을 거예요."

몹시 서운해할 줄 알았던 덕춘이 뜻밖에 선선히 받아들였다.

"잘 생각했구먼유. 애들도 커가는디 언제까지 살림을 합쳐서 할 수는 없잖유."

덕춘은 정만이 취직하고, 자신 또한 농작물을 팔기 시작하면서 살림을 따로 해야 할 필요성을 느끼고 있었다. 거기에 숨을 조금 돌리고 나니까 치요와 아이들 훈육, 살림 방식 등이 다른 게 문제로 다가왔다. 또한 마음 깊은 곳에 눌러두었던 만석에 대한 생각도 치요네와 따로 살고 싶게 하는 데 일조했다.

덕춘은 정만 부부와 한집에 살게 되자 남편의 빈 자리가 더 실체적으로 느껴졌다. 만석과 혼인한 지 20년이 넘었지만 진짜 부부답게 지낸 건 탄광 마을 사택촌에서 살았던 1년 반이었다. 그때 한껏 누렸던 기억은 덕춘을 버틸 수 있게도 해주었고, 더 큰 외로움에 빠지게도 만들었다. 그 자리는 누구도 채울 수 없는 것이었다.

'이제 살 만한가 보네. 그런 생각을 다 하고.'

덕춘은 남몰래 쓴웃음을 지었다.

정만 가족이 분가한 뒤로도 덕춘은 계속 집 주위의 빈 땅을 밭으로 만들었다. 마을에서 여태 빈 땅으로 남아 있는 건 그럴 만한 이유가 있어서였다. 덕춘은 땅속 가득한 돌들을 캐내고, 악착같이 버티는 잡초를 뽑아내고, 강가 습지의 흙을 퍼 날라 자갈땅을 밭으로 바꿨다. 단옥도 학교에 다니면서 집안일을 도맡아 하고 동생들을 돌봤다.

6

단옥은 2학년 종업식을 마치고 집으로 돌아가는 중이었다. 선생님을 도와 뒷정리를 하느라 하교가 늦었다. 6월 오후의 햇살은 빛과 온기로 가득했다. 강변에 숲을 이루고 있는 버드나무, 자작나무, 백양나무 들이 바닥에 그림자 무늬를 그렸고, 강물은 눈부시게 반짝거렸다.

강둑 비탈을 올라오는 진수를 본 단옥의 입가에 저절로 미소가 피었다. 단옥은 걸음을 빨리해 길에 올라서는 진수와 딱 마주쳤다. 한마을에 산 지 꽉 찬 2년이 됐지만 진수가 먼저 말을 걸어온 적은 없었다. 그러니 이번에도 대화를 나누려면 단옥이 아는 체하는 수밖에 없었.

"낚시 갔다 와?"

이그, 물고기 들고 있는 거 보면 몰라? 단옥은 보이지 않는 손으로 자기 머리를 쥐어박았다. 학교에서는 온 아이들을 휘어잡는 반장인데, 진수 앞에만 서면 고장 난 듯 머리고 몸이고 말을 듣지 않았다. 진수는 대답 대신 버들가지에 아가미를 꿴 물고기를 슬쩍 들어 보였다. 등이 불룩한 붉은색 연어였다.

"세 마리나 잡았네. 낚시를 아주 잘하나 봐."

이번에도 뻔한 소리만 했다고 자책하는데 칭찬이 싫지 않았는지 진수가 대꾸를 했다.

"작은 거는 놔주고……."

"성공이다!"

단옥이 소리치며 웃자 진수는 영문을 몰라 했다.

"오라방 말한 거. 목소리 듣기가 하늘의 별 따기보다 어렵잖어."

오라방은 오빠를 뜻하는 제주말이었다. 한 살 많은 진수한테 이름을 부르기도 그렇고, 외간 남자한테 오빠라고 하는 건 더 어색해서 단옥은 장난삼아 오라방이라고 불렀다. 그런데 그렇게 부르고부터 진수를 대하기가 한결 편해졌다. 진수도 그런 것 같았다.

함께 걸은 지 얼마 안 됐는데 벌써 다리였다. 진수네 집은 다리를 건너면 바로였고, 단옥네 집은 30분쯤 더 가야 했다. 내일부터 방학이니 단옥이 일부러 오지 않는 한 개학 때까지 진수를 볼 수 없다.

"낼부터 못 보겠네. 오라방, 방학 끝날 때까지 잘 지내라. 나 못 본다고 서운해하지 말고."

단옥은 아쉬움을 들키지 않으려고 부러 장난스레 말했다. 뒤돌아서려는데 진수가 불쑥 물고기 꾸러미를 내밀었다. 어리둥절해진 단옥은 진수를 빤히 올려다보았다. 눈이 마주치자 얼굴이 붉어진 진수의 목울대가 꿀렁하고 움직였다. 갑자기 가슴이 뛰는 바람에 놀란 단옥은 얼른 물고기를 보며 말했다.

"오, 오늘 잡은 걸 다 주면 어떡해?"

진수는 말없이 어서 받으라고 물고기를 추어올렸다. 단옥이 엉겁결에 받아들자 진수 얼굴에 흐뭇한 미소가 번졌다.

묵직한 물고기 꾸러미를 들었지만 단옥의 걸음은 가볍기만 했다. 지금까지 애월댁 아주머니가 먹을 걸 준 적은 있지만 진수한테 받은 건 처음이었다. 나한테 물고기를 왜 줬지? 아무 감정도 없는 사람한테 이런 걸 줄 리는 없잖아. 진수도 나한테 관심이 있나 봐! 단옥은 실실 웃으며 혼자 묻고 혼자 답했다. 마음 같아선 온 동네 사람들한테 물고기를 자랑하고 싶었다. 하지만 나무 그늘 아래 앉아 있던 아주머니들이 어디서 났느냐고 물었을 때는 선뜻 대답하지 못했다. 소문이라도 날까 봐 내심 조마조마했다.

7

해방 후 조선은 반으로 나뉘었다. 남쪽은 1948년 8월 15일에 대한민국을, 북쪽은 9월 9일 조선민주주의인민공화국을 수립했다. 일제강점기 때 사할린으로 끌려온 사람들은 거의 대한민국에 속하는 남쪽 사람들이었다. 사할린의 조선인들은 대한민국 수립에 따라 조선을 한국으로, 자신들을 한인으로 명명했다. 하지만 일상에선 조선과 한국이 뒤섞여 통용됐다. 사람들은 이제 조국이 당당하게 있으니 일본 귀환선이 아니라 대한민국이 보낸 귀국선을 타고 고향으로 돌아갈 거라고 믿었다. 하지만 그런 일은 일어나지 않은 채, 1949년 7월 23일 일본의 마지막 귀환선이 코르사코프항을 떠났다.

10월 27일, 사할린 당국은 한인들의 자유로운 이동을 금했다. 공산당 간부들은 한인을 대상으로 정치나 교양에 관한 선전 사업을 벌였으며 혹시라도 한인들이 귀환선을 타지는 않는지 철저히 감시했다.

12월 20일, 한국 정부는 사할린 한인들을 사실상 외국인으로 간주하는 국적법을 제정했다. 한인들 중에는 배신감, 좌절감, 울분으로 뒤범벅된 상처를 견디지 못해 목숨을 끊거나 술이나 노름, 심지어는 마약에 빠지는 사람들도 생겼다. 문제를 일으킨 사람들은 제대로 된 재판도 없이 시베리아로 끌려갔다.

귀환 사업을 끝낸 일본 정부는 사할린에 천 9백여 명의 일본인이 남아 있다고 발표했다. 고향으로 돌아가지 못한 한인은 2만 5천여 명에 달했다. 귀환선을 타지 못한 일본인이나 일본인 부모를 둔 아이들은 숨죽인 채 한인들 틈에 스며들고자 애썼다. 정만은 밤낮으로 한글을 익히며 이사오와 시게루에게도 조선말을 가르쳤다. 이미 배우고 있던 치요와 유키에한테도 더 열심히 하라고 채근했다.

다시, 시작

1949년

1

개학 날이었다. 단옥은 마지막 준비로 거울을 보았다. 깨진 거울 조각을 주워다 가장자리에 종이를 덧발라 벽에 붙여놓은 것이었다. 방학 내내 밖에서 일하느라 검게 탄 얼굴이 거울에 비쳤다. 몇 걸음 물러서자 비둘기색 블라우스에 남색 치마를 입은 모습이 보였다. 유키에가 입던 옷인데 몸집이 비슷해서인지 잘 맞았다. 처음 입어보는 양장이 어색하면서도 이젠 학생이 아니라는 증표 같아 마음에 들었다.

단옥은 오늘부터 마카로프 조선학교 교사였다. 4학년

이 아니라 교사로 개학 날을 맞이하고 있다는 게 아직도 얼떨떨했다.

"뭐 햐? 일찍 가야 한다더니."

덕춘이 방을 들여다보며 말했다. 단옥만큼이나 설레고 뿌듯한 표정이었다. 단옥은 자신이 교사가 될 수 있었던 건 순전히 엄마 덕분이라고 생각했다. 첫 번째는 일본말을 모르는 엄마 덕에 한국말을 잊지 않았고, 두 번째는 영복에게 한글을 가르치라고 시켰기 때문이다. 작년 여름 덕춘은 영복이 입학하기도 전부터 단옥을 닦달했다. 학교에서 양기를 아낌없이 발산하고 있는 제 누나에게 아들이 치일까 봐 걱정스러워서였다. 하지만 예전처럼 대놓고 표현하지는 못하고 에둘러 말했다.

"너만 공부하지 말고 영복이도 좀 가르쳐. 니가 암만 잘해도 동생이 못 하면 망신인 겨."

단옥은 엄마와 유키에를 가르쳤을 때와 자신이 배우던 때의 경험을 바탕 삼아 나름대로 재밌는 교수법을 만들었다. 그리고 영복이 글을 깨치는 걸 보며 큰 즐거움을 느꼈다. 재봉 공장에 들어간 유키에도 다시 한글 공부를 시작했다.

방학 내내 공부한 덕에 영복은 입학하자마자 누나처럼 주목받는 학생이 됐다. 단옥과 다른 점이라면 영복은 관심받는 걸 싫어하다 못해 두려워하기까지 한다는 거였다. 아이들이 쳐다볼까 봐 선생님한테 칭찬받는 것도 싫었다. 1학년 담임이었던 교장은 영복이 누나한테 배웠다는 걸 알고 단옥에게 보조 교사를 시켰다. 단옥은 학교가 끝난 뒤 진도를 따라오지 못하는 학생들을 가르쳤다. 해를 거듭할수록 입학생들 나이는 일반적인 취학연령으로 낮아졌다. 어린아이들에게 교사 대우를 받을 때마다 단옥은 가슴이 찌릿찌릿했다.

학년이 늘어나면서 학교는 교사가 더 필요했다. 새로 부임한 교사가 개학을 앞두고 못 오게 되자 교장은 단옥의 교사 임명장을 가지고 집까지 찾아왔다. 교장의 말을 처음 들었을 때, 단옥은 심장 먼 곳에서부터 북소리가 들려오는 것 같았다. 조선에서 3년, 사할린 탄광 마을에서 2년, 조선학교에서 3년, 도합 8년 동안 학교를 다녔으니 교장 선생님이나 홍장호 선생님보다 적게 공부한 건 아니었다. 그래도 교사가 될 수 있을 거라곤 상상조차 하지 못했다. 심장의 북소리는 오늘 아침까지 멈추지 않았다.

"이제 가려고. 엄마, 나 어때? 선생님 같아 보여요?"

이제는 말씨에서 고향 사투리가 없어진 단옥은 치맛자락을 잡고 빙그르르 돌다 넘어질 뻔했다.

"저, 저, 애들처럼. 이제 교사가 됐으니 행동거지 조심햐. 길에서 어른들 보면 인사 잘하고. 까딱하면 시건방지다는 소리 들으니께."

덕춘은 언제나 그렇듯이 칭찬 대신 잔소리를 하며 단옥의 등을 괜히 한 번 털었다. 덕춘은 칭찬보다 잔소리가 아이들을 제대로 키운다고 굳게 믿었다.

단옥이 교사가 되는 데 덕춘이 가장 크게 한 기여는 뭐니 뭐니 해도 딸을 학교에 보낸 거였다. 덕춘은 동네 사람들이 없는 살림에 다 큰 딸을 학교에 보낸다고 흉보는 걸 알았다. 혼기 찬 여자애들은 집에서 살림을 돕거나 유키에처럼 일을 다니는 게 관례였다. 아니면 가족을 위해 자기보다 훨씬 나이 많은 남자에게 시집가거나.

덕춘도 딸을 공부시키는 건 가뭄에 남의 밭에 물 주는 것처럼 모자란 짓이라고 생각하던 때가 있었다. 하지만 딸이 학교에 다니는 모습을 볼 때면 자신마저 보통의 아낙네들과는 다른 듯 우쭐했다. 혼인할 나이가 돼가는 딸을 두고 하는 상상도 즐거웠다. 벌써부터 웬만한 혼처는 눈에 차지도 않았고, 심지어 속으로 탐내고 있던 진수까지도 시쁘게 느껴졌다. 덕춘은 농사꾼이 아니라 교사 딸에 어울리는 직업을 가진 사위를 얻고 싶었다. 그리고 언젠가 만날 남편에게 자랑스레 그 사위를 내보이고 싶었다.

2

일찍 깬 마사루가 방에서 나왔다. 단옥이 탯줄을 자른 아이는 어느덧 다섯 살이었다. 단옥은 동생 볼에 쪽 소리가 나게 입을 맞추고는 구두를 신었다. 덕춘이 암시장에서 사 온 구두 역시 처음 신어보는 거였다.

기분 탓인지 8월인 어제와 9월 첫날인 오늘의 공기가 다른 것 같았다. 단옥은 마당을 둘러보았다. 잡초 한 포기 없는 텃밭에서 잎과 줄기가 누레지는 감자가 수확을 기다리고 있었다. 양배추와 순무, 양파도 익어가는 중이었다. 밭 주위로는 수수와 해바라기가 울타리처럼 서 있었다. 해바라기씨는 엄마가 만들어 시장에 내다 파는 엿에도 넣고, 겨우내 식구들의 주전부리가 돼줄 것이다.

집을 나선 단옥은 치맛자락을 나폴거리며 동네를 걸었다. 귀환 사업으로 일본인들이 빠져나간 집들엔 한인들이 들어와 살았다. 백여 가구가 되는 마을은 명실상부한 한인촌이 됐다. 유키에가 길 안쪽에 있는 집에서 나와 단옥을 기다리고 있었다. 그동안은 단옥의 등교 시간과 유키에의 출근 시간이 맞지 않아 함께 다닐 수 없었다. 유키에를 보자 아침마다 만나서 같이 학교에 가던 사택촌의 기억이 떠올랐다. 까마득한 옛날 같았다.

"옷 잘 맞네. 예쁘다."

유키에가 흐뭇한 얼굴로 단옥을 보았다. 교사가 된 단옥에게 자기 옷을 주자고 한 사람은 유키에였다.

한인 남자들은 소련식 작업복을 입는 경우가 많았지만 여자들은 여전히 한복을 주로 입었다. 치요는 공장에 다니는 유키에한테 눈에 띄는 일본 옷 대신 블라우스와 치마를 구해줬다. 국영 상점에서 파는 옷은 배급표나 허가가 없으면 사기 어려웠다. 그마저도 품질이 낮고 종류도 많지 않았기에, 암시장에서 비싼 돈을 주고 사야 했다.

치요는 딸의 옷에 돈을 아끼지 않았다. 귀환 때 유키에가 받았을 상처를 그렇게라도 달래주고 싶었다. 유키에는 가장 좋아하는 친구이자 자매의 교사 임명을 축하하는 의미로 그중에서 한 벌을 준 것이다. 단옥에게는 최고의 선물이었다.

취직한 지 어느새 2년 차인 유키에는 얼마 전 재봉 공장의 꽃이라는 미싱부에 들어갔다. 일제 시절 일본군 군복을 만들던 공장에서는 소련군 제복과 작업복을 만들었다. 온종일 우중충한 빛깔 천에 재봉질을 하며 유키에가 하는 상상은 더할 수 없이 화사했다. 사랑하는 사람 생각으로 가득했기 때문이었다.

세르게이와 혼인하면 재봉틀을 장만해야지. 엄마가 월급을 저축하고 있으니 중고 재봉틀을 살 수 있을 것이다.

세르게이에게 작업복이 아닌 근사한 신사복을 만들어 입힐 거야. 그러면 얼마나 더 멋질까. 자신도 남편에게 걸맞은 예쁜 옷을 지어 입을 것이다. 아이들로까지 상상이 뻗어나가면 유키에는 목덜미가 화끈거려 재봉틀에 코를 박았다.

치요와 정만은 유키에가 스무 살을 넘기면 결혼시킬 계획이었다. 세르게이와 연애하고 있다는 걸 전혀 모르는 치요는 나날이 더 고와지는 딸이 흐뭇한 것만큼 걱정도 늘었다. 사할린에 남은 일본 남자들 중에서 괜찮은 신랑감을 찾기란 원숭이가 달을 잡으려는 것만큼이나 어려웠다. 그렇다고 한국 남자한테 시집보냈다간 자칫하면 구박을 받을 수 있다.

마카로프엔 그들 외에도 본토에서 온 소련 남자, 파견 노동자로 온 북조선 남자, 중앙아시아에서 온 고려인 남자들이 있었다. 자세한 이력을 알기 힘든 그들은 더 내키지 않는 사윗감들이었다. 마을에선 그들과 얽힌 여자들의 불미스러운 소문이 심심찮게 떠돌았다. 사람들 입길에 오르내리면 피해 보는 쪽은 언제나 여자였다. 치요는 유키에한테 남자를 조심해야 한다고 입이 아프게 이야기했다.

"세르게이랑 자주 만나?"

단옥의 물음에 유키에 얼굴에 발그레한 미소가 번졌다.

사랑에 빠진 여자만이 지을 수 있는 표정이었다.

"아니. 세르게이가 바빠서 자주 못 만나. 그런데 이번 주 토요일에 세르게이가 기숙사 구경시켜주겠대."

유키에의 눈이 반짝거렸다.

세르게이는 카자흐스탄에서 온 고려인이었다. 고려인은 연해주와 북사할린 등 소련 극동 지역에 살다가 1937년 스탈린에 의해 우즈베키스탄과 카자흐스탄 등 중앙아시아로 강제 이주당했던 조선인들을 말했다. 블라디보스토크에서 자리 잡고 살던 세르게이 가족 역시 강제로 열차에 태워져 카자흐스탄에 내동댕이쳐졌다. 세르게이 나이 열한 살 때였다. 세르게이의 부모는 살아남기 위해 소련 체제에 순응했고, 집안을 다시 일으켜 세우고자 장남인 세르게이에게 희생과 헌신을 다했다. 그 결과 세르게이는 카자흐스탄 국립대학을 우수한 성적으로 졸업했다.

소련 정부는 자신들의 체제에 완전히 동화된 고려인 중에서 2천여 명을 선발해 사할린으로 파견했다. 세르게이도 그중 한 명이었다. 그들은 여러 기관, 기업 들에서 통역과 한인을 대상으로 하는 러시아어 교육, 체제 선전, 교화 등을 담당했다. 한인들은 대륙에서 온 그들을 큰땅배기라고 불렀다.

3

여느 고려인들과 마찬가지로 세르게이 또한 스탈린주의자로서 모범적인 소비에트 시민이 돼야 한다는 강박 속에서 자랐다. 개인적인 욕망보다 국가와 사회 발전을 더 중요하게 여기며 맡은 일에 충실해야 했지만 사할린 생활은 너무 갑갑하고 외로웠다. 위압적인 상사들, 같은 말을 쓰는데도 말귀가 잘 통하지 않는 한인들에게 시달리며 하루빨리 돌아갈 날만을 꿈꿨다. 하지만 러시아어 교습실에서 유키에를 처음 보는 순간 세르게이는 영원히 이곳에서 살고 싶어졌다.

한국말이 대여섯 살 아이 수준인 유키에 역시 한인들 틈에서 늘 외로움을 느꼈다. 대부분 나이 많은 부인네들이어서 마음 붙이기가 더 힘들었다. 집에서도 마찬가지였다. 한인 남자와 결혼한 엄마, 피가 반반씩 섞인 동생들과 달리 자신과 한인 사이에 연결된 줄은 더없이 약하고 위태로웠다. 한인들과의 관계에서 자신이 일본인이란 사실은 영원한 원죄로 남을 것이다. 유키에는 그런 생각을 할 때마다 선 위에 위태롭게 서 있는 느낌이 들곤 했다.

돈을 벌어야 하니까 일을 다니던 유키에는 부서장과 함께 나타난 세르게이를 보는 순간 심장이 요동치는 걸 느꼈다. 그때부터 일하는 시간은 가슴 두근거리며 세르게이를 기다리는 시간이 됐다. 유키에는 세르게이가 러시아어 교습을 한다는 말에 서둘러 등록했다. 공장에서 이방인 같은 존재였던 유키에와 세르게이는 자석의 다른 극처럼 서로에게 강하게 이끌렸다.

세르게이가 한국말이 서툰 유키에한테 따로 러시아어를 가르쳐주겠다고 했다. 세르게이와 유키에는 서로의 언어를 몰랐지만 곧 그게 아무런 문제가 되지 않는다는 걸 알게 됐다. 유키에는 단옥에게 아직 세르게이가 점심시간 공장 뒤편 기계 설비실에서 자신의 눈시울을 가만히 어루만지며 "글라자" 하고, 코끝을 살짝 누르며 "노스" 하던 것과 그 손길이 입술로 내려와 "로트"라고 한 뒤, "야 류블류 찌바"라는 말과 함께 입맞춤을 했다는 건 말하지 않았다.

유키에는 '야 찌바 류블류'가 '사랑해'인 걸 저절로 알아들었다. 입맞춤 자체는 생각나지 않는데 세르게이의 가슴이 튀어나올 듯이 뛰던 건 생생하게 기억났다. 자신의 심장도 그렇게 뛰었을 것이다.

유키에가 말하지 않은 게 있다는 걸 단옥은 대번에 알아차렸다.

"뭐야, 뭐야. 빨리 말해봐!"

세르게이가 추위를 녹여준다면서 손을 잡은 이야기까

지는 들은 터라 안달이 났다. 유키에는 비밀스러운 미소를 머금은 채 이번 일요일에 빨래하러 가자고 했다. 둘만의 비밀 이야기를 하자는 뜻이었다. 따로 살고 각자 하는 일이 달라지다 보니 예전처럼 붙어 앉아 이야기할 시간이 많지 않았다. 빨래를 하러 가면 그 핑계로 강가 자작나무 그늘에서 마음 놓고 수다를 떨 수 있었다. 단옥의 머릿속으로 연애소설에서 읽은 장면들이 스쳐 지나갔다.

다리가 가까워지고 있었다. 진수네 집이 가까워진다는 뜻이었다. 단옥은 유키에 몰래 얼른 옷매무새를 다듬었다. 진수가 내 차림새를 보면 놀라겠지. 아니, 벌써 동네에 교사가 됐다는 소문이 났을 것이다. 유키에의 연애 이야기를 해서인지 단옥의 마음은 한껏 달떴다. 해방절 날 있었던 일 때문에 더 그랬다.

지난 8월 15일, 사할린 곳곳에서는 해방절 기념행사가 열렸다. 마카로프에서도 한인들이 모두 모여 잔치를 벌였다. 한인들은 한자리에 모여 일본의 귀환 사업이 할퀴고 간 상처를 달래고 서로에게 힘을 북돋웠다. 단옥도 음식을 준비하는 부녀회를 도왔다.

단옥이 음식 쟁반을 들고 간 자리엔 시갑이 있었다. 술이 불콰하게 오른 시갑이 다른 동네 사람들에게 똘똘하고 참한 색시라며 단옥을 칭찬했다. 좋으면서도 의례적인 말이라고 생각하는데 시갑이 농담처럼 덧붙였다.

"단옥아, 니 공부 그만하고 우리 진수헌티 시집 안 올 거?"

순간 가슴이 쿵 하고 떨어졌다. 그때는 아직 교사 임명 전이었다. 단옥은 시갑이 술에 많이 취한 모양이라고 애써 생각했지만 자꾸 그 말이 떠올랐다. 혹시 아들에게도 그런 말을 했을까?

"진수야, 너 단옥이헌티 장가들지 않을 거?"

그랬다면 진수는 뭐라고 대답했을까.

진수네 집이 보였다. 진수는 부모와 함께 감자를 캐고 있었다. 감자는 바람에 완전히 말려야 오래 저장할 수 있어서 감자 캐는 날은 다들 일찍부터 서둘렀다. 단옥과 유키에가 진수 부모에게 인사했다. 언제나처럼 시갑은 웃는 얼굴로 인사를 받았고, 애월댁은 단옥에게 말을 건넸다.

"학교 가니? 그렇게 입으니 몰라보크라. 벌써 선생 티 난다게."

"네, 오늘 첫날이에요."

단옥이 대꾸했다. 진수가 감자 소쿠리를 든 채 단옥을 바라보았다. 단옥은 치맛자락을 나팔꽃처럼 펼치며 팽그르르 도는 상상을 했다.

4

학교에 도착해서 무심코 교실로 가려던 단옥은 아차, 하고 미소 지으며 교무실 쪽으로 발길을 돌렸다. 1학년 교실을 지날 때는 잠시 멈춰 서서 창문 너머로 자신이 서 있게 될 자리를 바라보았다. 단옥은 빨리 교무실로 가서 교사가 됐음을 확인하고 싶었다. 교장 선생님은 몰라도 학교 사택에서 사는 홍장호 선생님은 교무실에 나와 있을 것이다.

선생님은 나를 뭐라고 부를까? 방학 전만 해도 학생이었던 애한테 주 선생이라고 부르려면 선생님도 어색할 것이다. 그래도 선생님한테 "주 선생"이라는 소리를 들으면 교사가 된 게 진짜 실감 날 것 같았다.

구름 위를 걷는 기분으로 걸음을 떼놓는데 갑자기 교무실 쪽에서 고성이 들렸다. 깜짝 놀라 귀를 기울였으나 처음 듣는 목소리였다. 무슨 일일까 싶어 교무실 앞까지 뛰어간 단옥은 안에서 흘러나오는 소리에 멈칫하고 섰다.

"어제까지 학생이었던 사람을 교사로 채용한다는 게 말이 되나. 초등교육도 제대로 못 받은 사람을 교사로 세우니 조선학교 수준이 이 모양이란 말이요."

단옥은 자기 이야기가 분명한 말에 다리 힘이 쭉 빠졌다. 후들거리는 다리를 간신히 세운 채 창문 너머로 교무실을 들여다보았다. 교장 자리에 앉아 있는 낯선 남자 앞에 장호가 뒷짐을 진 채 서 있었다. 강희성 교장은 보이지 않았다.

"주단옥 교사는 조선 말과 글을 제대로 가르칠 능력이 있습니다. 사정상 졸업을 못 했을 뿐이지 일제 때 국민학교도 5학년까지 다니고 조선학교도 3학년까지 다녔습니다. 학벌을 떠나서 입학생한테는 조선어를 잘 가르칠 수 있는 교사가 필요합니다."

단옥은 선생님이 자신을 위해 열심히 변호하는 모습에 감정이 북받쳤다.

"당신이 뭔데 자격을 판단하시오? 그러니 수준 낮은 교사들이 판을 치는 거요."

말하던 남자와 눈이 마주친 단옥은 황급히 복도에 주저앉았다. 하지만 곧 교무실 문이 열리는 바람에 다시 허둥지둥 일어섰다. 단옥을 보고 잠시 멈칫했던 장호가 무거운 목소리로 말했다.

"일찍 왔구나. 이야기 좀 하자."

단옥은 장호 뒤를 따라갔다. 조금 전 구름 위 같던 복도가 이제는 자갈길 같았다. 복도가 끝나기도 전에 단옥은 자신이 들을 말과 해야 할 말을 이미 안 느낌이었다. 장호가 학교 뒤편의 화단 경계석에 앉으며 담배를 꺼내 물었다. 단옥은 침묵을 참지 못하고 물었다.

"교무실에 있는 분들은 누구세요?"

"새로 온 교장과 교사야."

"네? 그럼 우리 교장 선생님은요?"

"해직 처리되셨다. 이제부턴 소련 정부에서 교장과 교사를 파견한다는구나."

"왜요?"

"교사들 자질이 부족하고…… 러시아어를 몰라서란다."

장호가 한숨과 함께 말했다. 새로 온 교장은 고려인이었고 교사는 고려인과 북조선 사람이었다. 소련이 조선학교를 지원하는 궁극적인 이유는 사할린에 있는 한인들을 소련 체제로 흡수시키기 위해서였다. 그런데 한인 교사 중에는 러시아어를 할 줄 아는 사람이 거의 없었다. 소련 정부는 파견 나온 고려인과 북조선 노동자들 중에서 교사를 뽑아 학교에 보냈다.

"그럼 그 사람들은 우리 교장 선생님보다 많이 배우셨대요?"

"뭐, 대학 나온 사람들이라니까 많이 배운 거지. ……단옥아."

장호가 말끝에 잠시 머뭇거리다 단옥의 이름을 불렀다. 주 선생이 아니라 "단옥아"였다. 단옥은 눈물을 참았다.

"말씀하지 않으셔도 돼요. 제가 그만둘게요."

"내가 힘이 없어서 미안하구나."

그 말에도 단옥은 울지 않으려고 어금니를 물었다. 단옥은 학생으로서도 학교를 그만두기로 했다. 교사를 하려던 곳에서, 자신을 무시하는 큰땅배기 교사 아래서 공부를 계속하고 싶지 않았다. 장호는 단옥을 말리는 대신 말했다.

"앞으로 여기서 살려면 소련말을 배워야 할 거야. 그렇더라도 언젠가는 한국으로 가는 길이 열릴 테니 우리 말과 글을 잊지 말아라."

그 말에 단옥은 참았던 눈물이 쏟아졌다. 학교를 그만두면 이제 누가 내게 이런 이야기를 해줄까. 그리고 자신의 실망이나 좌절보다 엄마 얼굴이, 세상을 다 얻은 것처럼 좋아했던 엄마 얼굴이 더 아프게 가슴을 후벼 팠다.

혼담

1950년

1

단옥은 해옥의 발길질에 눈을 떴다. 5월이 되자 새벽 4시만 돼도 날이 환했고, 해 저무는 시간도 점점 늦어졌다. 온종일 햇살을 듬뿍 받은 텃밭의 흙들은 부드럽게 부풀어 오른 채 새 씨앗을 품을 채비를 했다. 덕춘은 벌써 일어나 밭에 나갔지만 단옥은 아침을 짓기까지 한 시간쯤 더 누워 있어도 됐다.

단옥은 유키에가 다니는 재봉 공장에 취직한 지 8개월이 됐다. 학교를 그만둔 게 생각보다 아쉽거나 슬프지 않았다. 오히려 늘 어린아이들 틈에 끼어 공부하다 일을 하고 돈을 벌자 드디어 제 나이다운 삶을 사는 것 같았다. 공장에서 보고 듣는 게 학교에서 배우는 것보다 결코 적지 않았다. 일이 끝나고서는 유키에와 함께 레닌이니, 스탈린이니 하는 사람들과 공산주의 이론에 대한 교육이나 러시아어 교습을 받았다. 공장은 일요일마다 쉬었고 월급은 물론 배급도 나왔다. 설탕, 고기, 비누처럼 귀하디귀한 것들을 가지고 귀가할 때면 가슴이 펴지고 걸음이 빨라졌다.

소련 정부는 올해 들어 사할린 거주민들에게 임시 신분증을 발급했다. 일본 이름을 가진 한인들은 한국 이름으로 개명이 허용됐다. 마을에서는 이름을 바꾸려는 사람들로 진수네 집 문턱이 닳을 지경이었다. 아이 이름을 짓거나 결혼이나 이사 날짜를 잡을 때도 사람들은 시갑에게 묻곤 했다. 소련 달력은 양력만 있는 터라 시갑은 정초에 음력으로 된 절기를 계산해 마을 사람들에게 알려주었다. 농사 시기와 해산물 채취를 위한 물때는 음력을 알아야 했다.

덕춘은 시갑의 집에 가는 대신 단옥에게 동생들 이름을 지으라고 했다.

"마사루 이름은 복 자를 넣어서 만들어라. 지 항렬이 어떻게 되는지 알고 있어야지."

엄마 말을 듣는 순간 단옥의 머리에 이름이 떠올랐다.

"해방되던 해 태어났으니까 광복이 어때?"

일본한테 이긴 거나 마찬가지니 승리라는 뜻과도 통하는 이름이었다. 덕춘이 좋다며 무릎을 쳤다.

"그려! 평생 저 태어난 해는 안 잊어먹겠다."

단옥은 마사루 이름을 돌림자로 지으니 우미코 이름도 바꿔주고 싶었다.

"우미코도 옥 자 돌림으로 해서 해옥이라고 할까? 단옥이, 영옥이, 해옥이 이렇게."

덕춘은 그것도 마음에 들어 했다. 해자를 해옥으로 하자 단옥은 다래울에 있는 영옥까지 세 자매가 끈끈한 무언가로 이어진 것 같았다. 그러자 유키에가 걸렸다. 사할린에 남은 일본인들, 특히 한인과 결혼한 여자나 그 사이의 아이들은 한국 이름으로 바꾸는 경우가 많았다.

"너는 설옥이라고 할래?"

단옥이 물었을 때 유키에는 가만히 고개를 저으며 대답했다.

"나는 그냥 유키에 할래."

정만도 이사오와 시게루를 각각 용재와 성재로 바꿨다. 해옥과 함께 조선학교에 입학하는 용재는 한국말과 한글 공부를 열심히 했다. 집에서는 일본어를 쓸 때가 많다 보니 말보다 글이 더 빨리 늘었다.

해옥이 써늘한 공기에 몸을 웅크리며 단옥의 품으로 파고들었다. 겨울엔 땔감을 아끼기 위해 온 식구가 부엌의 이로리 옆에서 잠을 잤다. 이로리는 바닥을 파서 만든 네모난 화로로 난로나 일반 화로보다 크기가 컸다. 장작이나 숯을 피워 난방도 하고, 천장에서 내려온 갈고리에 냄비나 주전자를 걸어 음식을 만들고 물을 데웠다.

며칠 전, 단옥이 자기 방으로 잠자리를 옮기자 해옥이 따라와 같이 자기 시작했다. 단옥은 옆으로 누워 동생을 바라보았다. 해옥을 보면 행복이 김처럼 몽실몽실 피어오르던 순간들이 떠올라 저절로 미소가 지어졌다. 동생은 아버지한테서 받은 사랑을 마음 가득 품은 채 밝고 사랑스러운 아이로 자랐다. 가을에 학교에 들어간다고 벌써부터 한글 공부를 하며 신이 났다.

학교 소식은 영복을 통해서 계속 듣고 있었다. 북쪽에서 온 교사는 교무실과 교실들에 걸려 있던 태극기를 내리고 북조선 국기를 걸었다. 복도 곳곳에 스탈린과 김일성을 찬양하는 글귀가 붙었고, 조회 시간엔 애국가 대신 북조선 국가를 부른다고 했다. 영복이 강희성 교장 선생님은 다시 탄광으로 돌아갔다는 것과 장호도 이번 학기를 마치면 그만둔다는 이야기를 전해주었다. 선생님이 자신을 위해 애써주셨는데 고맙다는 인사도 제대로 하지 못했다.

선생님 생각을 한 단옥은 벌떡 일어나 러시아어 공부를 시작했다. 자신을 믿어준 선생님을 실망시키지 않으려면 공장에서도 잘 해내야 한다. 단옥은 수습 기간이 끝난 뒤 검수 부서에서 일하다 열흘 전 자재 관리 부서로 옮겨 갔다.

공장은 크게 생산부, 관리부, 행정부로 나뉘었고 생산부만 해도 재단, 미싱, 마감, 검수 부서가 있었다. 아직도 공장의 많은 업무 용어는 일본어로 통용됐다. 생산부는 업무 용어만 알아도 일하는 게 가능했지만 관리부는 일본 글자도 알고, 대다수가 부녀자인 노동자들과 한국말 소통도 할 줄 알아야 했다. 그런 이유로 자재 관리 부서에 배정된 단옥은 러시아어도 그 못지않게 필요하다는 걸 느끼고 있는 중이었다.

"재봉 기술은 배워두면 나중에 언제든지 써먹을 수 있지만 사무 보는 거 할 줄 알아서 어디다 쓴다구."

덕춘이 아쉬워했다. 단옥도 처음엔 그랬지만 시간이 지나면서 생각이 바뀌었다. 재봉틀 앞에 앉아서 온종일 똑같은 일을 하는 게 너무 지루해 보였다. 단옥은 관리 부서에선 가장 말단이라 온갖 잡무를 처리하고 여기저기 심부름을 다녀야 했다. 하지만 심부름일지라도 공장 곳곳을 돌아다니며 다양한 사람들을 만나는 게 좋았다. 무엇보다 좋은 건 자신만의 책상이 있는 거였다. 그 책상은 교무실 책상에 앉아보지도 못한 상처를 어루만져주었다.

세르게이의 자리도 같은 공간에 있었다. 단옥은 비밀 연애를 하는 유키에와 세르게이 사이에서 전령사이자 위장막 역할을 했다. 그 결과 공장 사람들은 세르게이의 애인이 유키에다, 단옥이다를 놓고 입씨름을 하곤 했다. 유키에라고 하는 쪽은 더 예쁘다는 이유를, 단옥이다 하는 쪽은 언어가 통한다는 이유를 들었다. 연애를 말로 하느냐는 의견이 좀 더 우세했다.

2

딸의 연애를 가장 늦게 아는 사람은 언제나 그 딸의 부모들이다. 유키에의 연애 역시 그랬다. 정만이 먼저 소문을 듣고 아내에게 전했다. 유키에와 단둘이 마주 앉은 치요가 떨리는 목소리로 물었다.

"유키에, 너 외지 남자랑 연애한다는 게 사실이야?"

놀라서 잡아뗐던 유키에는 엄마가 세르게이를 그저 여자에게 흑심을 품었다가 버릴 남자로 취급하자 발끈했다.

"세르게이는 그런 사람 아니야. 파견 기간 끝나면 고향에 가서 결혼하자고 했어요."

"그런 약속을 부모 허락도 없이 했단 말이야?"

치요가 어이없어했다.

"엄마도 내 허락 없이 날 일본으로 보내려고 했잖아요."

유키에가 치요를 쏘아보았다. 그 일 이후로 유키에가 달라졌다는 걸 치요도 알았다. 단단한 무언가로 가슴을 닫아걸었달까. 유키에는 엄마를 믿지 않았고 속내도 잘 털어놓지 않았다. 치요는 엄마가 자기 편이 아님을 느꼈을 때의 절망과 외로움을 잘 알았다. 그래서 딸을 설득하는 대신 아무한테도 하지 않았던 자기 이야기를 털어놓았다.

치요는 하코다테에 청어잡이 배 두 척을 가지고 있는 선주의 막내딸이었다. 위로 오빠만 셋이라 귀여움을 독차지하며 자랐다. 소학교를 졸업하고 집에서 신부 수업을 받고 있던 중 아버지 배에서 일하는 히데오를 알게 됐다. 치요는 집에 심부름을 오곤 하던 히데오와 사랑에 빠졌다. 그 사실이 발각되자 히데오는 쫓겨났고 치요는 그를 따라 도망쳤다. 유키에보다 한 살 적은 나이였지만 히데오가 있어 아무것도 두렵지 않았다. 둘은 부모와 오빠들이 찾을 수 없도록 사할린으로 건너와 탄광촌에 숨어들어 살았다.

"너는 네 아버지와 내가 그렇게 사랑해서 낳은 소중한 아이야. 어떤 경우에도 그 사실을 잊지 말아줘."

엄마의 진심을 다한 말에 유키에 눈에 눈물이 그렁그렁 차올랐다.

"엄마, 나도 세르게이를 그만큼 사랑해요. 그 사람이랑 있으면 내가 혼자가 아니라는 느낌이 들어."

그 말에서 딸의 깊은 외로움을 느낀 치요는 가슴이 저렸다. 치요는 정말 괜찮은 남자라면 고려인이라고 해서 결혼시키지 못할 것도 없다고 생각을 바꿨다. 다만 약혼이라도 미리 해둬야 마음이 놓일 것 같았다.

끝까지 반대할 줄 알았던 엄마가 세르게이를 집에 데려오라고 하자 유키에는 당황했다. 그이가 안 온다고 하면 어쩌지? 자신들의 연애를 남에게 들키고 싶어 하지 않는 건 세르게이도 마찬가지였다. 마음을 읽기라도 한 듯 치요가 단호한 표정으로 못을 박았다.

"만일 안 오겠다고 하면, 마음이 검은 사내가 분명하니까 너도 더 이상 만나선 안 돼."

유키에는 엄마 말에 동의했다. 세르게이가 그런 남자일 리 없다고 생각하자 차라리 들킨 게 잘된 일 같았다. 이젠 부모의 허락을 받아 당당하게 교제하고 싶었다. 늘 숨어서 시간에 쫓겨가며 만나니까 세르게이가 자신을 안는 것에 더욱 집착하는 것 같았다. 그게 싫지는 않았지만 그보다는 이야기를 더 많이 나누고 싶었다. 서로의 가족에 대해, 자기 자신에 대해, 좋아하고 싫어하는 것들에 대해······.

3

정만네 집에 큰땅배기 사윗감이 온다는 소식은 삽시간에 퍼졌다. 아이들은 물론 어른들도 정만네 집을 기웃거렸고 용재와 성재, 덕춘네 아이들까지 괜스레 우쭐거렸다. 단옥은 유키에를 도와 집 청소를 하고, 정만은 샘가에서 덕춘이 부조한 닭을 잡았다. 덕춘은 치요와 함께 음식을 준비했다.

정만은 미리 덕춘에게 사윗감을 선보는 자리에 와줄 것을 청했다.

"형수님이 형님 대신 와서 봐주셔야지요."

"암만, 가야지유."

큰어머니의 마음으로 잡채를 무치던 덕춘은 자기도 모르게 한숨을 내쉬었다. 한 살 적은 유키에한테도 신랑감이 생겼는데 단옥에게는 혼담이 없었다. 마흔 살 가까운 남자한테 중매가 들어왔던 건 혼담으로 치고 싶지도 않았다. 그때 덕춘은 중매쟁이한테 물만 안 끼얹었지, 그에

버금가게 화를 냈다.

"시방 내가 간대도 감지덕지할 중늙은이를 우리 딸한테 들이대는 규? 처녀로 늙히면 늙혔지 안 보낼 테니께, 앞으로도 그런 자리 가지고는 발길도 말어유!"

사할린 한인들은 남자 수에 비해 여자들이 절대적으로 부족했다. 홀아비로 늙어가는 남자들이 차고 넘쳤기에 애가 여럿 있는 여자도, 몸이 불편하거나 정신이 온전치 못한 여자들도 가겠다고 하면 남자들이 줄을 섰다. 덕춘은 딸이 비록 교사는 못 됐지만 공장에서 사무를 보는 일등 신붓감이라고 생각했다. 내심 진수네 집에서 중매가 들어오길 기대했는데 아무런 소식이 없었다.

중매쟁이들한테 친정어미 성깔이 나쁘다고 소문이 난 걸까. 단옥이 아직 급한 나이가 아닌데도 유키에한테 신랑감이 생기자 덕춘은 마음이 조급해졌다. 친자매 같으면 동생이 먼저 시집가는 역혼은 있을 수 없는 일이었다. 덕춘은 유키에가 인물은 더 좋아도 일본인에다가 의붓자식인 처지를 놓고 보면 단옥의 조건이 한결 우월하다고 자신했다.

단옥 역시 설렘 가득한 얼굴로 세르게이를 기다리는 유키에가 부러웠다. 청소를 마친 유키에는 원피스로 갈아입었다. 옅은 갈색에 허리가 잘록하고 치맛주름이 풍성한

혼담

옷을 입자 유키에는 보다 성숙하고 아름다워 보였다.

"정말 예쁘다! 세르게이가 빨리 결혼 날짜 잡자고 하는 거 아니야?"

단옥의 말에 유키에가 함박웃음을 지었다.

"부럽다, 부러워."

유키에의 상대가 그저 부모가 짝지어준 사람이었다면 이렇게까지 부럽지는 않았을 것이다. 유키에는 그와 함께 있는 순간에도 그리워할 만큼 세르게이를 사랑했다. 그런 사람과 결혼할 수 있다면 얼마나 행복할까.

드디어 세르게이가 왔다. 작업복 대신 셔츠와 바지를 입은 세르게이는 더 훤칠해 보였다. 어른들 눈에 외양은 일단 합격이었다. 큰땅배기들이 한인 노동자보다 지위와 월급이 높다는 건 이미 알려진 사실이었다. 또한 처녀 몸만 버려놓고 발뺌하는 후레자식들이 종종 있다는 것도 다들 알았다.

자신들에 대한 평판을 알고 있는 세르게이는 사랑하는 여자의 부모에게 믿음을 주기 위해 마음을 다했다. 말도 제대로 통하지 않는 치요가 먼저 그 진심을 느끼곤 흡족해했다. 하지만 결혼은 당사자들만의 문제가 아니기에 정만은 마음이 놓이지 않았다.

"자네도 알겠지만 유키에는 일본인일세. 그런데도 부

모님이 괜찮다고 하시겠나?"

정만네 제지 공장에 와 있는 큰땅배기는 몇 없는 일본인 직원들을 아주 싫어했다. 고려인들은 일본인뿐 아니라 아직 일본의 잔재를 떨쳐버리지 못한 한인들도 '내지치'라고 낮춰 부르며 한심해했다. 세르게이는 자기 부모님은 일본이라는 국가를 미워하지 일본 사람을 싫어하지는 않는다고 대답했다. 부모님이 유키에를 자신의 누이들과 다름없이 아껴줄 거라고도 했다. 유키에 얼굴은 연인에 대한 믿음과 사랑으로 빛났다.

"남들 이목도 있으니 교제하려면 우선 약혼이라도 했으면 좋겠어."

치요의 말에 세르게이는 부모님께 먼저 편지를 보내놓고, 이번 여름휴가 때 고향에 가서 허락을 받아 오겠다고 했다.

4

단옥이 퇴근하기 무섭게 덕춘이 신문을 들이밀며 읽어달라고 했다. 단옥은 엄마가 그러는 이유를 알았다. 오늘 공장에선 어디를 가든 한국에서 벌어진 전쟁 이야기뿐이었다. 놀랍게도 다른 나라랑 싸우는 게 아니라 남쪽과 북쪽 사이에 전쟁이 벌어졌다고 했다. 형제끼리 싸움이 났다는 말이었다. 모스크바 방송에서 남한이 북한을 침공해서 전쟁이 벌어졌다고 했다. 일본 방송이나 남한 방송을 몰래 들은 사람들은 북한이 전쟁을 일으킨 거라고 했다. 어느 쪽 말이 맞는지 알 수 없었다.

단옥은 신문을 펼쳤다. 작년 6월에 창간한 〈조선로동자〉는 소련 공산당에서 발행하는 기관지였다. 소련에서 유일한 한글 신문인 〈조선로동자〉의 1, 2면은 주로 공산당 소식과 홍보로 가득했다. 덕춘이 한인촌 부녀회 임원이어서 단옥네도 반강제로 신문을 구독했다. 집에서 혼자만 신문을 읽는 단옥은 앞쪽은 아예 건너뛴 채 뒷면의 문예란이나 독자 통신란만 읽곤 했다. 하지만 오늘만큼은 한국전쟁 소식이 실린 1면부터 보았다.

남한의 침공을 받은 북한이 소련의 지원을 받아 사흘 만에 서울을 점령하고 거침없이 남쪽으로 내려가고 있다는 내용이었다. 덕춘은 젊은 성복은 물론 만석도 군대에 끌려가지 않았는지, 북한군의 공습에 다래울도 피해를 보지 않았는지 걱정하며 애를 태웠다. 단옥은 그제야 한국 땅에서 벌어지고 있는 전쟁이 거리만큼 먼 이야기가 아님을 깨달았다.

그럭저럭 안정돼가고 있던 한인 사회는 한국전쟁으로 또다시 출렁거렸다. 사람들은 남한이 제발 전쟁에서 이겨 고향으로 돌아갈 길이 열리기를 고대했다. 하지만 소련이 북한을 지원하고 있기에 내놓고 표현하지는 못했다.

5

단옥은 진수와 함께 강을 따라 이어진 숲길을 걷고 있었다. 평소와 달리 사람들이 하나도 보이지 않았다. 숲엔 오직 둘뿐이었다. 진수가 잡고 있던 단옥의 손을 들어 손등에 입을 맞췄다. 단옥이 팔로 진수의 목을 감자 진수는 단옥의 허리를 감싸안았다. 몸이 녹아드는 황홀한 입맞춤을 나누고 있는데 어디선가 비명 소리가 들려왔다. 놀라 눈을 뜨니 푸른 하늘 대신 연기에 그을린 부엌 천장이 보였다. 엄마가 또 악몽을 꾸다 비명을 지른 것이다.

자리에서 일어난 단옥은 무릎걸음으로 이로리 건너편에 누워 있는 덕춘에게 갔다.

"엄마, 엄마."

단옥은 고통스러운 꿈에서 헤어 나오지 못하고 있는 엄마를 흔들어 깨웠다. 눈을 떴던 덕춘은 긴 한숨을 내쉬더니 앓는 소리를 내며 돌아누워 곧바로 코를 골았다. 온종일 시장에서 찬바람을 맞았던 몸은 다래울 집이 폭격 맞고, 식구들이 죽는 꿈을 꾸면서도 깨어나지 못했다.

자기 자리로 되돌아오던 단옥은 그만 해옥의 다리를

밟았다. 동생 또한 얼굴을 한 번 찌푸렸을 뿐 깨지 않았다. 지난달 입학한 해옥도 학교 다니는 게 고단한 모양이었다. 올해 신입생이 두 학급으로 늘어난 조선학교는 북에서 만든 교과서를 사용한다고 했다. 교사도 북쪽 사람이나 고려인이다 보니 아이들 말씨가 그쪽 억양을 닮아가기 시작했다. 러시아어 수업을 받는 영복은 단옥보다 더 빠르게 실력이 늘었다. 모든 게 변하고 있는데 단옥과 진수와의 관계만 제자리였다.

단옥은 자리에 누웠지만 잠이 오질 않았다. 한인 사회의 주요 관심사는 여전히 가족이 살고 있는 한국의 전쟁이었다. 한국군과 유엔군은 서울을 탈환하고, 평양을 점령한 뒤 압록강 부근까지 올라갔다. 하지만 중국이 대규모 병력을 투입하는 바람에 다시 남쪽으로 밀려나는 등 서로 엎치락뒤치락하는 중이었다. 그 과정에서 수많은 사람들이 다치고 죽었다.

엄마는 밤마다 악몽을 꾸는데 단옥은 진수 꿈을 꾸었다. 진수는 단옥이 그동안 읽었던 소설 속 남자 주인공들로 나타나 여자 주인공이 된 단옥에게 사랑을 속삭이며 포옹하고 키스했다. 꿈속의 진수는 더없이 적극적이고 열정적이었다. 꿈에서 깨면 단옥은 생생하게 남아 있는 손길과 입맞춤의 감촉을 음미하느라 잠을 설치곤 했다. 그리고 자신이 불순한 여자가 된 것 같은 자괴감, 엄마와 유키에의 고통을 잊고 있었다는 죄책감 속에서 아침을 맞았다.

유키에와 찍은 사진을 지니고 카자흐스탄에 갔던 세르게이는 휴가가 끝난 뒤에도 돌아오지 않았다. 대신 아버지가 갑자기 쓰러져서 당분간은 집을 떠나지 못한다는 편지가 왔다. 그 뒤로 두 번 더 오갔던 편지는 유키에의 답장을 끝으로 끊어졌다. 단옥이 한글로 온 편지를 읽어주고 답장을 대필해준 터라 과정을 다 알았다. 어쩌면 모두가 가슴 한구석에서 예상하면서도 말하기를 꺼렸던 결말인지 몰랐다. 치요는 유키에를 지켜봐달라고 단옥에게 몰래 부탁했다.

단옥은 시름에 젖어 있는 유키에한테 진수나 꿈 이야기를 할 수 없었다. 진수는 밭에 일거리가 없어도 단옥이 출근할 때면 집 앞에 나와 있곤 했다. 단옥은 그 이상의 용기를 내지 않는 진수가 답답하다 못해 원망스러웠다. 성질 같아선 진수를 붙잡고 왜 혼담을 넣지 않는 거냐고 따지거나 속 시원하게 먼저 고백하고 싶었다. 하지만 그러기엔 자존심이 너무 상했고, 혹시라도 거절당해 소문이라도 나면 영영 혼인길이 막힐까 봐 겁났다. 단옥의 꿈은 단란한 가정을 이루어 행복하게 오래오래 사는 거였다.

단옥은 이로리에 숯 몇 조각을 넣고는 등잔불을 켰다. 잡생각을 떨치기 위해서는 책을 읽는 것만큼 좋은 게 없었다. 요즘 읽고 있는 책은 『좁은 문』이었다. 읽을 때마다 자기감정에 솔직하지 못했던 알리사와 제롬의 안타까운 사랑에 새롭게 가슴이 미어졌다. 눈물 콧물 흘리며 읽던 단옥은 갑자기 좋은 생각이 떠올라 벌떡 일어나 앉았다. 그래, 이 책을 진수한테 읽으라고 빌려주는 거야. 사랑 대신 종교적인 삶을 택한 알리사와 그녀를 사랑하면서도 소극적이기만 한 제롬을 어떻게 생각하는지 물어봐야지. 얘기를 나누다 보면 진수 마음도 알 수 있고, 내 마음도 전할 수 있을 거야. 단옥은 그런 생각을 왜 이제야 했는지 안타까울 지경이었다.

 책을 가지고 다니며 기회를 엿보던 단옥은 진수 혼자 있을 때 재빨리 건넸다. 책을 받아 든 진수가 멀뚱한 표정으로 책과 단옥을 번갈아 보았다.

 "얼른 넣어. 얇으니까 후딱 읽을 수 있을 거야. 나중에 꼭 소감 말해줘."

 단옥은 거의 고백하는 심정으로 말한 뒤 다른 사람이 볼세라 도망쳤다. 그러곤 가슴 졸이며 대화할 기회를 엿보고 있는데 느닷없이 진수가 산판으로 일하러 떠났다고 했다. 벌목장 일꾼들은 겨우내 산에서 나무를 벴다. 그 나무들은 봄이 돼 얼음이 녹으면 강물에 띄워서 수송했다. 진수는 그때나 돌아온다는 말이었다.

아침저녁 마주치던 진수가 보이지 않자 단옥은 세상이 텅 빈 것 같았다. 출근할 때면 아침부터 맥이 빠졌고, 퇴근할 때는 불 꺼진 그의 방처럼 마음이 어두워졌다.

"날마다 방 쳐다보면서 한숨만 쉬지 말고 진수한테 편지라도 보내봐."

유키에 말에 단옥은 펄쩍 뛰었다.

"내가 언제 쳐다봤다고. 난 이제 진수 안 좋아해."

유키에가 피식 웃었다. 단옥은 그동안 진수를 좋아한댔다가, 안 좋아한댔다가 하며 변덕 부린 걸 생각하니 할 말이 없었다.

"지금 모습은 언니답지 않아. 타마짱은 언제나 패기 있는 사람이었는데 어째서 진수 앞에서는 용기가 없어?"

유키에가 물었다.

"그랬다가 거절당하면 한동네에서 어떻게 얼굴 보고 살라고."

단옥은 그런 일이 벌써 일어났기라도 한 듯 고개를 떨군 채 발부리로 땅을 걷어찼다.

"그래도 용기를 냈던 사실은 남아 있겠지. 거절당할까 봐 두려워서 아무것도 안 하면 후회만 남을걸."

유키에가 확신에 찬 목소리로 말했다.

6

단옥에게 혼담이 들어왔다. 마카로프에서 꽤 떨어진 탄광에서 일하는 권순철이란 남자였다. 덕춘은 단옥이 퇴근하자마자 사진을 들이밀며 신랑감에 대해 말했다.

"나이는 스물아홉이고 총각이랴. 장가든 형 대신에 징용을 왔다니께 심성은 볼 것도 없어."

단옥은 엄마가 내놓은 사진을 보면서 진수를 생각했다. 요즘 밤마다 진수에게 보내는 편지를 썼다 지웠다 하는 중이었다.

"그뿐만이 아녀. 결혼하면 색시 집에 다달이 돈도 보내 준댜."

아이 둘이 학교에 다니는 살림은 이제 단옥의 월급이 없으면 꾸려나가기 힘들었다. 교육비는 무상이라고 해도 소소하게 들어가는 돈이 꽤 됐다. 단옥이 아무런 대꾸를 하지 않자 슬쩍 눈치를 본 덕춘이 말했다.

"내가 시방 돈 때문에 이러는 게 아녀. 귀하디귀한 총각인디다가 마음 씀씀이가 괜찮아서 그러는 거지."

어떻게 말해도 혼담에 돈 이야기가 등장하니 팔려 가는 느낌이 들었다. 단옥은 결혼하더라도 자신이 번 돈으로 집을 돕고 싶고, 동생들만큼은 모두 조선학교를 졸업시키고 싶었다. 하지만 산에 있는 탄광촌으로 들어가 살면 계속 직장에 다니기 어려울 것이다.

"암만 괜찮아도 얼굴 한 번 안 보고 결정할 수는 없으니께 이번 일요일에 보자고 했어."

덕춘이 큰 아량을 베푼다는 듯이 말했다. 혼사를 결정하는 일은 부모들의 권한이었다.

권순철은 정만네 집으로 왔다. 아버지가 없는 집 대신 정만네 집에서 선을 보기로 했기 때문이다. 어른들은 신랑감이 순박하고 무던해 보여서 그만하면 괜찮다고 했다. 단옥은 순철과 단둘이 시간을 가졌다. 아무런 감정이 없으니 이웃집 아저씨와 이야기하는 것처럼 편하게 말이 나왔다. 말을 많이 한 것 같은데 돌아서자 내용은커녕 순철의 얼굴마저 흐릿했다.

직접 보니 사윗감이 더 마음에 든 덕춘은 결혼을 시키기로 결정했다. 단옥이 시큰둥해하는 게 마음에 걸렸지만 치요처럼 자식에게 휘둘리고 싶진 않았다. 치요 부부가 처음부터 유키에와 큰땅배기의 교제를 단호하게 막았으면 지금처럼 속 끓일 일도 없었을 것이다.

"그만한 자리도 없으니께 그쪽에서 좋다고 하면 결혼하는 겨."

덕춘이 못을 박자 단옥이 항변했다.

"평생 살 사람을 어떻게 한 번 보고 결정해요?"

단옥의 말에 덕춘은 코웃음을 쳤다.

"전에는 얼굴도 못 보고 결혼했어도 잘만 살았어. 살 섞고 살다 보면 없던 정도 생기니께 걱정 말어."

덕춘의 말에 단옥은 결혼이 무엇인지 확연하게 깨달았다. 결혼은 그 남자와 한 이불을 덮고 자는 일이었다. 단옥이 그렇게 하고 싶은 사람은 오직 진수뿐이었다.

순철도 단옥이 마음에 든다면서 빨리 결혼하기를 원했다. 시갑에게 결혼 날짜를 받으러 가겠다는 엄마 말에 단옥은 초조해졌다. 어영부영 있다가는 마음에도 없는 남자와 결혼하는 자리에 서게 될지 몰랐다. 결단코 그렇게 결혼할 수는 없었다. 단옥은 당당하게 사랑을 쟁취한 제인 에어와 자신의 사랑을 지키지 못한 알리사를 동시에 떠올렸다. 단옥이 원하는 사랑은 당연히 제인 에어 쪽이었다.

붙잡고 씨름하던 편지지를 내던진 단옥은 제인 에어가 로체스터를 찾아간 것처럼 자신도 진수를 직접 찾아가기로 했다. 유키에 말대로 고백도 안 해보고 포기하면 죽을 때까지 후회할 것 같았다. 만일 면전에서 거절당하면 차라리 마음이 정리될 것이다. 그럼 눈 딱 감고 권 씨와 결혼하는 거야. 멀리 가서 살면 진수를 볼 일도 없어.

일요일, 단옥은 일하러 간다고 나와서는 산판으로 향했다.

7

일꾼들이 먹고 자는 벌목장 함바집에서 단옥과 마주한 진수는 헛것이라도 본 양 눈을 끔뻑거렸다. 점심을 먹으러 내려온 일꾼들이 두 사람을 보며 소리를 질렀다. 산판에는 한인, 소련인, 북쪽 파견 노동자가 다 있었다. 몇 달째 여자라곤 식당 아주머니만 봐온 그들은 집어삼킬 듯한 시선으로 단옥을 바라보았다. 진수는 얼른 단옥을 데리고 밖으로 나왔다. 단옥이 자길 만나러 왔다는 게 믿기지 않아 말도 제대로 나오질 않았다. 아니, 마을에서와 달리 먼저 말이 나왔다.

"여, 여길 어, 어떻게 완?"

"함바집에 오는 썰매 마차 얻어 타고. 이렇게 한참 걸릴 줄 몰랐어."

식당 난로 곁에 있다 나와 뺨이 빨갛게 익은 단옥이 진수를 빤히 보며 말했다. 진수는 단옥의 초롱초롱한 눈빛이 심장에 들어와 박히는 것 같았다.

"그, 그게 아니라 무, 무사 완?"

단옥도 진수가 여기 온 이유를 묻는 것임을 잘 알았다.

고백하기가 쑥쓰러워 실없는 소리를 했지만 이젠 사실을 밝혀야 한다. 단옥은 짐짓 가벼운 투로 말했다.

"진수 오라방을 만나러 왔지, 왜 왔겠어?"

"……나를 무사?"

진수는 처음보다 더 어리둥절한 표정이 됐다. 용기 내 입을 달싹거리던 단옥은 짧은 한숨과 함께 포기했다. 그러곤 나뭇가지를 주워 들어 눈 위에 뭔가를 썼다. 글자를 다 쓴 단옥이 기대하는 눈빛으로 쳐다보는 순간 진수는 당황한 기색으로 시선을 피했다. 단옥의 심장이 툭 떨어졌다. 거절이구나. 거절당하면 깨끗하게 받아들이겠다던 다짐은 어디로 가고 오기가 솟구쳤다. 단옥이 바짝 다가서자 진수는 움찔했지만 몸이 얼어붙은 듯 한 발자국도 움직일 수 없었다. 단옥은 눈밭에 버티고 선 채 떨리는 목소리로 또박또박 말했다.

"날 놓치면 오라방만 손해야. 나처럼 괜찮은 여자 또 만나기 어렵거든. 나는 결혼하면 남편한테 아주 큰 사랑을 줄 거야. 시부모님한테도 잘할 거고, 아이도 잘 키울 자신이 있어. 내가 이렇게 찾아와서 고백하는데도 날 잡지 않으면 오라방은 영원히 후회하게 될 거야."

입에서 몽글몽글 피어 나와 단옥의 얼굴을 감쌌던 하얀 입김이 진수에게 가닿았다. 순간 진수는 뭔가 깨달은 표정으로 눈 위에 쓰인 글자를 바라다봤다. 눈밭을 빠져나온 글자들이 눈앞에서 커졌다 작아졌다 흐려졌다 춤을 췄다. 좋, 해, 너, 아……. 그렇게까지 말했는데도 진수의 대꾸가 없자 단옥은 핏기가 다 빠져나간 듯 하얗게 굳은 얼굴로 돌아섰다. 진수가 한 발 내디디며 다급하게 말했다.

"나, 나는 글자도 모르는디. 그래도…… 시, 신랑 헐 수 이시니?"

이번엔 단옥이 멍해져 진수를 바라보았다. 한인촌 회장인 시갑의 아들이 글자를 모를 거라곤 상상조차 해본 적이 없었다. 아니, 한글을 모르는 사람은 한인들 중에도 많았다.

"설마 일본 글자도 몰라?"

진수가 슬픈 표정으로 고개를 끄덕였다. 단옥은 머릿속이 아득했다. 그런 사람한테 책을 주다니. 진수가 글자를 모른다는데도 이상하게 하나도 실망스럽지 않았다. 아니, 그의 결핍을 알고도 마음이 바뀌지 않는 자신이 오히려, 불구가 된 로체스터에게 사랑을 고백하던 제인 에어 같아서 더 특별하게 여겨졌다. 단옥은 한껏 미소 지으며 말했다.

"내 신랑이 되고 싶으면 지금부터라도 배우면 되잖아."

단옥이 산판에 다녀온 뒤 한 달은 됐을 때 진수에게서 편지가 왔다. 겉봉에 주소를 쓴 글씨가 달필이었다. 떨리는 손길로 봉투를 열어보니 해옥보다도 서툰 글씨로 한 문장이 적혀 있었다.

나는 당신을 좋아합니다.

결혼

1951년

1

눈이 쏟아지던 3월 중순, 성재가 쫓아와 유키에의 진통이 시작됐다고 알렸다. 유키에는 배를 복대로 단단히 동여맨 채 두꺼운 옷을 입고 다녀서 단옥은 물론 한집에 사는 치요도 임신한 걸 뒤늦게 알았다. 정만은 덕춘에게 미리 유키에의 출산을 도와달라고 부탁했다.

"시게루야, 너는 광복이 형하고 우리 집서 놀고 있어."

성재에게 이른 덕춘은 치요네 집으로 달려갔다. 다른 식구들은 공장과 학교에 가고 없었다.

사할린의 공장들은 소련인 노동자가 임신을 하면 출산

전에 70일, 출산 후에도 70일 정도 유급 휴가를 줬다. 직장마다 다르긴 했지만 한인 노동자의 휴가 기간은 출산 전후 각 한 달씩으로 줄었다. 유키에처럼 미혼모인 경우에는 거기서 더 줄어들었다. 덕춘은 속으로 처녀가 애를 낳는데 그렇게 당당하게 휴가까지 받는 걸 보면 여자가 판치는 세상이 맞다고 생각했다. 한편으로는 유키에 때문에 가을로 잡힌 단옥의 결혼식에 문제가 생길까 봐 애가 탔다.

단옥이 산판으로 진수를 찾아간 게 소문났을 때, 마을 사람들은 두 집이 피 한 방울 안 섞인 걸 알면서도 부모 몰래 연애하는 건 집안 내력인 모양이라며 웃었다. 사람들은 단옥과 진수가 연애하는 사이로 알았다. 엄마가 억지로 다른 남자와 결혼시키려고 하니까 사랑하는 사람한테 도망친 걸로. 실은 덕춘도 그런 줄로 알았다. 다행히 시갑이 바로 중매쟁이를 보내왔다.

시갑 부부는 공부를 많이 한 단옥이 혹시라도 글자를 모르는 아들을 무시할까 봐 선뜻 매파를 넣지 못하고 있었다. 시갑은 아들을 공부시키기 위해 별짓을 다 하다 병원까지 데려갔을 정도였다. 일본인 의사는 진수가 지능이 나빠서가 아니라 글자를 읽지 못하는 장애일 수 있다고 했다.

"글자 모르는 사람이 천진디 무신 험이라. 농사짓고 살면 되주게."

애월댁과 달리 못내 애석했던 시갑은 며느리라도 똘똘한 아이로 얻고 싶었다. 단옥을 마음에 둔 채 애만 태우고 있었는데 둘이 좋아하는 사이라니 더 바랄 게 없었다. 덕춘이 걱정했던 단옥의 사주를 알고도 춥고 겨울이 긴 사할린에 딱 맞는다며 오히려 좋아했다. 넘쳐흐르는 양기가 집안을 환하게 하고, 남편을 따뜻하게 해줄 테니 궁합도 볼 것 없다고 했다.

일이 술술 풀리자 오히려 불안해진 덕춘은 당장 봄에라도 식을 올리고 싶었다. 그런데 그때는 진수 막내누나가 와서 둘째를 낳고 몸조리를 할 예정이었다. 그 일이 아니더라도 시갑 부부는 시간을 두고 잘 준비해서 막내아들의 결혼식을 제대로 치르고 싶어 했다. 남자인 진수는 단옥에 비하면 결혼이 시급한 나이가 아니었다. 혹시 단옥을 좀 더 지켜보려고 혼인 날짜를 뒤로 잡은 건 아닐까. 덕춘은 별별 생각이 다 들어 잠도 오지 않았다. 그런 상황에서 맞이하는 유키에의 출산이 치요 못지않게 심란했.

사색이 된 치요가 덕춘을 맞았다. 딸이 아비 없는 애를 낳게 됐으니 그 마음이 오죽할까. 덕춘은 치요 등을 한 번 어루만져주곤 방으로 들어갔다. 고통을 견디고 있는 산모를 보자 이번에는 유키에에 대한 측은함이 밀려왔다. 상황은 다르지만 덕춘 또한 남편 없이 두 번이나 애를 낳았다. 덕춘은 소매를 걷어붙이며 유키에 옆에 앉았다.

"사람은 저 먹을 걸 타고 태어난다니께 걱정 말어. 그까짓 거 두 집에서 애 하나 못 키우겠냐."

덕춘은 이제는 한국말을 잘 알아듣는 치요와 유키에한테 말했다.

유키에는 건강한 아들을 낳았다. 치요가 눈물을 흘리며 강보에 싼 아이를 유키에 품에 안겨주었다. 유키에는 무사히 아기를 지켜냈다는 안도감에 가슴이 벅차올랐다.

"아기 이름은 드미트리예요."

유키에가 미리 지어놓은 이름을 말했다. 정만은 세르게이를 상기시키는 소련식 이름에 못마땅해했다. 치요 또한 유키에가 세르게이에 대한 미련을 영영 버리지 못할까 봐 걱정했다. 하지만 단옥은 드미트리가 톨스토이 소설 『부활』에 나오는 남자 주인공 네플류도프 백작의 이름이란 걸 알았다.

유키에는 우글레고르스크에서 가져온 책 중에서 『부활』을 가장 좋아했다. 단옥도 네플류도프와 카츄사의 사랑에 흠뻑 빠져 책을 읽었다. 사할린의 본토인 러시아가 배경이다 보니 더 재미있었다. 유키에는 세르게이도 네플류도프처럼 자기 잘못을 뉘우치고 돌아오길 바라는 걸까. 궁금했지만 단옥은 묻지 않았다. 유키에가 예전과 달리 자기 속내를 잘 털어놓지 않아서가 아니었다. 자신이라면 무너져 내렸을 것 같은 일들을 담담하게 견디는 유키에한테 그저 호기심 어린 질문을 하고 싶지 않았다. 단옥은 유키에를 존중하며 스스로 말해주길 기다리고 싶었다.

집에서는 아기를 디마라고 불렀다. 부모를 반씩 닮은 디마는 온 가족에게 슬픔이면서 기쁨이었고, 상처면서 치유였다. 어른들은 하루가 다르게 쑥쑥 자라는 디마를 보며 웃다가 눈물짓고, 울다가 웃음 지었다. 용재와 성재는 물론 덕춘의 아이들까지 자신들이 삼촌과 고모라는 사실에 으쓱거렸다. 단옥 또한 큰고모이자 이모로서 어린 생명에게 무한한 사랑을 느꼈다.

아이를 낳고 한 달 만에 유키에는 다시 공장엘 나갔다. 사람들의 시선과 쑥덕거림을 꿋꿋이 견뎠다.

2

4월에 산판에서 내려온 진수와 단옥은 보란 듯이 함께 돌아다니고 양쪽 집을 오갔다. 단둘이 방에 틀어박혀 시시덕거릴 때도 많았다. 덕춘은 단옥에게 조심하라고 야단치면서도 속으론 자식의 젊음이 부러웠다. 가끔은 어떻게 단옥 같은 아이가 자기 딸로 태어났는지 신기해 혼자 웃기도 했다.

소련엔 여성의 날이라는 게 있었다. 한인들의 설과 추석에는 쉬지 않으면서 여성절인 3월 8일은 국가 공휴일이었다. 덕춘은 소련식 교육을 받는 해옥과 언젠가 맞이할 며느리들이 못된 사상에 물들까 봐 우려스러웠다. 소련은 여자들이 판치는 세상일지 몰라도 자신들은 한인이었다. 무심코 그 말을 했다가 발끈한 단옥에게 퉁바리를 당했다.

"어디 가서 그런 말은 하지도 말아요. 여자들이 진짜 판치는 세상이면 여성의 날이라는 게 왜 있겠어? 여성의 날이 있다는 건 나머지 삼백육십사 일은 남자들 세상이라는 말이라고요."

공장에서 공산당 교육을 받는다더니 웬 못된 것만 배우는 것 같았다. 단옥은 결혼해서도 계속 직장에 다닐 거라고 했다. 친정 동생들 뒷바라지도 마찬가지였다. 단옥이 진수에게 그 말을 했다는 걸 처음 들었을 때 덕춘은 기겁했다. 시갑 부부가 당돌한 며느리를 못마땅해할까 봐 걱정돼서였다. 그러면서도 단옥이 제 엄마에게 하듯 시부모에게 따박따박 의견을 말하는 걸 상상하면 속이 시원하기도 했다. 그리고 딸들의 세상은 달라질지 모르겠다는 생각이 들었다.

3

단옥과 진수의 혼례식은 9월 16일, 일요일이었다. 그날은 음력으로 추석 다음 날이었지만 사할린 한인들은 해방절 기념일인 양력 8월 15일을 추석 명절로 삼았다. 단옥은 혼례일 포함 사흘간의 결혼 휴가를 얻었다.

오래간만의 결혼식에 마을은 한껏 들썩였다. 한마을 처녀 총각끼리 하는 결혼이라 동네 전체가 잔치 분위기였다. 정만은 아버지 없이 결혼하는 단옥을 위해 도축 허가를 받아 농장에 가서 돼지를 사 왔다. 친형제라고 해도 선뜻 하기 힘든 큰 부조였다. 고마움과 미안함에 어쩔 줄 몰라 하는 덕춘에게 정만이 오히려 서운해했다.

"저한테는 단옥이가 장조카예요. 형님 집안 개혼에 이 정도는 해야지요. 친정이 든든해야 단옥이도 기 안 죽고 살 테고요."

장조카와 개혼이라는 말에 덕춘은 절로 곁에 없는 가족이 떠올랐다. 모두 성복에게 해당해야 마땅한 말이었다.

마을 남정네들이 아침 일찍 우물가에서 돼지를 잡았다. 아이들에겐 그 자체가 큰 구경거리였다. 어른들이 멀리 가서 놀라며 돼지 오줌보를 던져줬다. 정만의 아들들과 신부의 동생들은 어깨가 잔뜩 솟았다.

결혼식 아침, 단옥의 방에선 치요와 유키에가 새색시를 단장해주었다. 유키에는 자기가 시집가는 양 들떴다. 치요는 그런 유키에 모습에 몰래 한숨 쉬면서도 정성을 다해 단옥을 꾸며주었다. 늘 맨얼굴이던 단옥은 화장을 하자 몰라보게 화사해졌다. 덕춘이 지어준 녹색 저고리와 빨간 치마 위에 시부모가 마련해준 활옷을 입고, 족두리를 쓰고, 연지 곤지를 찍었다.

시갑 부부는 마을의 솜씨 좋은 아낙네들에게 부탁해 아들과 며느리가 결혼식에 입을 사모관대와 활옷을 만들었다. 시갑은 해방 뒤 한인의 전통을 되찾을 새도 없이 소련 풍속이 밀려드는 게 몹시 안타까웠다. 이참에 혼례복을 만들어 마을의 또 다른 결혼식 때 활용하면 전통 혼례의 맥이 이어질 거라고 기대했다.

혼례는 신부 집에서, 피로연은 신랑 집에서 치르기로 사전에 합의가 됐다. 신랑 신부가 한동네 사람이다 보니 절차가 한결 간소해졌다. 덕춘은 손이 갈퀴가 되도록 일군 텃밭에서 치르는 딸의 결혼식이 그 땅에서 얻은 어떤 소출보다 값지고 뿌듯했다. 동시에 그 자리에 없는 가족들 생각에 눈물지었다.

단옥은 결혼해도 가족과 계속 같은 동네에서 산다는

생각에 별로 슬프지 않았다. 그보다 양복 위에 사모관대를 한 진수가 너무 멋있어 보여 눈을 떼기 어려웠다. 단옥은 스스로 이 결혼을 만들어냈다는 사실이 뿌듯했고, 진수와 함께 꿈꿔왔던 가정을 만들 수 있다고 자신했다.

싱글벙글하는 진수를 따라 입꼬리가 치켜 올라갔던 단옥은 신랑 신부가 결혼식 때 웃으면 첫딸을 낳는다는 소리에 얼른 미소를 거뒀다. 첫아이는 아들을 낳고 싶었다. 진수는 딸도 좋다고 했지만 단옥은 자신을 두 팔 벌려 환영해준 시부모에게 첫 손자를 안겨주고 싶었다.

"진수는 착하기만 하주 똔똔허지 못한 게 마음에 걸렸는디, 너처름 요망지고 활달한 애를 각시로 삼앙 이제 마음이 놓인다게."

시갑이 결혼 전에 한 말이었다. 단옥은 다른 사람들은 단점이라고 말하던 것들을 장점으로 봐주는 시부모의 너그러운 마음에 꼭 보답하겠다고 다짐했다.

4

혼례식을 마치고 마을 사람들은 피로연이 열리는 시갑의 집으로 몰려갔다. 치마저고리와 양복 차림인 단옥과 진수도 집을 나섰다. 마을 아저씨들이 꽹과리와 장구를 신명 나게 치며 길을 텄다. 단옥과 유키에의 동생들이 신랑 신부를 둘러싼 채 걸었다. 가족들과 함께 있어서인지 단옥은 집을 떠나는 게 조금도 서운하지 않았다. 오히려 얼른 가서 신방을 보고 싶었다.

신랑 집 마당에 천막이 쳐졌다. 천막 아래는 물론 집 안에도 방마다 상이 놓였다. 상은 달걀지단과 고기 고명이 올라간 국수, 수육, 잡채와 부침개, 묵, 나물, 여러 종류의 젓갈 들로 가득했다. 동네 아낙네들이 며칠 동안 준비한 음식이었다. 아이들은 식혜, 어른들은 술을 마셨다. 온 마을 사람들이 한국 음식을 먹고 한국 노래를 부르며 덩실덩실 춤을 췄다. 사람들은 조국에서 벌어지고 있는 전쟁 걱정을 잠시 접어둔 채 밤늦게까지 잔치를 즐겼다.

지난밤 잠을 설친 단옥이 술 두 잔을 받아 마시고 꾸벅꾸벅 졸았다. 사람들이 첫날밤도 못 치르겠다며 놀려대자 애월댁은 며느리를 이 층으로 올려 보냈다. 신방엔 신혼부부를 위한 이부자리가 펼쳐져 있었다.

단옥은 엄마가 만들어준 이불이 낯선 방에 있는 걸 보자 콧날이 시큰했다. 기쁨에 겨워하면서도 간간이 눈물짓던 엄마 모습이 떠올랐다. 아무리 가까운 곳에 살아도 예전 같을 수는 없을 거란 생각에 단옥도 뒤늦게 눈물이 쏟아졌다. 이젠 엄마보다 남편이, 동생들보다 자식들이 더 귀하게 여겨지겠지. 그걸 당연하게 여기는 자신을 상상하는 것만으로도 가슴이 아렸다.

이불자락을 품에 끌어안고 울다가 잠이 들었던 단옥은 기척을 느끼곤 눈을 떴다. 진수의 얼굴이 코앞에 있었다. 언제 왔는지 진수가 팔을 받친 채 모로 누워 자신을 들여다보고 있었다.

"언제 왔어? 깨우지 않고……."

갑자기 부끄러워진 단옥이 일어나려고 하자 진수가 몸을 누르며 입맞춤을 퍼부었다. 그 순간 모든 생각이 사라진 채 단옥은 새신랑의 목을 끌어안았다. 갓 결혼한 신랑 신부는 그동안 아껴두었던 사랑의 몸짓을 서툴지만 뜨겁게 나눴다.

불 꺼진 방을 열엿새 달이 훤히 밝혔다. 단옥은 진수의 팔을 베고 누워 있는 현실이 꿈속 같았다. 그리고 지금의 자신과 그 이전의 자신은 완전히 다른 사람이라는 느낌이 들었다.

무국적자

1957년

1

단옥은 잠든 주성을 주호 옆에 눕혔다. 돌이 지나 젖을 뗀 주성은 낮 동안 엄마와 떨어져 지낸 걸 보상받으려는 듯 빈 젖을 물어야 잠이 들었다. 맏이인 주애는 주성이 태어난 뒤부터 조부모와 함께 잤다.

결혼 이듬해 첫딸을 낳은 단옥은 2년 터울로 아들 둘을 더 낳았다. 공장도 계속 다녔다. 낮에는 애월댁이 아이들을 돌보면서 집안일까지 했다. 시어머니한테 미안한 단옥은 퇴근하는 길로 부엌부터 들어가 잠자리에 들 때까지 잠시도 쉬지 못했다.

빨래까지 개켜놓고서야 하루 일을 마친 단옥은 부부의 이부자리 속으로 들어갔다. 남편에게 쏟아놓고 싶은 말이 있어 마음이 급했다. 산판에서 돌아온 지 열흘이 채 안 된 진수는 아내가 빨리 옆에 눕기를 기다리다 먼저 잠들었다. 남편의 위로가 절실하게 필요했던 단옥은 진수 품으로 파고들었다. 찬 기운에 눈을 뜬 진수가 단옥을 끌어안자 써늘하던 밤공기가 단박에 뜨거워졌다.

잠시 뒤 단옥에게서 떨어진 진수는 더 깊은 잠에 빠져들었다. 결국 하고 싶은 이야기를 한마디도 하지 못한 단옥은 한숨을 쉬었다. 오늘 같은 날 한 이불 속에 있을 수 있으니 그나마 다행이라고 스스로를 위로했다.

진수는 결혼하던 해만 건너뛰었을 뿐 겨울마다 산판으로 일을 하러 갔다. 불어날 가족을 생각하면 가장이 농한기에 다른 일이라도 하는 건 당연했다. 진수는 끝내 글자를 익히지 못했지만 친정을 계속 돕게 해주겠다는 약속은 지켰다. 그는 겨우내 힘들게 번 돈을 부모가 아니라 고스란히 단옥에게 갖다줬다. 그 덕분에 단옥은 월급의 일부나마 엄마에게 줄 수 있었다. 덕춘은 성실하고 책임감 있는 사위 칭찬에 침이 마를 새가 없었다. 단옥도 남편에게 고마움을 느꼈다.

하지만 진수가 산판으로 떠나고 나면 몸보다 마음이

더 시렸다. 그저 돈을 벌기 위해서가 아님을 느끼기 때문이었다.

"공부 시키젠 별짓을 다 했주. 제 누이들허곡 마을에 보내고 별짓 다해 본디 기어코 산으로 올라오더라니껜."

시어머니 말을 들었을 때는 어린 나이에 그저 공부가 싫고 가족이 그리워서라고만 생각했다. 다음 해 진수가 산판 일을 하러 가겠다고 하자, 단옥은 가장의 책임감으로 여기며 오히려 감동했다. 그런데 한 해 한 해 지켜보니 단순히 그래서만이 아니었다. 물고기가 물을 찾듯 진수는 산속의 차고 맑은 공기 속으로 돌아간 거였다.

결혼하고 맞았던 첫 겨울은 부모의 엄명과 스스로도 신부와 떨어지고 싶지 않아 산에 가지 않았을 뿐이었다. 겨울이 다가오면 진수의 마음이 들썽거리는 게 눈에 보이기 시작했다. 단옥은 바람난 남편을 지켜보는 것만큼이나 속이 쓰렸다. 상대는 사람의 힘으로는 어찌할 도리가 없는 거대한 존재였다. 산에 한번 올라가면 5개월 가까이 한두 번이나 볼까 말까였다.

유키에는 그 덕분에 단옥과 진수가 늘 연애하는 것처럼 살 수 있는 거라고 했다.

"애를 셋씩이나 낳고서도 연애하듯 사는 게 좋은 건지 모르겠다."

단옥은 남편에게 늘 애달프고 갈증 나는 기분이 싫었다. 아버지에 대한 추억에 의지해 살아가고 있는 엄마를 봐왔기 때문에 더했다. 남편과 모든 걸 그때그때 함께 나누며 서로에게 힘이 되는 부부가 되고 싶었다. 시부모처럼 익숙해진 나머지 무덤덤한 사이가 되는 게 자연스러운 부부의 모습 같았다. 단옥은 진수와 그렇게 되기를 바랐다.

2

단옥은 몸이 노곤한데도 잠이 오지 않았다. 진수에게 하고 싶었던 이야기가 가슴에 그대로 남아 있었다. 단옥보다 5년이나 늦게 들어온 막심이 오늘 상사로 승진했다. 단옥은 자기 부서에서 두 번째로 고참인데도 최말단을 벗어난 뒤론 승진하지 못했다. 화가 나서 부서장에게 따지긴 했지만 그의 잘못이 아니란 걸 알았다. 소련 국적이 없는 사람들에 대한 정부의 방침 탓이었다. 유키에 또한 재봉 2반 반장이었으나 자신보다 경력이 짧은 소련인 직공들보다 월급이 적었다. 다른 한인들도 마찬가지였다.

한국전쟁은 남북이 분단된 채 3년 만에 끝이 났다. 대부분 남쪽에서 온 사할린 한인들은 북한과 동맹 관계인 소련의 국적을 취득하면 조국으로 돌아갈 길이 영 막힐까 봐 무국적 상태로 지냈다. 소련 정부는 인종 차별은 크게 하지 않았지만 자기네 국적을 가진 사람과 다른 나라 국적자들은 엄격하게 구분해서 대했다.

무국적자에 대한 제재는 훨씬 심했다. 무국적자들은 허가 없이 사할린을 벗어날 수 없을뿐더러 섬 안에서도 이동이 자유롭지 못했다. 주거지에서 15킬로미터 이상 벗어나려면 허가증을 받아야 했다. 그러니 무국적자인 학생들은 대륙에 있는 대학으로 진학할 수 없었다. 직장에 다니는 사람들도 월급이나 승진, 휴가, 보너스 등에서 많은 불이익을 받았다. 소련 국적 노동자들에겐 한 달씩 주어지는 휴가를 무국적자들은 받지 못했다. 간혹 자식들의 교육을 위해 소련 국적을 얻는 경우도 있었지만 한인들 대다수는 온갖 손해를 감수하며 버텼다.

한국전쟁이 끝나던 해, 스탈린이 죽고 흐루쇼프가 정권을 잡았다. 스탈린 시대만큼 사람들을 옥죄지는 않았어도 무국적자인 한인들의 삶은 크게 나아지지 않았다. 단옥은 당장이라도 소련 국적을 받아 소련 사람들과 똑같은 권리와 혜택을 누리고 싶었다. 하지만 시갑은 단호하게 반대했다. 다른 일에서는 아주 관대한 시아버지였기에 그 뜻을 거역하기 힘들었다.

공장에서는 여자 노동자들을 위한 탁아소와 유치원을

운영했다. 국적자의 자녀들을 우선으로 받았는데, 운 좋게 단옥네 아이들에게 차례가 와도 시갑은 허락하지 않았다. 러시아어로 교육하고 소련 체제와 사상을 주입시켰기 때문이었다.

"세 살 버릇이 여든 간단 말이 있저? 어릴 때 배운 것이 그만큼 중요헌 거라."

시갑은 아이들에게 일찍부터 소련 물이 드는 걸 극도로 경계했다. 단옥은 시류를 너무 무시하는 시아버지가 답답해서 입바른 소리 좀 하라고 남편을 부추기곤 했다. 하지만 진수는 좋은 남편, 좋은 아버지, 좋은 아들이어서 어느 한쪽을 불편하게 만드는 일은 하지 않으려 들었다.

시갑 부부와 덕춘은 여전히 고향으로 돌아갈 날을 꿈꾸며 모든 삶의 방식에서 한국식을 고수했다. 그와 달리 단옥은 고향 생각이 해가 다르게 더 희미해졌다. 결혼하고 아이들을 낳은 뒤로는 더했다. 사할린에서 산 세월은 이제 다래울에서 보낸 시간을 넘어서고 있었다. 아버지가 재징용당한 뒤에 태어난 광복도 열두 살이 된 세월이었다. 단옥은 생일을 기준으로 세는 소련식 나이에도 익숙해졌다. 덕분에 나이가 줄자 그만큼 젊어진 기분이었다.

그 세월 동안 단옥은 시나브로 성복 대신 영복을 집안의 장남이라고 여기게 됐고, 영옥을 지운 채 해옥을 하나

뿐인 여동생이라고 생각하게 됐다. 그뿐만 아니라 다래울 식구들 대신 유키에네를 가족으로 받아들였다. 단옥은 고향과 그곳의 가족에 대한 그리움이 실체가 있는 것인지 의심이 들곤 했다. 자신의 삶은 추억뿐인 다래울이 아니라 여기 사할린에 있었다. 그렇기에 단옥은 오늘 밤 남편에게 직장에서 있었던 일을 이야기하고 소련 국적 문제를 적극적으로 논의해볼 생각이었다.

3

여름부터 일본은 다시 사할린에 남아 있던 자국민을 데려가기 시작했다. 이번엔 일본인 여자와 결혼한 한인 남자랑 자식들도 해당됐다. 일본 정부는 1946년부터 1949년까지 있었던 귀환을 전기 귀환, 이번은 후기 귀환으로 불렀다.

전기 귀환 때와 달리 한인 남자들도 떠나기 시작하자 마을 분위기는 크게 술렁거렸다. 사람들은 애초에 사할린으로 끌고 온 일본도 미웠지만 자신들을 없는 사람 취급하는 조국도 그 못지않게 원망스러웠다. 마치 부모에게 버림받은 고아가 된 기분이었다. 그럴 때마다 묵은 상처가 덧나고, 눌러두었던 울화병이 도진 채 허물어졌다.

일요일 오후, 정만이 왔을 때 덕춘은 속이 잘 차도록 배추 포기를 묶어주고 있었다. 정만은 덕춘네 집에 무시로 들렀다. 밭이나 집에 도울 일은 없는지 살피거나, 치요에게 말하지 못하는 속내를 털어놓거나, 때로는 한국 음식이 그리워서 오기도 했다. 정만은 덕춘이 말린 명태 육수에 고추장 풀고 애호박을 썰어 넣어 만든 장칼국수를 특히 좋아했다.

"오셨슈?"

반갑게 인사를 건네던 덕춘은 정만의 잔뜩 굳은 표정에 가슴이 내려앉았다.

"배추가 실하네요. 형수님 농사 솜씨는 알아줘야 해."

정만이 짐짓 밝은 목소리로 말하며 밭 가장자리 넓적한 돌멩이에 걸터앉았다.

"올겨울엔 김장을 더 넉넉하게 담글라구유. 동서한테 김치 걱정 말라고 하셔유."

애써 아무렇지 않은 척 말하는 덕춘의 목소리가 가늘게 떨렸다. 갑자기 대화가 끊긴 채 정만은 한동안 담배 연기만 뿜어냈다. 빨래를 걷으러 나왔던 해옥이 정만에게 인사를 했다. 마주 고개를 끄덕인 정만이 결심한 듯 담배 꽁초를 비벼 끄곤 입을 떼었다.

"형수, 저 암만해도 귀환선을 타야겠어요. 애들 큰외삼촌한테서 장모님이 편찮으시니 꼭 오라고 편지가 왔네요.

치요는 장인어른 임종도 못 봤잖아요. 그리고 저도 다쳤던 다리가 자꾸 아파서 공장 일이 힘들고요."

빨래를 걷던 해옥이 굳은 듯 멈춰 섰다. 배추를 묶던 덕춘의 손길도 툭 떨어졌다.

작년 말, 일본과 소련 간의 국교가 정상화된 후 치요는 큰오빠의 편지를 받았다. 전기 귀환 때 치요의 오빠들은 귀환선이 하코다테항에 입항할 때마다 항구에 나가 사람들을 붙잡고 동생 소식을 물었다. 운 좋게 치요와 가깝게 지내던 사토 가족을 만나 자세한 이야기를 들을 수 있었다. 그리고 사할린에 있는 일본인 잔류자들과의 서신 왕래가 허용되자마자 편지를 보냈다. 소련 본토를 거친 뒤, 사할린 당국의 검열을 받느라 편지는 한 달이 넘어서야 도착했다. 뜻밖의 소식에 치요네 집은 한동안 잔치 분위기였다. 덕춘은 아낌없이 축하하면서도 가족 소식을 들은 치요가 못내 부러웠다.

일본의 귀환 사업이 다시 시작되자 큰오빠는 또 편지를 보내 치요에게 가족과 함께 돌아오라고 했다. 병환 중인 어머니가 딸을 간절하게 보고 싶어 한다, 돌아가신 아버지가 치요 앞으로 작은 집 한 채를 남겼으니 돌아오면 자리 잡고 살 수 있도록 돕겠다고 했다.

"처남들이 도와준다니, 여기보다야 낫겠지요."

정만은 한두 해 전부터 날이 궂거나 추우면 으스러졌다 붙은 뼈들이 다시금 조각난 것처럼 아팠다. 제지 공장에서 무거운 자재 옮기는 일을 오랫동안 하면서 몸이 더 망가졌다. 그런 정만을 안타까워해 왔으니 잘 결정했다고, 잘됐다고 해야 하는데 덕춘은 입이 떨어지지 않았다. 14년을 함께해온 정만 가족은 이제 육친이나 다름없었다. 진짜 살붙이처럼 서로를 의지하며 기쁨과 슬픔, 고통과 외로움을 나누며 여기까지 왔다. 덕춘은 그 가족이 없어진다는 상상만으로도 가슴 한 귀퉁이가 허물어져 내리는 것 같았다. 이제 급한 일이 생기면 어디로 찾아갈 것이며, 누구와 집안 대소사를 의논할까.

단옥과 딸의 시부모가 있지만 덕춘은 시집간 딸과 사돈보다 정만이 훨씬 더 편했다. 이제 말이 늘어 대화가 통하는 치요와는 말보다 더 깊은 정이 쌓였다. 아이들끼리는 또 어떻고. 웬만한 집 형제보다 더 끈끈한 사이가 됐다. 허물어진 가슴 귀퉁이로 몰아닥치는 바람이 너무 시려서 덕춘은 잘됐다는 빈말조차 할 수 없었다.

"영복이한테 형님 앞으로 편지 한 통 쓰라고 하셔요. 일본 가서 어떻게든 한국으로 보낼 방도를 찾아볼게요. 혹시 형님 소식을 아는 사람 있는지도 백방으로 알아보고요."

정만의 말에 덕춘은 엉덩방아를 찧듯이 밭고랑에 주저앉았다. 나쁜 년, 못된 년, 자책하는 울음이 덕춘의 입에서 터져 나왔다.

4

치요가 일본행을 결심한 가장 큰 이유는 친정어머니보다 딸 때문이었다. 사할린에 사는 한 유키에는 영원히 미혼모 딱지를 붙인 채 살게 될 것이다. 사할린에는 남편의 재징용이나 사별, 귀환으로 혼자가 된 여자들이 많았다. 한인 여자들이 대다수였지만 일본인 여자들도 꽤 됐다. 그들이 자식을 데리고 재혼하는 건 흉도 아닌 세상이었지만 미혼모에게 쏟아지는 멸시와 편견은 여전했다.

치요는 이제 고작 스물다섯 살인 딸에게 새로운 기회를 주고 싶었다. 일본행을 계기로 드미트리를 자신들의 호적에 올리고 유키에를 새 출발시키고자 했다. 어머니나 오빠들은 집안 체면을 위해서라도 그 사실을 감춰줄 것이다. 유키에를 하코다테에서 떨어진 삿포로나, 도쿄처럼 아예 먼 곳으로 보내서 살게 해야지. 양재 기술을 더 배우게 해서 양장점을 차려줄 수도 있다. 괜찮은 사람과 결혼한다면 더 바랄 나위가 없겠고. 치요는 밤마다 딸의 앞날을 새롭게 설계하느라 잠을 설쳤다.

물론 유키에가 처음부터 순순히 받아들일 거라는 생각은 하지 않았다. 하지만 디마의 장래를 위해서도 그게 나은 길임을 깨닫는다면 마음이 바뀔 것이다. 용재와 성재는 지금도 학교에서 누나가 미혼모란 사실 때문에 손가락질을 당했다. 형제도 그런데 자식은 더 큰 고통을 겪을 게 분명했다. 아이에게도 사생아라는 딱지보다는 정만과 치요의 늦둥이 아들인 게 훨씬 나았다. 정만도 같은 생각이었다.

치요와 정만은 완벽하게 계획을 세웠다고 믿으며 아이들에게 이야기했다.

"귀환선을 타기로 결정했으니 그렇게 알고 떠날 준비들 해라."

정만의 말에 치요가 덧붙였다.

"차례가 되면 연락을 준댔으니까 미리 준비하고 있어야 돼. 이사오하고 시게루는 담임 선생님한테 미리 말씀드리고, 유키도 공장에다 이야기해서 잘 정리하도록 해."

용재는 뿌루퉁한 표정을 지었고, 성재는 "엄마, 그럼 나 이제 조선학교 공부 안 해도 되지?" 하며 좋아했다. 치요가 대답을 재촉하는 눈빛으로 바라보자 유키에는 생각할 시간을 달라고 했다. 이틀 뒤 유키에는 일본에 가지 않겠다고 했다.

"나는 디마랑 여기서 살겠어요."

누가 빼앗기라도 하는 듯 디마를 꼭 끌어안은 채였다. 딸의 말에 놀란 치요는 말문이 막혔다.

"사할린에서 나고 자랐으니 나는 여기가 고향이야. 엄마가 고향을 찾아가는 것처럼 나도 내 고향에서 살래요. 이제 디마도 컸으니까 혼자 키울 수 있어요. 타마코랑 오바상도 있고."

유키에가 남기로 한 가장 큰 이유는 디마 때문이었다. 아들에게 자신과 같은 혼란을 겪게 하고 싶지 않았다. 유키에는 일본인 부모 사이에서 태어났다. 엄마가 한국인과 재혼하면서는 일본에 반감을 품은 사람들 틈에서 주눅 든 채 생활했다. 일본이 패전한 뒤에는 아예 일본인임을 숨긴 채 살아야 했다. 유키에는 한국인 양아버지와 양쪽 피를 나눠 가진 동생들, 한인인 단옥네 가족과 어우러져 살면서 수시로 혼란스러움을 느꼈다. 자신이 발 디딘 곳이 한없이 좁고 불안정하다는 걸 느끼며 사는 삶은 결코 행복할 수 없었다. 일본으로 가면 디마 또한 쪼그라들고 흔들리는 발밑을 견디며 살아야 할 것이다. 유키에는 자신이 나고 자란 곳에서 아들과 당당하게 살기를 원했다.

한편엔 고향으로 돌아가는 엄마가 체면을 깎이지 않았으면 하는 마음도 있었다. 남자와 사랑에 빠져 도망쳤던 엄마가 한국인 남편으로도 모자라 미혼모 딸과 그 자식까지 데리고 나타나면 모두 수군거릴 게 분명했다. 치요가 그 문제는 걱정 말라며 대책을 말하자 유키에의 결심은 오히려 굳어졌다. 드미트리는 자신에게 속한 유일한 존재이자 자기 자신이었다. 그런 아들을 부끄러운 존재, 숨겨야 하는 존재로 만들고 싶지 않았다. 어느 순간부터 그랬던 것처럼 이번에도 유키에의 뜻을 꺾을 사람은 없었다. 치요는 처음엔 유키에를 두고 갈 수 없다며 일본행을 포기했다가 결국은 떠나기로 결정을 내렸다.

덕춘은 유키에가 아들과 함께 남는다고 하자 안심이 됐다. 정만은 다래울과 이어질 수 있는 유일한 끈이었다. 유키에가 여기 있으니 그 끈은 계속 이어질 것이다. 남편 소식을 알아보겠다는 정만의 말을 믿지 않는 건 아니었다. 다만 한 치 앞도 알기 어려운 삶을 믿지 못했다. 처가 살이나 다름없는 삶이 녹록지 않으리라는 건 불 보듯 뻔했다. 그런 상황에서 의형제 일을 우선으로 할 수는 없을 테고, 세월이 흐르다 보면 처음 생각도 희미해질 것이다. 덕춘은 그걸 걱정했다. 그러나 유키에가 여기 있으면 치요와 정만은 덕춘의 가족도 잊지 못할 것이다. 덕춘은 무너졌던 마음을 일으켜 세우며 영복이 편지 쓸 때 일러줄 말들을 궁리했다.

무국적자

단옥 역시 유키에가 혼자서 아이를 키울 일이 걱정되면서도 하나뿐인 친구와 헤어지지 않게 된 게 기뻤다.

5

영복은 정만 가족이 일본에 가네 마네 하는 게 배부른 투정 같았다. 영복은 내년 6월이면 졸업을 한다. 7년제로 시작했던 조선학교는 8년제에서 10년제로 또 바뀌었다. 의무교육 기간도 7년에서 8년으로 늘린다고 했다. 의무교육을 마치면 기술학교로 진학하거나 취직할 수 있고, 대학을 가려면 10년제를 마쳐야 했다. 한인들은 어떻게 해서든 자식을 대학에 보내려고 했다.

덕춘도 마찬가지였다. 영복은 엄마와 누나의 뒷바라지 덕에 10학년이 됐다. 단옥은 영복에게 소련 국적을 받아서 포로나이스크나 유즈노사할린스크에 있는 사범대학에 가라고 했다. 포로나이스크의 대학에는 사할린 최초로 조선어과가 개설돼 있었다. 하지만 덕춘은 소련 국적 받는 걸 반대했다. 시갑이 생각하듯이 한국으로 돌아갈 때 걸림돌이 될까 봐서였다. 그뿐만 아니라 소련 국적을 받으면 군대에 가야 하는 것도 큰 걱정이었다.

"너 군대 갔을 때 또 전쟁 나면 어떡햐? 너도 전쟁터에 끌려가서 싸우게 될 겨. 소련은 북쪽 편이니께 그럼 가족한티 총부리를 겨누는 거나 매한가지가 되는 겨."

덕춘은 그런 일이 진짜 일어난 것처럼 몸서리를 쳤다.

영복은 다래울에 대한 기억이 전혀 없었다. 한국을 떠날 때 그는 고작 22개월이었다. 자기 삶에 대한 결정권이 전혀 없었던 아기는 엄마의 덧저고리 속에서 곤히 잠들어 있었다. 그런데도 영복은 그날, 새벽하늘에서 얼음 조각처럼 차갑게 빛나던 눈썹달을 실제로 본 것만 같았다. 자신을 업은 어머니와 형, 누나의 모습이 환히 떠올랐고, 짐을 들어주러 따라왔던 할아버지의 발자국 소리까지 들리는 듯했다. 어머니의 되풀이되는 기억을 전수받으며 자란 때문이었다. 영복은 그렇게 고향에 대한 엄마의 아픔과 그리움을 자기 것인 양 심장에 아로새긴 채 살았다.

영복은 이제 엄마가 마지막으로 본 형보다 한 살 많은 나이가 됐다. 덕춘은 영복에게 고향으로 돌아가기 전까지는 장남 노릇을 해야 한다고 누누이 일렀다. 그 역할에는 진짜 장남이 못다 한 공부까지 포함돼 있었다. 영복은 공부를 좋아하는 편이었다. 다만 시집간 누나의 지원까지 덧보태진 부담감이 버거울 때가 많았다. 집뿐 아니라 사할린 땅마저 벗어나고 싶을 때면 모스크바나 블라디보스토크, 이르쿠츠크, 하바롭스크 같은 곳에서 대학에 다니는 상상을 했다. 하지만 엄마보다는 좀 더 현실적인 이유로 소련 국적 따는 걸 망설였다.

학비는 무상이지만 본토로 가면 교통비부터 시작해 기숙사비에 생활비까지 돈이 훨씬 더 들 것이다. 아픈 데가 점점 많아지는 엄마와 자식이 셋이나 있는 누나한테 이 이상 부담을 지울 수는 없었다. 러시아어 실력이 부족한 것도 망설이는 이유 중 하나였다. 조선학교에선 전체 수업을 한국어로 하고 러시아어는 제2외국어로 배웠다. 그 정도 수준으로는 본토 대학에 합격하기 쉽지 않았다.

영복은 며칠 전 집에 오는 길에 희자를 봤다. 7학년 때 영복에게 편지로 사랑 고백을 해왔던 맹랑한 아이였다. 편지를 읽은 영복은 아예 고백받은 일이 없는 것처럼 굴었다. 남들이 그 사실을 알까 봐 걱정됐고, 상대가 공부 못하는 희자라는 게 너무 부끄러웠다. 한번은 복도를 지나가는데 여자애들이 희자를 영복에게 떠다밀었다. 여학생, 남학생 할 것 없이 왁자그르르 웃었다. 영복에게 안기다시피 몸이 부딪힌 희자가 창피해하기는커녕 생긋 웃었다. 말캉한 감촉이 생생했다. 후다닥 희자에게서 떨어진 영복은 학교 밖으로 뛰쳐나가 얼굴과 몸의 열기를 식혀야 했다. 그 뒤로 아이들이 둘 사이를 두고 놀리자 영복은 희자를 더 멀리했다.

희자는 8학년 때 소련 국적을 따고 전학을 갔다. 희자가 교실에서 사라지자 이상하게 자꾸 생각이 났다. 그 애와 함께 손잡고 강둑을 걷는 꿈을 꾸기도 했다. 하지만 사는 동네가 달라서인지 한 번도 마주치지 않았다. 3년 만에 보는 희자는 소련 학교 교복 차림이었다. 몰라보게 예뻐진 모습에 영복은 가슴이 뛰었다. 희자 마음이 아직 변하지 않았다면 모든 고민을 집어치운 채 당장이라도 사귀고 싶었다. 꿈속에서처럼 손잡고 강둑을 걷고 싶었다.

영복은 자기도 모르게 희자 뒤를 따라갔다. 그런데 같은 교복을 입은 소련 여자애가 나타나 "다라!" 하고 부르며 희자에게 뛰어갔다. 둘은 수다를 떨며 걸었다. 고백 편지에서조차 한글 맞춤법이 틀렸던 희자는 유창한 러시아어로 말하고 있었다.

그 모습을 바라보던 영복은 의기소침해진 채 돌아섰다. 몇 해 전만 해도 희자는 자신과 상대조차 안 된다고 여겼다. 그런데 지금은 고백해도 보기 좋게 차일 것만 같았다. 영복은 평생 그런 처지로 살게 될지도 모르는 현실에 좌절감을 느꼈다. 앞으로 일본인과 그 가족들이 다 떠나고 나면 무국적자 한인은 사할린에서 가장 밑바닥 위치에 놓일 것이다.

영복은 일본인의 전기 귀환기에 조선학교에 입학했다. 일본인이거나 일본 피가 섞인 아이들은 잔뜩 기가 죽어

학교에 다녔다. 학생들은 물론 고려인이나 북한 출신 교사들도 그 아이들을 차별하기 일쑤였다. 가족 같은 용재 형제 때문에라도 일본계 아이들을 괴롭히는 데 가담한 적은 없지만, 영복의 가슴속엔 자신도 모르는 새 그들보다 낫다는 우월감이 자리 잡았다.

학교에선 인간은 모두 평등하다고 가르쳤지만 어디든 계급이나 서열이 분명히 존재했다. 소련인이 가장 위였고, 한인은 고려인과 북한 사람 뒤를 이었다. 한인들 아래로는 일본인과 그 피가 섞인 사람들뿐이었다. 그런데 일본계 사람들에게는 사할린을 벗어날 기회가 주어졌다. 그러니 영복은 치요네가 하는 사치스러운 불평에 삐딱한 마음이 들 수밖에 없었다.

3부

선택

1958년

1

정만 가족의 출발 날짜는 2월 중으로 잡혔다. 시갑을 비롯한 마을 사람들이 정만을 환송하기 위한 자리를 마련했다. 사람들은 고향으로 부쳐달라며 편지를 내놓았다. 우푯값으로 소련 돈이나 아직까지 가지고 있던 일본 돈을 건넸다. 술잔이 돌자 '아리랑'과 '타향살이' 같은 노래를 불렀고, 정만을 잡고 우는 사람도 있었다.

"사돈, 일본 가면 운동이라도 해서 우리도 돌아갈 수 있게 해줍서. 조국에 우리 실상을 알려줍서."

시갑이 간곡한 목소리로 부탁했다.

"사돈어른, 이렇게 먼저 가서 면목이 없구먼요. 일본에 가서 힘닿는 데까지 애써보겠습니다. 저희 형수님네하고 제 딸네도 좀 살펴주십시오."

정만의 목소리도 시갑 못지않게 간절했다. 치요는 집에서 그대로 살아갈 유키에를 위해 가져가는 짐을 최소한으로 줄였다.

"형님, 유키에랑 디마 좀 잘 부탁해요."

마침내 떠나는 날, 눈이 짓무를 정도로 운 치요가 덕춘의 손을 움켜잡았다.

"그래. 유키에도 딸이나 한가지니께 잘 챙기고 디마도 잘 돌봐줄게."

덕춘은 흰머리가 부쩍 는 치요의 손을 마주 잡고 맹세했다. 짧은 순간 치요와 함께했던 세월이 오장육부를 아프게 훑고 지나갔다.

둘 다 참 많은 일을 겪었다. 각자에게 일어난 일도 함께 겪은 것이나 다름없었다. 언제 다시 볼지 모른다고 생각하니 이상하게 고생스러웠던 기억보다 치요가 꽂아놓았던 들꽃, 부엌의 지저분한 창틀을 덮었던 수놓은 작은 보, 덕춘에게 내주던 차의 향기 같은 것들이 마음에 남았다. 전부, 먹고살기 바쁜데 쓸데없는 짓 한다고 못마땅해하던 일들이었다. 덕춘은 삼베처럼 거칠고 소나무 등걸처럼 갈라진 자신의 삶을 어루만져준 건 바로 그런 것들이었음을 뒤늦게 깨달았다. 이제 누구에게서 그런 위로를 받을까. 가슴을 쥐어짜는 듯한 고통과 슬픔이 밀려왔다. 덕춘은 치요와 맞잡은 손을 더 꽉 움켜잡는 일밖에 할 게 없었다.

다음 날 유키에는 디마를 공장 유치원 대신 덕춘에게 맡겼다. 단옥도 디마보다 세 살 어린 주호를 친정에 데려다 놓고 출근했다. 단옥과 유키에는 헛헛할 덕춘을 위해 며칠 동안 그러기로 했다. 단옥은 엄마가 허전한 마음에 추위를 무릅쓰고 장사를 나갈까 봐 염려됐다. 정만네가 떠나자 단옥과 유키에는 한층 더 우애가 깊어졌다.

디마와 주호는 온 집 안을 뛰어다니며 놀았다. 자식들 때는 호되게 야단쳤던 덕춘은 위험한 이로리를 지키고 앉아 흐뭇한 표정으로 손주들을 바라보았다. 디마 입에선 유치원에서 쓰던 소련말이 불쑥불쑥 튀어나왔다. 주호는 한국말밖에 할 줄 몰랐지만 노는 데는 문제가 없었다. 자신의 자식들이 어릴 때도 그랬다. 덕춘은 아이들이 조선말, 일본말을 섞어 쓰며 집 안을 뒤흔들던 게 엊그제 같았다. 자식들이 자라고 정만네마저 떠나고 나니 아이들에게 조용히 하라고 소리치던 그때가 그리웠다.

지금 저 아이들마저 없었으면 가슴이 통째로 뽑혀나간 듯한 허전함을 어찌 달랬을까. 덕춘은 새삼스레 눈물을 찍어내다 문득 생각난 듯 중얼거렸다.

"그런디 니들은 조선 놈이냐, 일본 놈이냐, 소련 놈이냐. 나는 당최 모르겄다."

둘째 날, 아이들에게 점심을 먹이던 덕춘은 현관문이 열리는 기척에 돌아다봤다. 문 앞에 선 사람을 멍하니 쳐다보고 있는데 디마가 벌떡 일어나서 "삼촌!" 하며 달려갔다. 용재였다. 귀신이라도 만난 듯 놀라서 입만 벌리고 있던 덕춘은 그제야 뒹굴 듯이 쫓아갔다. 그러고는 하루 사이 꾀죄죄해진 용재를 끌어다 이로리 가에 앉혔다.

"시, 시방 이게 뭔 일이여? 이? 일본에 가 있을 애가 시방 왜 여기 있는 겨?"

덕춘이 허겁지겁 물었다.

"일본 가기 싫어서 배에서 내렸어요. 경찰서에서 하룻밤 자고, 통행증 해줘서 기차 타고 온 거예요."

용재는 뭔가를 해냈다는 뿌듯함과 이곳까지 오는 동안의 두려움, 집에 도착했다는 안도감이 뒤범벅된 표정으로 대답했다.

"아이고, 이놈아. 암만 그래도 이렇게 오면 니 엄니 아버지는 어떡햐. 아녀. 고생했다. 우선 밥부터 먹자."

덕춘은 눈물 콧물 범벅을 하고는 서둘러 용재 밥을 챙겼다. 두 집 애들 중 영복과 용재가 그중 조용하고 내성적인 성격이었다. 용재는 영복이보다 숫기가 더 없는 것 같았는데 이런 사고를 치다니. 덕춘은 정만과 치요가 얼마나 억장이 무너졌을까 걱정되면서도 용재가 되돌아온 게 싫지 않았다.

2

정만네가 떠난 날, 단옥은 유키에한테 시부모 허락을 받아 같이 자주겠다고 했다. 덕춘은 아예 당분간 디마와 집에 와서 지내라고 했다. 유키에는 단옥이 오는 건 너무 폐를 끼치는 것 같아 단번에 거절했지만 덕춘의 집으로는 가고 싶었다. 식구들이 떠난 집은 너무 넓고 조용했다. 디마는 요 며칠 할머니한테 이제 엄마와 둘만 살 테니, 엄마를 잘 지켜줘야 한다는 말을 외울 만큼 여러 번 들었다. 그게 무슨 뜻인지 정확하게 알지 못했던 디마는 아무도 없는 게 이상한지 이 방 저 방 문을 열어보고 다녔다.

"할머니, 할아버지랑 삼촌들은 언제 와?"

어딘가 불안한 표정으로 묻는 디마를 보자 유키에는 둘만 남은 게 잘한 일인가, 불쑥 두려워졌다. 살림살이가 그대로 있으니 유키에도 식구들이 잠깐 외출했다 곧 돌아올 것만 같았다. 이제 둘만의 삶에 익숙해져야 한다고 마음을 다잡은 유키에가 집에서 자겠다고 하자 덕춘은 해옥을 보냈다.

얼마나 울었는지 눈이 퉁퉁 붓고 목소리까지 잠긴 해옥은 유키에를 보자마자 또 울음을 터뜨렸다. 유키에도 울컥해선 해옥을 끌어안고 한바탕 울었다. 디마까지 울지 마, 엄마, 내가 지켜줄 거야, 하면서 같이 울었다.

실컷 울고 나자 마음이 조금 가라앉은 유키에는 화로 위에서 끓고 있는 물로 라즈베리잎 차를 만들었다. 치요는 봄이 되면 지천으로 피어나는 라즈베리잎을 따다 발효시켜 차로 만들었다. 쑥과 민들레, 포플러잎으로도 만들어 비상약으로 썼다. 치요는 그 차들과 차 만드는 방법을 정리한 수첩을 두고 갔다. 뜨거운 물에 찻잎 향기가 퍼지자 유키에는 다시 목이 멨다. 억지로 삼킨 울음에 가슴이 뻐근했다.

유키에는 식탁에 찻잔을 내려놓고 해옥의 맞은편 의자에 앉았다. 한인들은 주로 좌식 생활을 했지만 유키에네는 다리가 아픈 정만 때문에 식탁을 사용하고 있었다. 유키에는 자기 가족과의 이별을 진정으로 슬퍼하는 단옥네한테 큰 위로를 받았다. 함께 울어준 해옥에게도 고마움을 느꼈다.

뜨거운 차를 한 모금 마신 해옥이 유키에를 보았다. 그 눈에 눈물이 다시 차올랐다. 해옥은 잔뜩 잠긴 목소리로 말했다.

"나중에 결혼하자고 했단 말이야. 그런데 이렇게 가버리는 게 어딨어?"

"뭐? 누가 누구랑 결혼하기로 해?"

유키에는 어리둥절해 물었다.

"용재! 용재랑 나랑 나중에 결혼하기로 했다고!"

해옥이 주먹을 불끈 쥔 채 소리 질렀다.

"뭐? 언제 그런 약속을 했는데?"

"일곱 살 때!"

유키에는 실소를 터뜨렸다. 그 웃음 덕에 슬픔이 한결 가벼워진 유키에는 장난 섞인 표정으로 드미트리에게 물었다.

"디마, 넌 나중에 누구랑 결혼할 거야?"

디마가 한순간의 망설임도 없이 대답했다.

"엄마! 난 나중에 엄마랑 결혼할 거야."

유키에는 '일곱 살 때 한 말은 이렇게나 의미가 없단다'라는 표정으로 해옥을 바라보았다. 사내애들보다 해옥을 어른스럽게 봤는데 아이는 아이로구나, 하는 생각이 들었다. 그런데 다음 날 용재가 돌아왔다.

3

유키에는 디마를 재우고 나서야 용재와 단둘이 앉았다.

"이사오."

용재는 움찔했다. 누나가 일본 이름으로 부를 때는 조심해야 했다. 사고뭉치 대하듯 하는 유키에 때문에 낮의 뿌듯함과 자부심은 많이 줄어든 상태였다.

"왜 돌아온 건지 솔직하게 말해."

배가 떠나기 직전 경찰에게 소련에 남겠다고 말할 때 용재 눈앞에 떠오른 얼굴은 오직 해옥뿐이었다. 학교에서 돌아온 해옥은 용재를 보고는 까무라치게 놀랐다가 또 그 못지않게 좋아했다. 해옥을 그만큼 기쁘게 만든 게 처음인 용재는 스스로가 무척 자랑스러웠다.

용재는 덕춘에게 일본말도 다 잊어버렸고, 일본에 가면 아버지가 한국 사람이라고 놀림받을 게 싫어서 돌아왔다고 했다. 그것도 아주 틀린 말은 아니었다. 조선학교에 입학했을 땐 한국말을 잘 못하고 엄마가 일본 사람이라서 놀림받았다. 세상에는 부모의 보호가 미치지 않는 곳이 너무 많았다. 옆을 지키며 공부를 도와주고 괴롭히는 아이들을 막아주던 해옥이 아니었으면 더 힘들었을 것이다.

해옥은 용재의 기억이 시작되는 순간부터 그의 삶 속에 존재했다. 동생 성재와 영복, 광복도 늘 곁에 있었지만 동갑이라 더 많은 걸 함께한 해옥과의 시간에 비할 수는 없었다. 용재는 해옥이 없는 곳에서 살고 싶지 않았다.

"설마 진짜 우미코 때문에 돌아온 거야?"

유키에의 물음에 용재는 침묵으로 시인했다. 유키에 입에서 탄식이 흘러나왔다. 지난밤 해옥의 이야기를 들었을 때만 해도 장난스러운 마음이었다. 그런데 돌아온 용재를 보자 어처구니가 없으면서도 이제 자신의 책임이라는 생각에 마음이 무거워졌다. 유키에는 여드름이 발긋발긋 돋아나고 목소리가 굵어지기 시작한 동생을 한동안 바라보다 입을 열었다.

"사랑도, 사람 마음도 변하게 돼 있어. 너나 해옥이 마음도 마찬가지야. 다시 귀환 신청해줄 테니 일본으로 가."

다시 귀환 신청을 할 수 있는지도 모르면서 유키에는 자르듯이 말했다.

용재 얼굴에 강한 저항의 빛이 떠올랐다. 유키에는 세르게이와 만날 때 엄마 말에 코웃음 쳤던 게 문득 생각나 씁쓸한 미소를 지었다. 용재를 쉽게 되돌려 보낼 수 없음을 깨달은 유키에는 동생이 더 큰 사고를 치지 않도록 다독이기로 했다.

"여자들은 믿고 의지할 수 있을 만한 남자를 좋아해. 네가 계속 우미코 마음을 얻으려면 그런 남자가 돼야 할 거야. 아직은 어리니까 열심히 공부하면서 그런 남자가 되도록 해. 나중에도 둘의 마음이 변하지 않으면 누나가 밀어줄게. 알았지?"

용재는 본래 모습대로 수줍게 웃으며 고개를 끄덕였다. 용재는 해옥이 믿고 의지할 남자가 될 자신도, 마음이 변치 않을 자신도 있었다.

4

다음 날 유키에는 출근길에 단옥을 만나자마자 용재가 돌아온 진짜 이유를 말했다. 이야기하다 보니 지난밤 잠시나마 진지해졌던 게 우스웠다. 둘은 길에서 배를 잡고 웃었다. 산전수전 다 겪으며 엄마가 됐다고 생각하는 그들에게 용재와 해옥의 풋사랑은 장난 같기만 했다.

"누구 동생 아니랄까 봐 사랑이라면 아주 정신을 못 차리네."

단옥이 눈물을 훔치며 유키에를 놀렸다.

"남자 찾아서 산판까지 갔던 사람이 할 말은 아니지."

유키에 대꾸에 둘은 또 웃음이 터졌다. 간신히 진정한 단옥이 말했다.

"그나저나 쬐끄만 것들이 결혼이 뭔 줄이나 알고 저러는 걸까?"

"우글레고르스크 살 때 연애소설 읽었던 거 생각 안 나? 그때 우리도 애들 또래였는데, 세상 다 아는 기분이었잖아."

"하긴. 근데 걔네들 혹시 사고 친 건 아니겠지?"

단옥은 그 말과 동시에 우뚝 멈춰 섰다. 행여나 해옥이 공부를 중단하는 일이 생길까 봐 불안했다. 단옥은 해옥이 교사가 돼 자신의 꿈을 이뤄주길 바랐다.

"해옥이가 먼저 어떻게 했을 몰라도 용재는 간이 작아서 아무 짓도 못 했을걸."

유키에의 농담 섞인 말에 단옥은 근심을 덜었다.

"아이고, 간 작은 애가 배에서 내려?"

"그러네. 사랑의 힘은 정말 못 말린다니까. 소심쟁이한테 그런 용기를 주잖아. 만약에 둘이 나중에 진짜 결혼한다고 하면 타마는 어쩔 거야?"

유키에가 물었다.

"엄마나 삼촌이 허락할까? 사촌끼리 결혼한다는 거나 마찬가진데."

사할린 한인들은 의형제를 맺은 집안끼리도 결혼을 삼갔다.

"일본은 사촌끼리 결혼해도 돼. 그리고 솔직히 피가 섞인 사촌은 아니잖아."

유키에는 용재에게 밀어주겠다고 한 게 생각나서 그렇게 말했다.

단옥과 유키에는 공장에 다다를 때까지 해옥과 용재 이야기를 했다. 연애소설을 읽고 달떠서 재잘거리던 때로 돌아간 기분에 잊은 줄 알았던 기억들이 떠올랐다. 마카로프로 이사해 진수를 처음 보았던 순간, 세르게이가 미싱부로 걸어 들어오던 순간의 눈부심, 사랑하는 사람과 함께할 때의 설렘과 떨림들이 방금 전인 것처럼 생생했다. 해옥과 용재 못지않았던 두 사람의 열정은 어느새 움켜잡았던 모래알처럼 사라지고 빈손만 남은 느낌이었다. 단옥과 유키에는 이제 자신들과는 상관없어진 것 같은 감정들에 안타깝고 부러운 마음이 됐다.

"뭐가 그렇게 재밌어? 나이 먹으면 웃을 일도 줄어드는데, 역시 젊음이 좋네."

공장 입구에서 만난 재단부 아주머니가 부럽다는 듯이 말했다.

5

몇 해 전부터 블라디보스토크에 있는 북한 영사관 공관원들이 사할린으로 파견을 나왔다. 그들은 사할린 전역을 돌아다니며 한인들에게 북한 체제를 선전하면서 국적을 취득하라고 권유했다. 북한 국적을 받으면 자식들을 대학에 보내주고 결혼과 직장까지 책임져준다고 했다. 무국적자로 버티던 사람들이 동요하기 시작했다. 한인들에겐 아무리 남한의 적이라고 해도 소련보다는 같은 말을 쓰는 한민족인 북한이 더 가깝게 여겨졌다.

"삼팔선이 그어졌다고 해도 여기서보다는 북쪽에서 고향 가는 게 더 쉽겠지."

"그러게. 아무리 척을 졌어도 한 핏줄인데, 고향 가겠다는 사람을 안 보내주려고."

마카로프에는 북에서 파견 온 노동자들이 많았다. 그들은 주로 어업에 종사했지만 탄광이나 벌목장, 공장에서도 일했다. 개중에는 한인 여자와 가정을 꾸려 사할린에 정착한 남자들도 있었다. 북한 체제나 사상을 찬양하는 말들을 하긴 해도 한인과 다를 바 없는 사람들이었다. 고국의 소식을 제대로 듣지 못하는 한인들은 남과 북의 관계를 잠시 사이가 틀어진 형제 사이로 생각했다. 자신들이 북쪽에서 온 사람들과 어울려 살 듯이 언제든지 화해하고 다시 손을 맞잡을 수 있는 관계라고 여겼다.

영사관에서는 특히 대학 진학을 앞둔 학생들을 대상으로 선전에 열을 올렸다. 북한 국적을 받으면 북한 명문 대학에 무시험으로 들어갈 수 있다고 했다. 입학하고 1년이

지나면 부모를 초청해준다고도 했다. 영복의 반 친구들도 모이기만 하면 북한 이야기로 꽃을 피웠다. 열 명 중 예닐곱 명은 북한의 대학을 선택했으니 그럴 만도 했다. 학교에 북쪽 출신 교사들이 많은 터라 그곳 대학이 낯설지 않았다.

6

소련 대학에 갈 수 없는 영복에게도 솔깃한 대안이었다. 누나는 사범전문학교를 나와서 교사가 되라고 했지만 영복은 그 길이 자신의 적성에 맞지 않는다는 걸 진작에 알았다. 그동안 공부를 잘했으면서도 주목받는 걸 바라거나 즐겼던 적은 단 한 번도 없었다. 사람들 시선이 자신에게 쏠리면 머릿속이 하얘지고 눈앞이 캄캄해졌다. 영복은 교사가 돼 학생들 앞에 서 있는 걸 생각만 해도 벌써 등에서 땀이 났다. 고민하던 중 북한 김책공업대학교 홍보 책자에서 본 실험실 풍경이 마음을 강하게 끌었다. 뭘 연구하고 싶은지도 몰랐지만 그곳에 틀어박혀 있는 모습을 상상하면 편안한 기분이 됐다.

마음을 굳힌 영복은 덕춘에게 말했다.

"어머니, 저는 북한 국적을 받고 싶어요. 그럼 내가 원하는 대학에 가서 공부할 수 있단 말입니다. 1년 지나면 부모님도 방문하게 해준댔어요. 교통비하고 첫해 기숙사비만 대주면 그다음부터는 내 힘으로 공부하갔습니다."

영복은 엄마가 이번에도 반대하면 어쩌나 걱정스러웠다. 누나처럼 엄마를 이길 자신은 없었다. 정만 삼촌네가 떠난 뒤 몇 년은 더 늙은 것 같은 엄마가 불쌍했다. 뜻밖에 엄마는 반대는커녕 오히려 적극적으로 나왔다.

"그려. 잘 생각했다. 기왕이면 식구가 다 같이 받자."

"누나네도요?"

영복이 얼떨떨해서 물었다.

"니 누나야 시어른들 결정에 따를 테지. 해옥이하고 광복이 말여."

단옥의 시아버지도 고민 중이었다. 노보예에서 살고 있는 시갑의 막내사위와 그 아버지는 이미 북한행을 결정했다. 시갑은 마을 사람들이 자신의 결정을 따르는 경우가 많기 때문에 더 신중하게 알아보는 중이었다.

"해옥이나 광복이도 앞으로 뭐를 하든 국적이 있는 게 좋을 테니 잘됐네요."

덕춘의 동조에 영복은 얼굴이 환해졌다. 앞날에 대한 기대로 가슴도 설렜다.

"대학 가거든 공부도 공부지만 고향에 갈 길도 알아봐야 혀."

덕춘도 기대하는 표정이었다.

"알갔시요."

엄마를 고향에 보내주는 것으로 그동안의 고생과 사랑에 보답하고 싶었다. 영복은 원하던 김책공업대학교에 입학 신청서를 냈다.

7

해옥이 북한 국적을 받을 즈음 용재는 소련 국적을 취득하고 공민증을 받았다. 유키에와 디마도 함께였다. 계속 거절되던 유키에의 소련 국적이 승인된 건 귀환선에서 내린 용재 덕분이었다. 용재는 배에서 내릴 때 소련 국적 신청서에 서명을 했고, 사할린에서의 보호자인 유키에와 디마까지 승인이 됐다.

9월 1일, 디마는 소련학교에 입학했다. 유키에는 용재도 전학을 시키고 싶었지만 듣지 않았다. 단옥은 유키에네가 소련 국적을 받자 조바심이 났다. 유키에가 공장에서 소련 국적자로서 누리는 것들은 기꺼이 축하할 수 있었다. 하지만 디마가 소련학교에 입학하자 이듬해 학교에 들어가는 주애 생각에 속이 상했다. 조선학교를 나온 자식들이 이 사회에서 받을 차별이 벌써 그려졌다.

단옥과 유키에네 가족에는 북한, 소련, 무국적이 다 섞이게 됐다. 사할린에는 부부, 부모, 형제 간에도 국적이 다른 경우가 흔했으며 북한 국적은 6개월마다 비자를 갱신해야 했다.

갈림길 1

1960년

1

해옥과 용재 사이가 심상치 않다는 걸 집에서 가장 늦게 안 사람은 역시나 엄마인 덕춘이었다. 덕춘은 해옥과 용재가 한방에 단둘이 있어도 뭔가 할 이야기가 있는 모양이라고 무심히 지나쳤다. 덕춘에게 그 둘은 사촌 남매 간이었고, 아이들도 당연히 그렇게 생각할 거라고 믿었다.

용재는 졸업을 앞두고 대학 대신 입대를 택했다. 대학에 진학하면 입대를 연기할 수 있었다. 함께 대학에 가기를 바랐던 해옥은 용재의 그 결정이 실망스럽고 서운했다. 해옥은 어릴 때 이사 온 뒤 한 번도 마카로프를 벗어나 본 적이 없었다. 사할린주 청사가 있는 유즈노사할린스크는 사할린에서 가장 번화한 도시였다. 그곳에서 함께 공부하며 자유롭게 연애하고 싶었는데 용재가 다른 길을 선택해버렸다. 복무 기간은 3년이었고, 직계 가족의 죽음이나 결혼 같은 일이 아니면 휴가도 받기 어려웠다. 설령 휴가를 준다고 해도 땅덩어리는 넓은데 교통비 지원이 안 되는 탓에 무용지물이었다.

용재가 소련 본토에 있는 대학에 가기를 바랐던 유키에도 아쉬워했다. 디마가 자랄수록 일반적인 길에서 튕겨 나온 자신 때문에 엄마가 느꼈을 두려움과 상처가 더 생생하게 다가왔다. 피 한 방울 안 섞인 자신을 친딸처럼 키워준 아버지에 대한 고마움도 다시금 느꼈다. 동생을 번듯하게 성공시키는 걸로 부모님께 속죄와 보답을 하고 싶었다.

"누나가 생활비 대줄 테니까 걱정 말고 대학에 가."

유키에가 말했지만 용재는 혼자 조카를 키우는 누나에게 더는 신세 지고 싶지 않았다. 부모님한테 지원이라도 받을 수 있으면 모르겠는데, 편지만 겨우 허용됐을 뿐 개인 간에 돈이 오가는 길은 막혀 있었다. 귀환선에서 내린 것은 자신의 선택이었다. 그 순간 훌쩍 성숙해진 용재는 자기가 선택한 삶에 대해선 스스로 책임져야 한다고 생각했다. 또한 귀환선을 내렸던 이유인 해옥과의 약속도 지켜야 했다.

대학을 졸업하고 군대까지 갔다 와서 결혼하면 여자인 해옥의 나이가 너무 많아진다. 그렇다고 결혼해놓고 군대에 가서 해옥을 혼자 기다리게 하고 싶지도 않았다. 무엇보다 생활력을 갖춘 뒤에 가장이 되고 싶었다. 용재는 일찍부터 군 복무와 병행해서 공부할 수 있는 대학의 통신 과정을 알아보았다. 담임 교사가 블라디보스토크에 있는 극동국립대학교 경제학부를 추천해줬다. 통신 과정은 일반 대학보다 2년 정도 더 길지만 제대 후 일하면서 공부하면 된다.

용재는 서운해하는 해옥에게 자신의 계획을 설명했다. 해옥은 자신만만한 용재가 그 어느 때보다 믿음직해 보였다. 그 바람에 넘쳐흐르는 감정을 이기지 못하고 용재에게 달려들어 뺨에 입을 맞추고 말았다. 용재의 몸이 얼어붙자 해옥이 도발했다.

"이제 곧 졸업인데 이 정도는 괜찮잖아."

정신이 번쩍 든 용재는 얼른 일어나 방문을 조금 열었다. 그에겐 누나라는 삶의 본보기가 있었다. 남자가 욕망을 자제하지 못했을 때, 그리고 그 욕망을 책임지지 못했을 때 여자가 어떤 고통을 받는지 지켜보며 자랐다. 누나가 아무리 당당하게 굴어도 그 결핍과 상처를 완전히 숨기지는 못했다. 용재는 온전히 책임질 수 있을 때까지 자제하는 것도 남자다운 사랑이라고 굳게 믿었다.

"너 대학 졸업하는 대로 결혼하자. 내가 제대하고 열심히 돈 벌어서 우리 힘으로 살 수 있도록 준비할게."

용재가 남자다운 자기 모습에 한껏 취해 있는데 해옥이 "약속!" 하며 입술을 쭉 내밀었다. 해옥은 신중하고 책임감 있는 모습이 좋으면서도, 용기는 귀환선에서 내릴 때 다 쓴 듯 융통성 없는 용재가 답답할 때가 많았다. 자신의 신조와 욕망 사이에서 맹렬하게 번민하는 용재에게 해옥이 집에 아무도 없다며 채근했다. 그러곤 눈을 감은 채 다시 입술을 내미는데 용재의 입술이 와 닿는 대신 눈앞에 별이 보였다.

"이년이 시방 뭐 하는 짓이여!"

덕춘의 분노한 매질이 해옥을 감싸안은 용재의 등 위로 떨어졌다.

2

그날 저녁, 덕춘의 집엔 단옥과 유키에까지 다 모였다. 덕춘이 광복을 시켜 불러들였다. 덕춘은 아직도 심장이 벌렁거리는데 단옥과 유키에는 실실 웃어댔다. 둘은 물론 광복까지 해옥과 용재 사이를 알고 있는 눈치였다. 덕춘은 조카들과 놀라며 방에서 광복을 쫓아냈다.

"니들, 그거, 이번이 처음이야?"

단옥이 제 입술을 손가락으로 가리키며 물었다. 유키에는 웃음을 참느라 입술을 깨물었고, 용재는 술독에 빠졌다 나온 것처럼 귀까지 뻘게졌다.

"처음은 무슨. 하지도 못했어."

해옥이 아까보다 더 나온 입으로 투덜거렸다.

"입 다물지 못햐! 지지배가 챙피한 줄도 모르고 어디서 뚫린 입이라고."

소리치던 덕춘의 가슴 한구석에서 용재 같은 사위를 맞아도 괜찮을 것 같다는 생각이 비죽이 고개를 들었다. 사위를 백년손님이라고 하듯이 진수는 편히 대하기가 어려웠다. 그와 달리 자식이나 다름없고, 부모가 일본에 있는 용재는 사위가 돼도 아들 같을 것이다. 자식들이 자라면서 식구가 줄어드는 게 서글프고 허전하던 차에 오히려 잘됐다는 생각마저 들었다. 정만과 치요도 해옥을 귀여워했으니 싫어하지 않을 것이다. 그리고 아이들이 결혼하면 두 집의 관계가 더 돈독해질 것도 좋았다. 오직 하나가 걸렸다.

"사돈 양반들이 의형제 맺은 집끼리 연애질한다고 흉

보지 않겠냐?"

덕춘이 단옥을 바라봤다.

"엄마도 참, 성이 같은 것도 아니고 피가 섞인 것도 아닌데 뭔 흉을 본다고 그래요. 애들이 어디서 근본도 모르는 사람 만나는 것보다 백번 낫지. 유키, 안 그래?"

단옥이 엄마 말을 일축하며 유키에한테 동조를 구했다. 그런 사람과 만났던 유키에가 격하게 고개를 끄덕였다.

"내가 해옥이는 못 믿어도 용재 너는 믿는다. 일본으로 편지 넣어서 엄니 아버지한티 허락부터 받고 나서 사귀든지 햐."

덕춘의 말에 해옥은 환호하며 용재를 덥석 끌어안았다.

3

해옥과 용재는 6월 하순에 조선중학교를 졸업했다. 1943년생이 주축인 졸업생들은 거의 사할린에서 태어난 아이들이었고 교사는 중앙아시아나 북한, 소련 본토의 사범대학 출신들이었다.

동생들의 졸업식에 참석하기 위해 단옥과 유키에는 퇴근하고 곧장 학교로 갔다. 덕춘은 디마를, 진수는 주호와 주성을 데리고 벌써 도착해 자리를 잡아두었다.

유키에는 졸업생석에 앉아 있는 용재와 해옥을, 단옥은

재학생 자리의 주애와 광복부터 찾아보았다. 조카와 삼촌 사이인 그 애들은 1학년과 8학년을 마쳤다. 광복도 이번에 8학년을 마치고 직업학교에 가니 졸업이나 마찬가지였다. 7학년만 마치고 가겠다는 걸, 단옥이 의무교육까지는 끝내놓는 게 나중을 위해서도 좋다며 1년을 더 다니게 했다. 연신 뒤를 돌아다보던 주애가 단옥을 보곤 신이 나서 손을 흔들었다. 단옥이 손가락을 입에 갖다 대며 주의를 줬다. 광복은 컸다고 가족석 쪽은 아예 돌아다보지 않았다.

해옥은 졸업장과 함께 우등상을, 용재는 모범상을 받았다. 해옥은 졸업생 대표로 인사도 했다. 우리 영복이도 우등상을 받았는디. 덕춘이 영복을 떠올리는 동안 단옥은 지난 세월에 대한 감회에 젖어 동생을 지켜보았다. 해옥은 9월에 유즈노사할린스크 사범학교에 입학할 예정이었다. 언니와 했던 약속을 지킨 것이다.

조선학교 교사로 첫 출근을 했다 잘리고 온 날 밤, 단옥은 해옥과 함께 자는 이불 속에서 숨죽여 울었다.

"언니, 울지 마. 내가 나중에 꼭 선생님 될게. 그래서 나쁜 선생님들 혼내줄게."

해옥의 말에 단옥은 울다가 풋 하고 웃음이 나왔다. 동시에 자신의 꿈이 이대로 무너진 게 아니란 생각이 들었다. 동생을 통해서도 얼마든지 이룰 수 있다. 단옥은 해옥을 꼭 끌어안고 말했다.

"언니도 네가 교사가 될 수 있게 뒷바라지 잘해줄게."

단옥은 그 꿈을 위한 본격적인 길로 들어서는 해옥이 대견하고 자랑스러웠다.

언니와 약속한 뒤로 해옥은 자신의 장래 희망에 의심이나 고민을 하지 않았다. 언니의 꿈을 대신한다는 생각도 하지 않았다. 교사란 직업이 집에서도 학교에서도 대장 노릇을 해야 성이 차는 자기 성격과 잘 맞는 것 같았다. 덕춘은 꼭 단옥을 다시 보는 것 같다며 고개를 젓곤 했지만 해옥은 언니를 닮았다는 말을 좋아했다.

졸업식 후 남들이 해옥의 우등상장에 관심을 가질 때 단옥은 졸업장을 가만히 어루만졌다. 학교를 세 군데나 다녔으면서도 끝내 받지 못했던 졸업장이었다.

4

단옥은 저녁 설거지를 마쳤다. 해옥이 유즈노사할린스크로 떠난 날이라 엄마 생각에 마음이 급했다. 방으로 간 단옥은 주애한테 자신이 내준 숙제를 하라고 이르곤 아들들을 불렀다.

"주호야, 주성아. 할머니 집에 가자."

저녁상에서 시부모에게 미리 허락을 받아놓았다.

"그래, 사둔어른이 오죽 허전허주게. 앞으루두 자주 들여다보라."

애월댁이 선선하게 말했다.

"나도 혼디 가게. 오랜만에 집도 둘러볼 겸허고……."

진수가 같이 가자며 겉옷을 걸치고 나섰다.

해가 뉘엿뉘엿 넘어가고 있었다. 밭마다 작물들의 푸른색에 누런빛이 돌기 시작했다. 결혼 전에는 수확할 때가 돼가는 밭을 보면 든든했는데, 이제는 남편이 산판으로 갈 날이 다가오고 있구나 싶어 쓸쓸해졌다. 단옥은 저금통장의 돈이 불어나는 걸 생각하며 마음을 달랬다.

단옥에게 새로운 목표가 생겼다. 사할린에서도 텔레비전 방송을 시작했다. 공장 회의실에서 처음 본 텔레비전은 어린 시절 이장 집에서 들었던 라디오와는 비교할 수 없을 정도로 놀랍고 신기했다. 집에 앉아서 대륙은 물론 더 먼 세상의 일까지 볼 수 있었다. 어린이를 위한 방송도 있다고 했다.

단옥은 아이들을 위해 집에 꼭 텔레비전을 들여놓겠다고 마음먹었다. 가격은 월급 두 달치에 해당할 만큼 비쌌지만 저축이 있고, 할부도 가능해서 못 살 형편은 아니었다. 다만 값비싼 물건인만큼 시부모님 허락 없이 살 수는 없다는 게 문제였다.

 주호와 주성은 부모와 함께 나온 게 신이 나는지 앞서 갔다 되돌아왔다 하며 뛰어다녔다. 단옥도 남편, 아이들과 함께 걷고 있으려니 햇살에 데워진 강물처럼 따뜻한 행복감이 가슴속으로 밀려들었다. 단옥은 주애도 데리고 올걸 하고 후회했다. 행복한 기억은 언제나 이렇게 사소한 일상에서 얻어졌다. 단옥의 가슴속에 남아 있는 행복한 추억도 그런 것들이었다. 등에 내려앉은 봄 볕살을 느끼며 영옥과 나물을 캐던 순간, 할아버지가 긴 장대로 홍시를 따서 주었을 때, 밥숟가락 위에 아버지가 올려주었던 고기 한 점……. 주호와 주성도 나중에 이 순간을 떠올리며 힘을 얻겠지. 갑자기 눈시울이 뜨거워진 단옥은 부러 큰 소리로 말했다.

 "그만들 뛰어. 할머니 집도 못 가서 저녁 먹은 거 다 꺼지겠다. 애들이 누굴 닮아서 저렇게 극성인지 모르겠어."

 "당신이랑 똑 닮았주게."

 진수가 빙긋 웃으며 말했다. 단옥은 남편의 팔뚝을 꼬집는 시늉을 하다 그 팔을 꼭 끌어안았다. 진수의 팔뚝처럼 단단하게 자리 잡은 삶의 실체에 가슴이 벅차올랐다.

 유키에네 집 쪽을 지날 때 마당에서 놀고 있던 디마가 아이들 소리를 듣고 뛰어나왔다. 치요 숙모가 살 때 꽃밭이었던 유키에네 마당은 이제 채소밭으로 바뀌었다. 땅에 떨어진 씨에서 저절로 핀 꽃들이 잡초에 묻혀 맥을 못 추자 덕춘이 채소밭으로 만들어 대신 가꿔주고 있었다.

덕춘의 집에 도착하자 진수는 텃밭이며 집 안팎을 둘러보기 시작했다. 예전엔 정만이 하던 일이었다. 기척에 밖으로 나온 광복에게 아이들을 맡기고, 단옥은 혼자 집 안으로 들어갔다. 아니나 다를까 엄마는 해옥의 빈방에 우두커니 앉아 있었다. 단옥이 옆에 앉자 덕춘이 중얼거리듯 말했다.

"너도 애 더 낳아라. 자식 많아서 고생이라고 생각했는디 그것도 잠깐이여. 광복이까지 직업학교 가면 아무도 없어. 그러니께 너도 아직 기운 있을 때 두엇 더 낳아."

광복도 며칠 뒤 광산 직업학교에 입학해서 집을 떠날 예정이었다. 연구자나 학자를 꿈꾸는 영복과 달리 공부에 큰 취미가 없던 광복은 일찌감치 직업학교에 가겠다고 선언했다. 사할린엔 광업, 임업, 수산업 등과 관련된 직업학교가 많았다. 그 학교 재학생들이 종종 학교를 돌며 홍보했다. 노동력이 부족한 당국은 직업학교 학생들에게 기숙사와 식비를 제공하고, 생활 보조비 형식의 장학금까지 지급하며 학생들을 유치했다. 학교를 졸업하면 국가가 공인하는 기능 자격증이 나왔고, 안정적인 임금과 일자리를 보장받았다.

광복은 그중 광산 직업학교로 진학해 탄광에서 쓰이는 기계를 다루고 정비하는 기술을 배우고 싶어 했다. 아버지가 탄광에서 일했었다는 걸 듣고 자라며 자신도 같은 곳에서 일하리라 마음먹은 것이다. 광복은 아버지를 희미하게라도 기억하는 형이나, 아버지와 함께 찍은 사진이 남아 있는 작은누나가 너무 부러웠다. 가족 중 자신만이 아무것도 없었다. 가슴속 아버지의 빈 자리는 점점 넓어지고 깊어졌지만 광복은 아무에게도 내보이지 못했다. 고생하는 엄마와 큰누나를 생각하면 배부른 투정 같았기 때문이다. 광복은 탄광에서라도 아버지를 느끼고 싶어 광산 직업학교를 택했다. 어서 돈을 벌어 엄마와 큰누나의 고생을 덜어주고 싶었다. 하지만 덕춘은 탄광이라는 말에 사고 걱정부터 했다.

"탄 캐는 게 아니라 광산에서 사용하는 기계들을 다루고, 수리하는 걸 배우는 거예요. 나중에 취직해도 크게 위험할 일은 없단 말입니다. 내가 돈 많이 벌 테니까 엄마는 시장에 장사 나가는 거 그만하시라요."

광복은 벌써 직업학교를 마친 듯 큰소리쳤다.

"엄마, 광복이는 오빠를 쏙 빼닮은 것 같아. 공부에 취미가 없고, 돈 벌 생각부터 하는 것 봐."

단옥이 돈을 벌겠다며 사라진 성복을 오래간만에 떠올렸다. 덕춘은 농담으로라도 장남을 흉보는 걸 못 참았다.

"니 오빠가 공부에 취미가 없긴 왜 없어? 장남이니께 집안 생각해서 그랬던 거지. 그나저나 영복이한테선 왜 소식이 없는지 모르겠다. 에구 무자식이 상팔자지."

단옥은 엄마가 조금 전 자식을 더 낳으라고 한 게 생각나 피식 웃었다.

"올 초에 편지 오고 안 온 거지?"

"그려."

덕춘은 한숨을 쉬었다. 다래울 가족에 이어 소식 끊긴 식구가 또 생겼다는 사실에 속이 곪아들었다.

사할린에서 북한으로 이주한 사람들은 해외에서 돌아온 동포라며 큰 환영을 받았다. 북한 정부는 이주민들에게 주거지와 생필품 등을 지원해주며 공장이나 농장, 광산 등의 일자리를 알선했다. 영복도 처음 얼마 동안은 대학 생활에 만족한다는 편지를 보내왔다.

북한에는 유학생뿐 아니라 귀향의 꿈을 품고 간 이주민도 많았다. 그런데 시간이 지나도 남쪽의 고향으로 갔다는 사람은 없었다. 지난번에 온 영복의 편지엔 자기 이야기는 별로 없고, 주체사상과 김일성을 찬양하는 내용만 가득했다. 언제부턴가 그런 편지라도 기다려졌다.

갈림길 2

1961년

1

시갑은 설 무렵에 정만의 편지를 받았다. 일본으로 떠날 때 마을 사람들과 시갑이 한 부탁에 대한 보고 편지였다. 그동안 정만이 덕춘이나 유키에한테 편지를 보낸 적은 있지만 시갑에게는 처음이었다.

덕춘에게 보낸 편지에는 일본인 아내와 함께 간 한국인 남편들이 받는 차별 대우가 적혀 있었다. 일본은 일본인 처와 자녀들에게는 일본 국적을 인정하면서, 한인 남편들에겐 일본 국적을 주지 않았다. 귀환선과 기차에서 주는 도시락도 한인 남편들에겐 주지 않아 아내와 자식들의 음식을 나눠 먹어야 했다. 일본에 도착해서도 귀환 수당, 여비 같은 지원금을 한인들에겐 지급하지 않았다. 가장 큰 문제는 일자리였다. 회사에서 뽑아주지 않아 한인들은 막노동밖에 할 게 없었다. 한국인 남편을 수치스러워하는 일본인 아내한테 이혼 통보를 받은 사람도 부지기수였다.

한인 귀환자들은 한국으로 가기를 원했지만 그것도 뜻대로 되지 않았다. 한국 정부에서 전부터 일본이 한인들에게 보상금을 주지 않으면 귀국을 허용하지 않겠다고 했기 때문이다. 정만은 다행히 치요의 오빠네 가족이 있어서 수용소도 거치지 않은 채 잘 지내고 있지만 동포들의 고통에 마음이 편치 않았다. 사할린에 남은 사람들을 생각하면 죄스러운 생각마저 들었다.

시갑은 설이 지난 주말 저녁에 자치회 모임을 열었다. 덕춘이 일찍 와서 손님 접대를 준비하는 애월댁을 도왔다. 애월댁은 입덧이 심한 단옥에게 방에서 쉬라고 일렀다. 남편도 없이 혼자 고생하는 며느리가 안쓰러웠다.

지난여름 해옥이 유즈노사할린스크로 떠났던 날, 덕춘이 애를 더 낳으라고 했던 날, 배부른 반달이 방을 비추던 밤, 단옥의 몸에 새 생명이 들어섰다. 5년 만의 임신에 다들 기뻐했지만 단옥은 유난히 심한 입덧으로 7개월이 된 지금까지 고생하고 있었다. 임신 초기, 아무것도 먹지 못하고 힘들어하는 단옥을 걱정하며 진수가 말했다.

"어멍도 애들 보멍, 집안일하멍 힘들어하시는데 이참에 공장 일 그만두는 거 어때?"

진수의 말에 단옥은 눈을 흘겼다.

"당신이 산판 일 가지 말고 애들 좀 챙겼으면 좋겠네."

그 수입이 없으면 안 된다는 걸 알면서도 단옥이 퉁을 놓았다. 진수는 입을 다물었다. 갈등의 기미가 있으면 입을 닫고 물러서는 게 남편의 특기였다. 그 덕에 싸움으로 번지지 않는 대신 단옥은 속이 터질 때가 많았다.

"암튼 나는 소련 국적 따서 그 혜택 다 누릴 때까지 공장에 다닐 거야. 그러니까 아버님하고 얘기 좀 잘 해봐."

진수는 아버지한테 국적 이야기는 못하지만 텔레비전은 사 주겠다고 약속하곤 산판으로 떠났다.

응접실로 쓰는 방 가운데에 신문지가 펼쳐지고 그 위에 음식들이 놓였다. 애월댁이 준비한 묵과 오징어순대 외에도 이 집 저 집에서 설음식들을 가져와 먹을 게 풍성했다. 덕춘은 음식들을 한 접시 담아 딸과 손주들이 있는 방에 넣어주었다.

술잔이 한 바퀴 돈 다음 시갑이 편지를 읽기 시작했다. 안부 인사 뒤 시작된 본론에 사람들은 숨죽인 채 귀를 기울였다.

마을분들이 주신 편지는 현재로선 한국으로 직접
보낼 수가 없습니다. 개인적으로 미국이나 홍콩 등으로
우회해 보내는 방법이 있다고는 하는데 제대로 갈지
불확실하고 비용도 많이 들기에 일단 제가 잘 간직하고
있습니다. 유엔 기구 등을 통해서 보내는 방법을
알아보고 있는 중입니다.

보낼 방법을 알아보고 있다는 말만으로도 사람들은 눈물을 글썽거렸다.

저처럼 일본인 처와 함께 귀환한 이희팔, 박노학,
심계섭 같은 분들이 도쿄에서 모임을 만들어 2년
전부터 사할린 한인들을 위한 귀환 활동을 하고
있습니다. 이름은 '화태억류귀환한국인회'입니다.
저는 하코다테 지역 대표로 활동하고 있습니다.

박수와 함성 소리가 집 안을 메웠다. 그런데 사할린 당국이 항의 공문을 보내 '억류'란 단어를 빼라고 했다는 구절에서 성토가 벌어졌다.

"아니, 우리 이러고 이신 거 억류 아니면 뭐랴?"

"그러게 말여. 소련 놈들이 우릴 안 보낼라고 트집 잡는 게 분명햐."

"일본 사람은 그 푸네기까지 죄다 보내줬으면서 우릴 무슨 명목으로 붙잡아두는 거냐구."

시갑은 사람들을 조용히 시키고 편지를 계속 읽어나갔다. 귀환을 위해서는 소련의 도움이 절대적으로 필요하기에 논의 끝에 단체 이름을 '화태귀환재일한국인회'로 바꿨다. 사람들은 억류라는 단어를 뺀 게 아쉬웠지만 귀환이란 글자는 그대로 있으니 다행이라며 고개를 끄덕였다.

단체에서 일본 국회에 탄원서를 넣고 신문사도
찾아가고 백방으로 노력 중입니다. 일본인 중에도
도와주려고 애쓰는 양심가들이 있으니 머잖아
좋은 소식이 있을 겁니다.

사람들은 금방이라도 조국으로 돌아갈 길이 열린 것처럼 환호하며 흥분했다. 하지만 그 기분은 오래가지 못했다. 북에 가 있는 가족들 때문이었다.

"이렇게 돌아갈 길이 생길 줄 모르고……."

방 안에 있는 사람들은 가족이 가 있든지 국적을 취득

했든지 해서 북한과 연관 없는 집이 드물었다. 그런데 최근 들어 그곳을 탈출한 사람들을 통해 북의 실상이 알려지고 있었다. 한국전쟁도 실은 북쪽이 먼저 침공해서 일어난 거라고 했다. 여우 피하려다 호랑이 입속으로 들어간 것처럼 무국적자의 설움을 떨쳐버리기 위해 간 북한은 감시와 통제, 탄압이 사할린보다 훨씬 심했다.

북한 체제에 대한 불만을 말하다 강제수용소로 끌려간 사람도 많다고 했다. 사할린으로 되돌아오는 것도 허용되지 않았기에 사람들은 겨울철 강물이 얼었을 때 목숨을 걸고 두만강과 압록강을 건너 탈출했다. 그러나 대다수가 국경을 지키는 군인들에게 총살을 당하거나 다시 끌려가서 처형을 당했다. 간신히 북한을 탈출하더라도 중국이나 소련 국경 수비대에게 죽임을 당하기도 했다.

영복에게서 김일성과 그 체제를 찬양하는 편지마저도 끊기자 덕춘의 가슴은 한없이 타들어갔다. 만일 고향으로 돌아가게 된다면 북에 가 있는 영복은 어떻게 되는 걸까. 덕춘은 다래울에 시부모와 딸을 남겨두고 사할린으로 오는 길에 장남과 헤어졌다. 사할린에 와서는 2년도 안 돼 다시 남편과 이별해 17년째 떨어져 살고 있었다. 만일 영복의 소식을 모르는 채 고향으로 돌아간다면 또다시 이산가족이 되고 만다.

덕춘의 얼굴에 짙은 시름이 내려앉았다. 막내사위 소식을 모르는 시갑 부부도 마찬가지였다.

얼어붙은 땅

1963년

1

단옥은 저녁을 하고 있었다. 자꾸 끼어드는 해옥과 유키에 생각을 떨쳐버리려고 몸을 더 재게 놀렸다. 배고픈 걸 못 참는 시아버지와 남편이 오자마자 저녁 식사를 하려면 미리 준비해놓아야 했다.

시갑과 진수는 하구로 낚시를 갔다. 연어가 산란하러 돌아오는 6월 무렵부터 하구는 낚시하는 사람들로 북적였다. 연어와 연어알은 소련 사람들이 아주 좋아했다. 잡아 온 연어는 시장에 내다 팔기도 하고, 소금에 절이거나 훈제해 겨우내 밥반찬을 했다.

소련 사람들은 한인들이 미역, 오징어 같은 해산물이나 고사리, 쑥 같은 나물을 먹는 걸 이상하게 보며 거의 미개인 취급했다. 하지만 한인들은 그 덕에 배고픔을 이겨냈고 고향의 맛을 지켰다. 조개젓을 무치던 단옥의 손이 멈칫했다. 집이 울릴 만큼 소란스럽게 놀던 아이들이 갑자기 조용해졌기 때문이다. 텔레비전에서 인형극이 시작됐음을 안 단옥은 쓴웃음을 지었다.

진수가 올해 봄, 텔레비전을 들이겠다고 하자 시갑은 예상대로 심하게 반대했다. 소련말로만 방송하는 텔레비전이 손주들에게 나쁜 영향을 줄 게 분명했다. 시갑은 정만의 편지를 받은 뒤 조만간 한국으로 돌아갈 거라고 믿었다. 얼마 전에는 토마리에서 귀국 운동을 하고 있는 한인을 만나러 그 먼 데까지 다녀오기도 했다. 토마리의 한인은 일본이 입국을 허가하면 소련도 출국을 허가하겠다는 당국의 확답을 들었다고 전했다. 일본 정부가 사할린 한인들의 입국을 거부했는데도 시갑은 희망을 버리지 않았다.

"소련이 출국을 허락헌단 거만 해도 큰 발전이라. 조만간 한국으로 돌아갈 길이 열릴 거라게."

시갑은 손주들이 살아갈 곳은 소련이 아니라 한국임을 누누이 일깨웠다. 아이들이 소련식인 만 나이로 말하면 꼭 한 살씩 보탠 한국 나이로 정정해주곤 했다.

"소련 공민증이 없어 멀리 가지도 못하는데 텔레비지야라도 봐야 식견이 넓어질 거 아니꺄?"

진수는 단옥이 일러준 대로 말하곤 텔레비전을 집에 들였다. 텔레비전은 밤에는 시갑 부부가 자고, 낮에는 거실처럼 쓰는 큰방에 놓았다. 4학년인 주애와 2학년인 주호는 이 층에 이미 자기 방들을 가지고 있었다.

텔레비전이 생기자 아이들은 만화나 인형극 방영 시간을 귀신같이 알아내서 밥 먹는 시간보다 더 잘 지켰다. 단옥은 교육적이고 교훈적인 내용이 좋기만 한데 시갑은 손주들이 텔레비전에서 본 소련말을 흉내 내며 놀자 자신의 예견대로 됐다며 탄식했다.

시갑은 텔레비전을 짐짓 무시하며 〈조선로동자〉에서 〈레닌의 길로〉로 제호가 바뀐 한글 신문만 읽고, 라디오에서 평일 저녁에 이삼십 분씩 틀어주는 한국어 방송만 들었다. 단옥에겐 공산 체제 선전이 바탕에 깔려 있는 신문이나 라디오나 텔레비전이나 언어만 다를 뿐 다 비슷해 보였다.

단옥은 오히려 시갑이 이불 속에서 남몰래 서울 방송을 듣는 게 더 걱정됐다. 소련 정부는 자본주의권 방송 청취를 반국가적이고 반혁명적 행위로 간주했다. 그런 방송을 듣다 걸리면 처벌을 받았다. 처음엔 벌금형이지만 적발이 누적돼 감옥이나 강제노동수용소로 끌려간 사람들도 있었다. 마을 지도자인 시갑은 한 번만 걸려도 큰 벌을 받을지 모른다. 국가보안위원회인 KGB에 끌려가서 심문을 받고, 풀려나더라도 계속 감시를 받을 수 있다. 그러면 아이들의 장래에도 안 좋은 영향을 미칠 게 뻔했다.

아이들이 텔레비전을 보다 할아버지한테 괜스레 혼나는 일이 잦아지자 단옥은 꾀를 냈다. 시갑은 자치회 회장으로서 마을 사람들에게 늘 새롭고 정확한 소식을 알려주고 싶어 했다. 신문과 라디오를 끼고 사는 것도 그 때문이었다.

단옥은 뉴스 시간마다 텔레비전을 켜놓고 부러 진수에게 내용을 통역해주었다. 정치나 경제 용어 같은 어려운 말은 잘 몰랐지만 화면이 있어 대충 전달할 수 있었다. 단옥의 통역을 안 듣는 척하던 시갑은 차츰 손자들이 인형극 시간을 기다리듯 텔레비전 뉴스 시간을 챙기기 시작했다.

"노보스티 할 때 됐다. 텔레비지야 좀 켜봐라."

시갑은 며느리가 집에 없거나 바쁘면 주애를 불러 통역을 시켰다. 학교에서 러시아어를 배우는 주애는 방송을 볼 때마다 우쭐대며 동생들에게 내용을 알려주곤 했다.

하지만 시갑에게 뉴스를 통역하는 건 싫어했다. 재미없고 어려운 내용인 데다 할아버지가 모르는 걸 자꾸만 물어보기 때문이었다. 단옥은 주애의 고충을 대수롭지 않게 여겼다.

"어려운 걸 자꾸 들어야 소련말이 빨리 늘지. 그래야 졸업할 때 큰삼촌하고 이모처럼 우등상 받을 거 아냐."

자신도 끝까지 학교를 다녔다면 우등으로 졸업했을 것이다. 단옥은 공부로는 친탁한 것 같은 아이들에게 글자를 읽지 못하는 진수의 증상이 유전됐을까 봐 내심 불안했다.

단옥은 방을 들여다보았다. 아이들은 러시아와 유럽의 민담을 각색해서 만든 만화영화에 푹 빠져 있었다. 재방송인데도 두 돌 지난 막내 주미까지 텔레비전 속으로 들어갈 기세였다. 그전 같으면 흐뭇한 미소가 지어질 광경이지만 지금은 씁쓸했다.

단옥은 빨래를 걷으러 마당으로 나갔다. 감자밭 김을 매던 애월댁이 저녁은 다 됐느냐고 물었다. 단옥은 휴가인데 집에서 밥만 하고 있는 처지에 한숨이 나왔다.

"예, 아버님 오시면 바로 먹게 해놨어요."

대답은 유순하게 했지만 빨래를 걷는 단옥의 손길엔 감정이 실려 있었다. 본토에 간 해옥은 지금 대륙이 좁다

는 듯이 누비고 다니겠지. 유키에도 디마를 데리고 그 땅
으로 휴가를 떠났다.

2

소련 사람이나 소련 국적을 딴 한인 노동자들에겐 기본적으로 연간 4주의 유급 휴가가 주어졌다. 근무 기간이 길수록 휴가 일수도 늘어났지만 무국적자들은 예외였다. 소련 국적자들에 비해 휴가 일수가 적든지, 무급이든지 하는 불이익을 당했다.

사람들은 대부분 날씨가 좋은 7, 8월에 휴가를 썼는데 날짜를 잡는 것도 소련 국적 노동자들이 우선이었다. 유키에는 6월 말부터 8월 초순까지 한 달 넘는 유급 휴가를 받았지만 단옥은 2주밖에 안 됐다. 그나마 부서에서 고참이기 때문에 휴가철에 받은 거였다.

유키에는 덕춘에게 집을 맡기고 7월 초 디마와 함께 본토로 떠났다. 블라디보스토크까지 배로 간 뒤 기차를 갈아타고 이르쿠츠크에 간다고 했다. 용재가 복무하는 부대가 그곳에 있었다. 용재도 만나고 디마에게 대륙을 경험시켜주기 위해서였다.

해옥은 유키에보다 2주 먼저 현장학습을 떠났다. 3학년을 마친 사범학교 학생들의 학습 과정 중 하나였다. 무

국적자들은 제외였지만 북한 국적인 해옥은 일찍부터 준비해서 통행 허가증을 받았다. 학생들은 두 달 동안 시베리아 횡단 열차를 타고 모스크바와 다른 여러 도시를 다니면서 각종 교육 프로그램에 참여했다.

단옥은 모스크바 풍경이 담긴 해옥의 엽서를 받았을 때 한동안 마음이 싱숭생숭했다. 동생의 젊음과 새로운 경험이 부러우면서도 한편으로는 대리 만족을 느꼈다. 유키에한테 휴가 계획을 들었을 때도 자신이 떠나는 듯 흥분했다. 혼자 애 키우며 일하느라 고생한 유키에는 그런 휴가를 즐길 자격이 충분했다. 하지만 디마의 여행에 대해서는 복잡한 마음이 들었다. 단옥은 아버지 없이 자라는 디마가 안쓰러워 늘 자식 못지않게 관심을 기울였다. 이번 여행을 떠날 때도 용돈을 쥐여 주었다. 그런데 시간이 지날수록 마카로프를 벗어나 큰 세상을 경험하고 있는 디마와 텔레비전 앞에 모여 있는 자신의 사 남매가 비교돼 속이 끓었다.

단옥은 주애 또래 때 사할린으로 오면서 했던 경험들이 지금도 생생했다. 고생스럽긴 했어도 날마다 난생처음인 것들을 접하며 갇혀 있던 생각이 깨지고 부서지며 넓어졌다. 인생에는 예측할 수 없는 일들이 일어난다는 것과 목적지까지 가는 방법에는 여러 가지가 있음을 배웠다. 포기하지 않으면 언젠가는 원하는 곳에 다다른다는 것도 함께.

단옥이 기어이 텔레비전을 들인 이유도 마을과 학교가 전부인 줄 알고 사는 아이들에게 넓은 세상을 보여주고 싶어서였다. 그런데 주위 사람들이 그 세계로 직접 떠나자 단옥은 자식들 생각에 자꾸 애가 쓰였다.

휴가 동안 아이들에게 유즈노사할린스크라도 구경시켜 주려고 했으나 통행 허가증이 나오지 않았다. 단옥은 자기 혼자만 자식 걱정을 하는 것 같아 부아가 치밀었다. 진수가 소련말을 하지 못한다는 걸 알면서도 경찰서에 가서 알아보라고 채근했다. 무단으로 여행하다가 걸리면 벌금을 내거나 감옥에 갈 수도 있었다.

"주애 어멍, 연어 많이 잡아 와신!"

대문을 들어서던 진수가 단옥에게 어망을 쳐들어 보이며 소리쳤다. 단옥은 태평인 남편을 힘껏 째려보곤 집 안으로 들어가버렸다.

3

"엄마, 우리 학교 문 닫는대!"

할아버지와 뉴스를 보던 주애가 부엌 쪽으로 고개를 내밀곤 소리쳤다. 단옥은 다듬던 머윗대를 팽개치고 방으로 뛰어갔다. 텔레비전 화면부터 눈이 가 방바닥에 엎드려 숙제하던 주호를 밟을 뻔했다.

단옥은 선 채로 뉴스를 보았다. 아나운서가 국가 전체의 통일성과 정체성을 강화하기 위해 새 학기부터 모든 소수민족학교를 소련학교로 바꾼다는 당국의 말을 전했다. 조선학교도 해당됐다.

"앞으로는 학교에서 소수민족어 교육도 금지하고, 지금보다 강력한 러시아어 공용 정책을 펼치겠다네요."

단옥의 통역에 시갑이 개탄스러워했다.

"엄마, 그럼 나 방학 숙제 안 해도 돼?"

주호가 고개를 쳐들곤 물었다.

"쓸데없는 소리 말고 어서 해!"

단옥은 자기도 모르게 큰소리가 나왔다. 셋째 주성도 새 학기에 입학할 예정인 학교가 문을 닫는다니. 이러다가 국적 없는 자식들이 학교도 다니지 못하게 될까 봐 속이 탔다. 이런데도 한국으로 돌아갈 날만 목매고 있는 시아버지가 답답하고 야속했다.

시갑은 며느리 마음은 아랑곳없이 당장 조선학교 운동장에서 열기로 한 해방절 기념행사에 차질이 생길까 봐 애를 태웠다. 점차 소련 생활에 익숙해지는 아래 세대들에게 조국을 잊지 않게 하는 데는 해방절 행사가 큰 역할을 했다. 한인들이 모두 모이는 그 자리만큼 조국의 전통과 문화를 가르쳐줄 수 있는 기회도 흔치 않았다. 그런데 조선학교를 폐교하고 소수민족 교육을 금하는 걸 보면 행사도 못 하게 할 수 있다.

각 도시마다 10년 넘게 이어지고 있는 해방절 행사는 그 지역 한인들이 모두 모이는 잔칫날이었다. 단옥도 그동안 결혼식 때 지었던 한복을 꺼내 입고 행사에 적극적으로 참여했다. 합창단을 만들어 무대에서 '아리랑'이나 '도라지 타령' 같은 민요를 부른 적도 있었다. 그런 일이 아니더라도 여자들끼리 모여 음식을 만들고, 사람들에게 대접하는 시간은 흥겹고 보람 있었다.

부엌으로 돌아온 단옥은 조선학교 폐교 소식에 해방절 행사 걱정부터 하는 시아버지가 원망스러웠다. 국민들을 팽개쳐둔 채 신경도 안 쓰는 조국이 뭐가 좋다고. 단옥은 그릇을 왈그랑달그랑 소리내 씻었다. 그리고 고향에 돌아가지 못하는 한이 있어도 소련 국적을 따겠다고 결심했다. 시아버지가 반대하고 남편이 소극적으로 나오면 자신과 아이들만이라도 취득하겠다고 단단히 별렀다.

마지막 잔치

1964년

1

해가 바뀐 지 얼마 안 돼 북한에 갔던 시갑의 막내사위가 돌아왔다. 딸한테 전보를 받은 시갑은 경찰서에 가서 통행 허가증부터 신청했다.

"게난 소련 공민증만 있음 당장 갈 수 있고, 얼마나 좋을 건디."

통행 허가증이 다음 날에나 나온다고 하자 마음이 급한 애월댁이 불평했다.

지난가을, 아이들이 다니던 학교가 소련학교로 바뀌자 단옥은 진수에게 소련 국적을 얻자고 강력하게 말했다.

시아버지는 당연히 반대했지만 단옥도 이번에는 물러서지 않았다.

"조국을 버리겠다는 게 아니에요. 돌아가기 전까지는 어쨌든 여기서 살아야 하잖아요. 애들 앞날을 생각해서라도 소련 국적을 받게 해주세요."

단옥이 끝내 고집을 부리자 시갑은 하는 수 없이 허락하면서도 자신과 아내는 신청하지 않았다. 그때 며느리 편을 들었던 애월댁이 핀잔을 주는 것이었다. 시갑은 많은 사람들이 불편과 손해를 감내하면서 버티고 있는데, 자신이 먼저 소련 국적을 받을 수는 없다고 생각했다.

"애기덜도 아직 공민증 안 나왔주. 집에 왔다는데 하루이틀 늦게 가면 어때서."

시갑은 아내의 시선을 피하며 중얼거리듯 말했다. 시갑의 말대로 단옥네도 아직 소련 공민증을 받지 못한 상태였다.

시갑 부부가 막내딸한테 다녀오는 동안 덕춘이 집에 와 있기로 했다. 진수는 산판에 가 있고, 단옥은 직장엘 나가니 아이들을 돌봐줄 사람이 필요했다. 미안해하는 애월댁에게 덕춘이 손사래를 쳤다.

"지는 손주들 실컷 보니 좋구먼유. 간만에 가는 길이니 집 걱정은 말고 편하게 지내다 오셔유. 사위가 돌아왔으니 얼마나 좋으실까."

덕춘 얼굴에 부러움이 뚝뚝 묻어났다.

단옥은 막내시누이를 좋아했다. 귀분은 진수 누나인데도 명랑하고 귀염성이 있어 동생 같은 느낌이 들었다. 시누이 남편이 돌아와서 다행이었고, 혹시라도 영복이 소식을 가져왔다면 더 바랄 게 없었다.

단옥은 친정엄마가 집에 와서 지내는 것도 정말 좋았다. 혼자 사는 엄마가 늘 신경 쓰였지만 낮이나 밤이나 일에 치여 사느라 들여다보기가 쉽지 않았다. 그런데 막상 엄마와 한집에 있으니 마음과 달리 짜증 낼 일만 생겼다. 단옥은 엄마가 조금이라도 편히 지내라고 일찍 일어나서 집안일을 한껏 해놓고 출근했다. 덕춘은 덕춘대로 딸을 돕고 싶은 마음에 잠시도 쉬지 않고 일거리를 찾았다. 그러곤 밤마다 자기도 모르게 앓는 소리를 냈다.

"다른 건 아무것도 하지 말고 애들만 보시라니까!"

단옥은 결국 엄마에게 화를 내고 말았다.

시갑 부부는 닷새 만에 잔뜩 어두운 얼굴로 돌아왔다. 심상치 않은 분위기에 가슴이 덜컥 내려앉은 단옥은 아이들을 위층으로 올려 보냈다. 애월댁은 쓰러지듯 눕고 시갑이 단옥과 덕춘에게 상황을 전했다. 아버지와 함께 탈출하다 혼자 살아서 온 막내사위는 오른쪽 팔을 잃은 채였다. 그 말에 덕춘의 입에서 비명 같은 탄식이 새어 나왔다.

"아방을 잃어서 그런지 아니면 또 무슨 일 있었는지 사우도 정신이 나갔다 들어왔다 헙디다. 자세헌 이야기도 안 허고. 병원에선 잠시 충격 땜에 그럴 수 있다주만, 영영 그럴까 봐 걱정이여."

시갑이 한숨을 쉬는데 애월댁이 울먹거리며 덧붙였다.

"아이고, 말도 말라. 귀분이도 울다 웃다 정신이 오락가락허여. 시아방은 돌아가셨다주, 서방은 팔 한짝이 없이 정신도 나가서 돌아왔주……. 안사돈이 이 꼴 저 꼴 안 보고 일찍 세상 뜬 거 다행이라."

애월댁이 가슴을 치며 울자 덕춘은 그 손을 잡고 함께 흐느꼈다. 팔 한쪽이 없어도 돌아왔잖아유. 덕춘은 그렇게라도 영복이 돌아오길 고대했다. 단옥도 막내시누이 가족에게 닥친 일에 충격을 받았다.

"주애 아버지한테 알릴까요?"

단옥이 물었다.

"뭐헌디. 안다고 달라질 거 머 있냐. 일허는데 괜히 심난하기만 허주."

애월댁이 힘없이 팔을 저었다. 하지만 단옥은 산판으로 편지를 썼다. 누나 가족 일이니 진수도 알아야 하고, 며칠이라도 다녀간다면 시부모님에게 큰 위로가 될 것이다. 단옥은 겨우내 떨어져 지내는 진수에게 편지를 써본 적이 없었다. 그리운 마음과 부쩍부쩍 자라는 아이들 모습을 시시콜콜하게 전하고 싶다가도 남이 읽어줄 걸 생각하면 한 줄도 써지지 않았다. 하지만 이번 편지는 용건이 분명하니 다른 사람이 읽어도 상관없었다.

다음 날 저녁, 북에 가족이 가 있는 마을 사람들이 시갑의 집으로 모여들었다. 북쪽 소식은 다녀온 사람이 아니면 정확한 내용을 알기 어려웠다. 단옥은 사람들에게 대접할 식혜를 준비했다. 팔을 잃은 막내시누이 남편과 영복의 모습이 자꾸 겹쳐 떠올랐다. 그 생각을 하면 차라리 무소식이 희소식인 것 같았다.

2

5월 말, 사범학교를 졸업한 해옥이 집으로 돌아왔다. 해옥은 그날 저녁 덕춘과 함께 단옥네 집으로 인사를 왔다. 저녁을 먹고 거실에 모여 있던 아이들이 할머니와 이모를 반겼다. 주애는 특히 제 이모를 따랐다. 단옥은 해옥을 보자마자 어느 지역으로 발령이 났는지부터 물었다. 해옥이 배시시 웃으며 잠깐 뜸을 들이더니 말했다.

"마카로프 제2중학교! 집에서 다녀도 돼!"

단옥은 시부모 앞인데도 어린애처럼 팔짝팔짝 뛰며 좋아했다. 해옥만이라도 가까운 곳에서 살기를 얼마나 간절하게 바랐는지 몰랐다. 해옥은 시갑 부부에게 절을 하곤 졸업장과 교원 자격증을 앞에 펼쳐 보였다. 덕춘이 뿌듯함이 넘치는 목소리로 말했다.

"이게 다 사돈어른이 마음 써주신 덕분이구먼유. 주애 아범한테도 고마운 거 말로 다 못 하네."

단옥이 친정을 계속 도울 수 있도록 시부모와 남편이 배려해주지 않으면 힘들었을 일이었다.

"우리가 한 일이 머 있다고. 애기덜 이모가 총허고 야물어서 여기까지 온 거마씸."

시갑은 흐뭇한 얼굴로 러시아어로 된 자격증을 들여다보았다. 진수가 졸업장을 팔랑거리며 장난치는 주애에게 말했다.

"주애, 니도 나중에 이모처럼 공부 잘해야주."

"당연헙주!"

주애가 자신만만한 얼굴로 대답했다.

"그동안 주애 외할망이 고생 많이 했수다. 외하르방이 계셨으면 오죽 좋았을 건디."

애월댁이 덕춘의 손을 잡고 어루만졌다. 딸네 집에 다녀와서 자리보전하고 있던 애월댁은 아들이 산에서 내려오자 그제야 기운을 차렸다.

"그러게나 말유. 애들 아버지가 유난히 애를 이뻐라 했지유."

잠깐 불이라도 켠 것처럼 환해졌던 덕춘의 얼굴에 이내 허전함이 감돌았다. 해옥은 단옥한테서도 그 말을 여러 번 들었다.

"우리 남매 중 네가 아버지 사랑을 제일 많이 받았어."

언니는 힘들 때마다 해옥이 태어나던 때를 떠올렸다고 했다. 엄마의 임신을 알고 좋아하던 아버지 모습, 아버지와 머리를 맞대고 아기 이름을 짓던 것, 쌓인 눈에 갇혀 온 식구가 더없이 따뜻하게 보냈던 시간들……. 해옥은 아무리 읽어도 물리지 않는 동화책처럼 그 이야기가 들을 때마다 좋았다. 그 덕분에 해옥은 기억나지 않는 아버지를 추억할 수 있었다. 해옥은 언니의 기억 속 부모님처럼, 또 몸소 보여주고 있는 언니처럼 화목한 가정을 이루어 행복하게 살고 싶었다. 단옥은 그렇게 해옥에게 삶의 본보기가 돼주었다.

해옥의 생각을 모르는 단옥은 자신의 꿈이었던 교원 자격증을 품에 안아보았다. 벅찬 감정이 가슴 가득 차올랐다. 동생들을 통해 자신의 꿈을 이루려던 바람이 마침내 실현되었다.

"사윗감도 있주 곧 혼인만 시키면 되겠수다."

작년 말에 군 복무를 마치고 돌아온 용재는 수산 회사에 취직했다. 용재는 자신이 갈 수 있는 탄광, 벌목장, 여러 공장들 중에서 수산 회사가 가장 마음에 들었다. 해옥의 이름에 바다라는 뜻이 들어 있어서인지도 몰랐다. 아직 졸업 전이라 말단이었지만 회계 일은 꼼꼼하고 차분한 성격과 잘 맞았다. 용재는 아침마다 도시락을 직접 싸 들고 출근하며 해옥이 돌아오기만을 기다렸다.

"야, 그러잖아두 바로 결혼시킬라구유. 사돈어른이 날짜 좀 봐주셔유."

덕춘이 시갑에게 말했다.

"혼인날은 등록소서 내줌수다, 내가 뭘 햄수광."

시갑이 쓸쓸한 표정을 지었다. 그의 말대로 신분 등록 사무소에 가서 혼인 신청서를 작성하고, 각종 증명 서류를 제출하면 결혼 허가증과 함께 결혼식 날짜를 잡아줬다. 한인들은 신분 등록 사무소에서 치르는 요식행위 같은 결혼식보다 가족 친지가 모이는 피로연을 더 중요하게 여겼다. 날짜는 사람들이 쉬는 일요일로 하고, 신랑 신부의 본가가 서로 멀리 있으면 각각 하느라 결혼식을 올리고 한참 뒤에 피로연을 하는 경우도 많았다.

"그래두 잔칫날을 언제로 잡는 게 좋을지 봐주셔유."

덕춘이 다시금 청하자 시갑은 한편에 있던 작은 나무 상자에서 가장자리가 나달나달 닳은 책자와 돋보기를 꺼냈다.

 "어디 봅서. 우리 사돈처녀 잔친데 길일 잡아줘사주."

 조금 전과 달리 시갑의 목소리에 생기가 돌았다.

 3

해옥과 용재는 신혼살림을 덕춘이 사는 집에 꾸리기로 했다. 용재는 훌쩍 크고 말이 없어진 디마가 꼭 누나가 겪었을 외로운 세월의 증표 같았다. 혼자인 누나와 한집에서 신혼 생활을 하고 싶지 않았다.

 "누나도 결혼해야지. 우리가 같이 살면 기회가 와도 마다할 수 있어. 영복이 형이든 광복이든 들어와 살 때까지 우리가 어머니랑 같이 살자."

 신혼부부의 결정을 가장 반긴 사람은 단옥이었다.

 "잘 생각했어! 니들이 한집에 있으면 엄마가 얼마나 든든하시겠어. 나도 이제 마음이 놓인다!"

 "이번에 엄마 보고 10년은 더 늙은 것 같아서 깜짝 놀랐어. 1년 만에 보는 건데."

 해옥이 마음이 쓰인다는 얼굴로 말했다.

 "영복이 때문에 속 끓여서 그렇지 뭐. 니가 집에 와서 살면 엄마도 기운 차리실 거야."

"혹시 유키에 언니가 서운해하지 않을까?"

때로는 단옥보다 편했던 유키에였는데 손위 시누이가 되자 해옥은 이런저런 신경이 쓰였다.

"유키에는 걱정 마."

단옥이 자기도 모르게 빙그레 웃으며 말했다.

"어? 유키에 언니한테 뭐 있구나? 그렇지?"

해옥이 눈을 반짝이며 묻자 단옥은 아차 싶은 얼굴이 됐다.

"있긴 뭐가 있어? 디마 키우면서 직장 다니는 게 힘드니까 용재 떼어내면 오히려 좋다는 말이지."

해옥이 캐물었지만 단옥은 끝까지 잡아뗐다.

유키에한테 얼마 전 새로운 연인이 생겼다. 10년 넘게 한 직장에서 봐온 이반이었다. 공장 전기 기술자인 이반은 전후 대륙에서 가족과 이주해온 소련 남자였다. 5년 전 상처한 그는 두 딸이 본토 대학에 간 뒤 유키에한테 고백했다. 1년 전 일이었다. 단옥은 대찬성이었다. 무던한 성격에 나이도 아홉 살이나 많아 유키에를 푸근하게 감싸줄 것 같았다. 오래 고민하던 유키에는 최근에야 이반의 마음을 받아들였다. 조심스레 연애를 시작하면서 단옥에게도 비밀 유지를 신신당부했다. 유키에는 누구보다 디마가 알게 될까 봐 겁을 냈다. 열세 살인 디마는 한창 예민할 때였다.

"이반한테도 디마가 대학 가기 전에는 합치지 않을 거라고 했어."

몇 년 전 대륙의 횡단 열차를 타본 뒤로 디마는 철도 관련 기술자가 되고 싶어 했다. 그러자면 본토로 대학을 가야 했다. 유키에한테는 자신의 행복보다 디마가 자기 삶을 찾아가는 게 더 중요했다.

"뻥튀기 기계처럼 애를 단숨에 키우는 기계 같은 거 없을까?"

단옥은 속절없이 흐르는 세월이 안타까워 농반진반 말했다.

"나중에 이반하고 결혼하면 또 한 번 떠들썩하겠지."

유키에가 한숨과 함께 말했다. 겁 없이 연애하고 당당하게 디마를 낳았던 유키에는 점점 걱정 많은 엄마가 돼가고 있었다. 1세대 한인들은 자식이 소련인과 결혼하는 걸 큰 창피로 알았다. 사람들도 한인과 소련인 사이에서 태어난 아이들을 얼마우재라고 낮춰 부르곤 했다. 소수가 남아 한인 사회에 편입한 일본인들도 마찬가지였다. 치요 부부가 여기 살았어도 이반과의 만남을 탐탁지 않아 했을 것이다.

"처녀가 시집가는 것도 아니고, 별걱정을 다 한다. 너 같은 앨 조선말로 뭐라는 줄 알아?"

단옥의 말에 유키에가 쳐다보았다.

"난년! 남들은 평생 못 해보는 걸 척척 하고 살잖아. 이젠 큰코쟁이랑 연애도 하고. 부럽다, 부러워. 큰코쟁이는 어때? 잘해?"

단옥이 갑자기 음흉한 미소를 지으며 물었다. 전에는 결코 하지 않았던 종류의 이야기였다.

"타마, 너무 응큼해! 그동안 그런 이야기하고 싶어서 어떻게 참았어?"

얼굴이 다홍빛이 된 유키에가 단옥을 콩콩 때렸다. 단옥과 유키에는 주인집 아들의 연애소설을 훔쳐 읽던 십대 시절로 돌아가 키득대며 속닥거렸다. 둘 사이에 더는 나누지 못할 이야기가 없어졌다.

유키에 상황이 이러니 용재가 덕춘의 집에서 신혼살림을 꾸리는 게 누나를 도와주는 거였다.

"암튼 엄마랑 살면 밥도 해주고, 나중에 애도 키워줄 테니까 학교 나가기는 더 좋을 거야. 대신 잔소리 들을 각오는 해야 한다."

단옥이 해옥에게 말했다.

"이제 기운 빠져서 좀 덜하지 않을까?"

"너희랑 같이 살면 엄마 기운이 다시 솟아날걸."

해옥과 함께 웃던 단옥은 동생이 어느새 커서 친구처럼 수다를 떠나 싶어 코끝이 찡했다.

"참, 너 방학 동안 우리 애들 공부 좀 가르쳐줘라. 미리 교사 훈련한다 생각하고."

"좋아. 언니한테 진 빚 조금이라도 갚아야지. 날마다 집으로 보내. 내가 제대로 실력 보여줄 테니까."

학교에선 모든 수업을 러시아어로 했다. 텔레비전 덕분인지 아이들 성적이 조선학교 때보다 오르자 단옥은 의기충천했다. 동생들 뒷바라지를 마쳤으니 이젠 자식들 차례였다. 동생들 때보다 기대하는 바가 몇 곱절 더 컸다.

4

8월 9일 일요일, 해옥과 용재의 결혼식이 거행됐다. 시갑이 잡아준 피로연 날짜는 결혼식 당일이었다. 결혼식 날 해옥과 용재는 먼저 신분 등록소에 가 있었고, 단옥 가족과 광복, 유키에 모자는 시간 맞춰 도착했다. 신랑 신부의 조선학교 친구들이 꾸벅꾸벅 인사를 했다. 결혼해서 애를 안고 온 친구들도 있었다.

"울지 않기다."

등록소 안으로 들어서기 전 단옥이 유키에한테 말했다.

유키에가 전부터 동생 결혼식 때 울 것 같다고 했기 때문이다.

"난 엄마가 좋은 일 있을 때마다 우는 거 정말 싫더라. 우리는 절대 울지 말자."

단옥은 유키에한테 말하고 엄마에게도 거듭 일렀다. 그런데 결혼식을 앞두고 덕춘이 식장에 가지 않겠다고 했다.

"죄다 소련말로 지껄일 텐디 식장에 가서 뭐햐. 나는 집에서 잔치 준비나 하고 있으련다."

그 말에 단옥은 물론 해옥도 반겼다. 결혼 준비하는 내내 자매는 엄마와 사사건건 실랑이를 벌여야 했다. 덕춘이 단옥 부부가 입었던 사모관대와 활옷을 입고 식을 올리라고 하면서부터 시작된 갈등은 피로연 음식 선정까지 이어졌다. 겨우 결혼 예복은 해옥 마음대로, 잔치 음식은 덕춘이 알아서 하는 걸로 합의를 봤다.

피로연엔 마을 사람들뿐 아니라 신랑 신부의 조선학교 친구들, 용재의 직장 사람들, 해옥의 사범학교 친구들까지 초청했다. 해옥은 엄마와 언니의 시어머니를 비롯해 나이 든 아주머니들이 너무 구식으로 준비할까 봐 걱정이 컸다. 단옥은 유키에와 의논해서 요즘식으로 케이크를 맞추고, 아코디언과 만돌린 악사도 불렀다.

단옥은 그동안 온갖 것을 신경 쓰느라 해옥의 결혼에

대한 감상에 젖을 틈이 없었다. 혹시라도 유키에가 울까 봐 걱정돼서 말한 거였는데, 흰 드레스에 면사포를 쓴 해옥과 양복 입은 용재를 보는 순간 눈물샘이 터져버렸다. 사랑하는 사람 곁에서 웃고 있는 해옥은 반짝반짝 빛나는 행복의 결정체 같았다. 단옥은 해옥이 교사가 됐을 때보다 더 기뻤다. 아버지가 떠난 뒤 동생들을 위해 포기하고 희생했던 시간에 이보다 값진 보답은 없는 것 같았다.

단옥은 아름답고 건실하게 자라 일곱 살 때 서로에게 한 약속을 지키고 있는 한 쌍의 부부가 말로 다 할 수 없을 만큼 사랑스러웠다. 그리고 그들의 가족인 게 너무 자랑스러워 가슴이 벅차올랐다. 단옥은 엄마를 억지로라도 모시고 오지 않은 게 후회스러웠다. 아버지와 영복, 최근에는 거의 잊고 지냈던 다래울 식구들이 가슴 저리게 그리웠다. 유키에와 눈이 마주치는 순간 그 애의 심정이 거울처럼 환히 읽혔다. 유키에는 또 얼마나 이 자리에 없는 가족이 생각날까. 단옥은 손수건으로 입을 틀어막은 채 흐느꼈고 유키에도 눈물을 철철 흘렸다. 디마가 쫓아와서 제 엄마를 달랬다. 진수는 안고 있던 주미를 단옥 가까이 들이밀며 말했다.

"어멍, 그만 울앙, 해."

주미가 고사리손으로 단옥의 눈물을 닦아주었다.

결혼식이 시작됐다. 신랑 신부가 담당 공무원 앞에서 혼인 서약을 하고 결혼 증명서에 서명했다. 증인으로 나선 단옥과 유키에도 서명한 뒤, 신랑 신부가 결혼반지를 주고받는 것으로 식은 끝났다. 철철 운 게 민망할 만큼 간소하고 형식적인 절차였다. 단옥은 동네잔치였던 자신의 결혼식이 아득한 옛날 일 같았다. 결혼 증명서를 받은 해옥과 용재는 이제 정식 부부가 됐다는 기쁨에 계속 싱글벙글이었다. 신혼부부는 사진관에서 결혼 기념사진을 찍고 친구들과 놀다 저녁때 피로연에 참석하기로 했다.

해옥과 용재의 결혼식 피로연은 마을에서 벌어진 거의 마지막 잔치였다. 소련 정부는 해마다 치르던 해방절 행사를 그해부터 금지했고, 한인들끼리의 모임에도 통제와 감시를 시작했다. 그날의 잔치는 한인 사회의 세대가 교체되고 있음을 보여주는 무대이기도 했다.

고명을 얹은 국수와 오징어순대, 족발, 잡채, 메밀묵과 떡, 감자전, 고사리, 두릅, 미나리 같은 나물, 오징어젓갈, 미역 초무침……. 늙어가는 1세대 어른들이 마련한 잔치에서 부모의 조국과 자신이 태어난 곳의 문화를 함께 접하며 자란 2세대들이 판을 벌였다. 부모들이 지내는 설이나 추석보다 노동절과 여성절을 더 큰 명절로 여기는 세대였다.

신랑 신부와 그의 친구들은 아코디언과 만돌린 악사의 연주에 맞춰 포크댄스를 췄다. 더 흥이 오르자 서방에서 건너와 은밀하게 퍼지고 있는 부기우기나 스윙에 맞춰서도 몸을 흔들었다. 그리고 학교에서 배운 북한 민요인 '소방울 타령'과 '어부의 노래'를 불렀다. 누군가는 '모스크바 교외의 밤'이나 '카추샤' 같은 소련 노래를 멋들어지게 뽑기도 했다. 중간중간 술잔을 들어 올리며 "빠즈드라브랴 유!" 하고 축하하는 소리가 울려 퍼졌다.

　간간이 노인들이 부르는 '아리랑'이나 '도라지타령'이 끼어들었지만, 밤이 깊어 갈수록 한국말 소리는 젊은이들의 소련말에 묻힌 채 사라져갔다.

슬픔의 틈새

1966년

1

3월 2일, 덕춘이 사망했다. 23년 전 다래울을 떠나던 날과 같은 날짜였다. 갑자기 쓰러진 덕춘이 구급차에 실려 병원에 갔을 때는 이미 늦은 상태였다. 심간 편한 걸 평생 죄스러워하며 몸이고 마음이고 아픈 걸 당연하게 여겼던 탓이었다. 자식들은 온몸에 퍼진 암 덩어리가 사람을 거꾸러뜨린 뒤에야 엄마의 상태를 알았다. 병원에서는 환자에게 해줄 수 있는 게 없고 병상도 부족하다며 집으로 돌려보냈다.

겨우 진통제만 처방받은 채 엄마를 집으로 모셔 온 단

옥은 너무 놀라 정신을 차릴 수가 없었다. 단옥은 아이들을 시어머니에게 맡기고 엄마 곁을 지켰다. 유키에가 대신 직장에 휴가계를 내주었고, 시갑은 산판으로 사람을 보내 진수를 불러왔다. 해옥과 용재는 상을 당해야 휴가가 주어져서 어쩔 수 없이 출근을 했다. 광복도 용재가 탄광으로 전화를 해서 상황을 알았지만 당장 달려오지는 못했다.

임신 7개월째인 해옥은 제대로 못 자고, 못 먹고, 울기만 하다 퉁퉁 부은 얼굴로 출근했다. 유키에는 퇴근하는 대로 달려와서 식구들 끼니를 챙겼고, 진수는 아버지 그리고 손아래 동서인 용재와 함께 장례식 준비를 했다.

집으로 돌아온 덕춘은 나흘 만에 숨을 거뒀다. 그동안 덕춘은 극심한 육신의 고통과 진통제에 취한 휴식 사이를 오갔다. 단옥은 엄마가 제발 잠깐만이라도 정신을 차리고 자신에게 무슨 말이든 해주길 바랐다. 동생들을 부탁한다든가, 언젠가 고향에 돌아가면 어떻게 하라든가, 나중에 흙이라도 가져다 아버지 옆에 묻어달라든가, 일찍 가서 미안하다든가 아니면 자기 삶에 대한 원망이라도……. 하지만 덕춘은 끝내 한 마디도 하지 않은 채, 자식들이 이리저리 쓰러져 잠든 새벽에 혼자 떠났다. 벽에 기대앉아 깜빡 졸았던 진수가 덕춘의 코 밑에 손을 대보곤 단옥을 깨웠다.

 덕춘을 공동묘지에 묻고 돌아온 단옥은 껍데기만 남은 듯 허물어졌다. 엄마가 세상에 없다는 게 믿어지지 않았고, 엄마가 쓰러졌을 때부터 장례식을 치를 때까지의 시간이 도려낸 듯 생각나지 않았다. 단옥이 기운을 차린 건 해옥에게 조산기가 비쳐서였다. 절대 안정을 취하라는 의사 말에 정신이 번쩍 들었다. 엄마는 결혼하고 바로 애가 서지 않는 해옥을 걱정하다 1년 만에 임신 소식을 듣고는 세상을 얻은 듯 좋아했다. 아기가 잘못되면 엄마는 저승에서도 당신 탓을 할 것이다.

 출산 휴가를 앞당겨 쓴 해옥은 집에서 안정을 취했다. 단옥은 직장에 다녀와서 집안일과 아이들을 챙기고, 해옥까지 돌보느라 숨 돌릴 틈이 없었다. 다행히 진수는 장례를 마친 뒤에도 산으로 가지 않았다. 불안과 우울증이 온 단옥은 남편 품에 안겨서야 겨우 잠들곤 했다.

 단옥은 환갑도 살지 못한 채 세상을 떠난 엄마의 삶이 불쌍해서 미칠 것 같았다. 덕춘은 여덟 명의 자식을 낳았지만 둘은 이름을 얻기도 전에 죽었다. 두 명의 자식과는 20년 넘게 헤어져 지냈고, 또 한 자식은 몇 년째 소식이 끊겼다. 남편과도 함께 산 세월보다 떨어져 산 세월이 훨씬 길었다. 작년 말에 한국과 일본의 국교가 수교된 터라 더 원통하고 안타까웠다. 이제부터 한국과 일본 간의 우편 왕래가 가능해져 정만이 다래울로 편지를 보냈다고 했는데…….

곁에 있었던 세 명의 자식들도 늘 자기 삶이 먼저였다. 어떤 자식도 엄마의 몸속에서 암 덩어리가 자라고 있다는 걸 알지 못했다. 단옥은 시도 때도 없이 세상이 통째로 사라진 듯한 상실감에 사로잡혔다. 사람은 누구나 죽는다는 걸 알면서도 엄마는 나무나 바위처럼 언제나 그 자리에 있을 줄 알았다. 단옥은 나흘 내내 곁을 지켰는데도 엄마가 유언 한마디 남기지 않았다는 사실에 깊은 상처를 받았다. 시어머니는 엄마가 정을 떼려고 그런 거라고 했지만 조금도 위로가 되지 않았다.

"나를 믿지 못했던 걸까? 오빠가 있었대도 그랬을까? 혹시 여전히 집안의 안 좋은 일들이 모두 나 때문이라고 생각하셨던 걸까? 그래서 나한테 아무 말도 안 하신 걸까? 그런 생각을 하면 속상하고 화가 나서 미치겠어."

단옥은 출근길에 유키에한테 속내를 털어놓았다.

"그런데 나는 차라리 그게 나은 것 같다는 생각이 들어. 어머니가 돌아가시면서까지 자식들 소식 기다리고, 걱정하셨으면 더 가슴 아팠을 것 같아. 그리고 어쩌면 타마한테 더 이상 짐을 지우고 싶지 않아서 그러셨는지도 몰라.

타마는 그동안 너무나 훌륭하게 장녀 노릇을 했어. 내가 다 봤어. 그러니까 더는 자책하지 마, 언니."

유키에 말에 단옥의 허리가 푹 꺾였다. 단옥은 무릎을 짚은 채 애써 참고 있던 울음을 터뜨렸다. 아직도 마르지 않은 눈물샘에서 하염없이 눈물이 쏟아졌다. 유키에가 옆에 서서 가만히 단옥의 등을 어루만졌다.

유키에한테도 덕춘은 엄마나 다름없었다. 치요처럼 곰살궂은 성격이 아닌 덕춘은 덤덤하게, 때로는 퉁명스럽기까지 한 태도로 유키에네를 돌봐주었다. 유키에도 언젠가부터는 시집살이하는 단옥보다 더 자주 덕춘의 집을 드나들었다. 느닷없는 덕춘의 죽음을 맞으며 유키에는 자신이 얼마나 그에게 의지하고 있었는지 깨달았다. 그리고 일본의 엄마도 그렇게 갑작스레 떠나면 어쩌나, 임종은커녕 장례식조차 가보지 못하면 어쩌나, 가슴이 조였다.

2

엄마가 없어도 단옥은 밥을 먹고, 웃고, 떠들고, 아이들을 혼내고, 진수와도 좋았다 나빴다 하며 살아갔다. 해옥의 출산 예정일도 다가오고 있었다. 해옥은 다행히 위험한 고비를 넘기고 안정을 찾아 아기 맞을 준비를 했다. 가장 먼저 한 일은 엄마가 쓰던 방으로 옮겨간 것이었다.

"이 방에서 키우면 엄마가 와서 아기를 돌봐주고 보호해줄 것 같아."

해옥이 엄마가 돌아가신 집이 무서워 이사 나간다고 할까 봐 혼자 속앓이를 하던 단옥은 크게 기뻐했다. 마카로프로 이사 오던 날부터의 추억이 오롯이 담긴 집이 빈 채로 낡아가거나 낯선 사람들이 들어와 사는 걸 볼 자신이 없었다. 용재는 태어날 아기와 해옥을 위해 부엌의 이로리를 없애고 그 자리에 안전하며 취사도 편리한 난로를 설치했다. 단옥은 이로리를 둘러싼 가족의 추억도 함께 사라지는 것 같아 속상했지만 어쩔 수 없었다.

해옥이 낮엔 혼자 있어야 하는 게 불안했던 단옥은 마침 방학을 한 주애를 보내 용재가 퇴근할 때까지 있게 했다. 교사인 이모 옆에서 미리 예습을 할 수 있으니 일석이조였다. 단옥은 날마다 해옥에게 들렀고, 유키에도 단옥 못지않게 신경 썼다. 엄마가 혼자 계실 때 자주 들여다보지 못한 걸 후회하고 자책하던 단옥은 해옥을 돌보면서 조금이나마 마음의 짐을 덜었다.

해옥은 6월 초 병원에서 무사히 아기를 낳았다.

"딸이에요!"

사무실에서 용재 전화를 받은 단옥은 한달음에 미싱부로 달려가 유키에한테 그 사실을 알렸다. 조바심 내며 퇴근 시간을 기다리던 둘은 곧장 시립병원으로 달려갔다. 해옥과 용재가 세상에서 가장 위대한 일을 해낸 사람들처럼 자랑스러운 표정으로 단옥과 유키에를 맞이했다.

유키에는 아기 침상으로 먼저 갔고, 단옥은 해옥의 손부터 잡았다. 어린아이가 어느새 자라 엄마가 되다니. 맞잡은 손을 통해 마음이 오간 자매는 함께 눈물을 쏟았다.

"세상에, 요 이쁜 아기 좀 봐. 우미짱, 고생했어."

단옥은 그제야 유키에가 안고 온 아기를 보았다. 피부가 뽀얗고 눈이 커다랬다. 단옥은 손녀를 보지 못하고 세상을 떠난 엄마 생각에 또다시 눈물이 흘렀다. 좋은 일에 운다고 엄마를 타박했던 게 떠올라 가슴이 미어졌다. 좋은 일이 생기면 없는 사람들이 더 그리워진다는 걸 단옥은 뒤늦게 알았다.

"아기가 누나를 닮았어. 그렇지?"

용재의 말에 유키에가 부러 샐쭉한 표정을 지으며 해옥을 보았다.

"우미, 너 아기 가졌을 때 나 미워했지? 애가 나를 똑 닮았잖아."

유키에의 너스레 덕분에 병실 안엔 울음 대신 웃음소리가 퍼졌다.

"딸이면 유키에 언니 닮게 해달라고 얼마나 빌었게. 언니들 덕분에 무사히 아기를 낳았어요. 정말 고마워."

아기를 품에 안은 해옥이 단옥과 유키에한테 말했다.

"아기 이름은 뭘로 할 거야?"

유키에의 물음에 해옥이 단옥을 보았다.

"그래서 말인데, 우리 아기 이름도 언니가 지어줘."

해옥의 청에 단옥은 용재와 유키에를 쳐다보았다.

"내가? 그래도 돼?"

"그래. 언니는 유능한 작명가잖아."

유키에가 고개를 끄덕이자 단옥이 배시시 웃으며 말했다.

"실은 속으로 생각해놓은 이름이 있어. 한국 이름은 영애, 소련 이름은 류드밀라. 어때? 둘 다 사랑받는 아이라는 뜻이야."

해옥이 먼저 사랑을 듬뿍 받은 아이 같은 표정을 지었다. 용재와 유키에도 마음에 들어 했다.

"집에선 밀라라고 하면 되겠다."

용재가 밀라, 하고 부르자 아기는 생긋 웃었다. 해옥과 용재는 아기가 벌써 알아듣고 웃었다며 호들갑을 떨었고, 배냇짓임을 아는 단옥과 유키에는 마주 보며 미소 지었다. 해옥이 태어났던 때처럼 아기 냄새 섞인 행복이 방 안을 넘실거렸다.

기쁘고 즐겁고 행복한 일들은 이렇듯 늘 슬픔과 고통의 틈새를 비집고 모습을 드러냈다.

3

시간은 계속 흘렀다. 정만이 또다시 편지를 보내 덕춘의 죽음을 알렸는데도 다래울에선 답장이 없었다. 단옥은 사할린의 가족 중 다래울에 대해 아는 사람은 이제 자신뿐임을 깨달았다. 자식들이 어쩌다 고향을 궁금해하면 덕춘은 서랍 속에 간직했던 물건인 것처럼 지난 기억들을 꺼내서 들려주곤 했다. 단옥의 기억보다 훨씬 선명하고 생생했다.

두 돌도 안 돼 사할린에 온 영복, 사할린에서 태어난 해옥과 광복은 엄마가 지치지도 않고 하는 고향 이야기를 지겨워했다. 단옥마저도 귀찮을 때가 많았다. 그런데 막상 기억을 금고처럼 보관하고 있던 엄마가 사라지자 고향도 함께 사라진 느낌이었다. 다래울과 그곳 사람들에 대해 궁금한 게 생기면 이제 누구한테 묻지? 동생들이나 자식들이 고향에 관해 물으면 무슨 이야기를 해주지?

단옥은 나날이 더 희미해지는 기억들이 아예 사라질까 봐 겁내며 틈날 때마다 고향 이야기를 기록하기 시작했다. 가족, 집, 마을, 들판, 학교, 학교가 있던 면 소재지, 사할린으로 오던 길……. 단옥은 그 기억들을 한글로 한 자 한 자 옮겼다. 그에게 한글은 곧 고향이었다. 그리고 일기도 쓰기 시작했다. 고향에 관한 글이 동생과 자식들을 위한 것이라면, 일기는 언젠가 만날 고향의 가족을 위한 것이었다. 그들에게 자신들이 사할린에서 어떻게 살았는지 말해주고 싶었다.

4부

단옥, 타마코, 올가

1988년

1

단옥은 평소처럼 5시에 일어났다. 젊을 때는 그렇게 아침잠이 달더니 이젠 동도 트기 전에 눈이 떠졌다. 진수 역시 여느 때처럼 텃밭에 나가고 없었다. 어제는 시아버지의 10주기 기일이었다. 그보다 3년 먼저 세상을 떠난 시어머니까지 두 분 다 일흔 살을 훌쩍 넘겨 살았다.

단옥은 옆에서 함께 잔 알렉세이의 이불을 덮어주었다. 할머니와 자겠다고 한 아이는 여섯 명의 손주 중 알렉세이가 유일했다. 맏딸 주애의 막내둥이로 어려서부터 자주 보며 정이 든 덕분이었다. 방을 나온 단옥은 흐뭇한 얼굴로 아직 조용한 집 안을 둘러보았다. 방마다 자식과 손주들이 들어차 있었다.

7년 전 사할린을 강타한 태풍에 집이 완전히 무너졌다. 정부 보조를 받아 다시 집을 지을 때 단옥 부부는 둘만 사는데도 사 남매 방을 다 들였다. 더 늘어날 식구들을 생각하면 그것도 모자랄 것 같았다. 하지만 여기저기 흩어져 살고 있는 자손들이 모두 모이는 날은 단옥 부부의 생일이나 신년 휴가 정도였다. 그마저도 피치 못할 사정으로 빠지는 자식이 생겼다.

한인들의 명절인 설과 추석은 공휴일이 아니라서 온 가족이 모이기 힘들었다. 시갑 부부의 기제사도 마찬가지였다. 그래도 제사 때는 마을 사람들과 시내에 사는 주애 부부가 참석해서 썰렁하지는 않았다. 지난밤에도 당직인 주애 대신 사위가 삼 남매를 데리고 왔다. 주애는 시립병원 간호사, 사위는 고등학교 수학 교사였다.

올해는 단옥이 성화를 부려 큰아들 주호와 작은아들 주성도 가족과 함께 제사에 참석했다. 막내 주미는 끝내 오지 않았다. 블라디보스토크에 있는 대학에서 박사 과정을 밟고 있는 주미는 스물일곱 살 나이에 아직 미혼이었다. 이번에 오면 작정하고 결혼 이야기를 해볼 참이었는데 틀려버렸다.

올해 단옥은 친정엄마 덕춘이 세상을 떠났던 때와 같은 쉰일곱 살이 됐다. 누구한테도 말한 적은 없지만 그 나이가 되자 자신의 남은 삶은 얼마나 될지 문득문득 불안해지곤 했다. 주미까지 짝을 맺어주고 나면 언제 떠나더라도 마음이 조금은 가벼울 것 같았다.

씻고 나온 단옥은 늘 하던 대로 차부터 만들기 위해 부엌으로 들어갔다. 단옥은 찬장을 열어 오늘 마실 차를 골랐다. 시내 공동주택에서 이반과 살고 있는 유키에는 봄철이면 산과 들을 돌아다니며 온갖 잎을 따다 차로 만들었다. 덕분에 단옥의 집엔 갖가지 차가 끊이지 않았다.

단옥은 그중에서 라즈베리잎 차통을 집어 들었다. 치요 숙모가 자주 만들어줬던 차였다. 어릴 때 숙모가 차를 내주면 어른 대접을 받는 느낌이 들곤 했다. 정만이 세상을 떠난 뒤 치요는 작은아들 성재가 모신다는 걸 마다한 채 혼자 살고 있다.

단옥은 찻주전자에 찻잎을 넣고 진수가 미리 불을 때 놓은 사모바르에서 뜨거운 물을 따랐다. 땔감을 넣어 물을 끓이는 도구인 사모바르는 10년이 넘은 것이다. 전기 사모바르가 나온 지 오래였지만 단옥 부부는 바꿀 생각이 없었다. 특히 단옥은 진수가 아침마다 자신을 위해 찻물을 끓여놓는다는 게 좋았다.

단옥, 타마코, 올가

찻잎이 우러나면서 은은한 풀 향이 퍼졌다. 찻잔을 들고 거실로 나온 단옥은 팔걸이의자에 앉았다. 작은 원탁에 찻잔을 내려놓고 안경 주머니에서 돋보기를 꺼내 썼다. 차를 한잔 마시고 어제 날짜인 〈레닌의 길로〉를 펼쳐 들었다. 어제 오후에 왔는데 제사 준비를 하느라 읽지 못했다. 오늘 아침에는 남은 음식을 먹기로 해서 신문 볼 여유가 있었다.

 단옥은 오늘부터 시작되는 하계 올림픽 소식을 꼼꼼하게 읽었다. 소련은 미수교국인 한국에 오백 명에 가까운 선수단을 파견했다. 소련이 참가하면서 뉴스에도 올림픽 관련 소식이 자주 나왔다. 올림픽 개최는 선진국들이나 하는 것 아니던가. 35년간 일본의 지배를 받고 전쟁까지 치렀던 나라에서 올림픽을 하다니. 무엇보다 40년 넘게 금단의 땅이었던 고국에서 열리는 개막식과 경기를 텔레비전으로 볼 수 있다는 게 아직도 믿기지 않았다.

 단옥은 그동안 날마다 진수에게 신문을 읽어주고, 일기를 쓰며 고향과 한국 말과 글을 잊지 않으려고 애썼다. 하지만 세월과 함께 고향에 대한 그리움과 책임감은 희미해지고 모국어를 사용하는 의미 또한 가벼워졌다. 고향과 연결된 상처가 그렇게 아물었다고 여겼는데 조국의 올림픽 소식이 딱지가 앉았던 상처를 다시 헤집었다. 고향이,

조국이 거기 있음을 새롭게 깨닫자 동시에 온갖 감정이 휘몰아쳤다. 반가움, 그리움, 회한, 서운함, 죄책감, 자랑스러움…….

단옥이 시아버지 10주기를 핑계로 자식들을 불러들인 것도 개막식을 함께 보기 위해서였다. 손주들은 말할 것도 없고 자식들까지도 한국을 남의 나라로 여겼다. 자식들을 그렇게 키운 건 부모인 자신이었으니 아이들 탓을 할 건 아니었다. 예전에 단옥이 일본말을 모르는 엄마 덕분에 한국말을 잊지 않았던 것처럼, 단옥의 자식들도 소련말을 모르는 아버지와 조부모 덕분에 한국말을 잊지는 않았다. 하지만 손주들은 엄마, 아빠, 할머니, 할아버지, 밥 같은 단어들이나 겨우 알 뿐이었다.

단옥은 세태가 그러니 어쩔 수 없다고 생각하면서도 나이가 들수록 손주들이 한국 말과 글을 잊을까 봐 애면글면하던 시아버지 마음이 이해됐다.

2

올림픽 기사를 다 읽은 단옥은 가장 좋아하는 독자 문예란을 펼쳤다. 평소엔 그 면부터 봤다. 엄마가 돌아가신 뒤 고향을 잊지 않으려고 썼던 글들을 해옥에게 보여준 적이 있었다. 해옥이 단옥 몰래 투고한 글이 신문에 실렸다.

단옥은 활자로 바뀐 자신의 글을 읽으며 쓸 때 못지않은 위안과 기쁨을 느꼈다. 그 뒤로 직접 투고한 글이 실리기도 하고, 신문사로부터 청탁을 받기도 하자 마을에서는 단옥을 문사 대접했다.

자신의 글들이 실렸던 신문을 소중하게 간직하고 있는 단옥은 언젠가는 일기장에 기록해둔 글까지 해서 책으로 엮고 싶은 바람을 가지고 있었다. 정년퇴직을 하고부터는 그 꿈이 더 커졌지만 부끄러운 생각에 아무한테도 말하지 못했다. 늘 당당하고 거침없어 보여도 단옥의 마음 깊은 곳엔 국민학교도 제대로 졸업하지 못했다는 열등감이 숨어 있었다.

단옥은 2년 전 정년퇴직을 하고 연금 수급자가 됐다. 열여덟 살 때부터 한평생 다녔던 직장을 그만두면서 노동 베테랑 메달도 받았다. 뒷면에 '올가 송'이라는 이름이 새겨진 그 메달은 진수가 만든 액자에 담겨 벽난로 위에 걸려 있었다. 그 주위엔 자식과 손주 사진들이 가득했다.

20여 년 전 소련 국적을 신청할 때 담당자가 소련 이름으로 변경해야 빨리 허가가 난다고 했다. 손주들의 한국 이름을 정성껏 지었던 시아버지가 소련 이름은 단옥에게 알아서 하라고 했다. 단옥은 이미 동생들 이름을 지어본 경험이 있기에 소련 이름 짓는 것도 어렵지는 않았다.

주애는 안나, 주호는 니콜라이, 주성은 미하일, 주미는 베라가 됐다. 그리고 진수와 자신의 이름은 안드레이와 올가라고 지었다. 안드레이는 '용감한', '남자다운'이란 뜻을 가졌고 올가는 '신성한' 또는 '축복받은'이란 뜻이었다. 소련식 관례대로 남편 성을 따르고, 성보다 이름을 먼저 써서 주단옥은 올가 송이 됐다. 그동안 남들이 지어준 이름으로만 불렸던 단옥은 스스로 지어 가진 이름이 흡족했다.

시아버지는 돌아가실 때까지 자식과 손주들의 소련 이름을 한 번도 부르지 않았다. 다래울의 할아버지도 그랬었다. 단옥도 집에서는 자식들을 한국 이름으로 불렀다. 일본의 지배 아래 태어난 자신이 조선 사람임을 잊지 않을 수 있었던 건 집에서만이라도 조선 이름으로 불린 덕분인 것 같았다. 단옥은 자식들이 소련 사회에 잘 적응하기를 바란 것만큼이나 자신이 한국 사람임도 잊지 않기를 원했다.

단옥은 가끔 자기 이름의 변천사를 생각해보곤 했다. 주단옥에서 야케모토 타마코, 다시 주단옥, 그리고 올가 송……. 이름이 바뀔 때마다 한동안 헷갈렸다. 그리고 자신이 누구인지 혼란스러웠다. 다른 한인들도 마찬가지일 것이다. 돌이켜보면 바뀐 이름들만큼이나 굴곡진 인생이었다. 단옥은 그 길 끝에 다다른 현재의 삶에 만족했다.

단옥은 시내에 살고 있는 유키에, 해옥과 거의 날마다 전화 통화를 했다. 단옥보다 일찍 퇴직한 유키에는 근무 기간을 넘겨 일한 터라 연금을 받는 데는 문제없었다. 지금은 집에 재봉틀을 들여놓고 알음알음으로 옷을 만들거나 수선해서 돈을 벌었다.

"내가 관리 부서에 들어갔을 때 엄마가 재봉 기술을 배우는 게 낫다고 하셨는데 그 말이 맞았어."

손바느질도 제대로 하지 못하는 단옥이 푸념하듯 말했다. 기술자인 이반 역시 정년퇴직 나이를 넘긴 뒤에도 계속 일을 해서 연금과 월급을 받았다. 이반의 딸들과 디마는 모두 결혼해서 모스크바에서 살았다. 디마는 자기 바람대로 철도국에서 일했다. 유키에는 부업으로 버는 돈을 1년에 한 번씩 모스크바에 다녀오는 데에 쓰곤 했다.

해옥은 1남 1녀를 낳은 뒤 터울을 두고 임신했던 셋째를 유산했다. 그 뒤로 몸이 약해져 결국 학교를 그만뒀다. 단옥은 해옥이 열정을 가지고 좋아하던 일을 내놓는 게 못내 아쉬웠지만 동생의 건강보다 중요한 건 없었다. 해옥도 뜻대로 되지 않는 게 인생임을 받아들일 때여서 그나마 애를 덜 끓였다. 단옥이 이름을 지어준 해옥의 딸 류드밀라는 유즈노사할린스크에서 대학을 졸업한 뒤 취직했고, 아들 레프는 하바롭스크에서 대학을 다니는 중이다. 막냇동생 광복은 단옥네가 처음 살았던 우글레고르스크 지역의 광업소에서 일했다. 그 지역 여자와 결혼해서 아들 하나를 낳았다.

유키에를 포함한 단옥 자매들은 그냥도 만나고 날짜를 정해 주기적으로도 만났다. 서로의 집을 오가며 음식을 만들어 먹고 수다를 떨며 시간을 보냈다. 해옥과 아홉 살밖에 차이 나지 않는 주애도 막내이모와 친구처럼 지냈다. 단옥은 날마다 출근하던 바쁜 삶에서 벗어나 처음 가져보는 여유로움이 좋았다. 다달이 연금이 나오는 덕에 경제적으로도 안정감이 있었다. 진수에게 간간이 들어오는 목수 일, 텃밭에서 나오는 조촐한 수익은 집 지을 때 들어갔던 약간의 자부담 비용을 나눠 갚고, 부부가 검박하게 사는 데는 부족함이 없었다.

그리고 단옥은 시아버지가 세상을 떠난 뒤 마을에서 시갑이 하던 역할을 했다. 새해가 되면 음력 날짜와 절기를 알아내 마을 사람들에게 알려주고, 글을 모르는 사람들을 대신해 문서와 편지들을 읽어주거나 써주곤 했다. 사람들이 집에 찾아오면 진수는 자랑스러운 얼굴로 차를 내주었다.

진수는 단옥이 가장처럼 집안을 이끄는 것에 큰 불만

이 없었다. 아내는 무슨 일이든 자기 뜻대로 해야 직성이 풀리는 사람이었다. 젊을 때는 그런 성격이 힘들기도 했지만 이제는 하라는 대로 하면 되는 게 오히려 편했다. 단옥을 신뢰했기에 마누라 치마폭에 산다는 소리도 개의치 않았다. 단옥 또한 진수가 여느 남자들처럼 밖으로 나돌지 않고 자기 곁에서 집 안팎을 돌보는 걸 좋아했다.

단옥은 진수에게 신문을 읽어주고 텔레비전 뉴스를 통역해줄 때 즐겁고 행복했다. 그 덕에 진수는 비록 신문 머리기사조차 읽지 못하지만 세상 돌아가는 일에 아내만큼이나 해박한 사람이 됐다. 단옥과 진수는 그렇게 오순도순 살았고, 주위에선 금슬 좋은 부부라고 부러워했다.

3

진수가 속이 꽉 찬 양배추를 한 통 따 들고 왔다. 단옥은 이슬 젖은 싱싱한 양배추를 보자 손주들과 막내며느리 율리야를 위해 수프를 끓이고 싶어졌다. 미리 사다둔 빵과 함께 먹으면 좋을 것이다. 요리를 시작하자 감자 퓨레도 만들어야겠다는 생각이 들었다. 늘 손이 크다는 타박을 들으면서도 자식들이 오면 뭐든지 더 해주고 싶었다.

"주애 아버지, 감자 대여섯 개만 꺼내다 깎아주오."

단옥이 진수에게 말했다. 진수가 감자 껍질을 다 벗기

자 수프를 젓고 있던 단옥이 또 말했다.

"주애 아버지, 애들 좀 깨우시요."

자식과 손주들이 오면 보통 때는 늦잠을 자도록 놔뒀다. 날마다 동동거리며 살 자식들이 느긋하게 늦잠을 자는 것만 봐도 단옥은 자신이 쉬는 듯 좋았다. 하지만 오늘은 아니었다. 9시에 시작하는 올림픽 개막식을 다 같이 보려면 일찍 깨워야 했다.

진수가 아이들을 깨우러 가는 대신 단옥 손에서 주걱을 가져갔다. 단옥에게 하라는 뜻이었다. 소련말을 할 줄 모르는 진수는 자식들이 오면 가뜩이나 적은 말수가 더 줄어들었다. 그럴 때면 단옥은 진수가 소외감을 느낄까 봐 평소보다 말을 더 걸곤 했다. 다행히 손주들은 말이 통하지 않아도 마당에 그네를 만들어주고, 하구로 낚시를 데려가주는 할아버지를 잘 따랐다.

단옥은 지금도 진수의 산판 일을 그만두게 한 게 자기 인생에서 가장 잘한 일이라고 생각했다. 덕춘이 사망하던 해부터였다. 엄마의 갑작스러운 죽음에 충격받은 단옥은 사람은 누구나 죽는다는 걸 처음 안 느낌이었다. 그러자 조바심이 일었다.

"나는 당신이 덜 벌어도 좋으니까 아이들 곁에 함께 있어줬으면 해."

단옥은 진수에게 고작 2년도 안 되는 기간에 느꼈던 아버지 정이 삶에 얼마나 큰 힘이 되는지, 함께하지 못한 시간들이 얼마나 안타까운지 들려줬다.

"우리 애들이 겨울마다 아버지랑 강에 가서 스케이트 타고, 얼음낚시 하는 친구들을 얼마나 부러워하는 줄 알아? 돈이 있어도 추억이 없으면 그 마음은 춥고 가난한 거야. 아이들이 무섭게 빨리 큰다는 거 당신도 알잖아. 아버지가 집에 있을 때 아무리 잘해줘도 1년에 몇 달씩 떨어져 지냈던 시간은 영원히 빈 자리로 남을 거야. 나는 애들 가슴에 그런 휑한 자리 만들어주고 싶지 않아."

단옥은 자기 설움에 목이 메어 간곡히 말했다.

산판 일을 그만둔 진수는 목수 일 하는 마을 사람을 따라다니며 그 일을 배우기 시작했다. 손재주가 좋아서 뭐든 뚝딱뚝딱 잘 만들었다. 주애가 첫아이를 낳았을 때 아기 침대를 만들어줬고, 집을 새로 지었을 때는 부부 방의 침대와 접이식 식탁도 만들었다. 단옥은 진수가 만든 것들 중 식탁이 가장 마음에 들었다. 여느 땐 양쪽 가장자리를 접어 쓰다 오늘같이 식구가 많아지면 넓게 펼칠 수 있었다.

4

단옥은 큰아들 방문부터 노크했다. 주호는 유즈노사할린스크에 있는 석유 가스 회사 기술자였다. 식료품점 계산원인 큰며느리 명자는 아버지가 한국인, 엄마는 일본인이었다. 명자네는 엄마가 아버지를 따라 북한 국적을 취득한 게 문제가 돼 후기 귀환 때 일본에 가지 못했다.

결혼 당시 시갑은 집안에 일본 피가 섞인 장손 며느리가 들어오는 걸 탐탁지 않아 했다. 유키에 가족과 혈육처럼 지내는 단옥이 시아버지를 설득해서 결혼이 이뤄졌다. 금방 아이를 낳지 않아 시갑이 손주를 보지 못한 채 세상을 떠난 게 영 아쉬웠다.

노크 소리에 부모와 잔 작은손녀 마리야가 눈을 비비며 나왔다. 시아버지가 살아계셨으면 장손이 딸만 둘 낳고 만 것도 못마땅해했을 것이다.

"마샤, 다락방에 가서 언니들 깨우렴."

손주들은 한국 이름과 소련 이름을 모두 가진 제 부모와 달리 소련 이름뿐이었다. 자식들은 한국식 이름이 있어 봤자 공연히 헷갈릴 뿐이라며 짓지 않았다. 단옥은 탐탁지 않았지만 강요할 수는 없었다. 그런데 죄다 정식 이름과 부르는 애칭이 따로 있어서 헷갈리기는 마찬가지였다. 손주 한 명 부르려면 몇 명의 이름이 다 나왔다.

마리야는 신나서 콩콩콩 계단을 뛰어 올라갔다. 주미 방인 다락방에선 주애의 큰딸 엘레나와 주호의 큰딸 엘리자베타가 자고 있었다. 계단을 올라가는 마리야를 바라보던 단옥은 작은아들 방문을 두드렸다.

"일어났어요. 곧 나갈게요."

주성의 목소리가 들려왔다. 블라디보스토크에서 사는 작은아들 주성은 여객기 조종사였다. 승무원인 작은며느리 율리야는 금발에 파란 눈을 가진 소련 여자였다. 이번엔 단옥이 결혼을 반대했다. 시아버지가 돌아가시니 집안 꼴이 우습게 됐다고 사람들이 흉볼까 봐 신경 쓰였다.

"부모 말 안 듣고 산판까지 쫓아왔던 사람이 무슨. 자식 이기는 부모 어신디……."

진수가 비죽이 웃으며 말했다. 일본말과 소련말을 사용하고, 다양한 사투리를 쓰는 사람들과 어울리면서 말씨가 뒤죽박죽이 된 단옥과 달리 진수 말씨에는 제주도 사투리가 고스란히 남아 있었다. 옛날이야기는 왜 하냐며 성을 버럭 냈으면서도 단옥은 진수를 찾아 산판으로 가던 때의 젊음과 열정이 떠올라 아련해졌다. 율리야는 다행히 남편 가족과 잘 어울렸고, 두 살배기 샤샤는 온 집안의 귀여움을 독차지했다.

단옥은 마지막으로 사위 동식이 자고 있는 주애 방으

로 걸음을 옮겼다. 멀리 사는 아들들 대신 큰아들 노릇을 하는 사위였다. 사교댄스장에서 만났다는 말에 동식이 바람둥이인 줄 알고 결혼을 적극 반대했던 게 떠올라 웃음이 났다. 주애가 이십 대일 때 사할린 젊은이들 사이에 춤이 크게 유행했다. 주애와 동식이 대학을 다니던 유즈노사할린스크엔 저녁부터 문을 여는 사교댄스장이 여러 개 있다고 했다. 그때는 진수도 반대했다. 댄스홀에서 만났다는 남자를 사윗감으로 흔쾌히 허락할 부모가 있을까.

주애는 가출까지 감행한 끝에 결혼 승낙을 받아냈다. 그리고 보니 부모 마음에 쏙 드는 상대와 결혼한 자식은 하나도 없지만 다들 잘 살았다. 부모로서 그보다 큰 복이 없었다. 주미는 또 어떤 사람을 데려올지 모르겠으나 지금은 결혼만 한다고 해도 고마울 것 같았다.

단옥은 사위가 자는 방문을 두드렸다.

"예, 일어났어요."

사위의 대답에 단옥이 일렀다.

"빅타한테 내 방에 가서 동생도 깨우라고 해."

주애는 당직을 마치는 대로 올 것이다.

5

부엌에서 감자 익는 냄새가 났다. 단옥이 감자 퓌레를 만드는 동안 진수는 식탁을 차렸다. 그사이 아이들이 쿵쾅거리며 떠드는 소리가 집 안을 채웠다.

얼마 후 온 식구가 식탁에 둘러앉았다. 주애, 주미, 딸 둘만 빠진 식탁이었다. 손주들은 엘레나를 중심으로 자기들끼리 모여 앉았다. 가장 어린 샤샤까지 끼어 있었다. 자식이든 손주든 서로 사이좋은 모습을 보는 것처럼 흐뭇한 일은 없었다.

밥과 소고기미역국, 여러 나물들과 전, 고기산적, 김치, 빵과 양배추 수프, 감자 퓨레 등으로 상이 그득했다. 단옥의 고향에서는 제사상에 토란이나 무를 넣은 국을 올렸는데, 제주도에서는 옥돔 들어간 미역국을 올린다고 했다.

"옥돔 넣어 끓이면 국물이 걸죽허고 구수허주. 고깃국보담 맛이 훨썬 더 좋다게."

시어머니가 해준 말이었다. 사할린에서는 옥돔을 구할 수 없기에 단옥은 소고기미역국을 시부모 제사상에 놓았다. 미역국을 끓일 때마다 시어머니가 아쉬워하고, 시아버지가 그리워하던 옥돔미역국은 어떤 맛일지 궁금했다. 그 맛을 기억하지 못하는 진수에게 해주고 싶기도 했다.

"역시 밥과 국이 최고야."

큰아들이 국을 한 숟가락 떠먹으며 말했다. 작은아들도 맞장구치며 고사리를 한 젓가락 집어 갔다. 비록 소련말이 편한 아이들이었지만 입맛은 먹고 자란 대로 한국식인데 두 며느리 모두 한국 음식을 할 줄 몰랐다. 큰아들은 그래도 밥이 주식이지만, 작은아들은 쌀알 구경도 못 하는 것 같았다.

사할린에 사는 소련 사람들은 한인 덕분에 한국 음식에 많이 익숙했다. 처음엔 산나물이나 해산물로 음식을 만들어 먹는 한인들을 미개인 취급하던 소련 사람들이 이제는 직접 해 먹을 정도였다. 하지만 본토에서만 살았던 율리야는 결혼해서 처음 한국 음식을 먹는다고 했다.

주애네 아이들은 한국 음식과 친숙한 편인데 친손주들은 좋아하지 않았고 젓가락질도 서툴렀다. 엘레나가 밥 속의 콩을 젓가락으로 집어 올리자 동생들이 경탄하는 눈초리로 쳐다보았다. 막내며느리는 손주들보다 젓가락질을 더 못했다. 온 식구가 모이면 그게 화젯거리자 재밋거리가 되곤 했다.

손주들의 젓가락질 연습이 과열돼 식탁이 소란스러워졌다. 어른들이 타일러도 듣지 않던 아이들은 엘레나가 눈을 부릅뜨고 "쉿!" 하자 한순간에 조용해졌다.

"레나, 대단하다. 역시 우리 집안은 여자들 힘이 세."

주호가 고개를 저으며 웃었다.

"그래. 우리도 누나한테 꼼짝 못 했는데 레나가 그 전통을 잇는구나. 그 틈에서 사시는 매형, 존경합니다."

주성이 장난스레 동식에게 고개를 숙였다. 동식이 몸을 젖히며 뽐내는 자세를 하자 왁자그르르 웃음이 터졌다.

"여자들 덕에 우리 집안이 이만큼 사는 줄이나 알아!"

갑작스러운 주애 목소리에 모두 놀라 돌아다봤다. 언제 왔는지 주애가 한 손으로 허리를 짚고, 다른 쪽 집게손가락으로는 자동차 열쇠를 돌리며 서 있었다. 한바탕 인사가 펼쳐지는 가운데 단옥이 일어나 주애의 밥과 국을 푸고, 큰며느리는 자리와 수저를 챙겼다. 개수대에서 손을 씻은 주애가 의자에 앉았다.

"아이, 배고파. 아침 시간에 맞추려고 엄청 밟았네."

주애가 대구전을 집어 먹으며 말했다.

"저런, 그러다 사고 나려고."

단옥은 진수와 함께 작년 여름, 주애가 운전하는 차를 처음 탔다. 주애 차는 소련인인 동식의 매형이 끌던 것으로 붉은색 자포로제츠였다. 교사와 간호사 월급으로 승용차를 마련하기란 거의 불가능했다. 돈이 있어도 대기자가 많아 사기 어려운 건 같았다. 국영 기업 임원인 동식의 매형이 외국으로 발령 난 덕에 그 차를 운 좋게 얻을 수 있었다. 거저 준다는데도 사치라며 마다하는 동식을 제치고 차를 받은 주애가 운전까지 배웠다. 시골로 방문 진료를 나갈 때가 많은 주애는 차가 필요했다.

주애는 단옥 부부를 태우고 마카로프를 한 바퀴 돌았다. 단옥은 차를 탄 내내 가슴이 벌렁거려 진수 손을 움켜잡고 있었다. 딸네한테 귀한 차가 생긴 게 좋아서인지, 운전하는 주애가 신기하고 멋있어 보여선지, 아니면 운전 솜씨가 불안해서인지 알 수 없었다. 급정거로 앞좌석에 이마를 박은 뒤 단옥의 가슴속엔 불안함이 가장 크게 자리 잡았다. 그렇게 걱정 한 가지가 더 늘었다.

다시 식사가 이어졌다. 식탁에선 한국말과 소련말이, 한국 음식과 소련 음식이, 젓가락과 포크가 뒤섞였다.

6

개막식 시간이 다가왔다. 모두 텔레비전이 있는 거실로 자리를 옮겼다. 거실 의자에 샤샤를 안은 진수와 단옥이 앉았다. 몇몇은 부엌에서 식탁 의자를 가져왔고, 나머지는 바닥에 앉았다.

드디어 올림픽 개막식이 시작되자 모두 숨을 죽였다. 갑자기 조용해진 분위기가 마음에 들지 않았는지 샤샤가 소리를 질렀다. 율리야가 얼른 진수 품에서 아들을 데리고 거실을 나갔다. 단옥은 작은며느리가 텔레비전을 못 보는 게 안타까웠지만, 지금은 자신이 개막식을 보는 게 더 중요했다.

첫 장면은 한강에서부터 시작됐다. 개막식을 중계하는 소련 아나운서가 '한강의 기적'을 이야기했다. 합창으로 울려 퍼지는 한국 민요에 단옥은 가슴이 뭉클하고 눈시울이 뜨거워졌다. 손주들은 눈물을 찍어내는 할머니를 보며 자기들끼리 킥킥댔다. 화면에 차가 가득한 도로와 높은 건물들이 보였다.

"할머니, 서울에 가본 적 있어요?"

손주들 중 그나마 열중해서 보던 엘레나가 물었다.

"못 가봤지."

단옥이 한국에서 가본 도시라고는 사할린 올 때 기차를 탔던 대전과 배를 탄 부산이 전부였다. 고작 주변에만 머물렀지만 45년 전에 본 풍경들은 지금도 뇌리에 생생했다. 이상했다. 어제, 그제 일도 깜빡거릴 때가 많은데 45년 전 일은 어찌 그리 또렷하게 떠오르는지. 고향 기억이 하나도 없는 남편도 감회 어린 표정으로 텔레비전을 보고 있었다. 진수는 2년 전 일본에서 큰누나와 조카를 만난 뒤 한국을 생각하는 마음이 아주 달라졌다.

손주들은 어린아이들부터 흥미를 잃어갔지만 페레스트로이카 이후 한국에 관심이 높아진 자식들은 화면에서 시선을 떼지 않았다. 1985년 정권을 잡은 고르바초프는 페레스트로이카라는 개방 정책을 펼쳤다. 그 덕분에 사할린 한인들의 숨통도 조금씩 트이기 시작했다. 무국적 한인들도 주거증 효력 기간에는 사할린이라면 어디든 다닐 수 있게 됐다. 지난달 8월 21일에는 25년 만에 다시 해방절 기념 행사가 열렸다. 또한 일본에서만 가족과 친척을 만날 수 있었는데 앞으로는 모국 방문도 논의 중이라고 했다.

"이번엔 정말 한국 방문길이 열리지 않을까요? 장인어른은 벌써 한국 갈 날만 기다리고 계세요."

주호가 식구들을 둘러보며 말했다. 주호의 처가 식구들은 북한 국적을 포기하고 소련 국적을 얻었는데, 북한이 금방 취소를 해주지 않아 한동안 애를 먹었다.

"사범대학에도 한국어과가 개설됐다는 걸 보면 변화가 있는 건 확실해. 우리 어머니도 기대가 크셔."

동식도 맞장구를 쳤다. 동식의 부모도 단옥네처럼 징용과 초청으로 사할린에서 살게 된 경우였다.

"미국에서는 태평양전쟁 때 억류했던 일본계한테 2만 달러씩 보상금을 주기로 했다던데. 사할린으로 징용 온 사람들도 보상받아야 하는 거 아닌가?"

주성의 말에 화제가 그쪽으로 흘러 각자 알고 있는 것들을 이야기하기 시작했다. 귀환 문제도 숨죽여 말하던 때가 엊그제 같은데 보상 이야기가 나오는 걸 보면 세상이 달라진 건 분명했다.

희망적인 이야기가 나올수록 단옥은 마음이 복잡해졌다. 그토록 돌아가기를 원했던 엄마와 시부모님 생각을 하면 너무 늦은 것 같아 안타까우면서도 이제라도 변화가 있는 게 반가웠다. 하지만 함께 떠나온 영복조차 없는 지금 혼자만 기억하는 고국으로 돌아간다고 생각하면 모든 게 버겁게 느껴졌다. 그래도 기대가 부풀어 오르는 걸 막지는 못했다. 사할린 한인들에게 귀향은 숙명 같은 거였고 단옥도 다르지 않았다.

단옥은 희망을 키우지 않으려고 마음을 다잡았다. 해방 후 사할린에 버려진 채 기대와 실망을 오가며 입은 상처만으로도 가슴이 이미 다 해진 상태였다.

7

1945년, 종전 후 일본은 전기와 후기에 걸쳐 자국민과 그와 결혼한 한인 배우자, 자식들까지 귀환했다. 그러면서 자신들이 강제로 끌고 온 사람들은 외면했다. 한국 정부 또한 그 책임과 해결을 일본 정부에 미루기 급급했을 뿐 사할린 한인들을 위한 적극적인 노력을 하지 않았다.

1965년 한국과 일본이 수교한 뒤에도 별반 다르지 않았다. 양국은 사할린 한인들의 귀환지와 정착지, 이동과 체류 비용, 보상금 등을 놓고 계속 실랑이를 벌였다. 사할린 한인들을 귀찮은 짐처럼 서로 떠넘겼던 것이다. 그마저도 한·일 간의 시급한 현안들에 뒷전으로 밀려나기 일쑤였다. 게다가 소련과 국교가 없는 한국은 일본과 소련의 협상에 의존해야 했다.

1966년 소련의 무인 탐사선이 세계 최초로 달에 착륙했다. 정부에서는 그 사실을 대대적으로 선전했지만, 한인들은 달나라도 가는 세상에 자신들은 어째서 고향에 가지 못하는지, 더 큰 박탈감과 상실감을 느꼈다. 게다가 단옥은 엄마 무덤에라도 전해주고 싶어 이제나저제나 다래울 소식을 기다렸지만 끝내 오지 않았다. 서신 왕래만 가능해지면 바로 소식을 알게 될 줄 알았던 단옥은 진짜 버림받은 느낌이 들었다.

일본에서 벌어지고 있는 '화태귀환재일한국인회'의 귀환 운동에 영향을 받은 사할린 한인들도 귀환을 요구하기 시작했다. 소련은 그런 행동을 반소, 반공 행위로 간주하며 체포해서 가두고, 북으로 추방하기까지 했다. 그러다 소련이 전향적인 자세를 취하면 이번엔 북한이 끼어들어 딴지를 걸었다.

소련군이 비행기를 몰고 일본으로 망명한 사건이나, 한

국 국적기가 사할린 상공에서 소련 전투기에 격추당한 사건들도 일본과 소련 관계를 얼어붙게 만들었다. 이렇듯 한국, 일본, 소련, 북한이 정치적인 문제들을 앞세워 실랑이를 벌이는 사이 한인 1세대들은 늙고 병들고 죽어갔다. 기대와 좌절을 반복하며 술로 건강을 해치거나 목숨을 끊는 사람마저 생겨났다. 특히 가정도 꾸리지 않고 무국적자로 혼자 늙어가는 사람들의 고통과 슬픔은 이루 헤아릴 수 없었다.

사할린 한인 문제에 의미 있는 진전이 이루어진 건 고르바초프 정권 때부터였다. '화태귀환재일한국인회'의 노력이 결실을 맺어 사할린 한인들은 일본 땅에서나마 한국의 가족과 상봉할 수 있게 됐다. 하지만 먼저 한국에 있는 가족의 신청이 있어야 하고, 일본인 보증인을 세우고 추천장 공증까지 받아야 했다. 비자를 받는 것도 쉬운 일은 아니었다. 단옥 부부가 진수 큰누나의 신청으로 일본에 갈 때도 사할린 사는 두 누나는 서류를 준비하지 못해 함께하지 못했다.

진수와 단옥은 한국인회에서 마련해준 도쿄의 한 식당에서 큰누나와 조카를 만났다. 단옥은 돌아가신 시어머니를 만난 것 같아 걷잡을 수 없이 눈물이 쏟아졌다. 조부모와 남겨진 채 평생 부모 얼굴을 보지 못한 큰누나는 일흔 살을 넘긴 나이였다.

"하르방이랑 똑 닮았주게. 그 어린 것이 우째 하르방 되여나 완?"

큰시누이는 진수가 할아버지랑 닮았다며, 어렸던 아이가 어째서 노인이 돼서 왔냐며 동생을 붙잡고 울고 또 울었다. 진수 눈에서도 굵은 눈물이 흘러내렸고 다섯 살 어린 조카도 연신 눈물을 닦았다. 단옥은 소식조차 알 수 없는 다래울 가족 생각까지 더해 눈물이 그치지 않았다. 그리고 큰시누이처럼 조부모와 남겨졌던 영옥이 생각에 가슴이 미어졌다.

진수가 부모님이 간직해온 가족사진에 있던 형 둘과 누나의 안부를 물었다.

"다 죽곡 나 혼자만 이렇게 남았주게."

하도 울어 기진맥진한 큰시누이는 덤덤한 목소리로 말했다. 깊은 한숨을 내쉬는 진수 옆에서 단옥은 얼핏 든 생각을 황급하게 떨쳐버렸다. 지금까지 다래울에서 소식이 없던 것도 그래서는 아니었을까.

일본에 갈 수 있도록 보증을 서준 치요와 성재가 단옥 부부를 만나러 도쿄까지 왔다. 유키에와 용재는 그동안 두어 차례 가족 상봉으로 엄마와 동생을 만났지만 단옥은 처음이었다. 단옥은 백발이 된 치요 숙모를 부둥켜안고 목 놓아 울었다. 마치 엄마를 만난 것 같았다.

단옥 부부는 일본에서 돌아와 한참을 앓았다. 40여 년 만에 남의 땅에서 이뤄진 며칠간의 만남은 더 큰 안타까움과 상실감을 안겨줬다. 1세대 한인들의 바람은 이국땅에서 만든 가족과 함께 조국으로 돌아가는 거였다. 단옥에 비해 고향 생각이 엷었던 진수는 큰누나와 조카를 만나고 와선 크게 변했다. 흙으로라도 고향에 돌아가기를 원했던 부모의 바람을 이해하고 가슴 깊이 받아들였다.

8

사할린 한인 1세대들은 조국을 그리워하면서 원망했고, 미워하면서 절절히 사랑했다. 그들은 조국이, 가족과 헤어진 채 이방인으로 살았던 자신들의 고통받은 세월을 치유해줄 낙원이라고 믿었다. 그렇기에 한국은 반드시 돌아가야만 하는 곳이었다. 그 바람이 절실할수록 배신감과 고통도 커졌다. 부모의 고통을 보고 자란 2세대들은 끝없이 상처만 주는 조국을 잊지 못하는 부모들을 이해하지 못했다. 대신 지금 살고 있는 땅에 뿌리내리려고 애썼다.

서울 올림픽은 사할린 한인 1세대나 자식 세대는 물론 소련 사람들에게까지 큰 영향을 주었다. 소수민족의 설움과 소외감을 느끼며 고아처럼 살던 한인들은 발전한 조국의 모습에 놀라고 감격했다. 능력 있는 친부모를 찾은 듯 어깨가 펴지고 신바람이 났다. 너희 나라로 돌아가라며 한인들을 무시하던 소련 사람들의 시선도 달라졌다. 소련 경제가 심각한 침체를 겪고 있었기에 한국의 발전상은 더더욱 관심을 받았다.

일본 외무상이 전후 한인들을 사할린에 남겨둔 일에 대해 도의적 책임이 있음을 인정했다. 수없이 기대했다 좌절하기를 되풀이해온 한인 사회는 그 소식에 다시 희망으로 가득 찼다.

무너지는 둑

1992년

1

셋째 주 목요일이었다. 오늘은 유키에네 집에서 모이는 날이다.

단옥은 자전거 바구니에 잼 병이 든 가방을 넣었다. 휴무일이라 해옥과 함께 올 주애네 것도 챙겼다. 진수가 따온 검은 까치밥나무 열매로 만든 잼이었다. 새콤달콤하면서도 열매 특유의 풍미가 있어 빵에 발라 먹거나 치즈나 요구르트와 함께 먹어도 좋았다. 유키에가 차를 잘 만든다면 단옥은 잼 만드는 걸 좋아했다.

자전거를 타려던 단옥은 창고로 가서 전지가위를 꺼냈

다. 텃밭 가에 소담하게 피었던 작약은 다 지고 세 송이만 남았다. 단옥은 그 꽃을 잘라 바구니에 함께 챙기고는 집을 나섰다. 페달을 밟자 장미꽃 냄새를 닮은 작약 향기가 바람을 타고 코끝을 스쳤다. 자전거는 작년에 환갑 선물로 받은 것이었다.

2년 전 진수 환갑 때는 자식들이 국영 식당을 빌려 잔치를 열어줬다. 주애와 해옥이 나서서 시갑의 환갑연 때 찍은 사진을 보고 비슷하게 상을 준비했다. 사진사를 불러 남겼던 사진이 요긴하게 쓰였다. 떡과 사과, 배 같은 과일들을 소련 과자들과 함께 켜켜이 쌓아놓으니 제법 그럴듯했다.

단옥은 진수와 함께 음식과 꽃으로 장식한 상 앞에 앉아 자식들의 절을 받았다. 주미도 독일계인 남편과 함께 왔다. 단옥이 늦어지는 막내딸의 결혼을 걱정하던 때 주미는 이미 대학에서 만난 한스와 살고 있었다. 단옥 부부는 부모 허락도 받지 않고 동거부터 한 딸이 괘씸해서 한동안 안 보고 지냈다. 한스를 결코 받아들이지 않겠다는 다짐도 했다. 하지만 한스 가족에게도 자신들처럼 아픈 역사가 있다는 걸 알고는 마음을 열었다.

한스는 러시아 제국 시대에 러시아로 이주해온 독일인의 후손이었다. 독일인들은 예카테리나 대제의 이주 정책에 따라 러시아로 와서 자치 공동체를 이뤄 200년 가까이 살아왔다. 1941년 나치 독일이 침공해오자 독일계 주민들은 반역자라는 누명을 쓴 채 스탈린 정권에 의해 다른 지역으로 강제 이주당했다. 스탈린 사망 후 독일계 주민들의 명예는 복권됐지만 고향으로 돌아가는 건 금지됐다. 한스는 부모가 새로이 정착한 이르쿠츠크에서 태어났다.

그 이야기에 단옥은 고향에 돌아가지 못하는 자신들은 물론 중앙아시아로 쫓겨났던 고려인들을 떠올렸다. 세월이 흘러서인지 가슴에 강하게 박혀 있던 큰땅배기에 대한 부정적인 감정도 흐릿해졌다. 단옥이 경험했던 고려인 중엔 분명히 나쁜 사람들이 있었다. 하지만 그런 사람은 한인, 일본인, 소련인 중에도 있다. 사람 사는 곳은 어디든 마찬가지일 것이다. 단옥은 고려인들도 자신들처럼 낯설고 척박한 땅에서 살아내느라 힘들었을 거란 생각에 동병상련의 감정을 더 크게 느꼈다.

사람들이 돌아가며 마이크를 잡고 축하 인사를 하고, 손주들은 큰사위의 아코디언 연주에 노래를 불렀다. 오랜만에 누나들까지 만난 진수 얼굴에는 함박웃음이 떠나지 않았다. 단옥도 잔치를 열어 부모 체면을 살려준 자식들과 가족과 친지의 진심 어린 축하에 더할 나위 없이 뿌듯했다. 그런데 기쁜 만큼 마음 깊은 곳에선 눈물이 흘렀다.

친정 부모님께 이런 상을 차려드렸다면 얼마나 좋았을까. 환갑도 못 살고 돌아가신 친정어머니와 소식조차 알 길 없는 아버지가 사무치게 그리웠다. 이제는 여든 중반이 됐을 아버지를 살아생전에 만날 수나 있을까. 단옥보다 세 살 많은 성복, 두 살 어린 영옥도 어느덧 예순 줄에 접어든 노인들이었다. 엄마가 세상 떠난 나이를 생각하면 형제들도 살아 있으리라 확신할 수 없었다.

단옥은 자신의 환갑이 다가오자 가족에게 잔치를 하지 않겠다고 선언했다. 뭐 서운한 게 있느냐, 아버지가 잘못한 게 있느냐, 자식들이 번차례로 전화를 걸어왔다.

"친정 부모님 환갑상 한 번 못 차려드린 사람이 뭐 잘났다고 자식들한테 상을 받아."

단옥은 집으로 쫓아온 주애한테 심정을 밝혔다.

"그건 엄마 잘못이 아니잖아. 할머니는 일찍 돌아가셨고, 할아버지는 만나지 못하는데 어떻게 환갑을 챙겨?"

"대신 시부모님 환갑상은 잘 차려드렸잖아. 동네잔치 했던 거 나도 생각나."

"엄마 환갑잔치 못 해드리고 우리도 나중에 엄마처럼 후회하면 좋겠어?"

주애가 이런저런 말로 설득하다 나중엔 화까지 냈지만 단옥은 고집을 꺾지 않았다.

"내 마음은 정해졌으니 긴말할 것 없다. 정 서운하면 자전거나 한 대 사달라. 있다가 없으니 영 불편하네."

직장 다닐 때 타던 자전거는 완전히 고장이 났다. 자식들은 자전거를 사 주면서도 엄마 나이를 걱정했다. 단옥은 새 자전거를 타고 보란 듯이 사방팔방 돌아다녔다.

유키에와 해옥은 옷감을 구해 직접 만든 양장을 선물했다. 한인노인협회 마카로프 지부장이 된 단옥에게 꼭 필요한 옷이었다.

"역시 옷이 날개네. 언니, 그렇게 차려 입으니까 대학교수님 같아 보여."

옷 입은 모습을 보곤 해옥이 박수를 쳤다.

"내가 공부만 했어 봐라. 대학교수, 하고도 남았지."

단옥의 큰소리에 유키에가 그렇다고 맞장단을 쳤다.

2

마을 입구 나무 그늘에는 오늘도 노인들이 모여 장기를 두거나 담소를 나누고 있었다. 단옥의 아버지 연배 노인들 중에는 징용 와서 지금까지 독신으로 살아온 이들이 꽤 됐다. 고향의 아내를 생각하며 결혼하지 않은 사람도 있고, 결혼하고 싶어도 여자가 없어 못 한 사람도 드물지 않았다. 소련 여자랑 결혼했다가 돈만 뜯기고 헤어진 경우도 있었다. 늙어서 일도 더는 하지 못하고 몇몇씩 모여 사는 홀아비 노인들은 대부분 무국적자여서 연금도 받지 못했다. 그러다 세상을 떠나면 동네 사람들이 힘을 모아 장례식을 치러주었다. 사할린에 연고가 없는 독신 고령자들이 영주귀국 1순위 대상자들이었다.

단옥이 자전거를 멈추고 그들에게 인사하자 그중 한 노인이 말을 건넸다.

"유즈노에서 새 소식 좀 왔나?"

"정부고 단체고 다들 노력하고 있으니까 좋은 소식이 있겠지요. 그때까지 건강들 잘 챙기셔요."

"그려. 방구가 잦으면 설사를 하는 법이니까 이번에는 뭐든 성사가 되겠지."

"우리 위해서 애써줘서 고맙네. 어여 일 봐."

다시 자전거 페달을 밟는 단옥은 갑자기 바퀴가 무거워진 느낌이었다.

서울 올림픽 이후 한국과 소련 간의 교류는 놀랄 만큼 활발해졌다. 양국 대통령이 정상회담을 하고, 한국 방송국과 〈레닌의 길로〉 신문사가 공동 주최한 위문 공연이 유즈노사할린스크에서 열렸다. 공설 운동장 상공에 태극기가 펄럭였고, 고국에서 온 가수들은 한인들이 그동안 숨어서 듣던 한국 노래를 열창했다. 한국 정부에서 파견 나온 조사단이 한인들의 실태를 조사했으며, 사할린에서도 모국 방문단이 몇 차례 전세기를 타고 한국에 다녀왔다. 개인적으로 영주귀국 하는 경우도 있었다.

개인적인 영주귀국자는 한국에 그들을 두 팔 벌려 환영하는 가족이 있는 특별한 사례였다. 50년 가까이 단절된 채 살아온 한인들은 대부분 가족과의 소식이 끊긴 상태였다. 고국으로 돌아간다고 해도 아무런 기반이 없는 것이나 마찬가지였다. 사할린 한인들도 단체를 만들어 일본과 한국 정부에 영주귀국을 위한 보상과 대책을 요구하는 목소리를 내기 시작했다.

노인협회에 가입한 단옥은 편도 네 시간 넘게 기차를 타고 유즈노사할린스크와 마카로프를 오가며 적극적으로 활동했다. 노인회 회원 중 젊은 축에 속하고 한국어와 러시아어를 할 줄 아는 단옥은 마카로프 지부장이 됐다. 정년퇴직을 한 뒤 한편으론 쓰임새가 다 된 듯 허전하던 마음에 활기가 돌았다.

단옥은 누군가 대책을 세워주기만을 기다리고 앉아 있는 것보다 직접 나서서 일할 수 있다는 게 너무 좋았다. 특히 언제 세상을 뜰지 모를 독신 노인들에게 작은 보탬이라도 줄 수 있어 뿌듯했다. 그 일은 사할린 한인들만을 위한 게 아니었다. 남편과 아내, 아버지와 어머니 그리고 형제를 기다리는 한국의 가족들에게도 간절한 일이었다. 그들 또한 나이 들어가고 있었다. 공동묘지에 무덤이 늘어날 때마다 단옥은 다래울 가족들 생각에 마음이 급해졌다.

3

마을을 빠져나오면 바로 다리였다. 단옥의 마음은 강바람을 맞자 조금 가벼워졌다. 따가운 햇살도 그늘의 서늘함도 다 좋은 7월이었다. 강에서는 물놀이하는 아이들, 소풍 나온 가족들, 낚시하는 사람들이 제각각 여름을 즐기고 있었다. 단옥은 올해 처음 낚시를 하러 간 진수를 찾았지만 보이지 않았다. 강엔 최근 들어 외지에서 온 낚시꾼들이 부쩍 늘었다. 연어가 아니라 연어알이 목적인 사람들이었다.

작년 12월 26일, 소련이 해체됐다. 고르바초프 정권의 개혁이 실패하며 내부 갈등이 심해지고 경제난도 심각해졌다. 소련을 구성하고 있던 연방의 공화국들까지 독립을 요구하면서 극심한 혼란을 겪다 결국 붕괴하고 만 것이다. 소비에트연방 국가였던 열다섯 개 나라는 각각의 독립국가로 탄생했고, 사할린이 속한 본토 또한 러시아라는 독립국이 됐다.

사회주의 체제에서 엄격하게 통제되던 물가가 자유화되자 생필품을 비롯해 모든 가격이 다락같이 뛰었다. 월급이나 연금은 그대로인데 물가는 하늘 높은 줄 모르고 뛰니 살기가 더없이 팍팍해졌다. 러시아 사람들이 좋아하는 연어알만 해도 1킬로에 30~50루블 하던 게 2~3천 루블까지 뛰었다. 강변 풀숲에 사치품이 된 캐비어만 빼내고 버린 연어 사체들이 나뒹굴자 진수는 낚시를 가지 않았다. 연어철이면 강에 가서 살다시피 하다가 할 일이 없어져버렸다.

오늘, 혼자 놀러 나가려니 미안해진 단옥은 진수에게 낚시를 다녀오라고 했다.

"어망 들고 와서 설치는 놈들 꼴 보기 싫어 안 간다게. 자본주의가 강을 다 망쳤어."

진수는 아버지와 자식들, 그리고 마을 사람들과 소풍처럼 낚시를 즐기던 한적한 강 풍경을 그리워했다.

"자본주의도 우리 기억이나 입맛까진 못 망치지. 나는 당신이 만든 훈제 연어가 너무 먹고 싶으니까 가서 두어 마리만 잡아 오란 말이요."

단옥의 말에 진수는 못 이기는 척 점심까지 싸 들고 집을 나섰다.

소련 해체로 물가만 뛴 건 당연히 아니었다. 국영 기업

들이 민영화하는 과정에서 실업률이 증가했고, 큰며느리와 용재도 그때 일자리를 잃었다. 용재는 다행히 새 직장을 잡았으나 큰며느리는 지금까지 일이 없었다. 사람들 입에서 사회주의가 차라리 낫다는 말이 나올 만큼 경제가 나빠졌다.

올해부터 〈새고려신문〉으로 이름을 바꾼 한글 신문도 정부의 재정 지원이 끊겨 주간지로 변경됐다. 처음엔 날마다 신문을 볼 수 없다는 게 너무 헛헛해 일이 손에 잡히지 않을 정도였다. 단옥은 혼란스러운 국가 상황이 영주귀국 사업에 찬물을 끼얹지는 않을까 노심초사했다.

영주귀국 사업은 사할린에 살던 한인들이 고국으로 돌아가 정착할 수 있도록 한국과 일본 정부에서 주거와 의료, 생활 지원금 등을 지원하는 사업이었다. 한국과 일본 못지않게 러시아 정부의 역할도 컸다. 그런데 당장 자기 발등의 불을 끄기 바쁜 러시아 정부가 소수민족인 한인들 일에 관심이나 쏟을까. 지금까지 진행되던 일들을 원점으로 돌리면 어쩌나 애가 탔다. 그동안 정치 상황에 따라 숱하게 반복됐던 일들이었다. 이번에 또다시 그런 일이 생기면 한인 사회는 회복하기 어려운 상처를 입을 게 확실했다.

단옥의 근심은 시내로 들어서 유키에네 공동주택 앞에

다다를 때까지 이어졌다.

4

단옥의 자전거와 해옥을 태우고 온 주애의 차가 거의 동시에 도착했다. 잼 가방과 꽃을 든 단옥이 앞장서 계단을 오르자 뒤에서 해옥과 주애가 자전거를 들고 뒤따랐다. 좀도둑이 기승을 부려 밖에 둘 수 없었다.

"집까지 모셔다드린다고 그냥 버스 타고 오시라니까."

아래서 자전거를 받치느라 더 힘든 주애가 투덜거렸다.

"기름은 거저 나오나. 두 다리 멀쩡한데 뭐 하러."

단옥의 대꾸에 해옥이 "유키에 언니네가 이 층인 걸 다행으로 생각해" 했다. 유키에가 복도 끝 집 현관문을 열고 서서 기다렸다.

"제부는?"

단옥이 유키에한테 꽃을 건네며 물었다.

"우리 편하게 놀라고 외출했지. 아, 향기 좋다!"

유키에는 꽃에 얼굴을 가까이 가져다 댔다.

"와, 피로시키다! 큰이모 맞지?"

자전거를 복도 구석에 세운 주애가 코를 벌름거렸다.

"주애는 사냥개처럼 냄새를 잘 맡는다니까. 그래. 만두 좀 만들었어. 어서들 들어가 앉아."

피로시키는 러시아식 만두였다. 모두 집 안으로 들어가자 유키에는 작약부터 화병에 꽂아 창가에 놓았다. 단옥은 식탁 앞에 앉았다. 격자무늬 천이 깔린 식탁에는 찻주전자와 찻잔, 앞접시 그리고 나무젓가락이 나뭇잎 모양 도자기 받침 위에 얌전히 놓여 있었다. 유키에는 단옥에게도 일본에서 사온 젓가락 받침을 선물했다. 단옥은 손님이 왔을 때 사용한다면서 찬장에 모셔둔 채 제대로 써본 적이 없었다. 주애는 종종 그런 면을 유키에와 비교하며 엄마에 대한 불만으로 삼곤 했다.

해옥이 찻주전자에 전기 사모바르의 뜨거운 물을 받았다. 그 모습을 보던 주애가 옆에 앉은 단옥을 돌아다봤다.

"엄마, 집에도 그 골동품 좀 내다 버리고 전기 사모바르로 바꿔요. 예쁘고 편리한 게 얼마나 많은데……."

주애는 엄마가 아침마다 아버지가 사모바르의 물을 끓여주는 걸 얼마나 좋아하는지 몰랐다.

"멀쩡한데 왜 바꿔? 요즘 애들은 너무 새것만 좋아해서 탈이야."

단옥이 고개를 저었다.

"이반은 요즘 애들도 아닌데 왜 그렇게 새걸 좋아하나 몰라. 나도 뭐든지 오래 써온 게 좋더라."

유키에가 단옥 말에 동조했다. 기술자인 이반은 가전제

품이든 주방용품이든 새로운 물건이 나오면 써보지 않고는 못 배기는 성격이었다. 오늘 모인 네 집 중 컬러텔레비전도 가장 먼저 샀고, 냉장고가 있는 집도 유키에네가 유일했다. 부부가 다 연금을 받는데다 유키에는 지금까지 돈을 버니 경제적인 형편도 그중 나았다. 유키에의 재봉 솜씨가 소문나 해옥이 간간이 와서 도울 만큼 일감이 많았다. 아무리 경제가 어려워졌어도 돈을 쓰는 사람은 썼고, 버는 사람은 벌었다.

5

유키에가 오븐에서 꺼낸 피로시키를 내왔다. 갈색으로 구워진 피로시키는 보기만 해도 먹음직스러웠다.

"맛있겠다. 큰이모네 집에 오면 딴 세상 같다니까."

주애가 양손에 젓가락 한 짝씩을 들고 입맛을 다셨다. 자전거를 타고 온 단옥도 채소와 고기가 어우러져 풍기는 냄새에 군침이 돌았다.

해옥이 찻잔마다 진하게 우러난 차를 조금씩 따른 다음 찻주전자를 사모바르에 올려놓았다. 그러면 계속 따뜻하게 온도가 유지되었다. 다들 사할린의 추위를 녹여주는 뜨거운 차를 한여름에도 즐겼다.

"언니가 가져온 잼도 맛봐야지?"

유키에는 잼을 던 그릇과 호밀빵까지 내놓은 다음에야 제대로 자리에 앉았다.

"맛있으려나 모르겠네. 어서들 듭시다."

모두 피로시키를 호호 불어가며 정신없이 먹었다. 호밀빵도 단옥이 만든 잼을 발라 먹으니 한결 맛있었다. 식탁은 이야기꽃으로 더 풍성해졌다.

"오래간만에 로토나 하자."

머리를 비운 채 웃고 떠들기에 보드게임만큼 좋은 게 없었다. 단옥의 말에 유키에는 도구를 가지러 가고, 해옥과 주애는 식탁을 치웠다.

"오늘은 내가 진행할게요."

주애가 세 사람에게 숫자판을 하나씩 나눠주며 말했다. 진행자가 헝겊 주머니에서 꺼낸 나무 조각에 적힌 숫자를 불러주면, 다른 사람들은 숫자판에서 해당 숫자를 찾아 그 위에 작은 돌을 올려놓는다. 그 돌로 가로나 세로 또는 대각선 줄을 먼저 만드는 사람이 이기는 놀이였다. 게임을 하던 중 단옥이 갑자기 생각난 이야기를 꺼냈다.

"참, 이번 토요일 저녁에 우리 집에서 모이자. 주애 아버지 오늘 낚시 갔는데, 제부 연어구이 좋아하잖아."

단옥이 마지막 말을 유키에를 보며 하는 바람에 해옥이 발끈했다.

"언니, 왜 큰제부만 챙겨? 우리 밀라 아빠도 연어라면 환장하는데."

"연어는 레나 아빠도 좋아하거든. 엄마, 제부가 먼저야? 사위가 먼저야?"

주애도 끼어들었다.

"시끄럽다. 빨리 숫자나 불러라."

한 칸만 맞으면 이기는 단옥이 채근했다. 주애가 주머니에서 꺼낸 숫자를 불렀다.

"22."

"로토!"

유키에가 먼저 외쳤다.

"큰제부는 연어 구경 생각도 말라고 해라."

얼굴이 시뻘게진 단옥이 씩씩거리자 모두 웃음보가 터졌다. 단옥도 웃으며 숫자판 위의 돌들을 쓸어 모았다.

단옥은 이렇게 넷이 모여 별일 아닌 것 가지고 웃고 떠드는 게 좋았다. 소소한 것들에서 느끼는 행복과 평화가 눈물 날 만큼 소중했다. 이런 순간이면 때 없이 일상을 뒤흔드는 고향이라는 게, 조국이라는 게 차라리 없으면 좋겠다는 생각이 들었다.

6

이제 차 한 잔씩 더 마시고 모임을 정리할 때가 됐다.

"이모, 차이닉 좀."

주애 말에 해옥이 사모바르에 올려두었던 찻주전자를 가져왔다.

"참, 광복이한테 무슨 일 있는 거 아닌지 모르겠어."

잔마다 뜨거운 차를 채우던 해옥이 문득 생각났다는 듯 말했다. 모두의 시선이 쏠렸다.

"며칠 전 밤에 광복이가 술이 잔뜩 취해서 전화를 했어. 올케는 애 데리고 친정아버지 생신에 갔대서, 너는 왜 안 갔냐고 물었더니 횡설수설하더라고. 자라고 하고 끊었는데 계속 마음에 걸리네."

단옥의 가슴속에서 무언가가 바닥을 모르게 내려앉았다. 단옥도 광복이 술을 많이 마신다는 걸 알고 있었다. 진수 회갑연 때 광복은 술에 취해 '엄마, 아버지'를 부르며 꺼이꺼이 울었다. 함께 눈물짓던 단옥은 짜증 가득한 올케 표정에서 광복이 하루이틀 그러는 게 아님을 알아차렸다. 그 뒤로 광복이 술을 마시고 두어 번 전화했을 때 단옥은 알 수 없는 불안함에 깊은 이야기를 피했다.

"아무래도 술 중독 같애. 저러다 이혼당하는 거 아닌가 몰라."

해옥이 식탁 위 빵가루를 손가락으로 찍어 찻잔 받침에 털며 중얼거렸다. 유키에는 단옥의 잔에 차가 줄어든 걸 보고는 찻주전자를 기울였다.

단옥은 해옥과는 열두 살, 광복과는 열네 살 차이가 났다. 엄마가 돌아가신 뒤론 더욱 자식 같았다. 그중에서도 아버지가 다시 징용을 간 뒤 태어난 광복은 아픈 손가락 같은 아이였다. 똑같이 기억하지 못해도 해옥에겐 아버지 사랑을 듬뿍 받았던 걸 대신 기억해주는 사람들이 있었다. 하지만 광복은 엄마 뱃속에 있을 때부터 그리 환영받는 존재가 아니었다. 엄마는 임신한 걸 원망했고, 단옥 또한 아버지도 없는데 입 하나가 더 느는 것에 두려움을 느꼈다.

태어날 때는 아무것도 모르는 단옥이 아이를 받고 탯줄을 잘랐다. 엄마가 그날 산파를 부르지 않은 건 태어날 아이가 아무렇게나 돼도 상관없다고 생각해서는 아니었을까. 단옥은 얼핏 든 생각을 황급히 털어버렸다. 아냐, 그렇지 않아. 무사히 세상에 나온 광복일 보고 엄마랑 나랑 얼마나 감격했는데. 동생에게 한 번도 그 이야길 해주지 않은 게 후회스러웠다.

까맣게 잊고 있던 기억 하나가 뒤이어 떠올랐다. 마카로프로 이사 와서 유키에네와 한집에 살던 때 일이었다.

막 말을 배우기 시작한 광복이 정만을 아버지라고 부른 적이 있었다. 늘 어울려 놀던 용재와 성재가 그렇게 부르니 따라 했을 거다. 그런데 엄마가 별안간 동생의 볼기를 거푸 후려쳤다.

"누가 아버지여! 누가 아버지냐구? 어디 또다시 그렇게 불러봐!"

엄마가 눈을 부릅뜨고 으르대자 광복은 너무 놀라 울지도 못했다. 단옥이 얼른 동생을 안고 자리를 피했다.

"아버지가 아니라 삼촌이라고 부르는 겨."

단옥이 다독거리자 광복은 뒤늦게 서러운 울음을 터뜨렸다. 아이의 실수에 엄마가 왜 그렇게 화를 내며 모질게 굴었는지, 이제는 조금이나마 알 것 같았다. 결핍을 고스란히 드러내는 자식의 모습에 자존심 상하고, 남편이 곁에 없다는 설움과 원망이 폭발했던 것이리라.

광복은 형제처럼 지내던 성재가 일본으로 떠나고, 형 영복이 북한으로 가자 외로움을 많이 탔다. 엄마마저 일찍 돌아가신 뒤로는 집에도 잘 오지 않았다. 큰매형 진수는 어렵고, 작은매형 용재와는 배짱이 맞지 않는 듯했다. 단옥은 그동안 말로는 광복을 아픈 손가락이라고 하면서 결혼시킨 뒤에는 멀리 산다는 핑계로 신경 쓰지 못했다. 엄마가 살아 계셨다면, 아니 영복이라도 곁에 있었다면.

여름에도 녹지 않는 만년설처럼 광복의 가슴속에 응어리진 외로움이 있는 건 아닐까. 그 어찌할 수 없는 외로움이 광복에게 술을 마시게 하고, 아이처럼 꺼이꺼이 울게 하는 건지도 모른다. 단옥은 가슴 밑바닥부터 뜨거운 것이 치고 올라와 얼른 차를 한 모금 마셨다. 차의 뜨거움이 느껴지지 않을 만큼 강렬한 아픔이었다.

7

9월 하순, 한국 정부에서 대한적십자사와 합동 조사단을 사할린으로 파견했다. 마카로프에서도 영주귀국 희망자에 대한 실태 조사가 시작됐다. 단옥은 집을 숙소로 제공하고 통역을 도맡았다. 단옥은 그동안 진수하고나 한국어로 말했을 뿐 다른 가족들과는 러시아어를 사용했다. 처음 통역할 때는 버벅거렸지만 꾸준히 한글 신문을 읽고, 글을 써왔던 터라 실력이 빠르게 좋아졌다.

단옥은 한국에서 온 손님들에게 밥을 지어 먹이고, 그들과 한국말로 대화를 나누는 게 꿈만 같았다. 그리고 그들에게 조금이라도 더 이곳 한인들의 실상을 알리기 위해 애썼다. 하지만 개인적인 부탁은 하지 않았다. 친해진 조사단 정 선생이 한국에 가서 찾아보겠다며 가족들 인적 사항을 알려달라고 하는 것도 거절했다.

"단체 임원이 개인적인 욕심을 채우면 되겠소. 언제 돌아가실지 모르는 홀아비 노인들 사정이 더 딱하고 급하니 우선 그 양반들 문제부터 신경 써주시오."

대의를 앞세웠지만 거절한 진짜 이유는 마음 깊은 곳에 있는 두려움 때문이었다. 일본에서 큰시누이를 만나고 온 뒤 단옥은 예전의 엄마처럼 악몽을 꿨다. 폭격에 다래울 집이 불타고 가족들이 죽는 꿈이었다. 하지만 단옥은 마음속 두려움을 인정하지 않고 꿈은 무시하며, 다래울 가족도 자신들을 그리워하며 잘 살고 있을 거라고 믿으려 노력했다. 그 믿음이 산산조각 날까 봐 무서웠다.

단체 일을 열심히 한다고 해서 칭찬이나 덕담만 듣는 건 아니었다. 단옥의 적극적인 활동에 색안경을 쓰고 보는 사람들도 있었고, 뒤로 잇속을 챙긴다는 오해를 받기도 했다. 자식들은 엄마가 구설에 시달리면서까지 단체 일에 열성인 걸 달갑지 않아 했지만 진수는 단옥을 지지했다.

"남이 하는 말 신경 쓰지 맙서. 당신 떳떳한 거 아니 걱정헐 거 없어. 열심히 해야 우리도 차례 올 거다게."

한국에서 온 손님들이 집을 찾아오면 진수는 단옥 못지않게 나서서 있는 것 없는 것 아낌없이 대접했다. 사람들은 부부가 차린 밥상을 보곤 놀라워했다.

"사할린에 와서 이렇게 한국 음식을 먹게 될 줄은 몰랐어요."

그들은 사할린 한인들이 한국 전통을 지키려고 애쓰며 살아온 것에 감동했고, 사람들의 한 서린 이야기에 조사를 접어둔 채 함께 울곤 했다. 한인들은 무언가를 바라기에 앞서 그저 자기 이야기를 들어주는 것만으로도 그동안의 설움이 녹는 것 같았다.

한국 손님들이 머무는 동안 마을에는 설레는 분위기가 맴돌았다. 밥 한 끼 대접하고 싶어 하는 사람들이 줄을 섰고, 형편이 안 되는 사람들은 단옥네 집으로 먹을 걸 갖다 줬다. 자신을 위해서는 일생 아끼기만 하고 살아온 사람들이었다.

뿌리 1

1995년

1

단옥은 텃밭 옆 긴 의자에 앉아 갓 딴 애호박을 납작납작하게 썰었다. 잘 말린 호박고지는 겨우내 좋은 반찬거리였다. 진수는 배추 잎에서 벌레를 잡는 중이었다. 단옥네는 몇 해 전부터 밭농사를 그만두고 텃밭만 가꾸었다. 그 밭에서 난 채소로 반찬과 김치를 만들어 자식과 동생들에게 나눠 주는 게 단옥 부부의 큰 낙이었다.

우편배달부가 와서 단옥은 신문을 받으러 나갔다.

"오늘은 편지도 있네요."

편지를 확인한 단옥이 황급하게 진수를 불렀다.

"주애 아버지, 제주도에서 편지가 왔소! 큰조카가 보낸 거야!"

진수가 벌떡 일어나 쫓아왔다. 한국과 소련이 수교하고 우편 왕래가 가능해졌을 때 단옥은 큰시누이인 귀순에게 안부 편지를 보냈다. 일본에서 만났을 때 찍은 사진과 진수 환갑 때 찍은 가족사진을 같이 넣어 보냈다. 큰조카한테서 고맙다는 답장이 온 뒤 더는 소식을 주고받지 않았는데 편지가 온 것이다.

부부는 서둘러 집으로 들어갔다. 가위로 봉투를 자르는 단옥의 손이 가늘게 떨렸다. 거실 의자에 앉은 진수의 얼굴도 잔뜩 굳었다. 둘은 같은 생각을 하고 있었다. 편지를 꺼낸 단옥은 진수에게 읽어주기 전에 눈으로 먼저 내용을 훑었다. 갑자기 단옥이 헉하고 숨을 들이켰다. 큰누나가 돌아가신 게 분명하구나. 진수는 가슴속에서 뭔가가 툭 하고 끊어지는 걸 느끼며 눈을 감았다. 그런데 단옥이 진수의 팔을 잡고 흔들며 소리쳤다.

"여보, 주애 아버지. 큰조카가 우리를 한국에 초청한대. 큰누나 팔순 잔치에 초청한대요!"

진수는 얼떨떨한 표정으로 눈을 떴다. 단옥이 흥분한 목소리로 편지를 읽기 시작했다. 안부 인사 끝에 본론이 나왔다.

한국과 사할린에 정기 노선이 생긴 뒤로 어머니는 비행기만 지나가면 사할린 가는 비행긴가 하고 하염없이 보십니다. 제주도까지는 오지 않는다고 말씀드려도 소용이 없습니다. 한국 대통령하고 소련 대통령이 제주도에서 정상회담을 하고, 또 제주도가 사할린하고 자매결연을 맺었을 때 얼마나 좋아하셨는지 몰라요. 동생들 계신 곳하고 큰 인연이 있는 거라면서요. 뉴스에 사할린에서 온 모국 방문단이나 영주귀국자들이 나오면 동생들은 언제 오려나 한숨을 쉬십니다. 사할린에 지진이 났을 때는 며칠 동안 걱정하며 밥도 제대로 못 드셨습니다. 알아보니 삼촌 댁과 멀어서 마음을 놓고는 있습니다만, 혹시 무슨 피해를 입은 건 아니신지요.

단옥은 편지를 읽다 말고 진수를 보았다. 지난 5월 사할린 북부에 있는 네프테고르스크에서 큰 지진이 나서 도시 전체가 파괴되고 주민들 대다수가 사망하거나 다쳤다. 한국의 가족들이 그 소식을 알고 걱정했다니. 고국에서 자신들을 걱정해주는 사람들이 있다는 사실에 부부는 가슴이 뭉클했다.

오는 12월 23일은 어머니 팔순 생신입니다.
어머니 소원은 삼촌을 다시 만나시는 겁니다.
먼 길이지만 숙모님과 함께 어머니 팔순 잔치에
부디 와주십시오. 비행기표는 마련해 드리겠습니다.

단옥과 진수는 뜻밖의 초청이 믿기지 않아 한동안 멍하니 앉아 있었다. 지난 2월 유즈노사할린스크와 서울 김포 공항을 오가는 정기 노선이 취항했다. 가슴 뛰는 소식이었지만 단옥은 개인적으로 갈 생각은 꿈에도 하지 못했다. 우선 경비와 비자 문제가 만만치 않았고, 무엇보다 그 비행기를 먼저 타야 할 사람들은 영주귀국 할 날만을 눈 빠지게 기다리는 고령자들이라는 생각 때문이었다. 그런데 진수 고향에서 초청 편지가 왔다.

"얼릉, 간다고 편지 써사주. 조카가 얼만큼 답장 기다릴 거라."

진수가 재촉했다. 단옥이 편지를 쓰는 동안에도 거실을 서성거리며 이 말을 써라, 저 말을 써라 간섭했다. 다른 일 같으면 참견도 하지 않을뿐더러 한다고 해도 단옥이 듣지 않았을 것이다. 단옥은 얼마나 좋으면 남편이 저럴까 싶어 가슴이 찡했다. 그리고 혈육한테서 초청을 받은 진수가 부러웠다. 모국 방문단으로 한국에 다녀온 사람들

중에는 가족의 죽음을 알게 됐거나 또는 살아 있는 가족의 외면과 박대로 큰 상처를 받은 경우가 있었다. 50년은 무슨 일이든 일어나고도 남을 시간이었다.

제주도로 답장을 보낸 단옥은 돌린스크와 노보예에 살고 있는 두 시누이, 귀례와 귀분이 계속 마음에 걸렸다. 큰시누이는 여동생들이 얼마나 보고 싶을까. 일본에서 만났을 때도 귀순은 여동생들을 보지 못하는 걸 무척 서운해했다. 그 당시 귀례와 귀분도 진수네 집까지 찾아와 큰언니 만난 이야기를 듣고 또 들으며 눈물을 흘렸다. 그렇다고 조카한테 시누이들 비행기표까지 해달라고 할 수는 없는 노릇이었다. 며칠 동안 저금통장을 들여다보며 고심하던 단옥은 큰 결단을 내렸다. 그리고 마음이 변하기 전에 얼른 진수에게 말했다.

"주애 아버지, 한국 가는 비행깃값 우리가 냈다 치고 누나들도 모시고 갑시다. 큰형님 팔순 선물로 그보다 큰 게 어디 있겠소."

감히 생각하지도 못했던 말에 진수가 단옥을 와락 끌어안았다.

"아이고, 숨 막혀. 이거 놔요."

하지만 진수는 더 세게 안았다. 남편의 심장이 펄떡거리며 뛰는 게 단옥에게 그대로 느껴졌다. 단단한 가슴과

완강한 팔뚝을 가졌던 젊은 날의 진수가 잠시 돌아온 것 같았다. 하지만 부부는 이제 육십 대 중반의 노인들이었다. 눈 깜짝할 새 한세월이 갔구나. 울컥한 단옥은 그 감정을 감추기 위해 싱거운 소리를 했다.

"이렇게 자본주의적으로다 안기 있소? 평소엔 소 닭 보듯이 하더니만."

진수가 멋쩍게 웃으며 팔을 풀더니 말했다.

"기왕 갈 거 날짜 넉넉하게 잡아서 처가 식구도 한번 찾아봅서."

이번엔 단옥이 진수를 와락 껴안았다. 먼저 말을 꺼내준 게 고마웠다. 진수는 팔을 풀지 않고 단옥의 등을 도닥였다.

자식들은 그 소식에 잘됐다고 하면서도 노인들끼리만 가는 걸 걱정했다.

"걱정 마라. 다른 데도 아니고 말 통하는 조국인데 뭐가 걱정이야."

단옥은 자신 있게 큰소리쳤다.

2

"나도 언니 한국 갈 때 같이 가고 싶어. 그래도 될까?"

단옥은 유키에가 전화로 한 말에 어리둥절했다.

"어머니는 일본 계신데 한국엔 왜?"

"순희를 한번은 만나고 싶어. 혼자서 갈 엄두는 안 났었는데 언니가 간다니까 좋은 기회다 싶어서."

순희는 정만이 첫째 부인한테서 낳은 딸이었다. 올해 초, 사할린 한인들을 대상으로 송출하는 한국 라디오에 순희가 보낸 사연이 방송됐다. 유키에와 동갑인 순희는 아버지를 향한 절절한 그리움을 전하며 소식을 궁금해했다. 해옥이 그 방송을 듣고 흥분해서 전화했을 때는 단옥도 진수에게 막 이야기를 전해 들은 참이었다.

"언니, 언니. 우리 시아버지 이름 노정만이고, 유성이 고향인 거 맞지?"

"너도 방송 들었구나. 노정만이 또 있으면 몰라도 삼촌 맞다. 유키에 또래 딸이 있다고 했었어."

단옥은 어렸을 때 '정만의 딸은 평생 아버지를 못 보겠구나' 하고 생각했던 것도 기억났다. 단옥에게 방송 이야기를 들은 유키에는 순희한테 정만의 소식을 알려주고 싶어 했다.

"용재하고 이야기해보자. 소식을 알리더라도 용재가 해야 하지 않겠나."

유키에는 따지고 보면 아무 사이도 아닐 수 있지만 용재와 순희는 피가 섞인 남매였다. 단옥과 유키에는 용재네 집으로 갔다. 해옥에게 들어 내용을 알고 있던 용재는 유키에 생각에 반대했다.

"아버지가 살아 계신 것도 아니고, 가까이 사는 것도 아닌데 이제 와서 알고 지낼 필요가 뭐가 있어? 어머니가 알면 싫어할 수도 있고."

용재는 한국의 배다른 형제와 엮이는 게 내키지 않는 눈치였다. 단옥은 용재가 성실하고 책임감 강한 건 높이 샀지만 제 식구밖에 모르고 융통성이 없는 면은 늘 좀 아쉬웠다.

"그래도 딸 입장에서는 아버지가 얼마나 보고 싶고 궁금하겠어? 일본에 있는 묘소라도 와볼 수 있잖아."

위패를 모셨던 절이 전쟁 때 불타 생부의 흔적조차 찾을 수 없는 유키에가 말했다. 용재는 냉소적인 표정으로 대꾸했다.

"보상금 받으려고 그러는 건지도 모르지. 여태 가만히 있다 왜 갑자기 찾는다고 그러겠어?"

용재는 한인 사회가 영주귀국과 보상 이야기로 휘몰아치는 모습을 삐딱한 시선으로 보았다. 단옥도 해옥에게 들어 그 사실을 알고 있었다.

그리움이 절절하고 기다림이 길어지다 보니 부작용과 잡음이 생겼다. 작년부터 독신 고령 노인들이 한국의 양로원으로 영주귀국을 하기 시작했다. 마을에서도 나이순으로 세 사람이 영주귀국을 했다. 눈물로 노인들을 환송하며 마을 사람들은 자신의 차례를 기다렸다. 그런데 주호 장인이 가족의 만류를 무릅쓰고 강제로 이혼한 뒤 한국으로 갔다.

주호의 장인뿐 아니라 사할린 전역에서 그런 일들이 벌어졌다. 언제 죽을지 모르는 나이인데 독신자만 고향에 갈 수 있으니 극단적인 방법을 택하는 것이다. 살날이 많지 않은 노인들은 하루가 급한데 정책만 무성할 뿐 실현은 더디기만 했다. 노인협회에서는 이미 지난해 5월에 구체적인 요구 사항을 정리해 일본 외무성에 보냈다. 그중 핵심적인 내용은 다음과 같았다.

- 1945년 8월 15일까지 출생한 사람들을 1세대,
  그 이후 출생자부터는 2세대로 지정해 보상할 것
- 1세대들에게는 사망할 때까지 생활비와 치료비를
  지급할 것
- 사할린의 소유 재산을 한국으로 가져갈 수 있게 하고,
  연금 생활자의 연금도 한국으로 보낼 수 있게 할 것
- 사할린에 남는 것을 희망하는 한인들에게는 1인당
  1천만 엔씩 보상할 것

미국과 캐나다는 태평양전쟁 때 수용소에 억류했던 일본계 사람들에게 1인당 2만 달러, 2만 1천 캐나다 달러를 보상금으로 지불했다. 그들이 3년 정도 억류됐던 것에 비하면 사할린 한인들은 자그마치 50년이었다. 보상금 이야기가 오가니 아직 돈 한 푼 받은 사람이 없는데도 이런저런 잡음들이 일었고, 용재처럼 부정적인 시선으로 보는 사람들이 생겼다.

"설마 보상금 때문에 그렇게 절절한 편지를 보냈으려고. 처음엔 아버님 이야긴지 몰랐는데도 울면서 들었다니까. 나는 그것보다 아버지가 딴 사람이랑 결혼해서 아이 낳고 살면서 자기를 찾지 않은 걸 알면 서운할 것 같아."

해옥이 유키에와 용재 눈치를 보며 조심스레 말했다. 더구나 정만이 사할린 한인들의 귀환 운동까지 했다는 걸 알면 더 큰 배신감을 느낄 것이다.

"아버지가 순희를 찾지 않은 건 미안해서일 수도 있어. 딸 대신에 핏줄도 아닌 남의 자식은 키운 거잖아. 아버지가 처음에 나한테 관심 가진 것도 고향에 있는 딸 생각이 나서였다고 그랬거든."

유키에 말에 단옥도 어른들한테 비슷한 이야기를 들은 기억이 났다. 단옥은 문득 아버지도 재혼했을지 모른다는 생각이 들었다. 유키에 말처럼 미안해서 정만이 보낸 편지에 차마 답장하지 못했을 수도 있다. 생각만으로도 어딘가에 가슴을 세게 치받은 것 같았다. 정만뿐 아니라 재혼한 사람들을 무수하게 봤으면서도 아버지가 새 가정을 꾸렸을 거라는 생각은 한 번도 해본 적이 없었다. 돌아가셨을지 모른다는 생각은 했으면서도 말이다. 자신들이 그랬던 것처럼 아버지도 사할린의 가족만을 그리워하며 살았을 거라고 믿었다. 만석에 대한 단옥의 마음은 아버지와 헤어지던 열세 살에서 멈춰 있었다.

3

다음 날 유키에한테서 전화가 왔다.

"아무리 생각해도 순희한테 사실대로 말해주는 게 맞는 거 같아. 순희는 자기 아버지에 대해서 알 권리가 있는 사람이잖아. 다 알고 나서 미워하든 그리워하든 선택은 순희 몫이겠지. 주제넘은 짓일지 모르겠지만 나라도 알려줘야겠어."

단옥도 동의했다. 순희는 정만 삼촌의 딸이니 용재가 뭐라든 자신에게도 참견할 자격이 있었다. 유키에는 사흘 뒤 단옥을 찾아와 편지 쓴 걸 내밀며 한글로 옮겨달라고 했다. 자신이 정만의 의붓딸임을 밝히는 것으로 시작하는 편지였다. 정만이 사할린에서 일본인인 자기 엄마와 재혼해 아들 둘을 낳았다는 것, 1958년 일본으로 귀환해서 살다가 1981년 세상을 떠나 일본에 묘소가 있다는 것을 알렸다. 순희가 먼저 찾아줘서 고맙다고도 썼다.

제가 아버지한테 받은 사랑은 순희 님 대신 받은
것이라고 생각합니다. 그래도 미안합니다.

유키에가 쓴 편지 위로 단옥의 눈물이 툭, 떨어졌다. 유키에의 편지를 한글로 번역한 뒤 단옥은 추신에다 자신을 소개했다.

한 달쯤 뒤 답장이 왔다는 말에 단옥은 자전거를 타고 유키에네 집으로 달려갔다. 그사이 해옥도 와 있었다. 순희는 편지에 아버지가 재혼했을 거라고 생각했다며 새로운 가족이 생겨서 기쁘다고 했다. 기회가 닿으면 동생들은 물론 유키에와 일본 어머니도 꼭 만나고 싶다고 했다. 그때는 큰조카 편지를 받기 전이라 단옥네도 한국에 갈 계획이 전혀 없던 때였다.

단옥네와 유키에까지 한국에 가기로 하자 단옥은 순희에게 그 사실을 알리는 편지를 썼다. 지난번 편지에 순희가 자기 집 전화번호를 적었기에 단옥도 예의상 사할린 집 전화번호를 알려주었다. 그래도 순희가 편지 대신 비싼 국제전화를 걸어올 줄은 몰랐다.

"언니, 저 순희예요! 편지 오가는 시간 기다리자니 속이 터져서 전화했어요."

화통하고 서글서글한 목소리에 단옥의 마음도 단숨에 열렸다. 그 뒤로도 순희는 전화를 몇 번 더 걸어왔다. 단옥이 미안해서 다음엔 자기가 걸겠다고 하자 순희는 한국에서 거는 게 훨씬 싸다고 했다. 진짠지 아닌지 모르겠지만 그 덕에 한결 빠르고 수월하게 이야기가 오갔다.

한국 방문 기간은 한 달로 잡았다. 단옥은 진수와 의논해 제주도에서 보름을 보내고, 나머지 보름은 다래울 가족을 찾아보기로 했다. 여전히 두려웠지만 한국까지 가서 알아보지 않는다면 죽을 때까지 후회할 것 같았다. 단옥은 그제야 조사단 정 선생한테 도움을 청하는 편지를 보냈다. 그 사실을 안 순희도 도와주겠다고 했다.

유키에는 거의 잊어버린 한국말을 다시 연습하기 시작했다. 단옥네가 제주에서 머무는 동안 순희네 집에서 지내기로 했기 때문이다. 단옥네는 김포 공항에서 비행기를 환승해 곧바로 제주도로 가고, 유키에 혼자 마중 나온 순희와 만나기로 했다. 호텔에서 지내려던 유키에의 계획에 순희가 펄쩍 뛰어 그의 집으로 바뀌었다.

"혹시 집에 잡아두고 괴롭히려는 거 아닌가 몰라."

"목소리 봐서는 너 하나 잡아먹는 거 일도 아니겠더라."

유키에와 단옥은 농담을 하면서도 한국에 오면 자기가 다 알아서 해주겠다는 순희가 있어 안심이 됐다.

"순희도 일본말을 조금은 기억한다고 하지만 나는 한국말로 하고 싶어."

다시 한국어 열풍이 불고 있는 사할린은 유키에가 한국말을 연습하기에 딱 좋은 분위기였다. 사범대학에 이어 교육대학에도 한국어학과가 개설됐고, 한국어를 가르치는 사설 기관들도 생겼다. 단절된 경력에 무료해하던 해옥도 새로운 희망에 불타오르는 중이었다.

"앞으로는 한국에서 사업이나 여행차 오는 사람들도 많아질 거래. 열심히 연습해서 나도 큰언니처럼 통역하고 싶어."

해옥도 노인협회에서 정한 한인 1세대 나이에 속했지만 영주귀국에 대한 생각은 부모 세대와 달랐다. 사할린에서 태어난 해옥은 영주귀국보다는 이곳에서 살며 보상받기를 바랐다. 단옥 역시 1세대들을 위한 활동을 열심히 하면서도 자신의 행로에 대해선 마음이 갈팡질팡했다. 자식과 동생들의 삶은 러시아에 더 깊게 뿌리내리고 있었고, 자신 또한 마찬가지였다.

그렇더라도 단옥은 자신들의 진정한 뿌리는 한국에 있

다고 생각했다. 외손녀 엘레나가 분위기에 편승했을지언정 한국어에 관심을 가지는 게 너무나 반가웠다. 하지만 해방 후 처음 조선학교가 생겨나던 때처럼 갑작스레 닥친 상황에 한국어를 가르칠 교사도 교재도 부족했다. 1963년 조선학교에 이어 1964년 조선사범전문학교까지 폐교되면서 한국어 교육이나 행사가 금지돼왔던 탓이다. 신문에서도 올해부터 학생 면을 만들어 한글 교육을 시작했지만 역부족이었다. 한인들은 이번에도 북한에서 온 교재로 공부해야 했다.

단옥은 한국에 가면 교재로 삼을 만한 책자들을 구해와 지역 주민들에게 한글을 가르칠 생각을 했다. 오래전 문턱에서 좌절됐던 교사의 꿈을 그렇게나마 실현할 생각에 벌써 설렜다.

단옥 부부의 제주행에 마을 사람들이 편지나 주소를 가져와 소식을 부탁했다. 예전과 달리 왕래가 시작된 만큼 안부 묻는 것을 넘어 만남을 기대하는 내용들이었다.

4

12월 20일, 유즈노사할린스크 공항에서 이륙한 비행기는 세 시간이 채 안 돼 김포 공항에 도착했다. 사할린 상공에서 본 풍경은 온통 하얬는데 서울은 눈이 보이지 않았다.

12월 하순에 눈이 없다니. 단옥은 그것도 신기했지만 더 믿어지지 않는 게 있었다.

"열흘 넘게 걸렸던 길을 세 시간도 안 걸려서 왔구나."

단옥은 기차와 배를 번갈아 타며 일본을 거쳐 사할린으로 가던 길이 지금도 눈에 선했다. 유키에가 허탈해하는 단옥에게 웃으며 말했다.

"세 시간도 안 걸린 게 아니라 50년이나 걸린 거 아니야?"

유키에는 때때로 정곡을 찌르는 말을 했다.

"그러네. 50년 걸린 게 맞다."

50년이나 걸려서 조국에 돌아왔지만 단옥은 감회에 젖을 여유가 없었다. 환승 통로 앞에서 유키에와 헤어진 뒤로 단옥 일행은 알아서 제주행 비행기를 타야 했다. 시누이들은 어린아이처럼 한눈팔다 뒤떨어지기 일쑤였고, 진수 또한 마음이 붕 떠선 자기 자신조차 챙기지 못했다. 단옥은 자식들이나 유키에한테 큰소리쳤던 게 무색하게 정신없고 주눅 들었다.

김포 공항은 사할린과는 비교도 안 되게 크고 혼잡했다. 계속해서 들리는 한국어 방송은 외국어처럼 귀에 설었다. 공항 가득한 사람들도 사할린에서 만났던 한국 사람들과는 달라 보여 말 걸기가 어려웠다. 사람들은 귀덮

개가 달린 러시아식 털모자를 쓴 할아버지와 털목도리, 털코트 차림으로 땀 흘리는 할머니들을 힐끗거리며 지나쳤다. 단옥네가 50여 년 만에 처음으로 고국을 방문했다는 걸 아무도 알지 못했다.

어깨에 담이 올 정도로 긴장했던 단옥은 제주행 비행기를 타고서야 겨우 안도의 숨을 내쉬었다. 제주 공항에는 조카가 마중을 나오기로 했으니 한시름 놓였다. 속도 모르고 진수와 시누이들은 단옥이 길도 비행기도 척척 찾는 게 대단하다고 했다.

서울에서 제주도까지는 한 시간 거리였다. 단옥은 비행기가 다래울 위를 지나갈 거라는 생각에 감정이 북받쳤다. 순희가 미리 정 선생과 소통하며 단옥의 가족을 찾아보겠다고 했으니, 기쁜 마음으로 돌아오는 비행기를 탈 수 있기를 바랄 뿐이었다.

제주 공항에서 큰시누이 귀순이 아들과 함께 기다리고 있었다. 단옥은 그들을 보는 순간 긴장이 풀림과 동시에 반가움의 눈물이 솟구쳤다. 9년 만에 보는 귀순은 등이 더 굽고 주름도 많아졌다. 단옥이 미처 인사할 새도 없이 시누이들이 "성!" 하며 큰언니에게 달려갔다. 세 자매는 남들이 쳐다보건 말건 얼싸안고 소리 내 울다, 서로를 보며 웃다 했다.

귀순은 처음엔 작은여동생과 막내여동생을 바꿔 알았다. 북한에 갔다 팔을 잃고 돌아온 남편 때문에 오래 고생한 귀분이 언니인 귀례보다 늙어 보인 때문이었다. 끝내 정신이 돌아오지 못했던 귀분의 남편은 시갑 부부보다 먼저 세상을 떠났다.

단옥도 눈물을 훔치며 시누이들을 지켜보았다. 눈자위가 벌건 진수는 고향에 왔음을 실감하는 얼굴이었다. 어머니와 이모들의 상봉에 기회를 놓쳤던 큰조카가 진수 부부에게 인사를 했다. 일본에서 봤을 때는 검었던 머리가 어느새 허옜다. 귀순이 정신을 수습하며 말했다.

"참, 인사들 허라. 큰아들이주."

귀례와 귀분은 그제야 조카와 인사를 나눴다. 서귀포 시내에서 횟집을 한다는 큰조카가 공항 앞으로 차를 가지고 오겠다며 자리를 떴다.

"안에서 기다리주. 비 온허난 날씨가 썰렁허여."

귀순의 말에 작은시누이 귀례가 담비 목도리를 풀며 말했다.

"초여름 같은디 무사 춥다게?"

귀례 입에서 자연스레 제주 말씨가 나왔다. 막내시누이 귀분도 마찬가지였다.

"그라. 난 덥수다."

한국에 간다고 자식들이 장만해준 모피 코트를 입은 귀분이 손부채질을 했다. 10월부터 눈이 내리는 사할린 사람들에게 제주 날씨는 늦봄 같았다.

"인자 거기 사람덜 다 됐주게."

귀순이 서글픈 웃음을 지었다. 하지만 단옥의 눈에는 제주 말씨를 잊지 않은 귀례와 귀분이, 몸은 사할린 날씨에 익숙해졌는지 몰라도 마음의 뿌리는 고향에 둔 채 살아온 것 같았다.

단옥은 진수 가족의 상봉을 지켜보는 동안에도 자신과 다래울 가족들의 만남을 상상했다. 나도 다래울 가족을 만나면 시누이들처럼 50년의 세월을 썩둑 잘라낼 수 있을까? 내 뿌리가 여기 있다는 걸 실감할 수 있을까? 단옥은 자신의 뿌리가 사할린에 너무 단단히 내려 있어 다래울 가족들을 서운하게 만들까 봐 우려가 됐다.

5

귀순의 집은 사방이 감귤나무 과수원인 동네에 있었다. 주황빛 귤이 주렁주렁 달린 과수원들에선 수확이 한창이었다. 사할린에서는 특별한 날에나 맛볼 수 있는 귀한 귤이 지천인 광경에 다들 눈이 휘둥그레졌다.

"옛날이는 우덜도 감귤 농사 짓주만, 이젠 안 허주."

귀순은 큰아들이 손자와 함께 횟집을 시작하면서 귤 농사를 그만두었다고 했다. 돌담으로 둘러싸인 집에선 귀순의 자손들이 저녁상을 차려놓고 있었다. 갖가지 음식이 한 상 가득했다. 귀순은 오 남매 자식들이 다 오지 못한 걸 미안해했다.

"별말 다 협서. 바쁜디 이렇게 와준 것만 해도 고맙주."

진수가 사람들을 둘러보며 말했다. 사할린에선 모든 걸 아내에게 미루던 진수가 나서서 인사를 챙기는 모습에 단옥은 내심 놀랐다.

"음식 하느라 고생했습니다."

단옥도 서둘러 인사를 했다.

"자, 시장들 할 텐데 언능 먹주. 하르방 할망 산소엔 내일 가주."

진수와 누이들이 태어난 고향은 귀순의 집에서 멀지 않은 곳에 있었다. 귀순은 평생 고향 언저리를 떠나지 않은 채 살아왔다. 단옥에겐 그 모습이 꼭 동생들을 기다려온 삶처럼 보였다. 왁자지껄하게 인사를 나누고 저녁 식사가 시작됐다. 귀순은 동생들에게 음식을 권하느라 바빴다.

"거서도 고랭 밥 먹어 살안?"

귀순의 질문에 단옥 옆에 있던 작은조카딸이 사할린에서도 고향 음식 먹고 살았냐고 묻는 거라고 알려줬다. 귀례와 귀분이 앞다퉈 사할린에서 해 먹었던 제주 음식들을 나열했다. 단옥도 시어머니 생전에 무채나물을 넣고 만든 빙떡과 성게미역국, 고기국수 등을 자주 먹었다. 시어머니가 돌아가신 뒤에도 단옥은 종종 제주 음식을 만들어 밥상에 올리곤 했다. 그런데도 진수는 고향 음식이 처음인 것처럼 땀을 흘려가며 정신없이 먹었다.

"누가 보면 내가 굶긴 줄 알겠소."

민망해진 단옥이 옆구리를 슬쩍 찔렀지만 진수는 먹는 데 정신이 팔려 알아차리지 못했다. 단옥은 대화를 나눌 겸 늘 궁금했던 옥돔 넣은 미역국 이야기를 했다.

"걱정허지 마라. 낼 끓여주크라. 실허게 묵고 가라."

귀순이 시원시원하게 대답했다.

저녁 식사 후 사할린에서 가져온 선물 보따리가 펼쳐졌다. 단옥 부부는 물론 귀례와 귀분도 넉넉지 않은 형편에 선물을 준비해 왔다. 보드카와 각종 차, 인형이 겹겹이 들어 있는 마트료시카, 러시아산 초콜릿과 사탕, 호박으로 만든 장신구……. 가방 무게를 꽉 채워 가져온 이국적인 물건들에 모두들 즐거워했다. 귀순이 조부모님 산소에 가져가자며 보드카 한 병을 빼놓았다. 처음 보는 어머니의 형제들과 떠들썩한 시간을 보낸 귀순의 자손들은 사흘 뒤 잔치에서 다시 만나기로 하고 각자의 집으로 돌아갔다.

집엔 세 자매와 단옥 부부만 남았다. 부부가 방 하나를 차지하고 세 자매는 한방을 쓰기로 했다. 방이 더 있었지만 자매들은 한시도 떨어지고 싶어 하지 않았다. 헤어질 한 달 뒤를 벌써 안타까워했다. 그 모습을 보자 단옥은 사할린에서보다 더 다래울 가족이 그리워졌다.

단옥은 남매들끼리 회포를 풀도록 혼자 방에 와서 누웠다. 사할린에서 온 손님들을 위해 연탄아궁이 구멍을 활짝 열어둔 방바닥이 절절 끓었다. 그토록 그리워했던 온돌방인데 막상 누우니 너무 뜨거워 자꾸 뒤척이게 됐다. 지난밤 잠을 설치고, 오는 내내 마음을 졸인 탓에 엄청나게 피곤한데도 잠이 오지 않았다. 오늘 유즈노사할린스크를 출발했는데 밤에 제주 큰시누이 집에 누워 있다는 게 아직도 꿈같기만 했다. 유키에 말처럼 50년의 세월이 얹혀 있기 때문인 것 같았다. 유키에는 한국에서의 첫밤을 어떻게 보내고 있을까.

단옥은 귀순의 집에 도착하자마자 순희에게 전화해서 잘 도착했다고 알렸다. 전화하기 전에 요금이 얼마나 될지 몰라 허락을 구했을 때 큰시누이는 오히려 섭섭한 표정을 지었다.

"물을 것도 없다. 여그 있난 거 다 내 거다 하멍 쓰라게."

 단옥에게 귀순은 남편의 혈육이지만, 유키에와 순희는 엄밀히 따지면 아무 사이도 아니었다. 오히려 껄끄러운 관계일 수도 있는 순희네 집에서 지내는 게 유키에 성격에 불편하지는 않을까, 서로 의사소통은 잘 될까. 단옥의 걱정과 달리 유키에는 도리어 순희랑 다래울 가족을 찾아볼 테니 맘 편히 지내라고 했다.

 귀순의 방에서 웃음소리가 들려왔다. 진수 목소리도 섞여 있었다. 얼마나 목소리가 크고 말이 많아졌는지 단옥은 남편이 낯설어 보일 지경이었다. 마치 큰 아이들에게 주눅 들어 있다 형들이 나타나자 의기양양해진 어린아이 같았다. 단옥은 그 모습이 우습고 흐뭇하면서도 한편으로 밀려드는 쓸쓸함과 소외감을 어쩌지 못했다.

뿌리 2

1996년

1

서울행 비행기가 이륙했다. 그사이 해가 바뀌어선지 제주에서 보낸 시간이 보름보다 훨씬 길게 느껴졌다. 하지만 아무리 길어도 헤어져 살았던 50년을 다 펼쳐놓기에는 턱없이 부족한 시간일 것이다.

제주도가 시야에서 사라지고 바다만 보이게 됐을 때야 단옥은 창에서 눈을 떼었다. 옆자리의 십 대 여자애는 앉자마자 귀에 이어폰을 꽂은 채 눈을 감았다. 사춘기에 들어선 주호의 딸들이 생각났다. 한국에 오기 전날 단옥은 주호네 집에서 잤다. 손녀들이 전과 달리 인사만 하고는 제각각 방에 틀어박히자 아들은 고개를 절레절레 저어 보였다. 통로 건너편에는 옆자리 아이의 부모와 동생이 나란히 앉아 있었다. 단옥은 가까이 앉았으니 예의상 여자애한테 말을 붙여보려다가 손녀들을 떠올리며 그만뒀다. 한국 아이나 러시아 아이나 한창 어른들과 거리를 두고 싶어 할 때였다.

옆자리 말고도 비행기에는 가족 승객들이 많았다. 단옥의 마음속에서 자식과 손주들 생각이 뭉클뭉클 피어올랐다. 정초에 아는 사람 하나 없이 비행기에 앉아 있는 게 더없이 쓸쓸했지만 단옥은 자신의 결정을 후회하지 않았다.

사흘 전, 전화기를 건네받은 단옥이 "여보세요?" 하자마자 순희가 가족을 찾았다고 외쳤다. 순간 단옥은 머릿속이 아뜩했다. 한 해의 마지막 날이었다.

"누, 누구를 찾았나? 오라버니야? 영옥이야?"

단옥은 정신을 차리고 물었다.

"둘은 아니고 다른 남동생하고 연락이 닿았어. 아버님이 재혼해서 낳은 자식이래요. 이름은 경복이고, 1954년생이야."

순희 역시 흥분한 목소리로 설명했다. 단옥의 남자 형제들과 같은 '복' 자 돌림이고 주호와 또래였다. 한국 오기 전 예방주사 맞듯이 그 존재를 여러 번 상상했지만 오빠나 영옥보다 먼저 소식이 닿을 줄 몰랐다. 단옥은 순희에게 고맙다고 할 정신도 없이 유키에를 바꿔달라고 했다.

"오빠하고 영옥이 소식이 아니라 서운하지?"

유키에가 마음을 들여다본 것처럼 물었다. 익숙한 목소리에 단옥은 겨우 안정을 찾았다.

"누구든 찾았으니 됐다. 그 애가 소식 다 알고 있겠지. 아버지는……?"

단옥이 물었다. 대답을 기다리는 몇 초가 한없이 길게 느껴졌다.

"오지상은…… 돌아가셨대. 9년 전에……."

단옥 부부가 일본에서 큰시누이를 만났던 해였다. 그 또한 수없이 생각했던 일인데 한순간에 세상이 사라진 듯 허전해졌다. 단옥은 겨우 힘을 끌어모아 말했다.

"팔순 잔치는 하고 돌아가셨으니, 그것도 됐다."

뷔페에서 치른 귀순의 잔치 때 진수는 누나를 업고 덩실덩실 춤을 췄다. 단옥은 그 모습을 보면서 머릿속으로는 아버지의 팔순 잔치를 그려보았다. 부디 귀순의 잔치처럼 흥겨웠기를, 이곳의 자손들이 사할린과 북한에 있는 자손들 몫까지 아버지를 업어줬기를 바랐다. 아들이 하나 더 있었다니 그만큼 덜 외로우셨겠지. 단옥은 애써 위안을 삼았다.

단옥은 진수와 시누이들에게 동생을 찾았다고 알렸다. 귀순은 잘됐다, 빨리 비행기표를 예매해야겠다, 하면서도 아쉬움을 감추지 못했다. 진수와 헤어질 시간이 닥쳐온 것이다. 단옥은 여행사에 근무하는 손녀에게 전화하려는 귀순에게 미리부터 해뒀던 생각을 말했다.

"형님, 제 표만 예매하라고 해주시오. 주애 아방은 형님들하고 지내다가 사할린 갈 때쯤 해서 오오."

아버지가 돌아가셨으니 진수까지 일찍 갈 건 없었다. 단옥이 먼저 다른 형제들도 다 만나본 다음, 사할린에 갈 때쯤 와서 아버지 묘소에 술 한 잔 붓고 형제들 얼굴이나 한 번씩 보면 될 것이다. 단옥의 말에 귀순이 손을 꼭 잡고 몇 번이나 고맙다고 했다.

신정 연휴 기간이라 4일 아침에나 비행기표가 있었다. 단옥은 동생을 찾았다는데도 조급하기는커녕 큰시누이 집에서 며칠 더 있게 된 게 오히려 좋았다. 서울 도착 날짜와 시간을 알려주기 위해 전화했을 때 순희가 물었다.

"동생 전화번호를 줄 테니 미리 통화 해볼래요?"

단옥은 순간 경복에게 전화해서 다른 형제들 소식을 묻고 싶은 유혹을 느꼈다. 하지만 뭔지 모를 불안함이 단옥을 가로막았다.

"괜찮다. 아무리 동생이라도 생면부지에 전화로 무슨

말을 할 수 있겠나."

그날 밤 진수가 단옥의 얼굴을 살피며 물었다.

"혼자 갈수과?"

혼자 가도 괜찮겠냐는 물음에 단옥은 부러 쾌활한 목소리로 대답했다.

"나도 내 피붙이들하고 오붓하게 있을 시간이 필요하단 말이오. 이런저런 볼일도 있고. 이제 가면 언제 또 올지 모르니 당신은 고향에서 하루라도 더 있다 오시오. 사할린서 부탁받은 사람들도 더 찾아봐야 할 거 아니오."

단옥은 어떨지 모를 친정 형편을 진수에게 낱낱이 보여주고 싶지 않았다. 하지만 그보다 진수가 고향에서 조금이라도 오래 있기를 바라는 마음이 더 컸다. 단옥은 진수가 이곳에서 진심으로 행복해하는 게 느껴졌다. 단옥이 지금까지 봐온 남편은 사할린의 겨울 풍경처럼 무채색인 사람이었다. 하지만 고향에 와선 겨울에도 주황빛 감귤과 빨간 동백꽃, 푸르른 보리밭과 노란 유채밭이 펼쳐진 제주처럼 다채로운 빛깔을 지닌 사람으로 바뀌었다. 혈육의 아낌없는 환대가 사람을 그렇게 만들어주었다.

2

제주에 도착한 다음 날 단옥은 남편, 시누이들과 함께 그들의 고향을 찾아갔다. 귀순네 집에서 차로 이십여 분 거리였다. 마을 입구에 걸린, 진수 남매의 고향 방문을 환영하는 현수막이 날아갈 듯 펄럭거렸다. 사할린에서 온 사람들의 눈시울이 젖어 들었다. 평생 처음 받아보는 환대였다. 큰시누이가 세찬 바람을 걱정했다.

"큰성이 사할린 눈보라를 안 겪어봐서 그런 말을 한다. 거기 비하면 제주 바람은 봄바람이주."

귀분이 코웃음 치며 한 말에 귀례와 단옥도 격하게 맞장구쳤다. 막내시누이도 예전의 명랑함을 되찾고 있었다.

온 동네 사람들이 마을회관에 모여 진수 일행에게 음식을 대접했다. 귀순은 동생들에게 이 사람, 저 사람 촌수를 알려주며 인사시키기에 바빴다. 성만 같아도, 고향만 같아도 의형제를 맺을 만큼 외롭게 살아야 했던 진수 남매는 진짜 혈육들과의 만남에 감격을 주체하지 못했다. 고향을 희미하게나마 기억하는 귀례는 더더욱 감정이 북받쳤다. 생판 남인 정만네 가족과 일가처럼 의지하며 살아온 단옥도 그 심정을 함께 느꼈다.

조부모 산소에 갈 때도 동네 사람들이 동행해주었다. 노인들은 앞다퉈 시갑과의 추억을 이야기했고, 어려서 떠난 진수 남매에 대해서도 어제 본 것처럼 일화들을 펼쳐놓았다. 진수가 부모님 무덤에서 가져온 흙을 할아버지,

할머니 묘소 주위에 뿌리며 흐느낄 때는 모두 눈물을 글썽거렸다.

'아버님, 어머님, 고향에 오셔서 좋지요? 큰따님 만나셔서 얼마나 반가우세요.'

단옥은 와 있을지 모를 시부모에게 속으로 말을 건넸다.

단옥은 가족사진에 있던 진수의 형 둘과 누나의 죽음에 대해서도 알게 됐다. 결혼해서 고향과 근처에서 살던 셋은 1948년 한날한시에 사망했다. 진수의 형제들뿐 아니라 수만 명의 제주 사람들이 입에 담지 못할 만큼 참혹한 죽음을 당했다. 단옥은 일본에서 만났을 때 귀순이 혼자만 살아남았노라고 덤덤하게 말했던 게 떠올랐다. 그때는 이렇게 아픈 속내가 담긴 말인 줄 몰랐다.

"제주 사름치곡 집에 피해자 하나도 없는 집 없을 거우다. 니덜 셋이 고향 떠나 살아진 거 차라리 다행이다. 그랑 살아졌주."

귀순이 조부모 무덤을 둘러싼 돌담을 어루만지며 말했다. 진수와 두 누나가 고향을 떠난 덕에 살았다는 말이었다. 평생 일을 쉰 적 없는 큰시누이의 손등이 돌처럼 거칠어 보였다.

사할린에서 1948년은 대한민국 정부가 수립됐다고 좋아했던 해였다. 조선학교를 다니던 단옥은 개학 날 조회 시간에 대한민국 만세 삼창과 애국가를 불렀던 기억이 뚜렷했다. 어른들은 이제 나라가 세워졌으니 조국이 곧 귀국선을 보낼 거라며 희망에 부풀었다. 그런데 같은 해에 한국에서 그토록 가슴 아픈 일이 있었고, 남편 가족도 그 피해자였다니.

"이 이야기헐 수 있는 거도 몇 년 안 돼주. 전에는 빨갱이라 잡힐까 봐 무서워서 입도 뻥긋 못 했주."

단옥은 자신들만 머나먼 이국땅에서 조국한테 버림받은 채 고생한 줄 알았다. 하지만 한국 땅의 시누이 또한 가슴이 생채기로 누더기가 되는 시간을 견디며 살아왔다. 남편마저 일찍 잃은 귀순은 온갖 고생 속에서도 자식들을 키우고 가르쳤다. 번듯하게 자란 자식들은 어머니의 형제들에게도 극진했다. 덕분에 단옥은 남편, 시누이들과 날마다 맛난 것을 먹고 좋은 데를 구경하며 꿈같은 시간을 보냈다. 귀순의 이웃 사람들도 사할린에서 온 동생들에게 주라며 귤, 전복, 갈치 같은 것들을 가져왔다. 제주 사람들의 환대는 한국에서 온 손님들에게 무엇이든 대접하고 싶어 하던 단옥네 마을 사람들과 다르지 않았다.

깊은 한이 얼굴 주름으로 남은 듯한 귀순은 겨울바람을 이기고 활짝 핀 동백꽃 같았다. 큰시누이를 살아생전에 다시 만날 수 있을까, 단옥은 가슴이 먹먹해졌다.

3

입국장 앞엔 유키에와 순희가 기다리고 있었다. 단옥은 몇 년 만에 만나는 것처럼 유키에가 반가웠고, 그동안 계속 연락을 주고받은 순희는 이미 여러 번 만난 사이처럼 친숙했다. 땅딸막한 순희는 단옥이 상상했던 것처럼 여장부다운 풍모를 지니고 있었다. 선물로 가져온 러시아 모자 쿠반카가 잘 어울릴 것 같았다.

"오느라고 고생했네. 가방 줘요."

순희는 친근한 말투로 인사를 대신하며 단옥에게서 캐리어를 가져갔다. 세 사람은 주차장으로 걸어갔다. 제주 날씨보다 쌀랑한 바람이 목덜미를 파고들었다. 유키에가 단옥의 옷깃을 여며주며 말했다.

"두꺼운 옷 입고 와서 다행이다. 며칠 따뜻하더니 오늘 갑자기 추워졌어."

진수가 일기예보를 보고 외투를 입고 가라고 일러줬다. 남편 말 듣기를 잘했다고 생각하면서도 단옥은 유키에를 보자 장난기가 발동했다.

"사할린에 비하면 봄 날씨 같구만. 온 지 얼마나 됐다고 벌써 서울 물이 들었구나."

"서울 물 들었지. 나 주름살 줄어든 것 같지 않아? 순희랑 날마다 목욕탕 가고, 마사지 받고 했어."

유키에가 자기 뺨을 어루만지며 받아쳤다. 단옥은 유키에와 무람없이 말을 주고받자 시집 식구들과 지내는 동안 알게 모르게 가슴 한구석을 조이던 긴장감이 사라지는 것 같았다.

"서울 구경 시켜준대도 언니 오면 같이 본다고 해서 목욕탕이나 다녔지, 뭐."

순희가 말하며 검정색 자동차 옆에서 걸음을 멈췄다. 단옥은 순희의 자동차는 말할 것도 없고, 넓은 주차장을 가득 메운 자동차를 보자 자기 것인 양 뿌듯하고 자랑스러웠다. 제주도에서도 놀라기는 했지만 공항 주변 풍경을 보자 발전된 조국을 제대로 접하는 느낌이었다. 단옥의 가방을 트렁크에 실은 순희가 뒷좌석 문을 열어주며 말했다.

"이제부터 숙련된 기사가 대전까지 잘 모시겠습니다. 두 분은 편안히 밀린 이야기 나누면서 가셔요."

단옥과 유키에는 뒷자리에 탔다. 단옥이 공항에서 바로 경복을 만나러 가고 싶다고 미리 말했던 터라 순희가 오늘로 약속을 잡아놓았다. 동생을 만나 가족들 소식부터 알아야 다른 볼일도 볼 수 있을 것 같았다. 정 선생도 만나기로 돼 있었고, 한글 교재도 구해야 했고, 가족과 마을 사람들에게 줄 선물도 사야 했다.

경복은 대전에서 그릇 도매점을 한다고 했다. 대전은 단옥이 사할린에 갈 때 처음 기차를 탔던 곳이라 이름만 들어도 반가웠다. 그때 집에서 대전역까지 걸어갔던 단옥은 동생이 고향 언저리에서 살고 있는 게 고마웠다.

"형부 걱정하실 텐데 전화부터 해요."

순희가 단옥에게 휴대전화를 건넸다. 진수와 짧게 통화를 마친 단옥은 휴대전화가 신기해서 이리저리 살펴보았다. 사할린에서도 무선호출기는 많이 사용했지만 휴대전화를 쓰는 사람은 아직 드물었다.

단옥은 능숙한 운전 솜씨로 주차장을 빠져나가는 순희를 새삼스러운 눈길로 보았다. 한국보다 여자들의 경제 활동이 훨씬 활발한 사할린에서도 예순 넘은 할머니가 자기 차로 운전하는 경우는 흔치 않았다. 소련이 해체되고 경제가 나빠져서만은 아니었다. 이제 단옥 또래 여자들은 삶의 뒤안길로 물러나서 손주들이나 보는 나이가 된 때문이었다.

단옥은 순희에 관해 일찍 이혼했으며 사업을 한다는 것, 삼 남매를 결혼시킨 뒤 혼자 산다는 것 정도만 알고 있었다. 직접 만난 순희는 여장부 같을뿐더러 성공한 사업가의 풍모도 지니고 있었다. 단옥은 정만이 하늘에서라도 당당하고 멋지게 사는 딸의 모습을 보기를 바랐다.

"대전은 여기서 얼마나 걸리나?"

단옥이 순희에게 물었다.

"가다가 점심 먹고, 대전 시내서 막히고 하면 세 시간은 훌떡 넘을 것 같은데."

"이리 신세를 져서 어째."

단옥이 미안해하자 순희가 호쾌한 목소리로 대꾸했다.

"내가 좋아서 하는 일인데 자꾸 미안하다고 하면 서운합니다."

말이라도 그렇게 해주니 고마웠다. 차는 얼마 안 가 강변을 끼고 달리기 시작했다. 단옥은 유키에도 잊은 채 바깥 풍경에 정신이 팔렸다.

"저게 한강인가 보네!"

제주도와는 거리의 나무도 건물도 풍경도 서로 딴 나라인 것처럼 달랐다. 강변을 따라 고층 아파트가 즐비했다. 유키에가 순희네 집도 아파트 십오 층에 있다고 했다. 단옥은 유키에와 이야기하랴, 창밖을 구경하랴 바빴다.

"저기, 꼭대기에 탑 있는 산 보이지? 저기가 남산이야. 남산 위에 저 소나무, 하고 애국가에 나오잖아요."

순희가 왼쪽 강 건너에 있는 산을 가리켰다.

"조선학교에서 아침마다 애국가 불렀던 거 생각난다. 저기가 그 남산이구나."

생각보다 야트막했지만 단옥은 남산이라는 이유로 가슴이 뜨거워졌다.

"남산 제 모습 찾기 한다고 작년에, 아, 이제 재작년이구나. 남산 중턱에 있던 멀쩡한 아파트를 폭파했다니까. 남산 올라가는 케이블카도 있으니까 한번 타러 갑시다. 거기 가면 서울이 한눈에 내려다보여."

순희가 신이 나서 말했다.

"순희가 가자는 데 다 구경하려면 석 달은 있어야 할 거 같아."

유키에가 웃으며 단옥을 보았다. 보름 동안 주로 한국어로 말했던 유키에는 단옥을 보자 자기도 모르게 편한 러시아어가 튀어나왔다. 미안해하는 유키에한테 순희가 말했다.

"그동안 한국말 하느라고 머리에 쥐 났을 텐데 맘껏 편한 말로 해."

"흉은 안 볼 거니 걱정 말라."

단옥의 농담에 순희가 시원시원한 어조로 어차피 못 알아들으니까 해도 상관없다고 했다.

"두 사람 죽이 잘 맞네. 꼭 자매 같아."

유키에가 손을 모아 쥐며 감탄했다. 차 안엔 한국어와 러시아어, 일본어까지 섞인 대화가 쉴 새 없이 이어졌다.

4

 순희가 길가에 차를 대고 데려간 곳은 건물 이 층에 있는 다방이었다. 경복의 그릇 가게도 아니고 집도 아니었다. 단옥은 처음 보는 동생을 다방에서 만나는 게 영 이상했다. 여기서 인사 나누고 집이든 가게든 가자고 하겠지.

 단옥은 출입구를 등지는 자리에 앉았다. 문 쪽을 보고 있다 동생을 알아보지 못하는 꼴을 보이고 싶지 않았다. 종업원이 주문을 받으러 왔다. 단옥이 아무거나, 하자 순희가 쌍화차를 세 잔 시켰다. 단옥은 갑자기 긴장감이 몰려와 맛도 못 느끼는 채 뜨거운 쌍화차를 한입에 들이켰다. 물도 연달아 두 컵이나 마셨다. 옆자리에 앉은 유키에가 단옥의 떨리는 손을 가만가만 주물러줬다.

 "동생 오면 다른 자리로 비켜줄까요?"

 순희 물음에 단옥은 황급히 고개를 저었다. 유키에와 순희가 함께 있는 게 나았다. 단옥은 경복한테 들을 이야기가 무엇이든 혼자 감당할 자신이 없었다.

 시곗바늘이 멈춘 듯한 시간이 지났다. 마주 앉아 있던 순희가 출입문을 보며 허리를 곧추세웠다. 손을 잡고 있던 유키에도 문 쪽으로 몸을 돌렸지만 단옥은 굳은 듯 꼼짝하지 못했다. 가까워지는 경복을 따라 시선이 움직이는 순희의 얼굴조차 바라볼 수 없었다. 숨까지 멎을 것 같은 순간이 지나고 드디어 경복이 옆에 와서 섰다. 순희가 일어서서 동생을 맞는데도 단옥은 손가락 하나 까딱하지 못했다.

"반가워요. 내가 그동안 연락했던 누나 친구예요. 이분이 사할린에서 오신 누님이고. 이쪽도 사할린에서 온...... 내 동생인데 누나랑 사돈이에요."

순희가 유키에까지 소개하자 경복이 인사를 하곤 단옥 맞은편에 앉았다. 단옥은 그제야 동생 얼굴을 마주 보았다. 중년 남자인 경복은 어머니 쪽을 닮았는지 얼굴에서 형제들 모습을 찾아볼 수 없었다. 게다가 얼굴엔 서먹함과 경계심이 가득해 단옥의 마음도 굳게 만들었다.

"아, 아버지 성함이 주, 주만석 씨가 맞으오?"

단옥이 떨리는 목소리로 물었다.

"예."

다래울 주소가 맞는지도 묻자 경복은 자기 본적 주소라고 했다. 경복은 단옥이 높임말을 쓰는데도 말을 낮추라는 말을 안 했다.

"혹시 형님하고 누님 소식은 모르시오? 주성복, 주영옥인데."

단옥은 경복도 긴장해서 그런 거라고 애써 생각했다.

"형님은 육이오전쟁 때 전사해서 지금 국립묘지에 있

습니다. 누님 소식은 저도 잘 모르고요."

앞으로 기울었던 단옥의 몸이 털썩하고 등받이에 닿았다. 하나는 죽고, 하나는 소식을 몰랐다. 오빠가 전사했다니. 엄마가 한국의 전쟁 소식에 밤마다 악몽을 꿨던 이유가 있었다. 단옥은 명치를 세게 얻어맞은 것처럼 숨이 막혔다. 그 모습을 본 경복의 얼굴에 동요하는 빛이 스쳐 지나갔다.

"누나하고는 왜 소식이 끊어진 거예요?"

순희가 대신 물었다.

"전쟁 때 피난길에 헤어졌다나 봐요. 다 커서였으니 소식이 없는 걸 보면 죽었거나 일부러 안 찾아오는 거라고, 아버지가 약주 드시면 이야기하곤 했어요."

"어떻게 소식을 모를 수가 있단 말이오? 아버지가 찾아보지도 않았소?"

단옥은 입꼬리에 경련이 일고 언성이 높아졌다.

"태어나기도 전 일인데 내가 그걸 어떻게 압니까?"

힐난으로 들렸는지 경복의 대답이 퉁명스러웠다. 화가 나던 단옥은 문득 순희와 연결되는 걸 싫어하던 용재가 떠올랐다. 경복의 입장에선 느닷없이 나타나 취조하듯 캐묻는 이복 누나가 반갑지만은 않을 거란 생각이 들었다.

"미안하오. 형제들 소식에 내가 그만 무례했소. 이해 바라오."

단옥의 사과에 경복도 바로 수긋해졌다. 품성이 나쁜 사람은 아닌 것 같았다. 단옥은 아버지와 경복의 어머니가 어떻게 만났는지 궁금했지만 첫 만남에 할 질문은 아니라는 생각에 참았다.

"아버지 살아생전에 사할린에 가족이 있다는 이야기는 하셨소?"

단옥은 이제 와서 알면 뭐 하나 싶으면서도 궁금했다.

"제가 어릴 때는 안 하셨는데 돌아가실 즈음 치매가 왔을 때 종종 이야기하셨어요. 저를 형님들로 착각하기도 하고요. 사실 저는 우리 가족사를 중학교 때 처음 알았어요. 호적에 제가 저, 그, 사할린 어, 어머니 아래 올라가 있는 거 알고 얼마나 충격받았는지 모릅니다."

경복의 얼굴에 그때 입었을 상처가 고스란히 떠올랐다 사라졌다. 단옥은 아버지가 어머니 호적을 그때까지 그대로 뒀었다는 말에 모든 서운함이 풀리는 것 같았다. 아울러 불안정했을 일가족의 삶을 한순간에 알아버린 느낌이 들었다. 불행한 역사가 드리운 그림자 속에서 고통받았을 동생에게 연민이 일었다.

"어머니는…… 살아 계시오?"

단옥은 한결 눅진 목소리로 물었다.

"아버지 돌아가시고 2년 뒤에 돌아가셨어요. 아버지 치매 수발하느라 고생만 하시다가……."

경복의 목소리에 처음으로 물기가 어렸다.

"안되었소. 마음이 많이 아팠겠소. 참, 할머니, 할아버지는 보았소? 손자라고 엄청 귀해하셨을 텐데."

단옥은 경복이 조부모의 사랑이라도 듬뿍 받았기를 바랐다.

"두 분 다 저 어릴 때 돌아가셔서 기억에 없습니다."

경복 역시 외로움과 상처 속에서 살았음을 깨닫자 동생에 대한 연민이 좀 더 짙어졌다. 단옥은 마지막으로 조부모와 아버지 산소 위치를 물었다. 경복은 산소가 있던 곳이 새 도로 부지로 들어가는 바람에 납골당에 모셨다며 이름과 위치를 알려줬다. 순희가 아는 곳이라고 했다.

"저, 더 궁금하신 게 있으신가요? 가게 가봐야 해서요. 집사람이 애들 때문에 집에 들어가야 하거든요."

경복이 몸을 반쯤 일으킨 자세로 말했다.

"아, 그러시오. 참, 아이는 몇이나 됐소?"

단옥은 뒤늦은 아쉬움에 급하게 물었다.

"2남 1녀, 삼 남매요. 그럼 이만……."

경복이 자리에서 일어나 고개를 꾸벅 숙였다. 단옥도 허둥지둥 함께 고개를 숙였다. 동생 손이라도 잡아볼걸.

경복아, 하고 이름이라도 불러줄걸. 안타까움과 후회가 밀려왔다.

몇 걸음 떼어놓았던 경복이 되돌아와서 앞에 섰다. 동생도 같은 마음인 게야. 단옥은 눈시울이 붉어진 얼굴로 경복을 올려다봤다. 잠시 머뭇거리던 경복이 결심한 듯 말했다.

"혹시 징용가족 보상금이 나와도 그건 제 겁니다. 아버지 돌아가실 때까지 모신 사람도 저고, 지금까지 제사 지내는 자식도 저니까요."

순간 가슴에서 불길이 솟구친 단옥이 성난 목소리로 외쳤다.

"내가 그런 거 바라고 온 줄 아오? 다 가지오, 다 가져!"

5

단옥은 차라리 속이 후련했다. 이제 아버지가 있는 납골당과 성복이 묻힌 국립묘지만 갔다 오면 고향에 미련을 가질 일도 없었다. 끝내 소식을 알지 못한 영옥은 가슴에 묻었다가 자신이 세상을 뜰 때 함께 가져가면 될 것이다.

운전석에서 순희가 뒤를 돌아보며 말했다.

"오늘 납골당 가기는 늦었으니까 온천장에서 자고 내일 가자. 그리고 기왕 온 김에 내 고향이랑 다래울도 가보는 거 어때요? 유성에서 다래울까지 길이 나서 삼십 분도 안 걸려."

"그러자. 온 김에 아버지 고향이랑 타마 고향까지 다 가 보자."

유키에가 단옥의 손을 잡고 흔들며 반겼다. 단옥도 다래울이란 말을 듣자 경복과의 만남으로 찢기고 으깨졌던 마음이 조금은 회복되는 것 같았다. 가족은 없어도 다래울은 남아 있었다. 마음속에 오롯이 들어 있는 추억만큼은 아무도 망가뜨리지 못할 것이다.

순희는 온천장 호텔을 한다는 친구에게 전화 걸어 귀한 손님들 모시고 가니까 개인 탕이 달린 방을 준비해달라고 했다. 단옥은 피 한 방울 안 섞인 유키에와 순희가 경복보다 더 혈육 같았다. 이들이 없었다면 처참한 이 심정을 어떻게 달랠 수 있었을까.

유성 온천장은 초저녁부터 가로등과 간판의 네온사인들로 화려했지만 세 사람은 호텔 방에서 저녁을 시켜 먹기로 했다. 다들 번잡한 거리로 나갈 기분이 아니었다.

음식이 오기 전, 우선 간단히 씻은 셋은 가운 차림으로 테이블에 둘러앉았다. 순희가 시킨 불고기 정식, 갈비탕, 치킨과 맥주로 테이블이 가득했다. 서로의 컵에 차가운 맥주를 따랐다. 세 사람은 건배를 하고 맥주를 들이켰다.

러시아 맥주에 비하면 심심한 맛이었으나 단옥은 시원한 게 들어가니 속이 뚫리는 것 같았다.

"순희가 보고 싶어서 한국에 온 게 첫 번째 이유지만, 오지상을 보고 싶은 것도 있었어. 오빠랑 영옥이도 만나 보고 싶었는데 아쉽네. 언니는 더 속상하겠지만 경복이라도 만나서 소식 들었으니 다행이라고 생각해."

유키에의 위로 섞인 말에 단옥은 수긍했다. 유키에 말대로 경복이마저 만나지 못했다면 더 큰 안타까움과 그리움을 품은 채 사할린으로 돌아갔을 것이다.

"내 일은 이걸로 됐고, 이제 순희 동생 이야기 해보라. 사업한다면서 이렇게 자리 비우고 다녀도 되나?"

단옥이 걱정스러운 얼굴로 물었다.

"걱정 마요. 한 달 동안 휴가 냈으니까."

순희가 자신의 이야기를 풀어놓았다. 해방 후 어머니가 재가하자 순희는 조부모 아래서 자랐다. 전쟁이 끝난 뒤 대전 남자와 중매로 결혼해서 삼 남매를 낳았지만 남편은 난봉꾼이었다. 남편과 이혼한 순희는 아이들을 조부모한테 맡겨놓고 서울로 올라왔다.

"이혼한 여자는 사람 대접도 못 받을 때였지. 뭐 지금도 나아진 것 같지는 않지만. 아무튼 식모살이부터 공사판 노가다까지 몸이 부서져라 일했어."

순희가 손이며 팔에 남은 흉터들을 보여줬다. 마침내 작은 집을 마련한 순희는 국민학교에 다니는 아이들을 데려와 함께 살기 시작했다.

"쉴 줄도 놀 줄도 모르고 일만 했어. 그렇게 해서 대학도 가르치고 유학도 보내놨더니 다들 저 잘나서 큰 줄 알아요. 아니면 돈줄로나 보든지."

순희의 헛헛한 웃음에 함께 가슴 아파하던 단옥과 유키에는 조부가 정만이 사준 땅을 삼촌들이 넘보지 못하게 잘 지켰다가 순희에게 물려줬다는 대목에서 환호했다. 순희는 다시 혼자가 된 엄마를 모셔와 함께 살았다.

"3년 전에 엄마 돌아가시고 나서 얼마나 허전하고 삶이 허망하던지……."

순희는 동대문 평화시장에 도매 의류 점포를 여러 개 가지고 있었다. 최근 들어 러시아 소매상들이 몰려와서 옷을 엄청나게 떼 갔다. 사할린에서 오는 사람들을 보자 아버지 생각이 더 간절해졌다.

"방송국에 편지 보내면서도 솔직히 기대하지 않았었는데 유키에한테서 편지가 온 거야."

제가 아버지한테 받은 사랑은 순희 님 대신 받은
것이라고 생각합니다. 그래도 미안합니다.

순희는 그 대목을 읽을 때 펑펑 울었다. 미친 사람처럼 울다 웃다 하며 편지를 읽고 또 읽었다. 눈물이 텅 빈 마음을 채우기 시작했다.

"둘이 한국에 온다는 거 안 순간부터 살아 있는 게 다시 기뻐졌어. 유키에랑 언니 와 있는 동안 나도 내 인생 처음으로 나한테 휴가를 주기로 마음먹었어요. 두 사람 덕분에 이런 시간 누리는 거니까 오히려 내가 고마워해야 해."

셋은 '건배!'와 '자 바스!'를 외치며 맥주잔을 부딪쳤다. 그러고 나선 함께 온천욕을 했다. 가슴이 처지고 뱃살도 늘어진 몸이었지만 마음만은 새순 돋는 봄날 같았다.

1945년 8월 15일

1999년

1

"점심 드시오."

단옥이 상을 차려놓고 거실로 나오자 진수가 엇갈려 부엌으로 들어갔다. 솔직한 마음으로는 밥도 차려주고 싶지 않았지만 최소한의 도리는 하자는 게 단옥의 주의였다. 영주귀국 문제를 놓고 의견이 갈린 단옥과 진수 부부는 한 달째 냉전 중이었다. 둘 사이에 갈등이 이렇게 오래 간 적은 처음이었다.

단옥은 자전거를 타고 집을 나섰다. 마을 어귀는 텅 비어 있었다. 날이 추워서라기보다 나무 아래 나와 있던 독신 노인들이 대부분 세상을 뜨거나, 한국으로 영주귀국했기 때문이다.

한국과 일본 정부가 영주귀국자를 위한 시범 사업에 합의한 건 1994년이었다. 땅은 한국 정부가 대고, 건설 비용과 정착금 지원은 일본에서 제공하기로 했다. 그동안은 고령 독신자들이 우선으로 양로원이나 요양 시설로 귀국했지만, 가족이 있는 1세대 한인들은 가족들과 함께 가서 살길 원했다. 작년에 경기도 안산으로 주택 부지가 선정돼 드디어 올해 말 준공과 내년 초 입주를 앞두고 있다. 영주귀국자들을 위한 주택단지의 명칭은 이름도 정겨운 '고향마을'이었다.

기대에 부푼 한인 1세대들이 모인 자리에는 영주귀국 이야기뿐이었다. 한국의 발전상이 알려지다 보니 아래 세대 사람들도 귀국에 관심을 가졌다. 하지만 한국과 일본의 적십자사가 대상자 선정 기준을 발표하자 한인 사회는 충격과 혼란에 빠졌다. 고향마을 아파트에는 1945년 8월 15일 이전에 사할린으로 이주했거나, 사할린에서 태어난 사람만이 갈 수 있었다.

1945년 8월 15일은 조국이 해방을 맞은 날이지만, 사할린 한인들에겐 그로 인해 다시 한번 고향과 가족을 잃게 된 날이었다. 일본의 패전 선언으로 이산의 고통 속에서 살아온 사람들은 50여 년 뒤 또다시 그 날짜 때문에 가족과 헤어져야 하는 운명에 처했다. 그동안 어려움 속에서도 해방절을 챙기며 조국의 광복을 기념해왔던 한인들에게 그보다 큰 배신이 없었다.

그뿐만 아니라 고향마을엔 여러 명이나 혼자서는 입주할 수 없었다. 부부를 제외하곤 반드시 출생 기준에 부합하는 부자, 형제, 모녀, 자매, 지인 등 동성으로 짝을 구성해야 했다. 지인 사이라면 얼마나 친한 관계인지도 증명해야 했다. 야박하고 야속하기 이를 데 없는 규정이었다. 신문에 급하게 배우자를 구하는 글들이 실리거나, 거짓으로 지인을 만들거나, 뒷돈 주고 출생 날짜를 바꾸려다 문제가 생기는 일들이 벌어졌다.

2

단옥은 해옥의 집 앞에 자전거를 세웠다. 오늘은 한국에 다녀온 해옥네 집에서 점심 모임이 있는 날이었다. 해옥은 한국 도매 시장으로 옷을 떼러 가는 상인들 통역을 맡아 자주 한국에 드나들었다. 작년부터 아시아나 항공에서도 정기 노선을 개설했을 만큼 사할린과 한국을 오가는 사람들이 많이 늘어났다. 덕분에 순희와의 인연도 계속 이어졌다.

해옥네 거실은 풀다 만 짐으로 어수선했다. 뒤이어 유키에도 왔고 주애는 일하는 날이라 오지 못했다.

"이건 순희 언니가 언니들 갖다주라고 사준 거야."

해옥이 딸기 상자를 내놓았다. 딸기는 사할린에서는 재배가 어려운 귀한 과일이라 사람들이 한국에 다녀올 때면 꼭 사 오는 인기 품목이었다. 유키에가 스티로폼 상자 뚜껑을 열어보곤 빛깔이 곱다며 감탄했다.

"알도 굵네. 주애 아버지가 좋아하겠다."

단옥이 무심코 한 말에 유키에가 화해했느냐고 물었다.

"화해는 무슨. 그 하르방 고집이 황소고집이다."

단옥의 말투에 새삼스레 못마땅한 감정이 실렸다. 유키에가 단옥의 표정을 살피는데 해옥이 딸기를 씻어 식탁에 놓았다.

"상자 건 집에 가져가서 형부들이랑 먹고, 이걸로 맛들 보셔. 오늘 점심은 라면뿐이다."

"그래. 피곤할 텐데 간단하게 해."

자매들은 해옥이 한국에서 사 온 라면을 먹고 역시 한국에서 가져온 믹스커피를 마셨다. 어느 결엔가 한국산 물품이 사할린 한인들 삶에 깊이 퍼져 있었다.

화제는 자연스레 영주귀국 문제로 흘러갔다. 단옥과 해옥 모두 선정 기준을 통과했지만 해옥은 애초에 영주귀국을 하지 않기로 결정했다.

"나는 한국 가면 통역 일이라도 할 수 있지만, 밀라 아빠는 한국말도 다 잊어버렸는데 뭐 하고 지내? 아파트에 들어앉아 있기에는 아직 젊잖아. 생활 지원금도 너무 적고, 무엇보다 애들하고 떨어져 지내는 것도 싫고."

해옥은 한국을 오가게 되면서 유즈노사할린스크에 사는 자식들을 더 자주 만날 수 있는 현재의 삶에 만족했다.

"유키야, 영감이랑은 가기 싫은데 너랑 나랑 짝지어서 갈래?"

우스갯소리로 말하긴 했지만 단옥도 영주귀국 하고 싶은 마음이 크게 없었다. 자식들과 맘껏 통화하고 서로 필요할 때면 언제든지 오갈 수 있는 곳에서 살고 싶었.

단옥은 다시 또 천륜을 끊어놓는 한국과 일본의 결정에 마음이 상했다. 한인노인회에서 1세대를 1945년 8월 15일 이전 생으로 규정한 것은 고령인 1세대부터 우선 보상을 해주라는 뜻이었지, 그날을 이산가족을 만드는 용도로 이용하라는 말이 아니었다. 단옥은 한국이나 일본이나 자신들을 불쌍한 존재나 문젯거리로 생각하며, 시혜와 처리의 대상으로만 여기는 것 같았다.

단옥과 한인들은 대한민국 국민의 일원으로서 강제 이주로 겪은 고통에 대해 온정이나 동정이 아니라 제대로 된 사과와 정당한 보상을 바랐다. 또한 이곳에서 살아낸 삶에 존중과 위로를 받기를 원했다. 하지만 한국 정부는 언제나처럼 그 책임을 일본에게 미뤘고, 일본은 인도주의적 차원에서의 보상만을 고집했다. 모국 방문단이든, 고령 독신자 귀국이든 양쪽 정부 대신 민간 인도주의 단체인 적십자사가 사업을 맡아서 시행했다. 이번 영주귀국 시범 사업도 마찬가지였다.

그 모든 문제에 앞서 단옥의 예순여덟 해 중 대부분의 삶과 추억은 사할린에 존재했다. 형제와 자식, 손주들과 함께한 세월 속에 내린 뿌리는 서로 단단히 얽혀 있었다. 그 뿌리를 떼어내 남편과 단둘이서만 사할린을 떠날 수는 없었다. 생각만 해도 떼어낸 뿌리에서 피가 흐르고 고통스런 신음이 들리는 것 같았다. 그런데 진수가 그 일을 하겠다고 나섰다.

"형부는 여전히 가시겠다는 거야?"

"그래. 어디 그 고집을 순순히 꺾겠나."

해옥의 물음에 단옥은 한숨 섞인 대답을 했다. 진수는 제주도에 다녀온 뒤 지독한 향수병에 걸리고 말았다. 마치 그곳에서 평생 살았던 것처럼 고향을 그리워하며 돌아가기를 원했다.

"그거야 잠깐이니까 좋은 것만 보였던 거지, 아주 가서 살아도 그럴 줄 아오? 그리고 누님 돌아가시면 고향이고 조카고 한 치 건너 두 치 되는 거요."

단옥이 답답해서 언성을 높였다.

"그러니까 누나 살아 계실 때 가서 한 번이라도 더 만나사주."

진수는 사할린의 누나들이 짝지어서 간다는 소식을 듣고는 더 들썽거렸다.

"나는 고향보다 자식들이 더 중하오. 고향 없이는 살 수 있어도 자식들 못 보고는 살 수 없단 말이요."

가을에 주애 딸 엘레나가 결혼할 예정이었다. 손주들 중 첫 결혼이었다. 손주사위네는 그의 증조부모 세대에 사할린으로 건너왔다. 사할린에서 결혼한 증조부의 고향은 함경도였고, 증조모는 전라도 출신이었다. 조모는 일본인, 어머니는 러시아인으로 손주사위의 가계에는 한민족, 일본, 러시아의 피가 모두 흘렀다. 단옥 부부는 이제 그런 사실에 거부감을 느끼지 않았다. 단옥네 집안도 크게 다르지 않기 때문이다.

단옥은 유키에, 해옥과 함께 엘레나에게 웨딩드레스를 선물하려고 준비 중이었다. 그러자면 셋이 수없이 만나 의논하고, 실랑이를 벌이며 웃고 떠들 것이다. 그 과정을 상상하는 것만으로도 벌써 깨가 쏟아지게 재미졌다.

단옥에겐 그런 순간들이 현재의 삶이고 행복이었다. 경복을 만난 뒤 함께한 시간과 추억이 없으면 아무리 핏줄이라도 남이나 다름없음을 깨달았다. 단옥은 하루가 다르게 커가는 손주들에게 그런 존재가 되고 싶지 않았다.

"주호 장인 흉봤더니 남 얘기가 아니었네. 나는 죽어도 안 갈 테니 이혼하고 새장가 들어 가든지 하시오."

단옥이 최후통첩하듯 말했다. 남들이 부러워하는 완전한 가정은 단옥이 평생 일궈온 것이었다. 자신의 자부심이자 자긍심이 산산조각 나는 걸 가만히 두고 볼 수 없었다. 진수는 자신의 특기대로 입을 닫은 채 고집을 부렸다. 단옥은 남편이 결국은 자신의 뜻을 따라줄 거라고 믿었다. 그런데 예상치 못한 일이 벌어졌다.

3

해옥에게 진수 이야기를 전해 들은 광복이 매형과 함께 귀국하겠다고 나섰다. 광복은 몇 해 전 이혼해 혼자 살고 있었다.

"뭐? 가더라도 새장가 들어서 마누라랑 가야지, 다 늙은 매형하고 가서 뭐 하려고. 노인네 수발들러 가나?"

단옥은 집으로 찾아온 광복에게 기가 차서 말했다.

"한 살이라도 젊을 때 가야 무슨 일이라도 할 수 있지

않갔소? 그런데 내 나이로는 아직 차례가 안 온단 말이오. 누나도 내가 매형이랑 같이 가면 마음이 놓일 거 아니오. 나중에 누나 마음 바뀌어서 와도 좋고. 그때는 내가 살 방도를 마련해 나가갔소."

광복이 오히려 단옥을 설득했다. 단옥은 진수 얼굴에 화색이 도는 걸 보자 기어코 가려는 남편이 밉살스럽고 괘씸했다. 진수와 광복은 단옥이 본 이래 가장 죽이 맞아서 술잔을 기울였다.

형제들 중 광복이 영주귀국에 제일 관심이 많았다. 단옥 부부가 한국에 다녀왔을 때도 이야기를 들으러 집까지 찾아왔다. 단옥은 가족에게 경복을 만난 이야기, 경복한테 들은 다래울 가족 이야기를 전했다. 하지만 경복과의 첫 만남에 대해선 사실대로 말하지 않았다. 대신 경복이 다음 날 납골당으로 아이들을 데리고 온 것을 이야기했다.

"애들만 데리고 왔다고? 그럼 언니는 올케 얼굴도 못 본 거야?"

해옥이 발끈했다.

"부부가 가게를 한다는데 한 사람은 자리를 지켜야 어쩌겠나."

단옥은 오히려 경복을 두둔했다. 보상금은 모두 자기

거라던 말도 옮기지 않았다. 그저 경복이 아버지를 돌아가실 때까지 모셨고 제사도 지낸다더라고 했다.

납골당엔 할아버지, 할머니와 아버지 그리고 경복의 어머니가 모셔져 있었다. 무덤이 아니라서 엄마 곁에 묻어줄 흙도 없었다. 납골당 화단의 흙이라도 조금 가져갈까 하다가 그만뒀다. 단옥은 지갑에 있는 한국 돈을 다 털어 조카들에게 용돈을 주며 이것으로 끝이라고 생각했다.

광복은 경복에게도 큰 관심을 보였다. 이제 광복이 만날 수 있는 남자 형제는 경복뿐이었다. 영주귀국 하면 경복을 찾을 게 분명했다. 단옥은 광복이 동생에게 호의를 품었다가 상처받을 것도 염려스러웠다. 남편도 남편이지만, 동생 또한 멀리 떼어 보내고 싶지 않았다. 진수와 달리 광복에겐 반겨줄 사람도 없는 곳이었다. 진수가 안 가면 광복도 가기 쉽지 않았다.

4

단옥은 자식들에게 도움을 요청했다. 자식들도 부모가 한국으로 가는 걸 바라지 않았다. 아들과 딸들이 직접 찾아오거나 전화로 설득했지만 진수의 결심은 꺾이지 않았다.

휴무일에 주애가 찾아왔다. 그동안 바빠서 전화만 하더니 직접 온 것이다. 주애는 토마토에 지주목을 대주고 있던 아버지를 붙잡고 설득하기 시작했다. 주방에서 점심을 차리던 단옥은 주애의 등장에 슬며시 웃었다.

주애는 어려서부터 아버지를 설득하는 데 능했다. 단옥이 반대하는 것도 제 아버지를 구워삶아서 얻어내곤 했다. 단옥이 화를 내면 진수는 "당신이 허락한 줄 알았지" 하며 빠져나갔다. 한동안 두런두런 대화 소리가 이어지다가 갑자기 높아진 주애 목소리가 주방에서도 들렸다.

"아버지, 엄마가 저렇게 가기 싫어하는데 정말 너무한 거 아니에요?"

뒤이어 진수의 대답 소리가 들려왔다.

"나는 평생 네 어멍 고집대로만 살앗주난 죽기 전에 나도 내 맘대로, 내 뜻대로 살아보고 싶다게."

단옥은 그 말에 소리 나게 그릇을 내려놓았다. 자신이야말로 일평생 가족을 위해서 살아왔다. 고집을 부린 게 있다면 그건 자신이 아니라 가족을 위해서였다. 뒤로 숨기 좋아하는 사람 때문에 악역을 자처하면서 살아왔는데 남편 입에서 저런 말이 나오다니. 지금껏 헛살았다는 생각에 억장이 무너졌다.

설득에 실패하고 주방으로 들어온 주애는 물을 따라 벌컥벌컥 마셨다.

"아니. 내 고집대로 살았다니. 뭐가 내 고집대로 살았다는 거라?"

단옥은 주애에게 화난 목소리로 말했다. 밖에 있는 진수에게 들릴 만큼 큰 소리였다.

"그건 아버지 말이 맞지. 엄마가 아버지를 잡고 산 건 사실이잖아."

주애가 작은 소리로 대꾸했다. 단옥은 어이가 없었다. 딸이 돌아가고 난 뒤 단옥은 유키에한테 전화를 걸어 억울함을 토로했다.

"나는 목소리만 컸지, 알고 보면 내 마음대로 한 거 하나도 없다."

그런데 전화기 너머의 유키에가 조용했다. 단옥이 동의를 재촉하자 유키에는 말했다.

"그건 아닌 것 같은데. 형부가 늘 져줬잖아. 나도 언니가 한국 가는 건 싫지만 진실은 말해야지."

"끊어라."

단옥은 씩씩거리며 해옥에게 전화를 걸었다.

"언니 맘대로 하고 산 건 맞잖아. 형부가 착한 양반이니까 탈 없이 살았지, 보통 남자들 같았으면 벌써 무슨 사달이 났을 거야. 언니도 그건 인정해야 돼."

해옥도 같은 말을 했다. 단옥은 배신감과 분노, 허탈함의 시간을 거친 끝에야 거리를 두고 진수의 마음을 들여다보기 시작했다. 서운하게만 여겼던 주위 사람들의 말도 곰곰이 되짚어보았다. 생각하는 동안 제주에서의 진수 모습이 떠올랐다. 낯설다고 생각했던 그 모습이 실은 남편의 진짜 모습이었는지 몰랐다. 자기 모습으로 살았던 그 시간이 이토록 강하게 진수를 이끌고 있는 걸까.

젊은 시절, 겨울이면 산판으로 떠나던 남편을 온전히 이해할 수 없었던 것처럼 이번에도 그 마음을 다 알기 어려웠다. 하지만 그때처럼 잠을 수 없다는 것만은 알 수 있었다. 자식들은 계속 반대했지만, 단옥은 진수를 보내주기로 마음먹었다.

1945년 8월 15일

심장의 반쪽

2000년

1

2000년 2월부터 6월까지 407세대 814명의 영주귀국자들이 안산 고향마을에 입주했다. 진수는 5월에 치른 엘레나의 결혼식을 보고 6월에 출발했다. 진수와 광복이 떠나는 날, 단옥은 유즈노사할린스크 공항으로 배웅을 나갔다. 주말에 온 식구가 모여 송별회를 한 터라 공항에는 단옥과 해옥, 주애와 주호 그리고 광복의 아들 안톤만 나왔다. 공항은 한국으로 가는 한인 1세들과 배웅 나온 가족들, 취재와 촬영하는 기자들로 혼잡했다. 여기저기서 가슴을 후벼 파는 오열 소리가 들려왔다.

단옥은 징용 가는 아버지를 배웅 나갔던 기억이 떠올랐다. 우글레고르스크 부두에서 본 게 아버지의 마지막 모습이었다. 그때와는 전혀 다른 상황인데도 왠지 진수와 영이별하는 것 같았다. 단옥은 남편이 지금이라도 귀국을 포기하길 바랐고, 아니면 자신이 함께 비행기에 올라타고 싶은 충동을 느꼈다. 진수가 편한 마음으로 떠날 수 있게 해주고 싶기도 했다. 하지만 여전히 마음 한구석에 앙금처럼 깔려 있는 배신감과 서운함이 솔직해지는 것을 막았다.

"아버지, 우리가 어떻게 해서라도 비행기표 보내드릴 테니까 1년에 한 번씩은 꼭 오셔야 해요."

주애의 울음 섞인 목소리에 진수는 죄지은 사람처럼 시선을 떨구었다. 영주귀국자들에게는 약간의 생활비와 의료 혜택이 주어졌다. 그리고 2년에 한 번씩 추석에 사할린을 방문할 수 있도록 항공편을 지원한다고 했다. 그것도 전체를 다 해주는 게 아니라 순번이 있었다. 정부에서 지원해주는 생활비에 의존해서 살아야 하는 귀국자들이 자비로 사할린을 자주 오가기는 쉽지 않을 터였다. 진수의 형편 또한 마찬가지였고, 단옥이나 자식들도 그리 여유가 있는 건 아니었다. 1년에 한 번이라는 말이 새삼스레 단옥의 가슴에 못을 박았다.

"삼촌, 아버지 좀 잘 부탁합니다. 일 있으면 아버지가 못 하게 해도 꼭 나한테 연락 줘요."

주호는 광복에게 신신당부했다. 광복은 광복대로 외동아들인 안톤을 부탁했다. 군대를 갓 제대한 안톤은 제 엄마와 살고 있었다. 단옥은 입을 열면 울음이 쏟아질 것 같아 아무 말도 하지 못했다.

"우리가 안톤 잘 챙길 테니 걱정 마. 너는 아들 생각해서라도 술 끊고 열심히 살아. 한국 가면 찾아갈게."

해옥이 광복에게 말했다. 광복은 한국행을 생의 새로운 전기로 삼고자 했다. 누나 말대로 술을 끊고 열심히 한국어 공부를 할 결심이었다. 한국말만 웬만큼 하면 순희가 일자리를 알아봐주겠다고 했다. 광복은 돈을 벌어 아들을 꼭 한국으로 부를 계획이었다.

탑승객은 출국장으로 들어가라는 방송이 나오자 공항은 한층 더 소란스러워졌다. 울음소리가 커지고 많아졌다. 계속 시선을 피하던 진수가 그제야 단옥을 바라보았다. 그러곤 산판으로 떠나던 옛날처럼 무덤덤한 어조로 말했다.

"몸조심허멍 잘 있어. 도착하면 전화하쿠다."

하지만 눈빛은 백 마디 천 마디, 다 하지 못한 말로 흔들리고 있었다. 단옥은 진수와 반백 년을 살면서 그 속을 도통 모르겠을 때가 많았다. 그런데 지금 이 순간만큼은 남편의 눈빛에 담긴 말을 다 알아들은 느낌이었다. 단옥은 겨우 입을 열 용기가 생겼다.

"당신 집은 여기요. 다시 돌아온다고 해도 체면 구길 일 없으니, 오고 싶으면 언제든지 돌아오시오."

2

영주귀국자들 소식이 여기저기 전해졌다. 가재도구가 갖춰진 스무 평짜리 아파트와 연로한 입주자들을 배려한 편의 시설에 사람들은 고마워하고 만족스러워했다. 하지만 급격한 기후와 환경 변화에 적응하지 못한 채 귀국한 지 얼마 되지 않아 세상을 떠나는 경우도 생겼다. 그토록 그리던 조국이지만 가족과 헤어져 낯선 곳에 뚝 떨어진 듯한 외로움은 그 어떤 것으로도 채워지지 않았다. 부부가 함께 간 사람들도 사할린에 두고 온 가족 때문에 가슴 아픈 건 매한가지였다.

광복은 다행히 한국 생활에 잘 적응했다. 오기 전 결심한 대로 술을 끊고 한국어 공부를 열심히 했다. 러시아어를 모르는 진수하고 지내니 한국말도 더 빨리 늘었다. 단옥의 걱정과 달리 경복하고도 잘 지냈다. 추석 때는 경복과 함께 납골당과 국립묘지에 다녀왔다.

진수 역시 누나들이 가까이에서 사는 데다 제주도에서 큰누나가 찾아오기도 하고, 진수와 작은누나들이 제주도에 가기도 했다. 하지만 그런 시간 외에는 할 일이 없었다.

아파트 복지관에는 귀국자들의 정착을 돕기 위해 개설된 프로그램이 많았다. 광복은 밥만 먹으면 복지관에 가서 한글을 배우고, 이곳저곳 돌아다니며 물정을 익히다 저녁에나 돌아왔다. 누나들도 한국 생활에 적응할수록 점점 더 바빠졌다. 진수가 찾아가면 아이처럼 신난 모습으로 복지관에서 배운 노래나 춤, 그림 같은 것들을 자랑했다. 누나들은 사할린에서보다 더 젊어지고 생기가 돌았다. 광복과 누나들은 진수도 자신들처럼 이곳 생활에 잘 적응하고 만족해한다고 여겼다.

진수는 집에 혼자 우두커니 있는 시간이 많아졌다. 여태껏 배우지 못한 한글을 이제 와서 공부할 수도 없고, 성격상 사람들과 어울리는 것도 쉽지 않았다. 사할린 각지에서 온 귀국자들은 모이기만 하면 그동안 살아온 세월을 풀어놓느라 시간 가는 줄 몰랐다. 이야기 대부분은 사할린에서 겪은 고생담이나 자식 자랑이었다.

진수는 사할린이 그리웠다. 새벽마다 아내를 위해 사모바르의 물을 끓이던 것, 자신의 손길을 기다리는 텃밭, 새벽 공기, 신문을 읽어주는 단옥의 목소리, 요즘 한창일 연어 낚시……. 수많은 추억들이 산산조각 난 거울의 파편처럼 진수의 마음 구석구석을 비췄다. 그럴 때마다 세상에 혼자인 듯 외로웠지만 한국에 온 걸 후회하지는 않았다. 큰누나와 통화할 때마다, 누나가 행복해하는 걸 느낄 때마다 누나와 같은 하늘 아래 있는 것에 감사했다.

진수는 어렸을 때 그리고 젊은 시절, 자신을 산으로 이끌었던 게 무엇이었는지 생각해보곤 했다. 그 자신도 정확한 이유를 모른 채 막연히 귀소 본능은 아니었을까, 추측했다. 산은 진수가 기억하는 첫 고향이었다. 진수는 그중에서도 특히 겨울 산을 좋아했다. 눈으로 뒤덮인 세상, 함바집 처마에 줄지어 달려 있던 투명한 고드름, 나무 베는 소리와 그때 퍼지던 나무 냄새, 그 사이로 들려오던 맑은 새소리들……. 그곳에서는 글자를 몰라도, 말주변이 없어도, 사내다운 숫기가 없어도 괜찮았다.

진수는 아내의 청에 못 이겨 그 고향을 잊어야 했다. 그리고 두 번째 찾은 고향은 제주였다. 자신이 태어난 진짜 고향이기도 했다. 그 고향만큼은 다른 사람 때문에 버리고 싶지 않았기에 사할린을 떠났다. 진수는 한국에 와서야 단옥이 자신의 진정한 고향임을 깨달았다. 하지만 그 사실을 차마 말하지 못했다.

3

 단옥은 진수가 떠난 뒤 허전함을 떨쳐버리기 위해 노인회 활동을 더욱 열심히 했다. 가족이 영주귀국을 하자 사업의 불합리한 점들이 눈에 더 띄었다. 지역 아이들에게 한글을 가르치는 일도 멈추지 않았고 일기도 매일 썼다.

 단옥은 진수가 자기 없이도 잘 살고 있는 게 다행이면서도 섭섭했다. 그 감정이 몰려오면 벌떡 일어나 바쁘게 움직였다. 진수가 있을 때처럼 끼니를 챙겨 먹고, 텃밭을 가꾸고, 식구들과도 자주 만나며 살아갔다. 하지만 무얼 하든 심장 반쪽이 떨어져나간 듯 아프고 시렸다.

유언

2025년

1

단옷날인 5월 31일은 더없이 화창하고 쾌적했다. 단옥의 1주기 추도식이었다. 단옥 부부의 사 남매와 그 가족, 한국으로 영주귀국 한 해옥 부부와 한국에서 재혼한 광복 부부, 일본에 사는 성재가 자식, 손주들과 함께 왔다. 여든 살이 넘은 노인부터 엄마 품에 안겨 있는 어린아이까지 나이 폭이 넓었다. 오래간만이거나 처음 만나는 아이들도 금방 어우러져 함께 뛰어다녔다. 언제나 그러듯 여러 언어가 뒤섞인 채 들려왔다.

"엄마는 정말 좋을 때 돌아가셨어."

흰머리가 가득한 주애가 손수건으로 묘비의 사진을 닦으며 말했다. 단옥이 생전에 원했던 대로 세 개의 이름을 다 새겨 넣은 비석이었다.

주단옥, 타마코, 올가
1931년 5월 5일(음) - 2024년 5월 5일(음)

"생일날 돌아가셨으니, 태어나기도 좋은 때 태어났지."

지팡이를 짚은 해옥의 얼굴과 손등에 검버섯이 피어 있었다. 광복은 자신의 탯줄을 자르고, 이름을 지어준 큰누나의 묘비를 응시했다. 한국 정부의 사할린 재외동포법이 개정돼 올해부터는 한인 1세대 부부와 그 자녀들이 모두 영주귀국 할 수 있게 됐다. 자식들과 한국에서 살 수 있게 된 게 해옥은 꼭 언니가 주는 선물 같았다.

단옥은 평생 사람들 속에서 살았지만 세상을 떠날 때는 엄마, 덕춘처럼 혼자였다. 작년 단옷날은 6월 10일 월요일이었다. 가족들은 토요일부터 모여 단옥의 생일을 미리 축하하고 일요일 저녁에 돌아갔다. 1년 전 남편 동식이 사망한 뒤 단옥과 함께 살고 있는 주애는 엄마와 이야기를 좀 더 나누다 자기 방으로 갔다. 생일 아침, 기척이 없는 게 이상해서 방문을 열어보았다가 단옥이 숨진 것을 알았다. 주애는 아직 따뜻한 엄마의 몸을 끌어안고 비명 같은 울음을 터뜨렸다.

"아버지, 엄마 만나서 잘 지내고 계셔요?"

독일에서 온 주미는 진수의 묘비를 닦았다. 진수가 한국에 간 지 4년 만에 큰누나 귀순이 세상을 하직했다. 사할린으로 돌아온 진수는 9년을 더 살고 2014년 세상을 떠났다. 단옥은 팔순을 넘겨 살았으니 됐다며 담담하게 남편을 보냈다. 진수의 유해는 본인 바람대로 화장한 후 반은 사할린에, 반은 제주도 선산에 묻혔다.

"그런데 음력으로 추모식을 하면 앞으로 애들이 기억할까요?"

예순이 넘고부턴 금발이 완전히 백발로 바뀐 주성의 처, 율리야가 사람들을 둘러보며 물었다.

"1년에 그날 하루를 기억 못 하면 자손 자격도 없지."

해옥이 단호하게 말하곤 용재를 돌아다보았다.

"밀라 아빠, 그나저나 유키에 언니는 산소가 없으니 너무 아쉽네. 당신도 그렇지?"

용재는 말없이 고개 들어 머리 위에 떠 있는 흰 구름을 누나인 듯 바라보았다. 유키에는 이반이 죽은 뒤 혼자 살다 5년 전 코로나로 세상을 떠났다. 유키에는 예전부터 자신이 죽으면 화장해서 마카로프 앞 바다에 뿌려지길 소원했다. 살아서는 사할린 땅을 떠나지 않았으니 죽어서는 어디에도 속하고 싶지 않다고 했다. 일본에서 살고 있는 디마는 비행기 길이 막혀 엄마의 장례에 올 수 없었다. 디마는 사할린에 엄마의 무덤을 남기기를 바랐다.

하지만 단옥에게는 디마보다 유키에의 바람이 더 소중했다. 둘은 열두어 살 때 처음 만나 77년을 함께 지냈다. 어쩌면 남편과 자식들보다도 더 가깝고 깊은 사이였다. 이 세상에 유키에보다 단옥을 더 잘 알고 있는 사람은 없듯이 유키에를 가장 잘 아는 사람도 단옥뿐이었다. 유키에는 빈말을 하는 사람이 아니었다. 저승에서나마 자유로워지고 싶은 것. 그게 유키에가 원하는 것이었다.

"너 있는 곳이 네 엄마가 있는 곳일 테니 서운해할 것 없다."

단옥은 디마에게 말하곤 유키에의 뜻을 지켜주었.

흰 가루가 된 유키에가 나비처럼, 바람처럼 바다 저 멀리 날아갔다.

"한세상 잘 살았으니 훨훨 가라. 나도 너와 함께 늘 어디든 있을 거라."

단옥은 전 생애의 친구이자 자매였던 유키에한테 마지막 인사를 했다.

증손주들이 꽃바구니를 단옥과 진수의 비석 앞에 각각 놓았다. 그리고 마지막으로 증손녀 소피아가 책 한 권을 들고 그 앞에 섰다. 단옥이 생전에 썼던 글들을 묶은 책이었다. 사람들 손마다 그 책이 들려 있었다.

2018년 8월, 주애의 맏딸 엘레나는 한국에서 온 다큐멘터리 제작팀의 현지 코디네이터를 맡았다. 2010년대 중반에 접어들면서 사할린엔 한국인 방문객들이 많아졌다. 여행객 외에도 방송, 신문, 잡지의 기자, 연구자, 정치가, 공연단, 학생이나 기업 봉사단, 다양한 시민 단체들이 사할린을 방문했다. 유즈노사할린스크에서 살고 있는 엘레나는 한국어를 전공한 데다 한인 역사에 대해서도 잘 알아 찾는 사람이 많았다.

다큐멘터리 제작팀과 마카로프에 올 때 엘레나는 딸 소피아를 대동했다. 주애와 단옥이 손녀를 보고 싶어 하기도 하고, 강해란 작가의 딸과 또래이기도 해서였다. 구성 작가인 엄마를 따라온 현수는 고2로 다큐멘터리 감독이 장래 희망이었다. 그보다 한 살 적은 소피아는 좋아하는 아이돌 가수가 있는 한국으로 유학 가는 게 소원이었다. 한국 드라마를 보며 배운 소피아의 한국말 실력은 현수와 소통하는 데 크게 지장이 없을 정도였다.

촬영팀은 시내 호텔을 잡았지만 해란 모녀는 단옥의 집에서 묵기로 했다. 소피아와 현수가 다락방에서 자고 싶어 했고, 해란도 단옥과 대화를 좀 더 나누고 싶었다. 단옥의 모습에 3년 전 만났던 김수남 할머니가 겹쳐 떠올랐다. 수남의 아들과 단옥의 남편 이름이 둘 다 진수인 것도 신기했다.

"이야기를 하기 전에 청이 하나 있소."

단옥이 수남처럼 형형한 눈빛으로 말했다.

"그동안 많은 사람들이 찾아와 우리의 기구한 운명과 불행, 고통, 슬픔을 듣고 그 이야기를 세상에 전했소. 덕분에 많은 사람들이 사할린 한인의 삶에 대해서 알게 되고, 우리도 많은 도움을 받았습니다. 한국 정부의 정책들도 나은 쪽으로 바뀌어가고 있으니 고마울 따름이오. 앞으로는 사할린 한인들의 삶을 전할 때 우리가 모진 운명 속에서도 사람다움을 잃지 않고, 슬픔의 틈새에서 기쁨과 즐거움, 행복을 찾아내고자 애쓰며 살았다는 것 또한 함께 기억해주었으면 좋겠소."

해란은 그러겠노라고 진심을 다해 약속했다. 그리고 단옥이 지금까지 일기를 써왔다는 이야기를 듣고는 관심을 보였다. 마카로프만 해도 이제는 지난 세월을 들려줄 1세대 한인이 거의 남지 않았다. 단옥의 일기는 개인뿐 아니라 국가의 기록물로서도 큰 가치가 있었다.

"처음엔 고향의 가족들에게 우리가 어떻게 살아냈는지 알려주고 싶어서, 또 여기 가족들에게는 고향 기억을 전해주고 싶어서 한 자 한 자 썼지요. 그렇게 시작한 일기장은 한평생 내 벗이 됐습니다. 한때는 책으로 묶는 것도 꿈꿨지만, 요즘 세상에 다 늙은 사람 이야기에 누가 관심을 가지겠소."

단옥의 주름진 얼굴에 쓸쓸함이 감돌았다. 해란은 한국에 돌아가면 출판할 수 있는 길을 알아보겠다고 약속했다. 하지만 코로나19 팬데믹을 거치며 진행이 지지부진해지는 바람에 단옥은 기대를 접었다. 그러다 2년여 전 한 박물관에서 출간하기로 했다는 연락을 받았다. 가족들은 단옥이 그 사실을 알고 떠난 걸 다행스러워했다.

연구자들의 해제와 주석이 추가된 일기는 단옥의 1주기를 한 달여 앞두고 『주단옥 일기』라는 제목으로 출간됐다. 한국의 박물관에서 열린 출간 기념식에는 주호와 엘레나가 가족 대표로 다녀왔다. 남편에 이은 엄마의 죽음으로 깊은 상실감과 무력감에 빠져 있던 주애는 한국에 갈 건강 상태가 아니었다. 기념식에는 올해 한국의 대학원에 들어간 소피아와 해옥 부부, 광복 부부, 제주도의 친척들이 참석했다. 해란과 현수도 그 자리에 함께했다.

유언

엘레나가 가져다준 책을 받자마자 며칠을 매달려 다 읽은 주애는 그제야 기운을 차렸다.

"엄마가 유언 한마디 없이 떠나신 게 너무 속상했는데, 이제 보니 엄마의 삶 자체가 유언이었던 거야."

책을 어루만지며 주애가 한 말에 가족 모두 고개를 끄덕였다. 단옥의 일기에는 가족도 잘 몰랐던 한 인간의 생애와 그가 살아낸 삶이 고스란히 담겨 있었다.

사할린에서의 출간 기념식은 단옥의 1주기 기일인 오늘로 잡았다. 현수는 이 자리에도 카메라를 들고 와 추모식을 기록하는 중이다.

소피아가 책을 단옥의 비석 앞에 놓았다. 『주단옥 일기』에 머물렀던 현수의 카메라가 박수 치는 가족들의 모습을 담았다. 그러고는 마지막으로 한국, 일본, 러시아의 피가 모두 흐르는 소피아를 오래도록 비췄다.

작가의 말

2018년 여름, 한국의 찜통더위를 뒤로하고 사할린으로 향했다. 열댓 명의 동료 작가들과 함께한 여행이었다. 우리는 1~2년에 한 번씩 함께 여행해왔는데, 그해 목적지는 사할린이었다. 비행기로 두 시간 반쯤 날아 유즈노사할린스크 공항에 도착했다. 내리자마자 살갗에 와 닿는 시원한 공기에 모두 환호했다. 하지만 우리가 사할린을 찾은 이유는 단순히 시원하고 색다른 여행지여서가 아니었다.

　사할린은 일제강점기 수많은 조선인들이 강제로 끌려와 탄광이나 벌목장에서 혹독한 노동을 했던 곳이다. 해방 이후에도 오랜 세월 고향으로 돌아가지 못한 이들의 한이 배어 있는 땅이다. 우리는 작가로서 그 고통과 한이 서린 역사의 현장을 생생하게 체감하고자 온 것이다. 여행 일정도 역사와 관련된 장소 위주로 구성했을 만큼 잘 취재해서 작품에 담겠다는 의지로 가득했다. 나 역시 태술이라는 인물을 마음에 품은 채였다.

  2016년 『거기, 내가 가면 안 돼요?』(사계절출판사)를 출간한 뒤에도 소설 속 인물인 태술은 쉽게 내 마음을 떠나지 않았다. 그는 주인공 수남에게 청혼했다가 거절당한 뒤, 노다지를 찾아 떠난 인물이다. 나는 그를 강제동원된 일본 탄광에서 숨을 거두는 것으로 마무리했었다. 사할린이 여행지로 거론되던 순간, '죽은 줄 알았던 태술이 사할린에서 살고 있었다'란 문장이 전류처럼 머릿속을 흘렀다. 태술이 그때까지 내 마음속에 남아 있었던 이유였다. 사할린은 그렇게 내가 써야 할 작품의 무대가 됐다.

  여름에 여러 역사 현장과 동포들을 만났던 우리는 그해 겨울, 몇몇이서 다시 사할린을 찾았다. 문헌과 기록으로만 익혔던 역사 속 행간이, 사할린의 햇살과 바람과 눈, 그곳 사람들을 통해 하나둘 채워졌다. 그리고 내 마음속에서 한 여자아이가 모습을 드러냈다. 그동안 만난 할머니들의 어린 시절 모습이었다. 징용된 아버지를 찾아 고향을 떠나야 했던 소녀, 모진 운명 속에서도 당당히 살아낸 그 인물은 어느 결엔가 태술보다도 더 넓고 깊게 내 마음을 차지한 채 자신의 이야기를 만들어가기 시작했다.

사할린 강제징용 1세대와 그 가족들의 삶을 처음 접했을 때는, 인간의 운명이 그토록 처절하고 기구할 수 있다는 사실에 놀라움과 안타까움이 앞섰다. 하지만 더 깊이 들여다볼수록, 그 고통스러운 역사보다 그 틈을 헤치고 살아낸 끈질긴 삶 자체가 더 크게 느껴졌다. 그분들이 원하는 것은 동정이나 시혜가 아니라 스스로를 지켜낸 삶에 대한 존중과 공감, 그리고 진심 어린 위로임도 깨달았다.

사할린이라는 공간 역시 가슴 아픈 역사의 현장을 뛰어넘어 새로운 의미로 다가왔다. 그곳은 단지 비극의 무대가 아니었다. 사할린은 제2차 세계대전 이후 냉전과 이산, 디아스포라의 상처가 뒤섞인 채 켜켜이 쌓인 공간이었다. 한국, 일본, 러시아(구소련), 북한, 고려인, 그리고 선주민들이 서로 다른 언어와 문화를 지닌 채 얽히고설켜 살아온 장소였다. 상처와 기억, 화해와 공존의 가능성을 품은 살아 있는 역사의 현장이었다. 그 깨달음은 나를 과거의 재현에 머물게 하는 대신 미래로 나아갈 수 있도록 이끌었다.

사할린은 안톤 체호프와도 깊은 인연이 있는 곳이다. 1890년, 사할린을 석 달여간 방문했던 그는 기행문이자 보고서 성격의 『사할린 섬』을 출간했다. 체호프가 사할린을 '슬픈 틈새의 땅'으로 표현했다는 기록을 처음 접했을 때 심장이 뛰었다. 내가 전하고자 하는 뜻을 이보다 더 잘 담아낸 말이 없기에, 체호프의 표현에서 제목을 빌리기로 했다.

그런데 우리말 번역본 『안톤 체호프 사할린 섬』(동북아역사재단, 2013)에는 이 표현이 명시적으로 등장하지 않는다. 체호프가 다른 데서 그런 말을 한 적도 없다고 한다. 하지만 책에서 사할린을 고통받는 이들로 가득한 감옥이자 국가로부터 잊힌 땅이라고 한 걸 보면 슬픔의 땅으로 생각했던 게 맞다. 그로부터 반세기 뒤, 그 땅에서 살아야 했던 한인들의 삶 또한 크게 다르지 않았다. 그러나 그들은 고통 속에서도 희망과 인간다움을 잃지 않으며 자기 삶을 찬란하게 수놓았다. 그 시간과 공간을 실제로 살아낸 한인 동포들과 그분들로부터 영감을 받아 빚은 소설 속 인물들에게 깊은 경의를 바친다.

『슬픔의 틈새』는 『알로하, 나의 엄마들』(2020, 창비), 『거기, 내가 가면 안 돼요?』에 이어, 일제강점기 말기부터 현재까지 이어지는 이야기를 담고 있다. 서로 다른 이야기를 다루고 있지만, 세 작품은 일제강점기 한인 여성의 디아스포라라는 공통된 주제를 품고 있다. 그 주제로 3부작을 쓰겠다고 스스로에게 다짐했는데, 그 약속을 이번 책으로 지킬 수 있어 기쁘고 뿌듯하다.

사할린, 홋카이도, 왓카나이, 알마티……. 소설과 연관된 장소들을 찾아갈 때마다 동료 작가들과 가족이 함께했다. 행복했던 시간과 추억들 덕분에 소설을 쓰는 동안 외롭지 않았다. 모두 고맙고 사랑한다!

작품을 마무리할 수 있도록 아낌없이 응원해준 김태희 이사님, 진심을 다해 원고를 대해준 윤설희 편집자님을 비롯해 사계절출판사의 모든 분들께 깊이 감사드린다.

사할린 관련 도서, 논문, 기사, 영상 자료들이 있어서 이 소설을 쓸 수 있었다. 사할린 한인들의 삶을 앞서 들여다봐준 (책에 다 싣지 못한 분들까지) 연구자들께 고마움을 전한다. 귀한 추천사를 써주신 선생님들께도 감사드린다.

가장 큰 사랑과 감사를 표하고 싶은 분들은 독자들이다. 이제 책은 내 손을 떠났으니 부디 그분들 마음속에서 더욱 풍성한 이야기로 완성되기를 바란다.

2025년 8월, 광복 80주년을 앞두고
이금이

참고 자료

도서

『사할린 아리랑』 이토 다카시, 눈빛, 1997

『탄광촌의 삶과 애환』 사북청년회의소, 도서출판선인, 2001

『사할린 귀환자』 이순형, 서울대학교출판부, 2004

『사할린의 여름 하늘은 낮다』 ㈔인문사회연구소·경상북도, 2011

『지독한 이별』 정혜경, 도서출판선인, 2011

『안톤 체호프 사할린 섬』 안톤 체호프, 동북아역사재단, 2013

『홋카이도 최초의 탄광 가야누마와 조선인 강제동원』 정혜경, 도서출판선인, 2013

『징용 공출 강제연행 강제동원』 정혜경, 도서출판선인, 2013

『사할린 한인사』 아나톨리 쿠진, 문준일·강정하 옮김, 휴북스, 2014

『사할린』 최상구, 미디어일다, 2017

『책임과 변명의 인질극』 이연식·방일권·오일환(아르고인문사회연구소), 채륜, 2018

『사할린 한인의 다양한 삶과 그 이야기』 김영순·박미숙·박봉수·정지현·조진경, 북코리아, 2018

『박승의 나는 누구입니까』 박승의, 구름바다, 2019

『아시아태평양전쟁에 동원된 조선의 아이들』 정혜경, 섬앤섬, 2019

『조선인과 아이누 민족의 역사적 유대』 석순희, 이상복 옮김, 어문학사, 2019

『사할린 잔류자들』 현무암·파이차제 스베틀라나, 서재길 옮김, 책과함께, 2019

『사할린 한인 한국어 교육자의 생애 이야기』 김영순·박봉수·임지혜·김정희,
　　한국문화사, 2020
『백옥빈 일기』 한국이민사박물관, 2021
『유언』 이희팔, 나가사와 시게루 기획, 정미영 옮김, 품, 2022
『콰이강의 다리 위에 조선인이 있었네』 조형근, 한겨레출판, 2024

논문

「전시체제기 화태 전환배치 조선인 노무자 관련 명부의 미시적 분석」 정혜경,
　　2009
「사할린 귀환동포들의 음악활동을 통해 본 디아스포라 정체성」 이장혁, 2011
「영주귀국 사할린 한인의 통과의례 내러티브 탐구」 박봉수, 2016
「사할린 한인의 시간 경험에 대한 해석」 임성숙, 2022
「사할린 한인사회의 형성과 문학텍스트의 주제의식: 한글신문『조선로동자』
　　『레닌의 길로』를 중심으로」 김환기, 2024

영상

〈평생 조국을 그리워한 사람들, 사할린 아파트의 한인 2세들〉 다큐 3일 KBS, 2010
〈사할린, 다시 찾은 고향의 봄〉 다큐세상 KBS, 2018
〈러시아 사할린 제주인 집성촌 마카로프에서 울려 퍼지는 '사할린 아리랑'〉
　　제주MBC, 2023
〈사할린 동포들이 동토의 땅에 남긴 위대한 흔적〉 한국인의 밥상 KBS, 2024

기관

한국이민사박물관

슬픔의 틈새

2025년 8월 15일 1판 1쇄
2025년 10월 20일 1판 4쇄

지은이
이금이

편집		디자인
장슬기, 윤설희, 최경후, 강수연		조정은

제작	마케팅	홍보
박홍기	김수진, 이태린, 이예지	조민희

인쇄	제책
천일문화사	J&D바인텍

펴낸이	펴낸곳	등록
강맑실	(주)사계절출판사	제406-2003-034호

주소
(우)10881 경기도 파주시 회동길 252

전화
031)955-8588, 8558

전송
마케팅부 031)955-8595, 편집부 031)955-8596

홈페이지	전자우편	블로그
www.sakyejul.net	literature@sakyejul.com	blog.naver.com/skjmail

페이스북	트위터	인스타그램
facebook.com/sakyejul	twitter.com/sakyejul	instagram.com/sakyejul

ⓒ 이금이 2025

값은 뒤표지에 적혀 있습니다. 잘못 만든 책은 구입하신 서점에서 바꾸어 드립니다.
사계절출판사는 성장의 의미를 생각합니다.
사계절출판사는 독자 여러분의 의견에 늘 귀 기울이고 있습니다.
이 책은 저작권법에 따라 보호받는 저작물이므로 무단전재와 복제를 금합니다.

ISBN 979-11-6981-383-9 03810